高校生のための
近現代文学ベーシック

ちくま小説入門

紅野謙介
清水良典
編

筑摩書房

はじめに

十六、七世紀頃にヨーロッパで生まれた小説は、それ以前のさまざまな神話や叙事詩、物語を吸収してみるみるうちに増えつづけた。神々や特別な能力をもった英雄や美しいお姫様たちの登場する物語から、次第にその社会で多数を占めるようになる階層のふつうの人々を描いた読み物として小説が出現したのである。伝統的な文化や生活から切り離され、いやおうなく変化することを宿命づけられた社会に生きている私たち。そこで恩恵を受け、そこで喜怒哀楽を共にする人々が小説を受け入れ、小説を育んできたのである。

小説は差異の織物だと言われる。あらすじだけを抜き出してみれば同工異曲の物語も少なくない。しかし、それが千差万別のヴァリエーションをつけられて、まったく新たな小説となる。小説は、その時代、その社会のさまざまな流行や風俗を取り入れ、言葉を通して、いまこのときを生きているものたちの心のうちを探る重要な入り口となっている。

小説は、動揺きわまりない、激しい変化に立ち会い、そこで生きていくものたちの孤独と葛藤、喜びと苦悩とを描き出す。もし、近現代の社会の問題点や矛盾を把握し、その解決策を知りたいのであれば、政治学や経済学・社会学などの学問や批評が答えに導くための糸口を用意してくれるだろう。小説はそのような答えを出すものではない。そして同時に、そうした学問が万能ではないことも小説は知っている。もし、ほんとうに答えが見つかるものであれば、世界はこのように不条理に満ちてはいないだろう。批評や学問は、現実の世界をある一場面、ある理屈のレベルで切り取って、そこで議論をつみあげていく知的営みである。世界を理解し、変えるための糸口は与えてくれるかもしれないが、自分自身の悩みや苦しみを分け持ってくれるものではない。

依然として、いまもなお小説は日々生み出されている。書く人がいて、読む人が絶えない。読者が求めているのは答えだけではないのだろう。変化する世界のただなかで、そこで生きるものたち。その葛藤を見ることによって、自分たちの納得できないこの人生とどのように折り合うかを考え、生きて行くための必要な言葉を見つけようとしているのではないだろうか。

正しいとか間違っているといった判断のつかないことがこの世界にはたくさんある。一方、社会は大量の情報にさらされ、押し合いへし合いしながら変化の速度を競うために、できるだけわかりやすく判断を下すことを求めてくる。割り切ろうとする力がそこに働く。しかし、私たちの人生はそのように割り切れるものではない。たとえ原因や理由がわかったとしても、取り返しのつかない後悔や埋めがたい喪失感は残る。わかるということと、心が揺さぶられることは同じではない。小説は私たちの生と死に寄り添い、葛藤を葛藤のまま、まるごと提示する。小説の魅力はいつもそこにある。

高校生のための近現代文学ベーシック

ちくま小説入門

目次

この本の構成と使い方

⦿第一部

小説を読むうえで押さえておきたい基礎的な知識、読解のポイントを具体的にまとめ、小説の魅力や、その広がりについて言及した。さらに、具体的な小説作品を通して、実践的に小説読解のための手順を示した。まずさっと一読し、「第二部」に入ってからも、必要に応じて読み返して、自分なりの小説の読み解き方・味わい方を磨き上げていってほしい。

⦿第二部

⑴**本文**　近現代の代表的な作者の作品を中心に、高校に入学したての生徒も利用できる平易さで、それぞれの書き手の魅力を存分に味わえる小説を選定し、それぞれの主題に応じて、五つの章に分け、配置した。

⑵**リード**　小説の世界にスムーズに入り込むための橋渡しとなるよう、作品の背景や、テーマなどに関する文章を配した。

⑶**脚注**　難解な語句・外来語・固有名詞・方言には番号を付し、解説を加えた。

⑷**脚問**　本文中に◆で示してある。展開をたどるうえで押さえておきたい表現の意味や、指示語の内容などを問いとした。

⑸**読解**　文末に、作品全体から読み取りたい本文の内容を設問とした。

⑹各章末に、小説の魅力・広がりを理解するためのコラムを配した。

⦿解答編（別冊）

「解答編」は、以下の構成となっている。

【鑑賞のポイント】　本文を読み解く際に、読解の軸となる要素をまとめた。

【注目する表現】　本文から、読解する上で重要な記述、特徴的な表現などを抽出し、着目すべき根拠とともにまとめた。

【作品解説】　本文の構成・展開をたどりながら、その主題が明確になるよう解説した。

【脚問】　本文に付した脚問の解答および解説を示した。

【読解】　本文に付した「読解」の解答および解説を示した。

【読書案内】　本文に掲載した作者の別の作品を、比較的入手しやすいものを中心に複数紹介した。

このほか、本文の構成・展開を図示したポイント図解を載せた。また、必要に応じて**【訳者紹介】**や**【著者解説】**を付した。

第一部

小説への招待

小説の仕組み

小説は言葉からできている。音楽や絵画とはその媒介の手段が違う。しかし、同じ言葉からできているといっても、詩歌とも異なっている。詩歌が音楽と近しいのに対して、小説は演劇や映画にもつながる。古典の物語や説話とも連続性はあるが、決して同じではない。では、小説はどのような仕組みで成り立っていて、どのように読み解いていけばよいのだろうか。

人物の把握

小説は原則として人物を必要とする。多くの小説においては、複数の人物が描かれ、それぞれの人物の間に何らかの関係やコミュニケーションが成立する。したがって、それぞれの作中人物がどのような存在で何を感じているか、人物どうしがどのような関係にあるのかを把握する必要がある。

①作中人物の造型

まずは、作中人物の造型について、作品から読み取れる情報をきちんと押さえておこう。年齢・性別・身分（職業）はどういったものか、どのような背景があって、何をしているのか。物語が展開するなかで、それぞれの人物はどのような言動を取り、どのように変化するのか。作中人物について、きちんと整理することが、作品を読み解く第一歩である。

【さまざまな媒介の手段】

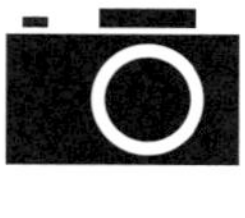
写真

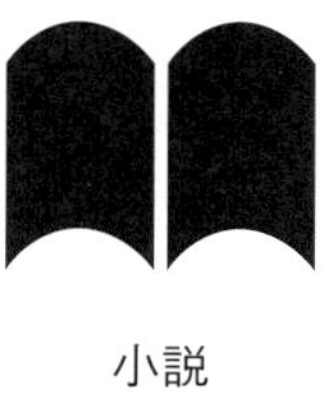
小説

映画

音楽

【韻文と散文】

・韻文＝一定の韻律・形式にのっとって作られた作品。詩・短歌・俳句など。
・散文＝韻文のような韻律・形式上の制限を排して、自由に書かれた文章。随筆・小説など。

②作中人物の心情

私たちは何かしらの感情に基づいて行動する。それは小説においても変わらない。作中人物の心情は、直接説明されることもあれば、その表情・発言・振る舞い・口調などの描写から読み取らなくてはならない場合もある。また、情景の描写に、そのときどきの作中人物の心情が投影されていることもある。物語が進行するなかで、心情がどのように変化していくか確認しよう。微妙な言葉遣いや、さりげないしぐさなどを丹念に拾い集めていくことで、作中人物の心情を立体的に押さえることができるだろう。

③人物相互の関係

多くの小説には、複数の人物が登場し、それぞれが関わり合いながら、物語が進行していく。その際、それぞれの人物がどのような関係にあるか確認しておこう。親子・夫婦・友人・同僚など、表面的な関係だけではなく、互いが互いに対して抱いている感情や、それが物語に与える作用、物語が展開するなかでそうした関係性がどのように変容していくかという点も含め、幅広く目を向けたい。物語の筋ばかりではなく、人物相互の関係を細部に至るまで読み取ることが小説読解のポイントである。

舞台の設定

古典の物語や説話は、たとえば「今は昔」とか「むかしむかし、あるところに」といった書き出しで始まる。「むかしむかし」と遠くはるか過去の時間を設定し、「あるところ」と限定しながらも、具体的な地名や場所を明らかにせずに舞台を設定する。特定の時間や空間を設定することは、

【小説と戯作】
・小説＝明治期に日本に導入された概念。英語の novel の翻訳語。
⇔
・戯作＝江戸時代後期に成立した通俗的な読み物。滑稽本や人情もの、勧善懲悪的な内容が多い。

【話法】
・直接話法＝人の発言を引用する際に、原形に忠実に書き表す話法。「　」で括《くく》られることが多い。
・間接話法＝人の発言をそのまま引用するのではなく、語り手の立場から改めて語り直す話法。

【説明と描写】
・説明＝事実関係・心情などについて、推測・判断・解釈などを加えて述べる。
・描写＝その場の情景・人物のようすなどを客観的・具体的に述べる。

ひとつづきの連続した物語をまとめるときには欠かせない要素である。
また長編小説では一般的に長い時間のなかでストーリーが展開し、空間的にもさまざまな場所に移動し、交差したりする。小説は時間と空間をより複雑に錯綜《さくそう》させながら、それによって作中人物の心理や行動を促し、読者の独特な感得を導き出すように工夫しているのである。

①時間・空間

小説の時間について、まずは、**物語中の現在はいつになっているか**、を押さえたい。そのうえで、そこからどのような形で違う時間が呼び込まれてくるか、異なる時間をつなぐ契機は何か、という点に注目しよう。空間についても同様であるが、**舞台となる場所が明示されている**こともあれば、そうではないこともある。明示される場合、**実在する場所である**ことも、架空の場所であることもある。また、実在するからといって、物語の世界と現実の世界とを混同しないようにしたい。作品全体が、一つの場所で完結することもあれば、別の場所に移動することもある。そうした時間や空間の移動は、**物語の転回点**をなしていることが多い。

②事実と虚構

フランツ・カフカの小説『変身』は、目が覚めたら虫になっていた男の物語である。このように、小説の世界では、しばしば現実では考えられない出来事が語られ、支離滅裂に見えるようなことも、当然のように受け入れられていく。小説は、現実の世界とは微妙に異なる**独自の秩序や世界観**によっている。まずは先入観を排し、それぞれの物語の世界がどのような論理やルールで成り立っているのか、という点に留意する必要がある。

【５Ｗ１Ｈ】

・小説の構成を整理するために、以下の５Ｗ１Ｈという点に注目すると効果的である。
▼誰が・誰と（who）
▼いつ（when）
▼どこで（where）
▼なぜ（why）
▼何を（what）
▼どのように（how）

【フィクションとノンフィクション】

・フィクション（虚構・仮構）＝想像による創作が原義。事実をありのままに描くのではなく、架空の人物・世界をあたかも真実であるかのように構築すること。小説が典型。
・ノンフィクション＝虚構による創作を交えずに、事実を重視し、ありのままに描き出そうとすること。ルポルタージュ・伝記・評論が典型。

展開と主題

①段落と作品の展開

文章の中で、改行によって一つのまとまりをなしている部分を段落という。逆に言えば、この段落の連なりによって、文章は構成されている。小説においては、物語の展開によって、いくつかの段落を一つのまとまり（意味段落）として捉えることができる。全体を意味段落ごとに分ける作業（段落分け）を踏むことで、作品全体の展開がスムーズに押さえられる。

こうした意味段落のつながり、つまり物語が展開される形式は、しばしば「序破急」や「起承転結」といった言葉で説明される。これらが厳密に当てはまる小説は必ずしも多くはないが、どのように物語が展開しているか、どのような出来事が起こり、どの場面が作品の山場（クライマックス）をなしているかという点を整理するには、効果的な考え方と言える。

②主題

ある作品を通して作者が伝えたかったであろうテーマのことを主題という。筆者の主張を展開したものである評論文においては、筆者が伝えたい内容は論理的に文章を辿《たど》っていけばおのずと明らかになる。だが、小説では直接的に主題が語られることは少ない。したがって、小説全体を細部まで読み込み、その作品全体と、自分の主観的な印象とを擦りあわせながら、作者が扱いたかったであろうテーマを考察する必要がある。作品の舞台、物語の展開、主要な作中人物の言動や心情など、作品に描かれたすべてを総合させて、作品の主題へと迫りたい。

【序破急】

▼序　物語の発端
▼破　物語の展開・経過
▼急　物語の結末

【起承転結】

▼起　発端
▼承　展開
▼転　山場
▼結　結末

（例）
京は五条の糸屋の娘
姉は十七、妹は十五
諸国大名は弓矢で殺す
糸屋の娘は目で殺す

【原作に触れる】

教科書などに掲載されている小説は、教材によっては、全文収録でない場合がある。典型的なものが、夏目漱石《なつめそうせき》「こころ」であり、本書では、吉行淳之介「子供の領分」、吉本ばなな「満月」、中勘助「銀の匙」、林芙美子「裸になって」（『放浪記』）がそれに当たる。

掲載にあたっては、収録部分を独立した作品として味わえるように配慮しているものの、できれば原作を通読し、作品世界の全体像を味わってほしい。

また、別冊の解説編では、「読書案内」として、掲載した作家の他の作品をいくつか紹介している。もし、関心をもつ作者に出会えたならば、ぜひそれらの作品にも手を伸ばしてみてほしい。

小説の表現

人称と語り手

小説は、一人称で書かれる場合が多い。しかし、それはたんなる書き手自身を表す主語というだけではなく、ある物語世界を伝達する役割を担った語り手（ナレーター）という性格を持っている。そのような語り手の多くは架空の作中人物であり、その人物造型はあらかじめ設定されている。だから語り手は物語を語りつつ、自身についての情報も伝えていかなければならないのである。

一人称の語り手が作者自身のことと示されているのが、いわゆる私小説である。だがその場合でも、語られる内容は、作為的に構築された物語世界であり、語り手は回想をはさんで時間的な構成を誘導したり、各場面の観察と報告を受け持ちながら、読者に理解と緊迫をもたらしている。

そのような語り手の働きは、人称が何であれ、小説に共通している。三人称の場合は、語られる対象と語り手が分離していることになる。つまり人物Aについて、Aではない語り手が語っているわけである。そういうときも、語り手がAの内面に入りこんで自分のことのように語ったり、外側から客観的に語ったりと、さまざまなパターンがある。

このように未知の架空の人物像が、語り手の働きによって少しずつ明ら

【人称】

・一人称（自称）＝語り手。
・二人称（対称）＝聞き手。
・三人称（他称）＝一人称・二人称以外の人や物。

【口語文体と文語文体】

〈文語文体〉
・漢文体＝漢文による文体。
・漢文訓読文体＝漢文書き下し文のような文体。
・和文体（雅文体・擬古文体）＝平安時代の仮名文の系統を継ぎ、大和言葉を用いた文体。
・和漢混交文体＝和文体と漢文訓読文体が混じりあった文体。
・候文体＝丁寧語の「候」を用いた文体。公用文体・手紙文体として現代にまで伝わる。
〈口語文体〉
・言文一致文体＝話し言葉に近づけ、表現と内容の一致をめざした文体。明治二十年代頃からの口語文体の先駆け。
・欧文直訳文体＝欧文の翻訳様式に倣った文体。

かにされていくプロセスが、小説の背骨をなしている。

文体

小説において、語り口の個性は一貫しているものである。その小説独自の語り口は、読むうちに作品そのものの肉体のように存在感を発揮していく。そうした作品特有の語り口や、作者固有の文章の習慣、独自性を文体と呼ぶ。小説の魅力の多くは文体によるといっても過言ではない。

文体は大きく時代的に区分すれば、文語文体と口語文体に分かれる。また、口語文体でも常体や敬体などの区別がある。しかしここでいう文体とは、作家特有の、あるいは作品特有の文章の個性のことである。

たとえば本書の半村良の「簞笥」（二四六ページ）では、暗い室内で老人が語っているような無気味な雰囲気が、異様な物語の世界へ読者を引きずり込む。一方、吉本ばななの「満月」（七三ページ）は、マンガやテレビを見て育った世代の語り口が、若い女性の気持ちを等身大で伝えてくる。

このように小説を読むこととは、物語の筋以上に、作者の文体に接することなのである。読んでいるうちに、その文体の個性になじんで親しみや陶酔を覚えたりする。それが小説を読む最大の醍醐《だいご》味《み》ということができる。

セリフと地の文

小説は複数のさまざまな言葉や文章の組み合わせからなる。地の文といわれる語りの文章に対して、異質な文章が投げ込まれる。その代表が作中人物による会話文である。それは語り手の言葉に対して、他者の話し言葉

・口語文体＝今日一般に用いられる文体。さまざまな文体の要素を含んで成り立っている。

【常体と敬体】
・常体＝丁寧語を用いない口語文体。「である調」（〜である）や「だ調」（〜だ）がある。
・敬体＝丁寧語を用いた口語文体。「です・ます調」（〜です、〜ます）が知られる。

【修辞】
〈比喩を用いる修辞法〉
・直喩（明喩）＝「まるで」「ような」「ごとく」などの語を使って、たとえるものと、たとえられるものを結んでいる比喩。
例 貝のごとく黙っていた。
・隠喩（暗喩）＝直喩のように比喩を示す語を用いず、たとえるものを暗示的に示した比喩。
例 近松は日本のシェイクスピアである。
・寓喩《ぐうゆ》（諷喩《ふうゆ》）＝たとえで示し、真に言いたいことを言外にほのめかす表現。文章全体が寓喩をなしているものを特に寓話という。
例 虎穴に入らずんば虎児を得ず（＝危険を冒さなければ、大きな成果は望めない、という意味。）
・擬人法（活喩）＝人間でないものを人間のようにたとえる表現。
例 花がわらう。
・オノマトペ（擬声語・擬態語）＝物の音や状

のように見せて作られた文章と言ってもいいだろう。小説に引用される手紙や日記などもまた、他者の書き言葉に見せかけて作られた文章である。こうした異なる相手からの言葉を取り入れることによって、小説は人物同士の緊張感を招き寄せる。作家たちは、セリフのキャッチボールを織り交ぜながら、作中人物や人物同士の関係を立体的に描き出しているのである。

比喩

　小説のなかで特徴的な対象の観察が伝えられるとき、複雑な形容や比喩がよく用いられる。これも日常の文章と異なる小説の特徴である。ある場面での微妙な心理や印象を、正確に再現するためにそうせずにいられないのであり、そういう再現の部分を描写と呼ぶ。状況や心理状態が非日常的で異常であれば、形容や比喩も非日常的な表現になる。

　比喩にはさまざまな種類があるが、「花のように美しい」など、比喩であることが誰の目にも明らかなものを直喩といい、「人生は旅だ」など非日常的な言葉の組み合わせによって、読み手に強く印象付ける比喩を隠喩と呼ぶ。これらは本来、主に詩で用いられてきた比喩である。それが散文であるにもかかわらず重要な場面で効果的に用いられる点が、小説特有の表現ということができる。

　そのほかにも、何気なく描かれている天候や事物（情景描写）が、その人物の心理を表す比喩になっている場合もあるし、ときには物語全体が、作者のメッセージや問題意識を伝えるための一つの比喩、つまり寓話《ぐうわ》になっていることもある。

態・ようすなどをまねたことば。
例 犬がワンワンとほえる。

・提喩＝全体―部分の関係に基づき、全体を部分で表したり、部分を全体で表す表現。
例 パン（＝食物）

・換喩＝たとえるものを、それと関係の深い別のものによって言い表す表現。
例 鳥居（＝神社）

〈比喩を用いない修辞法〉

・誇張法＝物事を過度に大きく述べる方法。
例 千尋の谷、万丈の山。

・朧化《ろうか》法＝明確に述べず、ほのめかす方法。
例 とうとういけませんでした（＝死んだ）。

・反語法＝疑問形を取って、反対のことを強調したり、あえて反対のことを述べることで本当に言いたい内容を強調する方法。
例 そんなことがあろうか（＝あるわけない）。

・逆説法（パラドックス）＝一見真理に反するようで、実はある真理を言い表した表現。
例 負けるが勝ち。

・連鎖法＝次々と言葉を重ねていく表現。
例 楢《なら》だから黄葉する。黄葉するから落葉する。

・反復法＝語句を繰り返す方法。畳語もこの一種。
例 夕焼け小焼け。しぶしぶ。

・象徴法＝抽象的な内容を具体的なもので表したもの。比喩の一種ともいえる。
例 ハト（＝平和）

小説の豊かさ・可能性

小説と時代

小説は、それが書かれた時代背景と切り離して捉えることはできない。戦争や景気、政治の動向、人々の生活様式の変化を常に反映して小説は書かれる。たとえば夏目《なつめ》漱石《そうせき》の小説は、日露戦争後の日本の社会状況と不可分な関係にある。また村上春樹の小説は、戦後日本にもたらされたアメリカ文化を基盤にして生まれたといっていい。どんなに時代が変化しても小説は、むしろその変化を取り入れて進化していくのである。

小説は、人間の行動や心理を主として描いてきた。社会の変化に応じて、人間の考え方や行動も変化する。そういう新しい人間と社会のあり方を洞察することによって、新しい小説が書かれてきた。大きな衝撃を人々にもたらすような事件や出来事に直面して、いやおうなく人間と社会のあり方を考え直すことを迫られた作家も少なくない。そのようにして、小説はたえず時代から生み出されるのである。

小説と言葉

小説は言葉で書かれるが、言葉は時代とともに変化するものである。ことに会話に用いられる話し言葉の変化は著しい。たとえば、近代日本の小

【小説のジャンル】

〈長さによる分類〉
長編小説（［フランス語］roman《ロマン》）
中編小説（［フランス語］nouvelle《ヌーヴェル》）
短編小説（［フランス語］conte《コント》）

〈内容による分類〉
・読者層、作品の質（文学性）などによる分類
純文学
大衆文学
・作者の実体験を述べたものか、そうでないかによる分類
私小説
本格小説
・作品世界の設定・特徴や物語の展開などによる分類（一部）
ＳＦ（科学空想小説）
推理小説（サスペンス・ミステリー）
幻想文学（ファンタジー）
教養小説（ビルドゥングスロマン）
冒険小説
時代小説・歴史小説

説では性別をわかりやすくするために、わざと女性的な話し方を強調してきた。それが逆に日常でまねられて女性語が浸透したとも言われている。しかし現代では、どんどん会話に性差が表れにくくなっている。そのような実態に応じて、小説の会話は時代を生き生きと反映してきた。作家は常に周囲の話し方に聞き耳を立てているのである。

会話だけでなく、小説の叙述自体もまた変化している。もともと日本の近代小説は、話すように書かれた「言文一致」の運動から始まった。しかし長い時が経過するうちに、書き言葉はふたたび実際の話し方から隔たってしまう。それを小説はたびたび「言文一致」に立ち返って更新してきた。国木田独歩（四八ページ）の作品と村上春樹（一九五ページ）の作品を読み比べると、どれほど大きな変化が日本の小説に生じたかを思い知らされるだろう。小説は時代の言葉をいつも呼吸しているのである。

小説と翻訳

小説は言語や民族を超えて、世界中で書かれている。それぞれの国の政治体制や宗教や伝統文化の違いがありながら、小説は同じ時代を生きる人間を鏡のように映し出す世界共通の文化となっている。数は限られていても翻訳という手段を通して、世界中の小説は交流しているのである。特に日本の小説は海外の小説からの影響によって大きな変化を遂げてきた。たとえばSF作家として活躍した星新一（二六ページ）と半村良（一四六ページ）の作品が本書には収録されているが、やはり本書に収録されているE・A・ポー（九〇ページ）は、SF・ミステリー・怪奇小説などさまざ

翻訳文学

前記に限らず、小説にはさまざまなジャンルがあり、個別の作品はそうしたジャンルを自在に横断している。ジャンルに基づいて小説が執筆されるのではなく、発表された作品に対してジャンル分けがなされることが多いからである。それぞれの作品がどのように分類されているか、実際に書店などに足を運んで確かめてほしい。

【国際的に評価される日本の作家】

本書に収録された作家の多くは、何かしらの作品が外国語に翻訳されている。近代の名だたる文豪の作品はもちろん、現代の作家たちの新作まで、外国語で読むことが可能になってきている、ということだ。たとえば、フランスのガリマール出版社に、「プレイヤード叢書《そうしょ》」という権威ある個人全集シリーズがあるが、この中には谷崎潤一郎《たにざきじゅんいちろう》が加えられている。他にも、タイの映画『トロピカル・マラディ』は、中島敦『山月記』からの引用で始まるし、小川洋子の作品『薬指の標本』はフランスで映画化もされている。このように、日本の近現代の作品は、時代・国境を越え、影響を与え続けている。

【ノーベル文学賞を受賞した日本の作家】

ノーベル賞とは、スウェーデンの発明家、アルフレッド・ノーベル（一八三三―九六年）の遺産をもとに設立された国際的な賞であり、世

まなジャンルの元祖であった。それを受け継いだ同じアメリカの作家ブラッドベリ（二一一ページ）には、SFとファンタジーの本家の魅力がある。それが理解できるのは、そうした作品が翻訳され、それらに影響を受けた小説が日本でも執筆されるようになったからである。他方で、吉本ばなな（七三ページ）のデビュー作「キッチン」は欧米でベストセラーとなったし、村上春樹の小説は全世界で読まれている。今では日本発の小説が世界から注目されているのである。そのようにして、小説は世界中を血液のように循環しているのだ。

小説と人生

小説は人生の模倣である。ありありと追体験できる仮想現実ともいえる。そんな小説によって読者は恋を知ることも、苦難に直面することも、殺人者になることもできる。だから逆に、人生が小説を模倣するというのも事実なのである。小説で恋を知った人は、そのような恋を自分もしてみたいと憧れて、出会いを待ち望む。周囲になかなか適応できず一人で苦しんでいる人は、同じような苦悩が描かれた小説を読むと、孤独を癒やされ勇気を得る。生きにくさの渦中にある存在が自分だけではないとわかるのである。またそれがたんなる個人の不幸であるだけでなく、社会的な背景を含めて俯瞰《ふかん》できるようになる。こうして小説は、想像力によって私たちの人生を拡張し、強化していくのである。

せっかく持ち合わせた想像力を、ありきたりで通俗なままで終わらすのはもったいない。小説は想像力の宝庫として、あなたを待っているのだ。

界で最も権威ある賞とされる。ノーベル文学賞はその一部門であるが、文学者として世界的に認められた証とされ、毎年その受賞者をめぐって大いに盛り上がる稀有な文学賞である。これまで、日本の作家としては、次の二名がその栄誉に輝いている。

・川端康成《かわばたやすなり》（一九六八年受賞）
・大江健三郎《おおえけんざぶろう》（一九九四年受賞）

【「日本文学」の広がり】

「日本文学」というと、「日本人」が「日本語」で書いた文学作品であると、考えがちである。しかし、沖縄文学やいわゆる「在日文学」など、マイノリティ（少数派）による文学や、海外出身者による日本語での文学、海外に移民した日本人による文学など日本文学は実に多様である。以下、代表的な作家・作品を挙げておく。

・**目取真俊《めどるましゅん》**　今日の沖縄文学を代表する作家。作品に『魂込め《まぶいぐみ》』など。
・**李恢成《イーフェソン》**　在日コリアンの苦悩を描いた作品で、芥川《あくたがわ》賞を受賞。作品に『地下生活者』など。
・**松井太郎《まついたろう》**　戦前期にブラジルに移民した日系ブラジル人の作家。作品に『うつろ舟』など。
・**リービ英雄《ひでお》**　十代から日本に住み、アメリカで大学教授を務めた後、日本語の作家となる。作品に『星条旗の聞こえない部屋』など。
・**楊逸《ヤンイー》**　日本語を母語としない作家として初めて芥川賞を受賞。作品に『時が滲《にじ》む朝』など。

小説の読解

いよいよ実際に作品を読んでいこう。取り上げるのは芥川龍之介の『蜜柑』という作品である。どのような人物が登場し、どのような出来事が展開するか。基本的な読解作業の中で、この作品の主人公「私」について疑問を持つかもしれない。年齢はいくつぐらいで、職業は何で、といった基本的な情報がほとんど示されていないからだ。そうすると、往々にして作者その人をそこに重ねてしまいがちだが、それは、この作品をあたかも随筆のように読むことを促しかねない。

「私」について読み取れる情報は乏しい、しかし、この人物の心理の微妙な変化はとても細密に描き出されている。その変化はどのようなものであり、また何によってもたらされていったのか。そして、それらはどのように描き出されているか。展開をたどり内容を把握するだけでなく、今述べたような点に留意しながら、この作品がどんな組み立てでできていて、どのように読者を感動させようとしているかを考えてみること。それが求められているのである。

あるいはこの「私」に反発したり、受け入れがたいものを感じたりする人もいるかもしれない。しかし、そうした形であっても読者の心を動かしているのはこの作品のもつ力にほかならない。小説の読解とは、その力を理性的に受け止めることでもあるのだ。

蜜柑《みかん》

芥川龍之介《あくたがわりゅうのすけ》

芥川龍之介
一八九二—一九二七年。東京都生まれ。夏目漱石に短編「鼻」が激賞され、作家として認められた。以後、短編作家として優れた才能を示した。
本文は、「芥川龍之介全集」第三巻（岩波書店）

1 ある曇った冬の日暮れである。（特定できない時間＋作品全体の色調）私は*横須賀《よこすか》発上り*二等客車の隅に腰を下ろして、ぼんやり発車の笛を待っていた。とうに電灯のついた客車の中には、珍しく私の外に一人も乗客はいなかった。外をのぞくと、うす暗いプラットフォームにも、今日は珍しく見送りの人影さえ跡を絶って、ただ、檻《おり》に入れられた小犬が一匹、時々悲しそうに、ほえ立てていた。これらはその時の私の心持ちと、不思議なくらい似つかわしい景色だった。私の頭の中には言いようのない疲労と倦怠《けんたい》とが、まるで雪曇りの空のようなどんよりした影を落としていた。私は外套《がいとう》のポケットへじっと両手をつっこんだまま、そこに入っている夕刊を出して見ようという元気さえ起こらなかった。

2 が、やがて発車の笛が鳴った。私はかすかな心のくつろぎを感じながら、後ろの窓枠へ頭をもたせて、目の前の停車場がずるずると後ずさりを始めるのを待つともなく待ちかまえていた。ところがそれよりも先にけたたましい＊日和下《げ》駄《た》の音が、改札口の方から聞こえ出したと思うと、間もなく車掌の何か言い罵る声とともに、私の乗っている二等室の戸ががらりと開いて、十三、四の小娘が一人、慌ただしく中へ入って来た。と同時に一つずしりと揺れて、おもむろに汽車は動き出した。一本ずつ目をくぎってゆくプラットフォームの柱、置き忘れたような運水車、それから車内の誰かに祝儀の礼を言っている＊赤帽――そういうすべては、窓へ吹きつける煤煙《ばいえん》の中に、未練がましく後ろへ倒れていった。私はようやくほっとした心持ちになって、巻煙草《まきたばこ》に火を

（傍注）
- ぼんやり：→明確な目的は不明
- 待っていた：→受け身の姿勢を取るしかない「私」
- 一人も乗客はいなかった：→物寂しさ・孤独感
- 檻に入れられた小犬が一匹、時々悲しそうに、ほえ立てていた：→「私」の暗喩・しかも「私」は「ほえ立て」ることすらできない
- その時の私の心持ち：→後出の「言いようのない疲労と倦怠」
- まるで雪曇りの空のようなどんよりした影：→直喩・沈み込んだまま動きそうもない停滞のイメージ
- が、：→いつまでもその状態が続くかにみえたが、の意
- 心のくつろぎ：→発車による事態の展開への期待
- 停車場がずるずると後ずさりを始める：擬人法・「私」を取り囲んでいた現実の方が遠ざかっていくイメージ→
- けたたましい：以下聴覚描写に注意→
- 一つずしりと揺れて：→汽車の重量感
- 窓へ吹きつける：窓を開けるとどうなるか、という暗示→
- 未練がましく後ろへ倒れていった：→擬人法・先の「ずるずると〜」と同様の表現
- ほっとした心持ち：→先の「心のくつろぎ」と一つながりの心情

によった。

1 〈書き出し〉舞台・人物の把握

舞台 ｛ある曇った冬の日暮れ／横須賀発の横須賀線上り二等客車の中｝

主人公＝「私」｛客車に一人きり／ぼんやり発車を待っている｝← 受け身の姿勢

主人公の心情　言いようのない疲労と倦怠

▼情景描写と主人公の心情

・プラットフォームのようす＝無人
↓空間的な広がりがある分、そこに一人きりでいることは孤独なわびしさを感じさせる。

・檻の中の子犬＝「私」自身のよう（暗喩）
↓具体的な説明のない「言いようのない不安と倦怠」という「私」の心情を受け止めやすくする効果。

・雪曇りの空のような＝重く、沈み込んだ状態がいつまでも続くかのような停滞のイメージ。
↓停滞した状況・心情のまま、なすすべなく、ただ座っている。

つけながら、初めてものういまぶたをあげて、前の席に腰を下ろしていた小娘の顔を一瞥《いちべつ》した。

「発車によって、直視しようとする精神的余裕が生まれた

「相手を見下すイメージ

3 それは油気のない髪をひっつめの銀杏返し《いちょうがえし》*に結って、横なでの痕のあるひびだらけの両頬を気持ちの悪いほど赤く火照らせた、いかにも田舎者らしい娘だった。しかも垢《あか》じみた萌黄《もえぎ》*色の毛糸の襟巻きがだらりと垂れ下がった膝の上には、大きな風呂敷包みがあった。そのまた包みを抱いた霜焼けの手の中には、三等の赤切符が大事そうにしっかり握られていた。私はこの小娘の下品な顔だちを好まなかった。それから彼女の服装が不潔なのもやはり不快だった。最後にその二等と三等との区別さえもわきまえない愚鈍な心が腹立たしかった。だから巻煙草に火をつけた私は、一つにはこの小娘の存在を忘れたいという心持ちもあって、今度はポケットの夕刊を漫然と膝の上へひろげて見た。するとその時夕刊の紙面に落ちていた外光が、突然電灯の光に変わって、刷りの悪い何欄かの活字が意外なくらい鮮やかに私の目の前へ浮かんできた。言うまでもなく汽車は今、横須賀線に多いトンネルの最初のそれへ入ったのである。

「以下「小娘」に対して見下すような侮蔑的な表現が続くことに注意→嫌悪感の表れ

「小娘」の存在がいかに不快なものであったか」

外界＝社会へとつながる窓である新聞は気分転換をもたらしてくれるか」

4 しかしその電灯の光に照らされた夕刊の紙面を見渡しても、やはり私の憂鬱を慰むべく、世間は余りに平凡な出来事ばかりで持ち切っていた。講和*問題、新婦新郎、瀆職《とくしょく》*事件、死亡広告――私はトンネルへ入った一瞬間、

「三つ前の文（だから巻煙草に〜ひろげて見た。）を受けての「しかし」

「「言いようのない疲労と倦怠」の言い換え

2 3 4 〈事件の展開1〉「小娘」の登場

〈停滞から移動へ〉

▼汽車の移動に伴う「私」の心情の変化

発車の笛＝心のくつろぎ
汽車の発車＝ほっとした心持ち

・「私」を取り囲む情景（＝現実）が後ずさりし、後ろに倒れていく。
⇒停滞からの解放の予感

⇔

・「小娘」の登場
・「けたたましい」「言い罵る声」「がらりと」
＊聴覚描写
⇒「私」を脅かしかねない不快な存在の予感
・「小娘」の容姿＝「下品」「不潔」「愚鈍」
⇒不快感・腹立たしさ（↑上からの目線）

↓

・後ずさりしたはずの現実が娘の形をとって再び現れてきた。
＝卑俗な現実を人間にしたよう

↓

・汽車はトンネルに入る
照明が切り替わったところで、「小娘」の存在を忘れるべく、夕刊を読み始める。

↓

・闇に包まれ、人工的な照明に照らされた中で、夕刊という窓を通して現実と切り結ぼうとする。
↓記事には「平凡な出来事ばかり」

汽車の走っている方向が逆になったような錯覚を感じながら、それらの索漠とした記事から記事へ、ほとんど機械的に目を通した。が、その間ももちろんあの小娘が、あたかも卑俗な現実を人間にしたような面持ちで、私の前に座っていることを絶えず意識せずにはいられなかった。このトンネルの中の汽車と、この田舎者の小娘と、そうしてまた、この平凡な記事に埋まっている夕刊と、――これが象徴でなくてなんであろう。不可解な、下等な、退屈な人生の象徴でなくてなんであろう。私は一切がくだらなくなって、読みかけた夕刊をほうり出すと、また窓枠に頭をもたせながら、死んだように目をつぶって、うつらうつらし始めた。

→いったん期待感を抱いたものの、また逆戻りになることの予告とも読める

→新聞記事にみられたような平凡で無意味な現実

→闇に閉ざされ出口のない汽車、「卑俗な現実」そのもののような「小娘」、現実の平凡さや無意味さを伝えるだけの夕刊→それらに取り囲まれるほかない「私」の鬱屈

人生に目的や意味を見いだせない「私」→「疲労と倦怠」はこれに起因→

なすすべなく睡眠（仮死状態）に逃避→

5 それから幾分か過ぎた後であった。ふと何かに脅かされたような心持ちがして、思わずあたりを見まわすと、いつの間にか例の小娘が、向こう側から席を私の隣へ移して、しきりに窓を開けようとしている。が、重いガラス戸はなかなか思うようにあがらないらしい。あのひびだらけの頰はいよいよ赤くなって、時々はなをすすりこむ音が、小さな息の切れる声と一緒に、せわしなく耳へ入ってくる。これはもちろん私にも、幾分ながら同情をひくに足るものには相違なかった。しかし汽車が今まさにトンネルの口へさしかかろうとしていることは、暮色の中に枯れ草ばかり明るい両側の山腹が、間近く窓側に迫ってきたのでも、すぐに合点のいくことであった。にもかかわら

→時間の断絶＝事件の始動の予感

現実に充足感を持てない分、絶えず何かに怯えているよう→

→以下「小娘」の行動には現在形が用いられる→臨場感

→「小娘」に対して視覚・聴覚を通じた微細な観察がなされていることに注意→間近に来た彼女を冷たく眺めやっている

「同情をひかれた」わけではない。自分の感情をも対象化して眺めている「私」→

＝現実の索漠さ

⇒憂鬱さの度合いが高まる。

▼「私」の鬱屈した心情

・トンネルの中の汽車・小娘・夕刊
＝不可解な、下等な、退屈な人生の象徴
平凡で無意味な現実を生きるしかない
↓言いようのない疲労と倦怠
↓死んだように目をつぶって、うつらうつらしかける
⇒停滞の極み、眠り（仮死状態）への逃避。

5

▼〈事件の展開2〉「小娘」の不可解な行動

▼「小娘」の行動とそれに対する「私」の心情の変化

・「小娘」が「私」の隣に席を移し、窓を開けようとする。
↓なかなか開かない
・同情をひくに足るものには相違なかった
↓トンネルに接近
・窓を開けようとする理由が飲みこめない
＝「小娘」の気まぐれと解釈
⇒険しい感情・永久に成功しないことを祈るような冷酷な目。
↓汽車の窓が開く

ずこの小娘は、わざわざしめてある窓の戸を下ろそうとする、——その理由が私には飲みこめなかった。いや、それが私には、単にこの小娘の気まぐれだとしか考えられなかった。だから私は腹の底に依然として険しい感情を蓄えながら、あの霜焼けの手がガラス戸をもたげようとして悪戦苦闘する様子を、まるでそれが永久に成功しないことでも祈るような冷酷な目で眺めていた。すると間もなくすさまじい音を*はためかせて、汽車がトンネルへなだれこむと同時に、小娘の開けようとしたガラス戸は、とうとうばたりと下へ落ちた。そうしてその四角な穴の中から、煤《すす》を溶かしたようなどす黒い空気が、にわかに息苦しい煙になって、もうもうと車内へみなぎり出した。元来咽喉《のど》を害していた私は、ハンケチを顔に当てる暇さえなく、この煙を満面に浴びせられたおかげで、ほとんど息もつけないほど咳《せ》きこまなければならなかった。が、小娘は私に頓着する気色も見えず、窓から外へ首をのばして、闇を吹く風に銀杏返しの*鬢《びん》の毛をそよがせながら、じっと汽車の進む方向を見やっている。その姿を煤煙と電灯の光との中に眺めた時、もう窓の外が見る見る明るくなって、そこから土の匂いや枯れ草の匂いや水の匂いが冷ややかに流れこんでこなかったなら、ようやく咳きやんだ私は、この見知らぬ小娘を頭ごなしに叱りつけてでも、また元のとおり窓の戸をしめさせたのに相違なかったのである。


「後に「一切を了解」することになる」

「「同情」とは正反対の嫌悪感や怒り」

「「小娘」を表す提喩」

「「冷酷な目」を修飾する比喩表現だが、「私」の本音とも取れる」

「外の暗さ、煤煙を吐き出すおぞましさを喚起」

「厳密には、「私」には捉えられない情景。「私」とは対照的に凜々しくさえある「小娘」の姿を描くことで後の展開につなげている」

「初めての嗅覚表現→新たな展開の予感」

「実際に「しめさせた」のではない。「私」は具体的な行動をほとんど起こしていない。」

煙を満面に浴びて咳き込む「私」
⇔ **対比**
「私」に頓着なく窓の外を見続ける「小娘」
→「頭ごなしに叱りつけてでも〜しめさせたのに相違なかった」（未発の行動＝想像するだけの「私」）
←
・汽車がトンネルを抜け、土や枯れ草や水の匂いが流れ込んでくる
⇒変化の予感

6 〈事件の展開３〉「小娘」の意外な行動（山場）
・汽車の移動→踏切近くの風景＝「見すぼらしい」「蕭索とした」「陰惨たる風物」
＝停滞を具象化したような色彩を欠いた風景
それらの風景と同化している三人の男の子
⇔

6 しかし汽車はその時分には、もうやすやすとトンネルをすべりぬけて、枯れ草の山と山との間に挟まれた、ある貧しい町はずれの踏切に通りかかっていた。踏切の近くには、いずれも見すぼらしい藁《わら》屋根や瓦屋根がごみごみと狭苦しく建てこんで、踏切番が振るのであろう、ただ*一旒《いちりゅう》のうす白い旗がものうげに暮色を揺すっていた。やっとトンネルを出たと思う――その時その*蕭索《しょうさく》とした踏切の柵の向こうに、私は頰の赤い三人の男の子が、めじろ押しに並んで立っているのを見た。彼らは皆、この曇天に押しすくめられたかと思うほど、そろって背が低かった。そうしてまた、この町はずれの陰惨たる風物と同じような色の着物を着ていた。それが汽車の通るのを仰ぎ見ながら、一斉に手を挙げるが早いか、いたいけな咽喉を高く反らせて、なんとも意味の分からない喊声《かんせい》を一生懸命にほとばしらせた。するとその瞬間である。窓から半身を乗り出していた例の娘が、あの霜焼けの手をつとのばして、勢いよく左右に振ったと思うと、たちまち心を躍らすばかり暖かな日の色に染まっている蜜柑がおよそ五つ六つ、汽車を見送った子供たちの上へばらばらと空から降ってきた。私は思わず息をのんだ。そうして刹那に一切を了解した。小娘は、恐らくはこれから奉公先へ赴こうとしている小娘は、その懐に蔵していた*幾顆《いくか》の蜜柑を窓から投げて、わざわざ踏切まで見送りに来た弟たちの労に報いたのである。

→汽車がトンネル内にあったならば窓をしめさせるなりしただろうが、の意

→嗅覚で捉えられた鮮烈さは消え、再び暗鬱な視覚的世界に向き合うしかない

→「白い旗」に目がとまるほど、色彩を欠いた世界。漢語表現はその暗鬱さを効果的に伝える

「男の子」たちは踏切の暗鬱な景色と結びつけて描かれる。次の一文も同様→

→暗鬱な景色を凝縮したような外見とは対照的な躍動する身体（＝「私」が持ち得ないもの）が描き出される

漢語を用いず、平易で素朴な表現で風景とは対照的な暖かな色彩に満ちた蜜柑を描き出している→

→「私」ではなく「男の子」たちの位置から捉えられた表現→天からの贈り物（恩寵）のイメージ

「一切」の内容は下段参照→

→これらの言い回しで、「小娘」や蜜柑に洗練された高尚なものというイメージを付与している

「一斉に手を挙げる」「咽喉を高く反らせて」「喊声をほとばしらせた」
＝躍動する身体（⇓停滞の打破を予告）
←
・男の子たちに向けて、「小娘」が蜜柑を投げ与える

▼蜜柑の鮮やかさ
・「心を躍らすばかり暖かな日の色に染まっている蜜柑」が「空から降ってきた」
⇔ 対比　← 視点の転換
暗澹たる現実　天からの恩寵のイメージ
・息をのむ「私」
↓一切を了解
・一切＝「恐らくはこれから〜労に報いた」であろうことをさすが、そればかりでなく、彼女が窓を開けた理由（5に「その理由が私には飲みこめなかった」とある）や、三人の男の子が意味のわからない喊声をほとばしらせた理由も含まれる。

7
8 **〈結末〉「私」の心情の変化**
・踏切、三人の子供たち、乱落する蜜柑の色
↓これらの光景が「私」の心にはっきりと焼き付けられる。
⇓えたいの知れない朗らかな心持ち。
↓まるで別人を見るかのように「小娘」を注視するが、先と同様、座っているだけ。

7 暮色を帯びた町はずれの踏切と、小鳥のように声をあげた三人の子供たちと、そうしてその上に乱落する鮮やかな蜜柑の色と――すべては汽車の窓の外に、瞬く暇もなく通り過ぎた。が、私の心の上には、切ないほどはっきりと、この光景が焼きつけられた。そうしてそこから、あるえたいの知れない朗らかな心持ちが湧き上がってくるのを意識した。私は昂然《こうぜん》と頭を挙げて、まるで別人を見るようにあの小娘を注視した。小娘はいつかもう私の前の席に返って、相変らずひびだらけの頰を萌黄色の毛糸の襟巻きに埋めながら、大きな風呂敷包みを抱えた手に、しっかりと三等切符を握っている。

一瞬の出来事にすぎない。↑
↑感情すら停滞させていたような「私」に与えた衝撃の大きさ
⇕（逆接）
↑「言いようのない疲労と倦怠」に対応。自分の心の変化に戸惑っているかのよう
↑「私」が初めて見せた積極的な行動
↑段落3と比較。露骨な侮蔑的表現が消えている→「小娘」に対する「私」の心情の変化
↑「私」がこの体験を自分の中に定着させるための「間」

…………

8 私はこの時初めて、言いようのない疲労と倦怠とを、そうしてまた不可解な、下等な、退屈な人生を僅かに忘れることができたのである。

↑「小娘」の行動を目撃した瞬間など限定的な「時」でなく、この出来事を経験した一連の「時」のことか
↑現在の「私」について考える手がかり

横須賀＝神奈川県東南部にある市。横須賀線が通る。　**二等客車**＝当時の客車は一等から三等までの種別があり、それぞれ乗車券の色が異なっていた。二等と三等では運賃が倍の違いがある。なお、「私」が乗車している二等客車の座席は、車両の左右に沿って設けられたロングシートである。　**日和下駄**＝晴天の時にはく歯の低い下駄。　**赤帽**＝駅構内で乗客の荷物を運ぶ人。　**銀杏返し**＝頭上に束ねた髪を二つに分け、左右に半円状に曲げて結う髪形。　**萌黄色**＝黄色がかった緑。萌え出たばかりのネギの色。　**講和問題**＝第一次世界大戦の戦後処理のために開かれたパリ講和会議のこと。　**瀆職事件**＝汚職事件。　**はためかす**＝鳴り響かせる。　**鬢の毛**＝耳ぎわの髪の毛。　**一旒**＝旗一本のこと。　**蕭索**＝物寂しいさま。　**幾顆**＝幾粒。

↓同じ対象に対して全く異なった捉え方をするようになった「私」
＝変化したのは「私」の心情
⇓言いようのない疲労と倦怠、不可解な、下等な、退屈な人生を僅かに忘れることができた。

【主題】

「ある冬の日暮れ」、景色も心情もどんよりと沈み込んでいき、さらにそれをより強めるかに見えた「小娘」によって、全く予想もしない形で「日の色」とそのぬくもりさえ感じさせるような出来事がもたらされた。その刹那の感動。
↓現在の「私」にとってこの出来事とは何だったか。

『蜜柑』では、主人公の心情の変化をたどることを中心に読み進めてきた。小説が人生の模倣であり、仮想現実であるからには、心情ばかりでなく、一人一人の言動や、それを支える思想、またそれらが織りなす人間関係や出来事なども描かれる。そうやって、多彩で多様な世界が構築されているのだ。言葉によって創出されたそれぞれの世界に遊び、その世界の成り立ちや、それが伝えているものを自分なりに受け止めていきたい。

第二部

第一章

出会いの物語

人生も小説も、未知の人物との出会いがドラマの発端となる。現れるのはどんな人物だろうか。小説はそうした読者の期待を背負って書かれる。私たちは小説を通して、現実の出会いとは別の、しかし現実にいそうな人物とめぐりあうのだ。架空の人物なのに恋したり、憎んだり、同情したりする。そしていくつもの小説を読んでみて気がつくと、小説で出会った人物たちが私たちの人生を取り巻いている。ふと現実の知人よりも懐かしく思えてきたりする。

ボッコちゃん

星《ほし》　新一《しんいち》

理想的な話し相手とは、どんな相手だろうか。何を話しかけても同じ言葉を返してくれる相手かもしれない。たとえば赤ちゃんが言葉を覚え始めるのは、そうしたオウム返しの会話からである。それが親の愛情をどこまでも高めるらしい。

そのロボットは、うまくできていた。女のロボットだった。人工的なものだから、いくらでも美人につくれた。あらゆる美人の要素をとり入れたので、完全な美人ができあがった。もっとも、少しつんとしていた。だが、つんとしていることは、美人の条件なのだった。

ほかにはロボットを作ろうなんて、だれも考えなかった。人間と同じに働くロボットを作るのは、むだな話だ。そんなものを作る費用があれば、もっと能率のいい機械ができたし、やとわれたがっている人間は、いくらもいたのだから。

◆それは道楽で作られた。作ったのは、バー[1]のマスター[2]だった。バーのマスターというものは、家に帰れば酒など飲む気にならない。彼にとっては、酒なんかは商売道具で、自分で飲むものとは思えなかった。金は酔っぱらいたちがもうけさせてくれるし、時間もあるし、それでロボットを作ったのだ。まったくの趣味だった。

（時事）

星新一　一九二六―九七年。東京都生まれ。ＳＦ小説の名手として知られ、「ショートショート」と呼ばれる非常に短い小説を多く執筆した。本文は、『ボッコちゃん』（新潮文庫）によった。

問1　「それは道楽で作られた。」とはどのようなことか。

1バー　カウンターのある西

趣味だったからこそ、精巧な美人ができたのだ。本物そっくりの肌ざわりで、見わけがつかなかった。むしろ、見たところでは、そのへんの本物以上にちがいない。

しかし、頭はからっぽに近かった。彼もそこまでは、手がまわらない。簡単なうけ答えができるだけだし、動作のほうも、酒を飲むことだけだった。

彼は、それができあがると、バーにおいた。そのバーにはテーブルの席もあったけれど、ロボットはカウンターのなかにおかれた。ぼろを出しては困るからだった。

お客は新しい女の子が入ったので、いちおう声をかけた。名前と年齢を聞かれた時だけはちゃんと答えたが、あとはだめだった。それでも、ロボットと気がつくものはいなかった。

「名前は。」

「ボッコちゃん。」

「としは。」

「まだ若いのよ。」

「いくつなんだい。」

「まだ若いのよ。」

「だからさ……。」

「まだ若いのよ。」

この店のお客は上品なのが多いので、だれも、これ以上は聞かなかった。

洋風の酒場。［英語］bar

2 マスター　ここは、酒場などの主人のこと。［英語］master

問2　「ぼろを出」すとは具体的にはどのようなことか。

「きれいな服だね。」

「きれいな服でしょ。」

「なにが好きなんだい。」

「なにが好きかしら。」

「ジンフィーズ[3]飲むかい。」

「ジンフィーズ飲むわ。」

酒はいくらでも飲んだ。そのうえ、酔わなかった。

美人で若くて、つんとしていて、答えがそっけない。お客は聞き伝えてこの店に集った。ボッコちゃんを相手に話をし、酒を飲み、ボッコちゃんにも飲ませた。

「お客のなかで、だれが好きだい。」

「だれが好きかしら。」

「ぼくを好きかい。」

「あなたが好きだわ。」

「こんど映画へでも行こう。」

「映画へでも行きましょうか。」

「いつにしよう。」

答えられない時には信号が伝わって、マスターがとんでくる。

「お客さん、あんまりからかっちゃあ、いけませんよ。」

3 **ジンフィーズ** ジンという蒸留酒に、レモン水・砂糖・炭酸水などを混ぜたもの。[英語] gin fizz

と言えば、たいていつじつまがあって、お客はにが笑いして話をやめる。

マスターは時々しゃがんで、足の方のプラスチック管から酒を回収し、お客に飲ませた。だが、お客は気がつかなかった。若いのにしっかりした子だ。べたべたおせじを言わないし、飲んでも乱れない。そんなわけで、ますます人気が出て、立ち寄る者がふえていった。

そのなかに、ひとりの青年がいた。ボッコちゃんに熱をあげ、通いつめていたが、いつも、もう少しという感じで、恋心はかえって高まっていった。そのため、勘定がたまって支払いに困り、とうとう家の金を持ち出そうとして、父親にこっぴどく怒られてしまったのだ。

「もう二度と行くな。この金で払ってこい。だが、これで終わりだぞ。」

彼は、その支払いにバーに来た。今晩で終わりと思って、自分でも飲んだし、お別れのしるしといって、ボッコちゃんにもたくさん飲ませた。

「もう来られないんだ。」

「もう来られないの。」

「悲しいかい。」

「悲しいわ。」

「本当はそうじゃないんだろう。」

「本当はそうじゃないの。」

「きみぐらい冷たい人はいないね。」

「あたしぐらい冷たい人はいないの。」

「殺してやろうか。」

「殺してちょうだい。」

彼はポケットから薬の包みを出して、グラスに入れ、ボッコちゃんの前に押しやった。

「飲むかい。」

「飲むわ。」

彼の見つめている前で、ボッコちゃんは飲んだ。

彼は「勝手に死んだらいいさ。」と言い、「勝手に死ぬわ。」の声を背に、マスターに金を渡して、そとに出た。夜はふけていた。

マスターは青年がドアから出ると、残ったお客に声をかけた。

「これから、わたしがおごりますから、みなさん大いに飲んで下さい。」

おごりますといっても、プラスチックの管から出した酒を飲ませるお客が、もう来そうもないからだった。

「わーい。」

「いいぞ、いいぞ。」

お客も店の子も、乾杯しあった。マスターもカウンターのなかで、グラスをちょっと上げてほした。

その夜、バーはおそくまで灯がついていた。ラジオは音楽を流しつづけていた。しかし、◆だれひとり帰りもしないのに、人声だけは絶えていた。

そのうち、ラジオも「おやすみなさい。」と言って、音を出すのをやめた。ボッコちゃんは「おやすみなさい。」とつぶやいて、つぎはだれが話しかけてくるかしらと、つんとした顔で待っていた。

問3 「だれひとり帰りもしないのに、人声だけは絶えていた」のはなぜか。

読解

1 「お客はにが笑いして話をやめる」（二九・1）とあるが、それはなぜか、説明しなさい。

2 「ますます人気が出」（二九・4）たのはなぜか、説明しなさい。

3 「青年」がボッコちゃんを殺そうとしたのはなぜか、説明しなさい。

ふたり

角田《かくた》光代《みつよ》

友人や恋人と、些細《ささい》な原因で喧嘩《けんか》してしまうことがあるだろう。勢いに任せて背を向けてしまうのは簡単だが、こじれた関係を修復するのはなかなかむずかしい。あるカップルのその道筋をたどってみよう。

出ていって、と言おうとして、一瞬迷い、出ていってやる、と言いなおした。聡史《さとし》は少し驚いた顔で私を見た。出ていって、と言われると思って身構えていたんだろう。出ていってやる、ともう一度、今度は声を大きくして言った。携帯電話と財布を握りしめ、寝室にいってコートを着、毛糸の帽子を目深にかぶる。聡史は私のあとをついてきて、

で、出ていくって、どこいくの、と弱々しい声で訊《き》いている。なんだか気持ちがよかった。それで、出ていってやるっ、と玄関先でもう一度叫んで、鍵の束をつかみ、いきおいよくおもてに飛び出した。ちょっと、なっちゃん、という聡史の声が扉の向こうで聞こえた。一階で止まっているエレベーターを呼び出すのがもどかしく、六階ぶんの階段を駆け下りる。

駐車場でマンションを見上げると、私たちの部屋には橙色《だいだいいろ》の明かりが灯《とも》っていた。そのなかで幸福な夫婦が暮らしていそうなやわらかい明かりに見えた。さらに視線を上にひっぱりあげると、やけにくっきりと星が見えた。吐く息が白かった。

角田光代

一九六七年―。神奈川県生まれ。一九九〇年、「幸福な遊戯」でデビューした後、『まどろむ夜のＵＦＯ』で野間文芸新人賞（九六年）、『対岸の彼女』で直木賞（二〇〇五年）など、さまざまな賞に輝く。本文は、『私らしくあの場所へ』（講談社文庫）によった。

車に乗りこみエンジンをかけたところで携帯電話が鳴った。ディスプレイ[1]に聡史の名前が点滅している。出てやるもんか。アクセルを踏みこむ。

数時間前にはじまった喧嘩《けんか》のきっかけは、三日後の私の誕生日のことだった。席の取りにくいレストランをなんとか予約したのに、その日聡史は出張にいかなければならなくなった。そんなのはしかたのないことだ。私だって仕事をしているからよくわかる。問題はそのあとだ。よりによって聡史は、誕生日を祝うような年じゃないんだし、そういうの、そろそろやめにしない？　と言ったのだ。じゃあいくつまでが誕生日を祝っても許される年で、いくつになったら誕生日を祝うべきではないのよ、と訊くと、それが嫌みだということにも気づかず、やっぱ三十歳が境じゃないのかなあ、なんてまじめくさって答えやがった。信じられない。

運転するのは久しぶりだった。いつも助手席に乗っていたから。甲州街道[2]が空いていて助かった。右折はもちろん左折もなんだかこわくてできず、いくあてもないまま私はただ前へ前へと車を走らせた。ファミリーレストランやコンビニエンスストアの明かりがどんどん流されていく。どの明かりも、私たちの暮らす部屋と同じに見えた。そのなかで、幸福な人たちが談笑しながら食事をしているように。

聡史と結婚して三年になるが、喧嘩は数知れない。出ていって、といつも私が言い、聡史はおとなしく部屋を出ていった。聡史が出ていった部屋で、私はなんだか陣地を確保した戦闘部隊のような気分で、ソファにふんぞり返って煙草《たばこ》を吸い、聡史の隠し持っているいちばんいいワインを開けてがばがば飲み、女友達に電話をかけて聡史のことをあしざま

1 ディスプレイ　映像や文字を表示する装置。［英語］display

2 甲州街道　東京都の日本橋から山梨県の大月・甲府を経て、長野県に至る街道。現在は国道二〇号線となっている。

に言った。どこでどう時間をつぶしているのか、聡史はきまって二時か三時にそっと帰ってきてリビングのソファで眠っていた。その都度なんとなく仲なおりしてきた。ごめんねと言い合うわけでもなく、反省会をするわけでもなく、おたがい日常に負けるみたいに、あわただしく会話しながら朝食を食べたり、八時九分の電車に乗るために二人で駅まで走ったり、気がつけばいつも通りになっていた。

けど、と私は思う。けど、今度は違う。聡史が謝らないかぎり私は絶対に許さないし、なんでもなかったふうに二人ぶんのコーヒーをいれたりなんかしない。いっそこのまま車を乗っ取って部屋に帰らなくたっていい。

こうこうと明かりのついたディスカウントショップ[3]が前方に見える。少し前まで中古車センターだった場所だ。へえ、ディスカウントショップなんかできてたんだ。独り言を言いながら、ウィンカー[4]を出し、駐車場に車を入れる。車を苦労して停《と》め、二十四時間営業らしい店内に足を踏み入れる。もう十時を過ぎているというのに、店内にはずいぶん人がいた。ペットフードを大量にかごに入れている毛皮コートのおばさん、腕を組んで香水を見ているカップル、明らかに飲み会帰りの若いグループ。必要なものはひとつもないのに、私は店内をじっくり見ていく。

えっ、こたつが一万円もしないってどういうこと。炊飯器もずいぶん安い。今どき花火なんか売ってるけど、買う人いるのかな。ヴィトン[5]のバッグも安すぎるけど、偽物なんじゃないのかな。ああ、女の子がねだってる、彼氏は買うんだろうか。街道沿いのディスカウントショップの店内を歩いているだけなのに、なんだかだんだん気分がハイ[6]になってく

3 ディスカウントショップ　安売りをする小売店。［英語］discount shop

4 ウィンカー　自動車などに付いている方向指示器。［英語］winker

問1　なぜ「苦労し」たのか。

5 ヴィトン　フランスの高級ファッションブランド「ルイ・ヴィトン」のこと。

6 ハイ　気持ちが高まったよ

る。考えてみれば、夜、こんなふうに目的もなく出歩いたことなんかなかった。食事を終えて後かたづけをしてお風呂に入って目覚ましを七時にセットして眠る。明日仕事場にいったらすべきことをリストアップしながら眠りを待つ。自分が今いるのは今日なのに、つねに明日のことに思いをはせる毎日。

家電製品の陳列棚を前に私は足を止める。エスプレッソマシーン[7]が二万円切ってる、買っちゃおうか。銀色のそれに手をのばし、私は苦笑する。さっき、帰らなくたっていいと思ったばかりなのに、もうこれを部屋に持ち帰ることを考えている。

エスプレッソマシーンに背を向けて、私は店を出る。入り口のわきに、屋台が出ていた。耳の輪郭に沿ってびっしりピアス[8]をはめたおにいさんがたこ焼きをくるくるひっくり返している。夜に流れる白い湯気に引かれるようにして、たこ焼きを一パック、買った。屋台のわきのベンチでひとり、あつあつのたこ焼きを口に運ぶ。口から盛大に煙が流れる。おかしくなる。こんなところでひとり、たこ焼きを頬ばっていることが。

私、聡史と結婚するまで、自由だったな。ふとそんなことを思う。会社帰りに友だちと深夜まで飲んで、しまった駅のシャッターに寄りかかってしゃがみこみ、始発を待ってずっとおしゃべりしたりしていた。週末、兄の車を借りて、ひとりで温泉巡りをしたこともあった。あのときどこまでいったんだっけ。長野のずっと奥のほう、十月なのに雪が積もっていた。三連休のなか日に友だちと電話で盛り上がって、そのまま落ち合って大阪までいったこともあった。あのときもたしか、たこ焼き食べたんだ。ホテルがどこも空いていなくて、結局飲み屋で朝までつぶしたんだっけ。自由というか、身軽だった。ひとりでど

うす。陽気な。楽しい。［英語］high

7 エスプレッソマシーン 高圧の蒸気によってコーヒーを抽出する器具。［英語］espresso machine

8 ピアス 皮膚に穴をあけて付ける装飾品。［英語］pierced earring の転。

こへでもいけたんだもの。誕生日を祝ってくれる相手がいなくたって、なんとも思わなかった。

ソースとマヨネーズのべったりくっついたプラスチックパックを捨て、缶入りのお茶を買って車に戻る。携帯電話を見ると、聡史からの着信履歴が二件あった。携帯電話を助手席に放り投げ、エンジンをかける。駐車場を出てさらに西へ車を走らせる。赤信号で車を停め、ダッシュボード[9]からCDを選び、デッキ[10]に入れる。音量を思い切り上げると、勢いよくポーグス[11]の演奏がはじまる。青信号でアクセルを踏みこむ。なんだかどこへでもいけそうな気がした。しかも明日は土曜日だ。どこまでいったって目覚まし時計は追ってこない。運転の勘が戻ってくるのと同時に、ひとりで暮らしていたころの自由さと身軽さがゆっくりと全身に広がっていくようだった。

大月《おおつき》、という標識が見え、わくわくする。大月の先には甲府《こうふ》がある。山梨に入れば温泉がある。今日はそこで泊まって温泉に浸かろう。大阪のときみたいに空いている宿がなかったら、どこか外湯[12]に入って車で眠ればいい。明くる日は喫茶店でモーニング[13]を食べてさらに西へ向かう。この街道がどこまで続いているのか確かめるためだけに走る、◆そんな酔狂をやってみるのもいい。

窓の外に民家を改造したようなうどん屋が見える。店内の明かりはまだついていて、窓際に座る数組の客の姿が見えた。そうして私は思い出す。ここ、聡史ときたことがある。車を買ったばかりのころだ。車があることがうれしくて、毎週末、どこというあてもなく車を走らせたんだった。そうだ、思い出した。この道がどこまで続いているのか確かめよ

9 ダッシュボード　ここは、自動車の助手席前方にある収納部分のこと。［英語］dashboard

10 デッキ　CDなどの音楽再生装置。［英］deck

11 ポーグス　一九八〇年代に結成された、イギリスのロック・バンド。

12 外湯　旅館などが宿泊者以外の利用者のために設けた浴場。

13 モーニング　ここは、喫茶店などで提供される朝食のこと。モーニング・サービスの略。［和製英語］

問2　「そんな酔狂」とはどのようなことか。

うと言ったのは聡史で、けれど車を走らせているうちにおなかが空いて、日は暮れるし店はないしで険悪になって、このうどん屋の明かりが見えたときは心から安堵《あんど》して駐車場に車を入れたんだった。あのとき聡史は天ぷらうどんを食べて、私は煮込みうどんを食べた。食べはじめれば険悪さは嘘《うそ》みたいに消えて、次の週末の予定をいそいそと考えはじめたんだった。

　うどん屋を過ぎると、あたりはいきなり暗くなる。街灯が無表情に続き、自動販売機の明かりがぽつぽつとあらわれては後ろに流れていく。どこまでもいける、という軽快な気分はまだ私のなかに残っていた。わくわくもちっとも目減りしていなかった。けれどハンドルを操作する私は気がついていた。自由で身軽って、さほどおもしろくない、ということに。

　だって私はさっきから、ずっと心のなかで聡史に話しかけているのだ。こんなところにディスカウントショップができたよ。エスプレッソマシーン欲しいってサトちゃん言ってたよね。ねえ、たこ焼き食べてみようか。この道はどこまで続くんだろう。温泉いっちゃおうか。このうどん屋、きたの覚えてる？　うどん屋があるならたこ焼き食べるんじゃなかったな。

　そうなのだ。私はかつて自由で気軽で、それを充分味わって、それでだれかといっしょにいることを選んだ。遅くなるときは相手に断り、帰れないときは相手に気兼ねし、たったひとりで遠くにいくことのできない、そんな不自由を選んだのだった。誕生日をひとりで過ごしてもへっちゃらな自由ではなく、祝ってもらわないことに腹をたてる、そんな不

問3　「自由で身軽って、さほどおもしろくない」と思ったのはなぜか。

自由を。

助手席に置いた携帯電話がまた鳴る。私は車を路肩に停めて、それを手にとり耳にあてる。

悪かったと、聡史の声が聞こえてくる。出張から帰ってから誕生日を祝おう、と声は告げる。

五十歳になっても八十歳になっても、誕生日を祝ってくれるのならば許す。私は少々いばりくさって言う。

わかった、祝う。聡史は言う。出張のときは無理だけど、でも、日をずらしてちゃんと祝うよ。

聡史の声の背後は、しんと静まり返っている。出ていってと言われて出ていった聡史も、どこかの町を歩きながら、かつて自分が持っていた自由と、自分の選んだ不自由を思い出したりしたんだろうかと、そんなことをふと思う。

サトちゃんの誕生日も、死ぬまで祝ってあげるよ。

私が言うと、聡史はほっとしたように笑った。じゃあ帰ってくる？　と続ける。

うん、と答えるのが恥ずかしくて、私は言う。

たまには前みたいにドライブしようよ。目的もなくずっと走ってみようよ。私が運転するからさ。

それ、ちょっとこわいんですけど……。

暗い車のなかで私たちは短く笑いあう。あのディスカウントショップ、二十四時間営業だったよな、と私は考えはじめている。激安エスプレッソマシーン、買って帰ろうかなと、明日からまた続く生活のことを、早くも考えはじめている。まっすぐどこまでものびる道路のように、前へ前へと進むしかない、私たちふたりの生活。

読解

1 「出ていって、と言おうとして、一瞬迷い、出ていってやる、と言いなおした。」(三二・1)とあるが、相手に「出ていって」もらうのと、自分が「出ていく」のとでは、「私」の気持ちの上でどのような違いがあるか、説明しなさい。

2 「携帯電話を助手席に放り投げ、エンジンをかけ」(三六・4)たときと、「車を路肩に停めて、それを手にとり耳にあて」(三八・2)たときとで、「私」の心情にどのような変化があったか、説明しなさい。

3 「まっすぐどこまでものびる道路のように、前へ前へと進むしかない、私たちふたりの生活。」(三九・2)とあるが、このとき「私」は「ふたりの生活」についてどのように考えているか、説明しなさい。

狐憑《こひよう》

中島《なかじま》 敦《あつし》

ありもしない空想の世界を目の前の出来事のように語れる言葉の技術が小説だとすれば、文字もない太古の時代、人類最初の小説家は、いったいどのような人間だったろうか。そんな世界をありありと描いてみせられるのも、小説の力である。

[1]ネウリ部落のシャクに憑《つ》きものがしたという評判である。色々なものがこの男にのり移るのだそうだ。鷹《たか》だの狼《おおかみ》だの獺《かわうそ》だのの霊が哀れなシャクにのり移って、不思議な言葉を吐かせるということである。

後に希臘《ギリシヤ》人が[2]スキュティア人と呼んだ未開の人種の中でも、この種族は特に一風変っている。彼らは湖上に家を建てて住む。野獣の襲撃を避けるためである。数千本の丸太を湖の浅い部分に打ち込んで、その上に板を渡し、そこに彼らの家々は立っている。床のところどころに作られた落とし戸を開け、籠を吊《つる》して彼らは湖の魚を捕る。独木舟《カヌー》を操り、[3]水狸や獺を捕らえる。麻布の製法を知っていて、獣皮と共にこれを身にまとう。馬肉、羊肉、木苺《きいちご》、[4]菱《ひし》の実などを喰《く》い、馬乳や馬乳酒を嗜《たしな》む。雌馬の腹に獣骨の管を挿し入れ、奴隷にこれを吹かせて乳をしたたらせる古来の奇法が伝えられている。

ネウリ部落のシャクは、こうした湖上民の最も平凡な一人であった。

シャクが変になり始めたのは、去年の春、弟のデックが死んで以来のことである。その

中島敦
一九〇九―四二年。東京都生まれ。優れた知性と格調高い文体によって、死後高く評価された。本文は、「中島敦全集」第一巻（ちくま文庫）によった。

1 ネウリ部落　古代ギリシャの歴史家ヘロドトスの著作『歴史』に、この部族の名称が登場する。

問1　この場面において、なぜ「哀れ」と表現したのか。

2 スキュティア人　スキタイ人。黒海北岸の草原地帯で活動した遊牧民族。

3 水狸　不明。ビーバーのことか。

時は、北方から剽悍《ひょうかん》[5]な遊牧民ウグリ族の一隊が、馬上に偃月刀《えんげつとう》[6]を振りかざして疾風の如《ごと》くにこの部落を襲うて来た。湖上の民は必死になって防いだ。初めは湖畔に出て侵略者を迎え撃った彼らも名だたる北方草原の騎馬兵に当たりかねて、湖上のすみかに退いた。湖岸との間の橋桁を撤して、家々の窓を銃眼[7]に、投石器や弓矢で応戦した。独木舟を操るに巧みでない遊牧民は、湖上の村の殲滅《せんめつ》を断念し、湖畔に残された家畜を奪っただけで、また、疾風のように北方に帰っていった。後には、血に染んだ湖畔の土の上に、頭と右手とのない屍体《したい》ばかりが幾つか残されていた。頭と右手だけは、侵略者が斬り取って持って帰ってしまった。頭蓋骨は、その外側を鍍金《めっき》して髑髏《どくろ》杯《はい》を作るため、右手は、爪をつけたまま皮を剝いで手袋とするためである。シャクの弟のデックの屍体もそうした辱めを受けて打ち捨てられていた。顔がないので、服装と持ち物とによって見分けるほかはないのだが、革帯の目印と鉞《まさかり》[8]の飾りとによって紛れもない弟の屍体をたずね出した時、シャクはしばらくぼうっとしたままその惨めな姿を眺めていた。その様子が、どうも、弟の死を悼んでいるのとはどこか違うように見えた、と、後でそう言っていた者がある。

その後間もなくシャクは妙な譫言《うわごと》をいうようになった。何がこの男にのり移って奇怪な言葉を吐かせるのか、初め近所の人々にはわからなかった。言葉つきから判断すれば、それは生きながら皮を剝がれた野獣の霊ででもあるように思われる。一同が考えた末、それは、蛮人に斬り取られた彼の弟デックの右手がしゃべっているのに違いないという結論に達した。四、五日すると、シャクはまた別の霊の言葉を語り出した。今度は、それが何の霊であるか、すぐにわかった。武運拙く戦場に斃《たお》れた顚末《てんまつ》から、死後、虚空の大霊に首筋

4 菱　ヒシ科の水生一年草。実は食用となる。
5 剽悍　すばしっこく、荒々しいさま。
6 偃月刀　半月の形をした刀。
7 銃眼　弓矢などの武器を構えるために備えられた小さな窓。
8 鉞　樹木を伐採するための大型の斧《おの》。古くは武器としても用いられた。

を摑《つか》まれ無限の暗黒のかなたへ投げやられる次第を悲しげに語るのは、明らかに弟デックその人と、誰もが合点した。シャクが弟の屍体の傍《そば》に茫然《ぼうぜん》と立っていた時、ひそかにデックの魂が兄の中に忍び入ったのだと人々は考えた。

さて、それまでは、彼の最も親しい肉親、及びその右手のこととて、彼にのり移るのも不思議はなかったが、その後一時平静に返ったシャクが再び譫言を吐き始めた時、人々は驚いた。今度はおよそシャクと関係のない動物や人間どもの言葉だったからである。

今までにも憑きもののした男や女はあったが、こんなに種々雑多なものが一人の人間にのり移ったためしはない。ある時は、この部落の下の湖を泳ぎ回る鯉《こい》がシャクの口を借りて、[9]鱗族《いろくず》たちの生活の悲しさと楽しさとを語った。ある時は、[10]トオラス山の隼《はやぶさ》が、湖と草原と山脈と、またその向こうの鏡の如き湖との雄大な眺望について語った。草原の雌狼が、白けた冬の月の下で飢えに悩みながら一晩中凍《い》てた土の上を歩き回るつらさを語ることもある。

◆人々は珍しがってシャクの譫言を聞きに来た。おかしいのは、シャクの方でも（あるいは、シャクに宿る霊どもの方でも）多くの聞き手を期待するようになったことである。シャクの聴衆は次第にふえていったが、ある時彼らの一人がこんなことを言った。シャクの言葉は、憑きものがしゃべっているのではないぞ、あれはシャクが考えてしゃべっているのではないかと。

なるほど、そう言えば、普通憑きもののした人間は、もっと恍惚《こうこつ》とした忘我の状態でしゃべるものである。シャクの態度にはあまり狂気じみたところがないし、その話は条理が

9 鱗族 うろこのある動物。魚類。

10 トオラス山 トルコのアナトリア半島南部を横断する山脈。トロス山脈。

問2 「人々は珍しがっ」たのはなぜか。

立ち過ぎている。少し変だぞ、という者がふえてきた。

シャク自身にしても、自分の近頃している事柄の意味を知ってはいない。もちろん、普通のいわゆる憑きものと違うらしいことは、シャクも気がついている。しかし、なぜ自分はこんな奇妙なしぐさを幾月にもわたって続けて、なお、倦《う》まないのか、自分でもわからぬゆえ、やはりこれは一種の憑きもののせいと考えていいのではないかと思っている。初めは確かに、弟の死を悲しみ、その首や手の行方を憤ろしく思い描いているうちに、つい、妙なことを口走ってしまったのだ。これは彼の作為でないと言える。しかし、これが元来空想的な傾向をもつシャクに、自己の想像をもって自分以外のものに乗り移ることのおもしろさを教えた。次第に聴衆が増し、彼らの表情が、自分の物語の[11]一弛《いっし》一張につれて、あるいは安堵《あんど》の、あるいは恐怖の、偽りならぬ色を浮べるのを見るにつけ、このおもしろさは抑え切れぬものとなった。空想物語の構成は日を追うて巧みになる。想像による情景描写はますます生彩を加えてくる。自分でも意外なくらい、色々な場面が鮮やかにかつ微細に、想像の中に浮かび上がってくるのである。彼は驚きながら、やはりこれは何かある憑きものが自分に憑いているのだと思わないわけにいかない。ただし、こうして次から次へと故知らず生み出されてくる言葉どもをのちのちまでも伝えるべき文字という道具があってもいいはずだということに、彼はまだ思い至らない。今、自分の演じている役割が、後世どんな名前で呼ばれるかということも、もちろん知るはずがない。

シャクの物語がどうやら彼の作為らしいと思われ出してからも、聴衆は決して減らなかった。かえって彼に向かって次々に新しい話を作ることを求めた。それがシャクの作り話

問3 「憑きもののせいと考えていいのではないかと思っ」たのはなぜか。

11 一弛一張 ゆるんだり、はったりすること。盛衰・変化に富むさま。一張一弛。

問4 「自分の演じている役割」は、「後世どんな名前で呼ばれ」ているか。

だとしても、生来凡庸なあのシャクに、あんなすばらしい話を作らせるものは確かに憑きものに違いないと、彼らもまた作者自身と同様の考え方をした。憑きもののしていない彼らには、実際に見もしない事柄について、あんなに詳しく述べることなど、思いも寄らぬからである。湖畔の岩陰や、近くの森の樅《もみ》の木の下や、あるいは、山羊《やぎ》の皮をぶら下げたシャクの家の戸口の所などで、彼らはシャクを半円にとり囲んで座りながら、彼の話を楽しんだ。北方の山地に住む三十人の剽盗《ひょうとう》[12]の話や、森の夜の怪物の話や、草原の若い雄牛の話などを。

若い者たちがシャクの話に聞きほれて仕事を怠るのを見て、部落の長老連が苦い顔をした。彼らの一人が言った。シャクのような男が出たのは不吉の兆しである。もし憑きものだとすれば、こんな奇妙な憑きものは前代未聞だし、もし憑きものでないとすれば、こんな途方もないでたらめを次から次へと思いつく気違い[13]はいまだかつて見たことがない。いずれにしても、こんな奴《やつ》が飛び出したことは、何か自然に悖《もと》る不吉なことだと。この長老がたまたま、家の印として豹《ひょう》の爪をもつ、最も有力な家柄の者だったので、この老人の説は全長老の支持するところとなった。彼らはひそかにシャクの排斥を企《たく》んだ。

シャクの物語は、周囲の人間社会に材料を採ることが次第に多くなった。いつまでも鷹や雄牛の話では聴衆が満足しなくなってきたからである。シャクは、美しく若い男女の物語や、吝嗇《りんしょく》で嫉妬深い老婆の話や、他人にはいばっていても老妻にだけは頭の上がらぬ酋《しゅう》[14]長《ちょう》の話をするようになった。脱毛期の禿鷹《はげたか》のような頭をしているくせに若い者と美しい娘を張り合って惨めに敗れた老人の話をした時、聴衆がドッと笑った。あまり笑うのでその

12 剽盗　人を脅して金品を奪う人。追い剝ぎ。

13 気違い　通常の精神状態から外れたさま。差別的な表現であり、今日では使われなくなっている。

14 酋長　部族の首長。差別的な表現であり、今日では使用されなくなっている。

訳を訊《たず》ねると、シャクの排斥を発議した例の長老が最近それと同じような惨めな経験をしたという評判だからだ、と言った。

長老はいよいよ腹を立てた。白蛇のような奸智《かんち》を絞って、彼は計をめぐらした。最近に妻を寝取られた一人の男がこの企みに加わった。シャクが自分にあてこするような話をしたと信じたからである。二人は百方手を尽くして、シャクが常に部落民としての義務を怠っていることに、みんなの注意を向けようとした。シャクは釣りをしない。シャクは馬の世話をしない。シャクは森の木を伐《き》らない。獺の皮を剝がない。ずっと以前、北の山々から鋭い風が[15]鵝毛《がもう》のような雪片を運んで来て以来、誰か、シャクが村の仕事をするのを見た者があるか？

人々は、なるほどそうだと思った。実際、シャクは何もしなかったから。冬籠もりに必要な品々を分け合う時になって、人々は特に、はっきりと、それを感じた。最も熱心なシャクの聞き手までが。それでも、人々はシャクの話のおもしろさに惹《ひ》かれていたので、働かないシャクにも不承不承冬の食物を分け与えた。

厚い毛皮の陰に北風を避け、獣糞《じゅうふん》や枯れ木を燃やした石の炉の傍で馬乳酒を啜《すす》りながら、彼らは冬を越す。岸の蘆《あし》が芽ぐみ始めると、彼らは再び外へ出て働き出した。

シャクも野に出たが、何か眼《め》の光も鈍く、呆《ぼ》けたように見える。人々は、彼がもはや物語をしなくなったのに気が付いた。強いて話を求めても、以前したことのある話の蒸し返ししかできない。いや、それさえ満足には話せない。言葉つきもすっかり生彩を失ってしまった。人々は言った。シャクの憑きものが落ちたと。多くの物語をシャクに語らせた憑

問5 どのような「計をめぐらした」のか。

15 鵝毛 ガチョウの羽毛。

きものが、もはや、明らかに落ちたのである。

憑きものは落ちたが、以前の勤勉の習慣は戻って来なかった。働きもせず、さりとて、物語りをするでもなく、シャクは毎日ぼんやり湖を眺めて暮らした。その様子を見る度に、以前の物語の聞き手たちは、この莫迦面《ばかづら》の怠け者に、貴い自分たちの冬籠もりの食物を分けてやったことを腹立たしく思い出した。シャクに含むところのある長老たちはほくそえんだ。部落にとって有害無用と一同から認められた者は、協議の上でこれを処分することができるのである。

[16]硬玉の首飾りを着けた鬚《ひげ》深い有力者たちが、よりより相談をした。身内のないシャクのために弁じようとする者は一人もない。

ちょうど雷雨季がやって来た。彼らは雷鳴を最も忌み恐れる。それは、天なる一眼の巨人の怒れる呪いの声である。一度この声が轟《とどろ》くと、彼らは一切の仕事をやめて謹慎し、悪《あ》しき気を祓《はら》わねばならぬ。[17]奸譎《かんけつ》な老人は、占卜者《せんぼくしゃ》を牛角杯二個でもって買収し、不吉なシャクの存在と、最近の頻繁な雷鳴とを結び付けることに成功した。人々は次のように決めた。某日、太陽が湖心の真上を過ぎてから西岸の山毛欅《ぶな》の大樹の梢《こずえ》にかかるまでの間に、三度以上雷鳴が轟いたなら、シャクは、翌日、祖先伝来のしきたりに従って処分されるであろう。

その日の午後、ある者は四度雷鳴を聞いた。ある者は五度聞いたと言った。

次の日の夕方、湖畔の焚《た》き火《び》を囲んで盛んな饗宴《きょうえん》が開かれた。大鍋の中では、羊や馬の肉に交じって、哀れなシャクの肉もふつふつ煮えていた。食物のあまり豊かでないこの地

16 硬玉 翡翠《ひすい》のこと。

17 奸譎 道理に外れていて、うそつきなこと。

方の住民にとって、病気で斃れた者のほか、すべての新しい屍体は当然食用に供せられるのである。シャクの最も熱心な聞き手だった縮れっ毛の青年が、焚き火に顔をほてらせながらシャクの肩の肉を頬張った。例の長老が、憎い仇《かたき》の大腿骨《だいたいこつ》を右手に、骨に付いた肉を旨《うま》そうにしゃぶった。しゃぶり終わってから骨を遠くへ抛《ほう》ると、水音がし、骨は湖に沈んでいった。

[18]ホメロスと呼ばれた[19]盲人《めくら》のマエオニデェスが、あの美しい歌どもを唱《うた》い出すよりずっと以前に、こうして一人の詩人が喰われてしまったことを、誰も知らない。

18 ホメロス　古代ギリシャの詩人。叙事詩『イリアス』などの作者とされる。「マエオニデェス」は吟遊詩人のこと。

19 盲人　目の見えない人。「めくら」は、差別的な表現であり、今日では使われなくなっている。

読解

1 「シャクが変になり始めた」（四〇・12）とあるが、具体的にはどのようになったのか、説明しなさい。

2 「シャク自身にしても、自分の近頃している事柄の意味を知ってはいない。」（四三・2）とあるが、どのようなことか、説明しなさい。

3 「協議の上でこれを処分することができる」（四六・6）対象にシャクがなったのはなぜか、説明しなさい。

4 「その日の午後、ある者は四度雷鳴を聞いた。ある者は五度聞いたと言った。」（四六・17）とあるが、なぜ雷鳴を聞いた回数が人によって異なるのか、説明しなさい。

忘れえぬ人々

たまたま電車の窓から眺めた名も知らぬ人物に心を惹《ひ》かれて忘れられないことがある。あるいは、ふと、なぜかその人を思い起こしてしまうときがある。人生は、じつはそんな出会いに満ちている。それを忘れ去ることなく、丁寧に記録していくとどうなるだろうか。

国木田独歩《くにきだどっぽ》

国木田独歩　一八七一―一九〇八年。千葉県生まれ。新聞記者、教師など多くの仕事に就いた。本文は、「国木田独歩全集」第二巻（学習研究社）によった。

多摩川《たまがわ》の二子《ふたご》[1]の渡しをわたって少しばかり行くと溝口《みぞのくち》[2]という宿場がある。その中ほどに亀屋《かめや》という旅人宿《はたごや》がある。ちょうど三月の初めの頃であった。この日は大空かき曇り北風強く吹いて、さなきだに[3]寂しいこの町がいちだんともの寂しい陰鬱な寒そうな光景を呈していた。昨日降った雪がまだ残っていて、高低定まらぬわら屋根の南の軒先からは雨だれが風に吹かれて舞うて落ちている。草鞋《わらじ》の足跡にたまった泥水にすら寒そうなさざなみが立っている。日が暮れると間もなく大概の店は戸を閉めてしまった。暗い一筋町《ひとすじまち》がひっそりとしてしまった。旅人宿だけに亀屋の店の障子には灯火《あかり》が明《あか》くさしていたが、今宵《こよい》は客もあまりないと見えて、内もひっそりとして、おりおり雁首《がんくび》の太そうな煙管《きせる》[4]で火鉢の縁をたたく音がするばかりである。

だしぬけに障子をあけて一人の男がのっそり入って来た。長火鉢に寄っかかって胸算用に余念もなかった主人《あるじ》が驚いてこちらを向く暇もなく、広い土間を三歩《みあし》ばかりに大股に歩いて、主人の鼻先に突っ立った男は年頃三十にはまだ二つ三つ足らざるべく、洋服、脚絆《きゃはん》[5]、草鞋の旅装《なり》[6]で鳥打帽をかぶり、右の手に蝙蝠傘《こうもり》を携え、左に小さな鞄《かばん》を持ってそれを脇に抱いていた。

「一晩厄介になりたい。」

主人は客の風采《みなり》を見ていてまだなんとも言わない。その時奥で手の鳴る音がした。

「六番でお手が鳴るよ。」

ほえるような声で主人は叫んだ。

「どちらさまでございます。」

主人は火鉢に寄っかかったままで問うた。客は肩をそびやかしてちょっと顔をしかめたが、たちまち口のほとりにほほえみをもらして、

「僕か、僕は東京。」

「それでどちらへお越しでございますナ。」

「八王子[7]へ行くのだ。」

と答えて客はそこに腰を掛け脚絆のひもを解きにかかった。

「旦那、東京から八王子なら道が変でございますねエ。」

主人は不審そうに客の様子を今更のように眺めて、何か言いたげな口つきをした。客はすぐ気が付いた。

「いや僕は東京だが、今日東京から来たのじゃアない。今日はおそくなって川崎をたって来たからこんなに暮れてしまったのさ。ちょっと湯をおくれ。」

「早くお湯を持って来ないか。ヘエずいぶん今日はお寒かったでしょう。八王子の方はまだまだ寒うございます。」

という主人の言葉はあいそがあっても一体の風《ふう》つき[8]は極めて無《ぶ》愛嬌《あいきょう》である。年は六十ばかり、ふとった体の上に綿の多い半纏《はんてん》を着ているので肩からすぐに太い頭が出て幅の広い福々しい顔のまなじりが下がっている。それでどこかに気むずかしいところが見えている。しかし◆正直なお爺《やじ》さんだなと客はすぐ思った。

客が足を洗ってしまって、まだ拭ききらぬうち、主人は、

「七番へ御案内申しな！」

とどなった。それぎりで客へはなんの挨拶もしない。その後ろ姿を見送りもしなかった。真っ黒な猫が厨房《くりや》[9]の方から来て、そっと主人の高い膝の上にはい上がって丸くなった。主人はこれを知っているのかいないのか、じっと目をふさいでいる。しばらくすると、右の手が煙草箱《たばこいれ》の方へ動いてその太い指が煙草を丸めだした。

1 二子の渡し　矢倉沢《やぐらさわ》往還（大山街道）にあった多摩川を渡るための船着き場。矢倉沢往還は、東京の赤坂から厚木《あつぎ》・矢倉沢を経て、沼津《ぬまづ》で東海道と合流する街道。　**2 溝口**　神奈川県川崎市の地名。矢倉沢往還沿いの宿場町であった。　**3 さなきだに**　そうでなくてさえ。　**4 煙管**　先端の火皿に刻み煙草を詰めて火をつけ、その煙を吸う細長い器具。当時は、刻み煙草を紙で巻く「巻き煙草」よりも一般的であった。　**5 脚絆**　旅行などの際に、足を保護し、歩きやすくするために、すねに付ける布。　**6 鳥打帽**　ひさしの付いた、丸く平たい帽子。　**7 八王子**　東京都南西部にある市。東京の日本橋から甲府へ抜ける甲州街道最大の宿場町であった。　**8 風つき**　外見上のようす。風体。　**9 厨房**　台所。

問1　「正直なお爺さんだな」と思ったのはなぜか。

「六番さんのお湯がすんだら七番のお客さんを御案内申しな！」

膝の猫がびっくりして飛び下りた。

「馬鹿！　貴様に言ったのじゃないわ。」

猫はあわてて厨房の方へ駆けて行ってしまった。柱時計がゆるやかに八時を打った。

「お婆《ばあ》さん、吉蔵《きちぞう》が眠そうにしているじゃないか。早くあんかを入れてやってお寝かしな。かわいそうに。」

主人の声の方が眠そうである。厨房の方で、お婆さんの声らしかった。

「吉蔵はここで本を復習《さら》っていますじゃないかね。」

「そうかな。吉蔵もうお寝よ。朝早く起きてお復習いな。お婆さん早くあんかを入れておやんな。」

「今すぐ入れてやりますよ。」

勝手の方で[10]下婢《かひ》とお婆さんと顔を見合わしてくすくすと笑った。店の方で大きなあくびの声がした。

「自分が眠いのだよ。」

五十を五つ六つ越えたらしい小さな老母がくすぶったあんかに火を入れながら呟《つぶや》いた。

店の障子が風に吹かれてがたがたすると思うとパラパラと雨を吹きつける音がかすかにした。

「もう店の戸を引き寄せておきな。」と主人はどなって、舌打ちをして、

「また降って来やあがった。」

と独り言のように呟いた。なるほど風がだいぶ強くなって雨さえ降りだしたようである。

春先とはいえ、寒い寒いみぞれまじりの風が広い[11]武蔵野《むさしの》を荒れに荒れて夜もすがら、真っ暗な溝口の町の上をほえ狂った。

七番の座敷では十二時過ぎてもまだ洋灯《ランプ》が耿々《こうこう》と輝いている。亀屋で起きている者といえばこの座敷の真ん中で、差し向かいで話している二人の客ばかりである。戸外《そと》は風雨の声いかにもすさまじく、雨戸が絶えず鳴っていた。

「この模様では明日のお立ちは無理ですぜ。」

と一人が相手の顔を見て言った。これは六番の客である。

「なに、別に用事はないのだから明日一日くらいここで暮らしてもいいんです。」

二人とも顔を赤くして鼻の先を光らしている。傍《そば》の膳の上には[12]燗陶《かんびん》が三本乗っていて、杯には酒が残っている。二人とも心地よさそうに体をくつろげて、あぐらをかいて、火鉢を中にして煙草を吹かしている。六番の客は[13]かい巻きの袖から白い腕を肘まで出して巻き煙草の灰を落としては、すっている。二人の話しぶりは極めて率直であるものの今宵初めてこの宿舎《やど》で出合

って、何かの糸口から、二口三口襖《ふすま》越しの話があって、あまりの寂しさに六番の客から押しかけて来て、名刺の交換が済むや、酒を命じ、談話《はなし》に実が入ってくるや、いつしか丁寧な言葉とぞんざいな言葉とを半混ぜに使うようになったものに違いない。

七番の客の名刺には大津弁二郎《おおつべんじろう》とある。別に何の肩書きもない。六番の客の名刺には秋山松之助《あきやままつのすけ》とあって、これも肩書きがない。

大津とはすなわち日が暮れて着いた洋服の男である。痩せ形な、すらりとして色の白いところは相手の秋山とはまるで違っている。秋山は二十五か六という年輩で、丸く肥えて赤ら顔で、目元に愛嬌があって、いつもにこにこしているらしい。大津は無名の文学者で、秋山は無名の画家で、不思議にも同種類の青年がこの田舎の旅宿《はたごや》で落ち合ったのであった。

「もう寝ようかねエ。ずいぶん悪口《あっこう》も言いつくしたようだ。」

美術論から文学論から宗教論まで二人はかなり勝手にしゃべって、いまの文学者や画家の大家を手ひどく批評して、十一時が打ったのに気が付かなかったのである。

「まだいいさ。どうせ明日は駄目でしょうから夜通し話したってかまわないさ。」

画家の秋山はにこにこしながら言った。

「しかし何時《いくじ》でしょう。」

と大津は投げ出してあった時計を見て、

「おやもう十一時過ぎだ。」

「どうせ徹夜でさあ。」

秋山は一向平気である。杯を見つめて、

「しかし君が眠けりゃあ寝てもいい。」

「眠くはちっともない。君が疲れているだろうと思ってさ。僕は今日おそく川崎を立って三里[14]半ばかしの道を歩いただけだからなんともないけれど。」

「なに僕だってなんともないさ。君が寝るならこれを借りていって読んでみようと思うだけです。」

秋山は半紙十枚ばかりの原稿らしいものを取り上げた。その表紙には「忘れえぬ人々」と書いてある。

「それはほんとに駄目ですよ。つまり君の方でいうと鉛筆で書いたスケッチとおんなじことで、他人《ひと》にはわからないのだか

10 下婢　使用人の女性。**11 武蔵野**　関東平野の西部に当たる台地。現在の東京都と埼玉県、神奈川県の一部にまたがる。**12 煖陶**　日本酒を温めて飲むための器。燗壜《かんびん》。**13 かい巻き**　綿の入った夜着。**14 里**　距離の単位。一里は、約四キロメートル。

問2　「同種類の青年」とはどのようなことか。

ら。」

といっても大津は秋山の手からその原稿を取ろうとはしなかった。秋山は一枚二枚開けてみてところどころ読んでみて、

「スケッチにはスケッチだけの面白味があるから少し拝見したいね。」

「まアちょっと借《か》してみたまえ。」

と大津は秋山の手から原稿を取って、ところどころあけて見ていたが、二人はしばらく無言であった。戸外《そと》の風雨の声がこの時今更のように二人の耳に入った。大津は自分の書いた原稿を見つめたままじっと耳を傾けて夢心地になった。

「こんな晩は◆君の領分だねエ。」

　秋山の声は大津の耳に入らないらしい。返事もしないでいる。風雨の音を聞いているのか、原稿を見ているのか、はた遠く百里のかなたの人を思っているのか、秋山は心のうちで、大津の今の顔、今の目元は我が領分だなと思った。

「君がこれを読むよりか、僕がこの題で話した方がよさそうだ。どうです、君は聴きますか。この原稿はほんのあらましを書き止めておいたのだから読んだってわからないからねエ。」

　夢から覚めたような目つきをして大津は目を秋山の方に転じた。

「詳しく話して聞かされるならなおのことさ。」

と秋山が大津の目を見ると、大津の目は少し涙にうるんでいて、異様な光を放っていた。

「僕はなるべく詳しく話すよ。面白くないと思ったら、遠慮なく注意してくれたまえ。その代わり僕も遠慮なく話すよ。なんだか僕の方で聞いてもらいたいような心持ちになってきたから妙じゃあないか。」

　秋山は火鉢に炭をついで、鉄瓶の中へ冷めた煖陶を突っ込んだ。

「忘れえぬ人は必ずしも忘れてかなうまじき人にあらず。見たまえ、僕のこの原稿の[15]劈頭《へきとう》第一に書いてあるのはこの句である。」

　大津はちょっと秋山の前にその原稿を差しいだした。

「ね。それで僕はまずこの句の説明をしようと思う。そうすればおのずからこの文の題意がわかるだろうから。しかし君には大概わかっていると思うけれど。」

「そんなことを言わないで、ずんずんやりたまえよ。僕は世間の読者のつもりで聴いているから。失敬、横になって聴くよ。」

　秋山は煙草をくわえて横になった。右の手で頭を支えて大津の顔を見ながら目元に微笑を湛《たた》えている。

「親とか子とかまたは朋友《ほうゆう》知己そのほか自分の世話になった教師先輩のごときは、つまり単に忘れえぬ人とのみはいえない。

忘れてかなうまじき人といわなければならない。そこでここに恩愛の契りもなければ義理もない、ほんの赤の他人であって、本来をいうと忘れてしまったところで人情をも義理をも欠かないで、しかもついに忘れてしまうことのできない人がある。世間一般の者にそういう人があるとは言わないが少なくとも僕にはある。恐らくは君にもあるだろう。」

　秋山は黙ってうなずいた。

「僕が十九の年の春の半《なか》ごろと記憶しているが、少し体の具合が悪いのでしばらく保養する気で東京の学校を退《ひ》いて国へ帰る、その帰り途《みち》のことであった。大阪から例の瀬戸内《せとうち》通いの汽船に乗って春海波平らかな内海《うちうみ》を航するのであるが、ほとんど一昔も前のことであるから、僕のその時の乗り合いの客がどんな人であったやら、船長がどんな男であったやら、茶菓を運ぶボーイ[16]の顔がどんなであったやら、そんなことは少しも憶《おぼ》えていない。たぶん僕に茶をついでくれた客もあったろうし、甲板の上で色々と話しかけた人もあったろうが、なんにも記憶に止まっていない。

　ただその時は健康が思わしくないから、あまり浮き浮きしないで物思いに沈んでいたに違いない。絶えず甲板の上に出《い》で、将来《ゆくすえ》の夢を描いては、この世における人の身の上のことなどを思いつづけていたことだけは記憶している。もちろん若いものの癖でそれも不思議はないが。そこで僕は、春の日ののどかな光が油のような海面に融《と》け、ほとんどさざなみも立たぬ中を船の船首《へさき》が心地よい音をさせて水を切って進行するにつれて、霞《かすみ》たなびく島々を迎えては送り、右舷《うげん》左舷の景色を眺めていた。菜の花と麦の青葉とで錦を敷いたような島々が、まるで霞の奥に浮いているように見える。そのうち船がある小さな島を右舷に見て、その磯《いそ》から十町[17]とは離れない所を通るので、僕は欄に寄りなにげなくその島を眺めていた。山の根がたのかしこここに背の低い松が小杜《こもり》を作っているばかりで、見たところ畑《はた》もなく家らしいものも見えない。しんとして寂しい磯の引き潮の跡が日に光って、小さな波が水際《みぎわ》を弄《もてあそ》んでいるらしく、長いすじが白刃のように光っては消えている。無人島でないことはその山よりも高い空で[18]雲雀《ひばり》が啼《な》いているのがかすかに聞こえるのでわかる。田畑ある島と知れけりあげ雲雀、これは僕の老父《おやじ》の句であるが、山のむこうには人家があるに相違ないと僕は思うた。

15 劈頭　最初。冒頭。　**16 ボーイ**　給仕。［英語］boy　**17 町**　距離の単位。一町は、約一〇九メートル。　**18 雲雀**　ヒバリ科の小鳥。春になると空高く舞い上がり、上空をさえずりながら飛ぶ。

問3　「君の領分」とはどのようなことか。

と見るうち、引き潮の跡の日に光っている所に、一人の人がいるのが目についた。たしかに男である、また子供でもない。何かしきりに拾っては籠か桶《おけ》かに入れているらしい。二三歩《ふたあしみあし》あるいてはしゃがみ、そして何か拾っている。自分はこの寂しい島かげの小さな磯を漁《あさ》っているこの人をじっと眺めていた。船が進むにつれて人影が黒い点のようになってしまった。そのうち磯も山も島全体が霞のかなたに消えてしまった。この後今日が日までほとんど十年の間、僕は何度この島かげの顔も知らないこの人を思い起こしたろう。これが僕の『忘れ得ぬ人々』の一人である。

その次は今から五年ばかり以前、正月元旦を父母の膝下で祝ってすぐ九州旅行に出かけて、熊本から大分へと九州を横断した時のことであった。

僕は朝早く弟とともに草鞋脚絆で元気よく熊本を立った。その日はまだ日が高いうちに、[19]立野《たての》という宿場まで歩いてそこに一泊した。次の日のまだ昇らないうち立野を立って、かねての願いで、阿蘇山《あそさん》の白煙を目がけて霜を踏み[20]桟橋を渡り、道を間違えたりしてようやくおひる時分に絶頂近くまで登り、噴火口に達したのは一時過ぎでもあったろうか。熊本地方は温暖であるがうえに、風のないよく晴れた日だから、冬ながら[21]六千尺の高山もさまでは寒く感じない。高岳《たかだけ》の頂は噴火口から吐き出す水蒸気が凝って白くなっていたが、そのほかは満山ほとんど雪を見ないで、ただ枯れ草白く風にそよぎ、焼け土のあるいは赤き、あるいは黒きが旧噴火口の名残をかしここにとどめて断崖をなし、その荒涼たる光景は、筆も口もかなわない。これを描くのはまず君の領分だと思う。

僕らは一度噴火口の縁まで登って、しばらくはすさまじい穴を覗《のぞ》き込んだり四方の大観をほしいままにしたりしていたが、さすがに頂は風が寒くなってたまらないので、穴から少し下りると[22]阿蘇神社がある、その傍に小屋があって番茶くらいは飲ませてくれる、そこへ逃げ込んでむすびをかじって、元気をつけて、また噴火口まで登った。

その時は日がもうよほど傾いて、[23]肥後《ひご》の平野を立てこめているもやが焦げて赤くなって、ちょうどそこに見える旧噴火口の断崖と同じような色に染まった。円錐《えんすい》形にそびえて高く群峰を抜く[24]九重嶺《くじゅうれい》の裾野の高原数里の枯れ草が一面に夕陽《せきよう》を帯び、空気が水のように澄んでいるので人馬の行くのも見えそうである。[25]天地寥廓《りょうかく》、しかも足もとではすさまじい響きをして、白煙もうもうと立ちのぼり真っすぐに空を衝《つ》き、急に折れて高岳をかすめ、天の一方に消えてしまう。壮といわんか美といわんか惨といわんか、僕らは黙ったまま一言も出さないでしばらく石像のように立っていた。この時天地悠々の感、人間存在の不思議の念などが、心の底から湧いて来るのは自然のことだろうと思う。

　ところでもっとも僕らの感をひいたものは九重嶺と阿蘇山との間の一大窪地《くぼち》であった。これはかねて世界最大の噴火口の旧跡と聞いていたが、なるほど、九重嶺の高原が急におちこんでいて、数里にわたる絶壁がこの窪地の西をめぐっているのが眼下によく見える。[26]男体山《なんたいさん》麓の噴火口は[27]明媚《めいび》幽邃《ゆうすい》の[28]中禅寺湖《ちゅうぜんじこ》と変わっているが、この大噴火口はいつしか五穀実る数千町歩の田園とかわって、村落幾個の樹林や麦畑が今しも斜陽静かに輝いている。僕らがその夜、疲れた足を踏みのばして罪のない夢を結ぶを楽しんでいる[29]宮地《みやじ》という宿駅も、この窪地にあるのである。

　いっそのこと山上の小屋に一泊して噴火の夜の光景を見ようかという説も二人の間に出たが、先が急がれるのでいよいよ山を下りることに決めて、宮地を指して下りた。下りは登りよりかずっと勾配《こうばい》が緩やかで、山の尾や谷間の枯れ草の間を蛇のようにうねっている道をたどって急ぐと、村に近づくにつれて枯れ草を着けた馬をいくつかおいこした。あたりを見ると、かしこここの山の尾の小道をのどかな鈴の音《ね》夕陽を帯びて、人馬いくつとなく麓《ふもと》をさして帰りゆくのが数えられる。馬はどれも皆枯れ草を着けている。麓はじきそこに見えていても容易には村へ出ないので、日は暮れかかるし、僕らは大急ぎに急いでしまいには走って下りた。

　村に出た時はもう日が暮れて夕闇ほのぐらい頃であった。村の夕暮れのにぎわいは格別で、壮年男女は一日の仕事のしまいに忙しく、子供は薄暗い垣根の陰や竈《かまど》の火の見える軒先に集まって、笑ったり歌ったり泣いたりしている。これはどこの田舎も同じことであるが、僕は荒涼たる阿蘇の草原から駆け下りて突然、この[30]人寰《じんかん》に投じた時ほど、これらの光景にうたれたことはない。二人は疲れた足をひきずって、日暮れて道遠きを感じながらも、懐かしいような心持ちで宮地を今宵の当てに歩いた。

　一村《ひとむら》離れて林や畑の間をしばらく行くと、日はとっぷり暮れて二人の影がはっきりと地上に印するようになった。振り向い

19 立野　熊本県阿蘇郡南阿蘇村の地名。阿蘇山火口原への入り口の一つ。　**20 桟橋**　足場の悪い所や高い所を行き来するために渡した橋。　**21 六千尺の高山**　「尺」は距離の単位で、一尺は、約三〇センチメートル。ここは、「高岳」（標高一五九二メートル）のこと。　**22 阿蘇神社**　阿蘇山火口近くの阿蘇山上神社のこと。　**23 肥後**　熊本県の旧国名。　**24 九重嶺**　阿蘇カルデラ北東に広がる火山群。　**25 寥廓**　何もなく、広広と大きいこと。　**26 男体山**　栃木県西部にある火山。　**27 明媚幽邃**　山水の清らかで奥深い美しさをたたえているさま。　**28 中禅寺湖**　男体山の噴火でできたせき止め湖。　**29 宮地**　熊本県阿蘇市の地名。阿蘇山北東に位置する。　**30 人寰**　人の住んでいる所。

て西の空を仰ぐと、阿蘇の分派の一峰の右に新月がこの窪地一帯の村落を我が物顔に、澄んで蒼味《あおみ》がかった水のような光を放っている。二人は気がついてすぐ頭の上を仰ぐと、昼間は真っ白に立ちのぼる噴煙が月の光を受けて灰色に染まって碧瑠璃《へきるり》の大空を衝いているさまが、いかにもすさまじくまた美しかった。長さよりも幅の方が長い橋にさしかかったから、幸いとその欄によっかかって、疲れきった足を休めながら、二人は噴煙のさまの様々に変化するを眺めたり、聞くともなしに村落の人語の遠くに聞こゆるを聞いたりしていた。すると二人が今来た道の方から、空車《からぐるま》らしい荷車の音が林などに反響して虚空に響き渡って次第に近づいて来るのが手に取るように聞こえだした。

しばらくすると朗らかな澄んだ声で流して歩く[31]馬子唄《まごうた》が空車の音につれて漸々《ぜんぜん》と近づいて来た。僕は噴煙を眺めたままで耳を傾けて、この声の近づくのを待つともなしに待っていた。

人影が見えたと思うと『宮地ゃよいところじゃ阿蘇山ふもと』という俗謡《うた》を長く引いて、ちょうど僕らが立っている橋の少し手前まで流して来たその俗謡の意《こころ》と悲壮な声とがどんなに僕の情《こころ》を動かしたろう。二十四、五かと思われる屈強な若者が手綱を引いて僕らの方を見向きもしないで通ってゆくのを僕はじっとみつめていた。夕月の光を背にしていたから、その横顔もはっきりとは知れなかったが、そのたくましげな体の黒い輪郭が今も僕の目の底に残っている。

僕は若者の後ろ影をじっと見送って、そして阿蘇の噴煙を見あげた。『忘れえぬ人々』の一人はすなわちこの若者である。

その次は四国の[32]三津ヶ浜《みつがはま》に一泊して汽船便を待った時のことであった。夏の初めと記憶しているが、僕は朝早く宿を出て、汽船の来るのは午後と聞いたので、この港の浜や町を散歩した。奥に松山を控えているだけこの港の繁盛は格別で、わけても朝は魚市が立つので、魚市場の近傍の雑踏は非常なものであった。大空は名残なく晴れて朝日うららかに輝き、光る物には反射を与え、色あるものには光を添えて、雑踏の光景を更ににぎにぎしくしていた。叫ぶもの呼ぶもの、笑声嬉々《きき》としてここに起これば、歓呼怒罵乱れてかしこに湧くという有様で、売るもの買うもの、老若男女、いずれも忙しそうに面白そうに嬉《うれ》しそうに、駆けたり追ったりしている。露店が並んで立ち食いの客を待っている。売っている物は言わずもがなで、食ってる人は大概船頭船方の類いにきまっている。たいやひらめや、あなごやたこが、そこらに投げ出してある。なまぐさい臭いが人々の立ち騒ぐ袖や裾にあおられて鼻を打つ。

僕は全くの旅客でこの土地には縁もゆかりもない身だから、知る顔もなければ見覚えの禿頭《はげあたま》もない。そこでなんとなくこれらの光景が異様な感を起こさせて、世の様をいちだん鮮やかに眺めるような心地がした。僕はほとんど己を忘れてこの雑踏のうちをぶらぶらと歩き、ややもの静かなる街《ちまた》のはしに出た。

するとすぐ僕の耳に入ったのは[33]琵琶《びわ》の音であった。そこの店先に一人の琵琶僧が立っていた。年の頃四十を五つ六つも越えたらしく、幅の広い四角な顔の丈の低い肥えた男子であった。その顔の色、その目の光はちょうど悲しげな琵琶の音にふさわしく、あのむせぶような糸の音につれて謡う声が沈んで濁って淀《よど》んでいた。巷《ちまた》の人は一人もこの僧を顧みない。家々の者は誰もこの琵琶に耳を傾けるふうも見せない。朝日は輝く、浮き世はせわしい。

しかし僕はじっとこの琵琶僧を眺めて、その琵琶の音に耳を傾けた。この道幅の狭い軒端のそろわない、しかもせわしそうな巷の光景が、この琵琶僧とこの琵琶の音とに調和しないようで、しかもどこかに深い約束があるように感じられた。あの嗚《お》咽《えつ》する琵琶の音が巷の軒から軒へと漂うて勇ましげな売り声や、かしましい[34]鉄砧《かなしき》の音にまざって、別に一道《いちどう》の清泉が濁波の間をくぐって流れるようなのを聞いていると、嬉しそうな、浮き浮きした、面白そうな、忙しそうな顔つきをしている巷の人々の心の底の糸が、自然の調べをかなでているように思われた。『忘れえぬ人々』の一人はすなわちこの琵琶僧である。」

ここまで話してきて、大津は静かにその原稿を下に置いてしばらく考え込んでいた。戸外《そと》の雨風の響きは少しも衰えない。秋山は起き直って、

「それから。」

「もうよそう、あまり更けるから、まだいくらもある。北海道[35]歌志内《うたしない》の鉱夫、[36]大連湾頭《だいれんわんとう》の青年漁夫、[37]番匠川《ばんしょうがわ》の瘤《こぶ》ある舟子など僕が一々この原稿にあるだけを詳しく話すなら夜が明けてしまうよ。とにかく、僕がなぜこれらの人々を忘るることができないかという、それは思い起こすからである。なぜ僕が思い起こすだろうか。僕はそれを君に話してみたいがね。

要するに僕は絶えず◆人生の問題に苦しんでいながら、また自己将来の大望に圧せられて自分で苦しんでいる不幸せな男であ

31 馬子　馬で人や荷物を運ぶことを商売とする人。「馬子唄」は彼らが馬を引くときに歌う唄。　**32 三津ヶ浜**　愛媛県松山市の三津浜《みつはま》港一帯。
33 琵琶　奈良時代に日本へ伝来した弦楽器。　**34 鉄砧**　鍛冶屋で、熱した材料を打つための台。金敷。　**35 歌志内**　北海道中部の市。当時は炭鉱で栄えていた。　**36 大連**　中国の遼東《リヤオトン》半島南部の港湾都市。　**37 番匠川**　大分県南部を流れる一級河川。佩楯山《はいだてさん》から佐伯《さいき》市を通り、佐伯湾に注ぐ。

問4　「人生の問題に苦しんでいながら、また自己将来の大望に圧せられて自分で苦しんでいる」とはどのようなことか。

る。
そこで僕は今宵のような晩に独り夜更けて灯《ともしび》に向かっていると、この生の孤立を感じて堪え難いほどの哀情を催してくる。その時僕の[38]主我の角《つの》がぼきり折れてしまって、なんだか人懐かしくなってくる。色々の古いことや友の上を考えだす。その時[39]油然《ゆぜん》として僕の心に浮かんで来るのは、すなわちこれらの人々である。そうでない、これらの人々を見た時の周囲の光景のうちに立つこれらの人々である。我と他《ひと》となんの相違があるか、皆これこの生を天の一方地の一角にうけて悠々たる行路をたどり、相携えて無窮の天に帰る者ではないか、というような感が心の底から起こって来て、我知らず涙が頬をつたうことがある。その時は実に我もなければ他もない、ただだれも彼も懐かしくって、しのばれてくる。

僕はその時ほど心の平穏を感ずることはない。その時ほど自由を感ずることはない。その時ほど名利競争の俗念消えてすべての物に対する同情の念の深い時はない。

僕はどうにかしてこの題目で僕の思う存分に書いてみたいと思うている。僕は天下必ず同感の士あることと信ずる。」

その後二年たった。

大津は故あって東北のある地方に住まっていた。溝口の旅宿《やど》で初めて会った秋山との交際は全く絶えた。ちょうど、大津が溝口に泊まった時の時候であったが、雨の降る晩のこと、大津は独り机に向かって瞑想《めいそう》に沈んでいた。机の上には二年前秋山に示した原稿と同じの「忘れえぬ人々」が置いてあって、その最後に書き加えてあったのは「亀屋の主人」であった。

「秋山」ではなかった。

38 主我　自分の利害ばかりを考えること。利己。　**39 油然**　盛んに湧き起こるさま。

問5　「この生を天の一方地の一角にうけて悠々たる行路をたどり、相携えて無窮の天に帰る者」とはどのような存在か。

読解

1　大津が出会った三人の「忘れえぬ人々」について、次のことを説明しなさい。
ⓐ三人にはどのような共通点があるか。
ⓑ大津にとって、「忘れえぬ人々」とはどのような存在か。

2　「忘れえぬ人々」に書き加えられたのが「亀屋の主人」で「秋山」でなかったのはなぜか、説明しなさい。

作家の出発と本が出るまで

作家がデビューする道

近代小説が始まった頃の作家は、まず身近な大学の雑誌（「三田文学」など）や、友人たちと作った同人誌に作品を発表して、それが評価を得たのちに商業雑誌や新聞から原稿の注文を受けてプロになった。たとえば芥川龍之介《あくたがわりゅうのすけ》は、東大生の頃、大学の雑誌「帝国文学」に『羅生門』を発表したが、無名だった。彼が注目されるようになったのは、師事した夏目《なつめ》漱石《そうせき》に『鼻』が高く評価されてからである。

谷崎潤一郎《たにざきじゅんいちろう》は、やはり東大生の頃、同級生たちと同人誌「新思潮」（第二次）を創刊し、『刺青』などの作品を発表したが、それがのちに永井《ながい》荷《か》風《ふう》から絶賛され、劇的なデビューを果たした。当時は雑誌「中央公論」に小説が載ると一流といわれたが、編集長の滝田《たきた》樗陰《ちょいん》は専用の人力車で原稿依頼に赴くことで有名だった。その人力車が自宅を訪れて、谷崎を感激させたという。

このようにまだジャーナリズムが十分発達していなかった時代、作家のデビューには文学界の有力者の推挙がつきもので、有名作家のもとから弟子がデビューする場合が多かった。ことに『金色夜《こんじきや》叉《しゃ》』で知られる明治時代の流行作家尾崎紅葉《おざきこうよう》の門下からは、泉鏡花《いずみきょうか》や徳田秋声《とくだしゅうせい》のような大作家が輩出した。漱石のもとからも芥川をはじめ、鈴木《すずき》三重《みえ》吉《きち》、森田《もりた》草平《そうへい》、久米《くめ》正雄《まさお》、内田百閒《うちだひゃっけん》などが育っている。

一九二〇年代に芥川の友人の作家・菊池《きくち》寛《かん》は、雑誌「文《ぶん》藝《げい》春秋」を創刊し、一九三五年には「芥川龍之介賞」「直《なお》木《き》三十五《さんじゅうご》賞」を創設した。芥川賞は新聞・雑誌掲載の純文学系の短編作品から選ばれ、やはり菊池の友人だった作家名を顕彰した直木賞は、より大衆的な長編作品から選ばれる。第一回芥川賞では、太宰治《だざいおさむ》が候補になったものの、当選を果たせなかった。そのとき太宰は、選者であった川端《かわばた》康成《やすなり》への落胆と恨みをエッセイに書いている。その後も太宰の作品が芥川賞を受賞することはなかった。こんな大作家が不思議なことに芥川賞とは無縁だったのだ。

こうして文学賞が社会的にも注目されるようになり、新人作家がデビューするための決定的な登竜門となっていった。第二次大戦後には「群像」「文學界《ぶんがくかい》」「新潮」「文藝」「すばる」など、大手出版社の文芸雑誌が新人賞を相次いで設け、実質的にはそれらが新人作家デビューの関門となっていった。今日もほとんどの作家は新人賞の出身である。

一方、かつて若手の作家修業の場であった同人誌は、戦後も全国で多数出されていたが、次第に書き手が新人賞の応募に集中するようになり、若手育成の力を失っていった。現在はインターネット上で応募される新人文学賞もあり、また携帯電話も小説を発表する場となっている。

原稿から本の出版まで

小説はもともと原稿用紙に手書きされていた。いろいろな作家の残した原稿を見ると、必ずしも字はきれいではない。激しい書き直しのあとが残っていることもある。そうして原稿用紙に書かれた小説が活字になって、やがて本になっていく。

四百字詰めの原稿用紙には、枡目《ますめ》の列があり、横には余白がある。それは印刷する際に、一字ずつ金属製の文字の活字を枡目に入れてページごとに作った版のかたちが、そのまま残ったものなのである。横の余白はルビのためで、小さな活字をそこに詰めた。「活字」という言葉は、このような活版印刷から生まれたものであるが、のちには活字は廃れ、文字組は電算入力されるようになった。

今ではほとんどの作家がコンピュータで原稿を書き、Eメールで送るようになったので、原稿用紙は次第に現場から姿を消しつつある。しかし、分量計算の単位としてその枚数を用いる習慣は、今も残っている。たとえば原稿の注文も何枚でというやり取りになるし、原稿料も四百字詰め原稿用紙に換算して一枚あたりいくら、という計算をする。

小説が本になって出版されるまでには、出版社の担当編集者とのあいだで、何度も打ち合わせや手直しが行われる。新人の場合は、何度も書き直しを求められることもある。その試練を超えて、作家も成長していくのだ。

書物という小宇宙

本は、ただ文字を紙に印刷して綴《と》じたものではない。紙の質も文字の種類も、こだわる人は徹底して凝る。さらに大事なのは、判型や、表紙（カバー）のデザインである。それを装幀《そうてい》ともいう。

たとえばカバーと帯があり、表紙を開いた内側には見返しがあり、扉がある。高級な本だと箱入りもある。それらはすべてデザイナーの仕事だ。カバーや扉には、写真やイラストや絵画が使用されることもある。夏目漱石や谷崎潤一郎は、自著の装幀もした。現代でも自ら装幀する作家や、お気に入りのデザイナーを選ぶ作家は少なくない。

小説は、文書データとして見ればファイルのサイズも小さいし、コンピュータや情報端末でも簡単に読めるが、いまだに書物で読むことが好まれている。その理由は、まさに内容のデータ以外の要素、手のひらに載った書物の紙の質感やインクの匂い、そして表紙や扉のデザインに触れる楽しみがあるからでもある。凝った装幀の本は、それじたいが一種の美術品のような価値を持っている。装幀といっしょに楽しむとき、小説は文章に衣服を着せた身体となり、書物という小宇宙に変身するのである。電子書籍も次第に普及し始めているが、やはりタイトルページのデザインや、本文のレイアウトの重要性に気づかれつつある。

第二部

第二章

秘められたもの

小説は複数の人物を登場させ、それぞれに違いを設けることで物語を作る。ある人物の設定条件と他の人物の設定条件が異なるようにすれば、彼らがおのおの持っている情報の量も、感覚や感情の質も異なってくる。しかも、初めのうちは互いに互いの違いを知らない。彼、彼女は何を感じているのか、何を見ているのか。想像の及ばなかった相手の秘められたものに次第に近づくように語り手は促す。作中人物たちがそれまで自分に与えられていた条件から一歩、踏み出していくとき、物語は動き始める。

子供の領分

社会は子供たちの関係にも影を落とす。子供たちはそのことに気づかないか。いや、そうではない。親たちの会話をはじめ、周囲からあきらかにわかるはずだ。その上でどのようにふるまうか。今度は子供たち自身が問われていく。

吉行淳之介《よしゆきじゅんのすけ》

ある夏の終わりの夕方、A少年は路地の入口の土の上にB少年がうずくまって、茶色い犬の耳を引っ張っているのを見た。AとBは同級生で、小学五年生である。Bは二本の指で三角形にとがった耳の先をつまみ、すこしずつ引っ張る。それにつれて、犬の口の端が耳の方に釣り上げられるようにすこしずつ開いてゆき、黄いろい歯が剝《む》き出されてくる。老いた大きな犬で、寝そべった姿勢を崩そうとはしないが、かすかな唸《うな》り声が開いた歯の隙間から洩《も》れてくる。

Bは耳を引っ張りつづける。唸り声はしだいに大きくなり、犬は吠《ほ》え声といっしょにBの指に喰《く》いつこうとするそぶりになった。大きく開いた口の中の薄桃色が、一瞬あらわになった。

素早く、Bは指を引っ込めた。犬はうるさいものを払い除《の》けるように二、三度首を振り、やがて顎を地面につけた元の姿勢に戻った。Bの顔に嬉《うれ》しくてたまらぬ表情が浮かび、また指を犬の耳に向かって伸ばしてゆく。

吉行淳之介　一九二四―九四年。岡山県生まれ。一九五四年、「驟雨《しゅうう》」で芥川賞を受賞し、遠藤周作《えんどうしゅうさく》、安岡章太郎《やすおかしょうたろう》らとともに「第三の新人」の主流とされた。本文は、『子供の領分』（集英社文庫）によった。

問1　「嬉しくてたまらぬ表情が浮」かんだのはなぜか。

「喰いつかれるぞ。」

Bは顔を上げて、Aを見た。肥《ふと》ったまるい顔に温和な笑いが浮かび、

「本気じゃないのはわかってるもの。それに、ぼくが犬好きだということを、こいつはよく知っているよ。」

「そうだ。」

Aは不意に思い付いて、声をあげた。

「今度の日曜に、いっしょに犬屋に遊びに行かないか。」

「犬屋って。」

「そうさ、いろんな犬がいっぱいいるんだ。広い地面が、犬だらけなんだ。」

「いっしょに行こう。」

Bは咄嗟《とっさ》にそう言った。

「ぼくも、一人じゃどうかとおもってたんだ。知り合いの家で、前から誘われていたんだけど、電車で一時間近くかかるところなんだ。いま、うちの[1]柴犬《しばいぬ》が仔《こ》どもを産みに、そこへ行ってる。[2]チャンピオンの雄が、そこにいるんだそうだ……。」

Aが機嫌よく喋《しゃべ》っているあいだに、Bの表情が暗くなった。そして、曖昧な調子でBが言った。

「そうだ。忘れていた。今度の日曜は用事があるんだ。Aちゃん、君ひとりで行ってくれ。」

「なんだ、つまらない。一人じゃ仕方がないよ。それじゃ、この次の日曜にしよう。」

1 柴犬 イヌの品種。日本特産で、体長四〇センチメートルほどの小型犬。
2 チャンピオン ここは、品評会などで優勝したイヌのこと。［英語］champion

問2 「表情が暗くなった」のはなぜか。

「そうか、すまないね。あ、それから、相撲のブロマイド[3]、まだ借りたままだけど……。」

大型の名刺ほどの大きさの印画紙に、化粧まわしをした相撲取りの立ち姿が焼き付けられてある。子供たちは、それをメンコ[4]遊びに使っていた。

「いいよ。あれは、いつでもいいよ。」

と、Aは答えた。

もう一度Bは茶色の犬の耳を引っ張り、路地の中に姿を消した。坂の上にある路地の奥に、Bの家はある。この界隈《かいわい》は、混み入った町である。坂の下から坂の両側にかけては、住宅が立ち並んでいる。坂上の道の両側しばらくは、商店が並んでいる。道に面したガラス戸のすぐ傍《そば》にミシンを置いた足袋屋では、若い職人がいつもミシンを動かして、白い足袋を縫っていた。

商店の軒並はすぐに尽きて、長い石塀になる。大きな邸宅の屋根が、その塀の内側にみえる。坂の上の一帯は、屋敷町である。

商店街と屋敷町との境目に、路地がある。その路地の中は、貧民窟[5]といってよい場所なのだ。

Bの家は、その路地の奥にある。

そして、Aの家は、坂の中途にある。

Bの家は[6]棟割長屋《むねわりながや》の一軒である。崩れ落ちそうになった壁に、女優の水着写真がべたべた貼り付けてあった。古い映画雑誌のグラビア[7]から、切り取ったものらしかった。

「兄貴がやったのさ。」

3 **ブロマイド** 臭化銀（シルバーブロマイド）を塗布し感光剤として用いた印画紙の写真。役者や力士などの肖像写真として、広く用いられた。［英語］bromide

4 **メンコ** 図柄の書かれた名刺よりやや大きい厚紙などでできた玩具。それを地面に置き、互いのメンコでひっくり返して勝敗を競った。

5 **貧民窟** 都市部で低所得者層が集住している地域。

6 **棟割長屋** 一棟の建物を壁で仕切り、複数の世帯が居住できるようにした家屋。

7 **グラビア** ここは、凹版印

と、Bは言う。その兄という人が何をしているのか不明だったし、その姿を見たこともなかった。

Bは肥って体格が良い。むくむく肥っているといった感じで、体つきに愛嬌《あいきょう》があった。顔はまるく、頬は盛り上がって両側から鼻梁《びりょう》に迫り、小さな目がいつも笑っていた。

AはBと別れて、坂の中途にある自分の家へ向かった。

次の週が来るのを待ちかねて、AはBに尋ねた。

「今度の日曜は、大丈夫だね。」

「うん、それがね……。」

Bは生返事をした。

「それが、といったって、この前ちゃんと約束したじゃないか。」

「うん。あと、二、三日たてば、はっきりするんだけど……。」

Aが気色《けしき》ばむと、Bは曖昧な調子で答えた。

家へ帰って、Aが祖母にBの煮え切らぬ態度を訴えた。祖母はしばらく考えていたが、

「それはおまえ、Bさんは電車賃がないのじゃないかしら。」

「まさか。」

反射的にそう答え、いっそう強く言った。

「だって、そんな……。」

それは、祖母の言葉に反対したというよりは、Aが祖母の言葉に不意を打たれたためで

刷法で印刷された写真などのページのこと。［英語］gravure

ある。

「あたしは、そうおもうね。ためしに、電車賃のことは心配しなくていい、といって誘ってごらん。」

祖母がそう言ったときには、Aはその言葉を正しいとおもっていた。Bが貧乏なことは、十分承知していた。だからこそ、Bを喜ばせようとおもって、誘ったのだ。

一度だけ、Bの家でおやつを出してくれたことがある。顔色のわるい小柄なBの母が、ふかしたサツマイモを持って台所から出てきた。縁の欠けた小さな皿の上に人差し指くらいの太さの芋が、五本ほど載っていた。細い屑芋《くずいも》には、あちこちひょろひょろと長い毛が生えていた。

「こんなもの、おいしくないでしょうね。」

Bの母親が、ちょっと怒ったような口調でそう言う前に、Aは狼狽《ろうばい》に似た気持ちになっていた。Bの家にとって、その屑芋が貴重なものであることがわかったからだ。

Aはいそいでその芋をつまみ上げ、口の中へ押し込んだ。

犬屋へ遊びにゆくことは、Bにとっても愉《たの》しいことにちがいない、とAは考えていた。犬屋へ行けば、歓待してもらえるはずだ。それに、遊園地へ行くのと違って、入場料も遊戯券を買う金も不要なのだ。そうおもって、勢いこんでBを誘ったのだが、その場所へ行き着くための電車賃のことには、考え及ばなかった。

Bはほとんど唯一の友だちである。そのBの生きている世界について、自分はあまり知らないのではないか、という考えに襲われ、Aはひるんだ気持ちになった。

問3 「ちょっと怒ったような口調」だったのはなぜか。

「やっぱり、今度の日曜に行こうよ。電車賃の心配はいらないよ。」

翌日、AはBに言った。もっと婉曲《えんきょく》な言い方を考えてみたが、結局、Aはそう言った。

Bの曖昧な表情は、変わらない。

「ね、そうしようよ。いっしょに行こうよ。」

重ねてAが言うと、Bは曖昧にうなずいた。

郊外電車に乗り換えて、三十分ほど走ると、沿線の風景は田と畑と森になった。

小さい駅で降り、田舎道を尋ね尋ね十五分ほど歩くと、木の柵や金網で囲まれた一画があった。それが、目的の犬屋で、近づくにつれて獣のにおいが強くなった。

応接間風の部屋に通され、彼らはしばらくの間、二人だけにされた。歓待の気配はまだ彼らのまわりにはなくて、Aは苛立《いらだ》った。ようやく戸が開いて、女中が盆を持って入ってきたとき、Aはおもわず首を伸ばして彼女の手もとに視線をそそいだ。盆には、塩センベイと白い飴《あめ》が盛られてあった。

女中が姿を消すと、Aはいそいで飴を一つつまみ、口に入れた。

「あまい。君、あまいぞ。」

Bも手をのばして。飴を口に入れて言った。

「うん、あまいや。」

しかし、その言葉の調子には、わざとらしいところがあった。愉しい様子をすることが自分の今日の役目だ、とBは自分に言い聞かせている。そんな気配をAは感じ取り、いっ

問4 なぜ「苛立った」のか。

そう焦る気持ちが濃くなった。

「はやく犬のいるところへ連れて行ってくれないかなあ。」

AはBに気兼ねするように、そう言った。

「うん、きっとおもしろいぞ。」

BもAに気兼ねするように言った。

ようやくその家の夫人が現れた。Aは一、二度会ったことがあるだけで、親しい間柄ではない。

「まあまあ、遠いところを、よくいらっしゃいましたわね。」

「ぼくの友だちのB君です。」

「それは、まあよくいらっしゃいました。」

夫人はBにも、丁重に挨拶した。Aは、安堵《あんど》した。夫人は、Aの両親について儀礼的な質問をすると、

「それでは、いま、係のものに案内させますから、ちょっと待ってくださいね。」

夫人が姿を消し、またしばらくの間、彼らは二人だけにされた。

「君、この飴、すこし持って行こうや。」

Aは白い飴を片手で摑《つか》み、ポケットに入れた。悪戯《いたずら》っぽい表情でそう言ったが、それには遠足気分を無理してふるい立たせている気配が伴った。

「うん、そうしよう。」

Bも、あたりを見回すそぶりをして、ポケットの中に白い飴を摑みこんだ。

問5 なぜ「安堵した」のか。

やがて、作業服の青年が戸を開くと、

「それじゃ、ご案内しましょう。」

と、事務的な口調で言った。

戸外へ出ると、黒茶色の犬が威勢よく走りよって、Aの胸もとに飛び付くと、長く舌を出して彼の顔を舐《な》めた。甘える唸り声を絶え間なく出し、ときおり、明るい吠え声を交えて、Aにじゃれついた。

「やあ、チイだ。」

Bが少年らしい明るい声をあげた。チイとは、「千早号《ちはやごう》」というその犬の愛称である。犬はその声で、Bの方に首を向けたが、すぐにAに顔を向け鼻づらを彼の洋服に押し当てて、尻尾をはげしく振りつづけた。

「おい、チイ、B君だぞ。」

Aは犬の顔の両側を掌《てのひら》で挟んで、Bの方へ向ける。その声に、犬は尻尾を振るのをやめてBの顔を眺め、あらためて勢いよく尻尾を振った。しかし、すぐにAの方に向き直ると、体全体でAにまつわりついてくる。

「それでは、犬を戻しますよ。」

と作業服の青年が言い、千早号を柵の中に入れた。

広い地面は、柵や檻《おり》でいくつにも区切られて、その中にさまざまな種類の犬が入っていた。柵や檻で占められた残りの地面が、おのずから通路になっており、彼らを案内して歩く青年はしばしば立ち止まって、檻の中の犬について説明を加えた。

「あれが、千早号の旦那さんですよ。」

檻の中で、柴犬とはおもえぬほどの大柄の犬が、逞《たくま》しい四肢を踏んばって、彼らの方に顔を向けていた。眉間に縦に三本深い皺《しわ》があって、その毛の色が濃く、黒い三本の溝にみえた。そのため、AとBを睨《にら》み付けているような顔つきになっていた。檻の金網に、「仁《に》王号《おうごう》」という札が掲げてあった。

一わたり案内すると、

「それでは、あとは勝手に見物してください。あきたら、もとの部屋に戻ってくださいな。」

と青年が言い、姿を消した。

犬たちは全部柵の中に入れられており、通路は閑散《かんさん》としていた。二人の少年だけが、やや手もちぶさたに、歩いていた。そのとき、一匹の黒い犬が、身をかがめるようにして向こうから歩いてきた。

Aは口笛を吹き、掌を上に向けて、手まねきした。千早号に体をすりよせられ纏《まと》い付かれたあとなので、Aのその態度には自信と余裕が滲《にじ》み出ていた。

しかし、その黒い犬はAの方を見向きもせずに、同じ足取りで二人の少年の傍を通り過ぎて行った。

Aはうちわを使うように上下に揺すぶっていた掌の動作を途中でやめ、そのままの姿勢で地面の上につくりつけたような形になった。乾いた堅い地面を踏む犬の蹠《あしうら》の規則正しい音が、異様に鋭くAの耳のなかで鳴った。

その音が不意に、聞こえなくなった。電気仕掛けの機械人形に、ふたたび電流が通じはじめたように、Ａは首だけうしろに深くまわした。すると、立ち止まっていた黒い犬も首だけまわしており、視線が合った。

その瞬間、黒い犬は勢いよく走り出した。晩夏の日射しに照りつけられて白く乾いた地面から、埃《ほこり》がくっきりと立ち昇った。黒い犬は、Ａを目標にしているように、真一文字に走ってきた。首を深くまわした姿勢のまま、Ａは走ってくる犬を眺めた。黒い犬は体ごとＡのふくらはぎに突き当たり、剝き出した歯をＡの脚の肉に当てた。そして、そのまま、Ａの傍を体をこすりつけるようにして走り抜け、みるみるその姿は小さくなり、曲がり角で消えた。獣のにおいが、強くＡの鼻を打った。

嚙《か》みついた、というのとは少し違う、とＡがおもったとき、Ｂの声が聞こえた。

「や、嚙みついた。」

Ｂは一瞬口を噤《つぐ》み、

「へんな犬だなあ。」

と言い、つづいて爆発的に笑い出した。その日はじめて聞いた、少年らしい明るい愉快そうな笑い声だった。

その笑い声は長くつづき、Ａはむっとした表情で黙って佇《たたず》んでいた。Ｂはようやく自分の笑い声に気付いた様子で、不意に口を堅く閉ざした。

Ａは半ズボンの下の黒い長靴下をずりおろし、犬の歯の当たった部分を調べた。赤く歯型が付いていたが、皮膚は破れていなかった。

Aは必要以上に長い時間、その赤い歯型の上を指で撫《な》でていた。すると、Bのいささか慌て気味の声が聞こえた。

「狂犬[8]じゃないだろうね。」

Aの身の上を心配して慌てているというよりは、自分の取った態度に慌てている。だから、その言葉は、いくらかわざとらしく聞こえた。

「噛まれたわけじゃないから、狂犬だとしても心配はないさ。」

Aは不機嫌そうにそう言い、

「もう帰ろう。」

とBを促した。

Aの不機嫌はしばらく続き、郊外電車の駅で切符を二枚買ったとき、その一枚を、◆ぎょうぎょうしくBに差し出した。

「ほら、君の切符。」

そう言って間もなく、今度はAが自分の態度に慌て出した。Bの機嫌を取る言葉をいくつかAは口に出し、やがて二人とも疲労して、すっかり無口になり、電車に揺られて坂の上下の彼らの家に向かった。

8 狂犬　狂犬病ウイルスに感染したイヌ。人獣共通感染症であり、ウイルスに感染したイヌにかまれると神経系が冒され、極度の興奮状態に陥った後、死に至る。

問6　「ぎょうぎょうしくBに差し出した」のはなぜか。

読解

1　「Bの生きている世界について、自分はあまり知らないのではないか、という考えに襲われ」（六六・18）たのはなぜか、説明しなさい。

2　「愉しい様子をすることが自分の今日の役目」（六七・17）とはどのようなことか、説明しなさい。

3　「二人とも疲労し」（七二・14）たのはなぜか、二人の態度や心情を踏まえて説明しなさい。

満月

吉本《よしもと》ばなな

みかげは早くに両親を亡くした。育ててくれた祖母がなくなり、ひとりぼっちになったとき、雄一《ゆういち》が現れた。雄一の家族はえり子さんひとり。えり子さんは雄一の父で、性転換した女性でもあった。そのえり子さんが急死した。今度は雄一のピンチだ。


私は翌日、予定どおり伊豆《いず》へと出発した。

先生[1]と、スタッフ数名と、カメラマンとの小人数の編成で、明るく和やかな旅になりそうだった。日程もさほどきつくない。

やはり、こう思う。今の私には——夢のような旅行だ。降ってわいたようだ。

この半年から解き放たれる気がする。

この半年……おばあちゃんが死んだところから、えり子さんが死ぬまで、表面的には私と雄一はずっと二人笑顔でいたけれど、内面はどんどん複雑化していった。嬉《うれ》しいことも悲しいことも大きすぎて日常では支え切れなかったから、二人は和やかな空間を苦心して作り続けた。えり子さんはそこに輝く太陽だった。

そのすべてが心にしみ込んで、私を変えた。甘ったれてアンニュイ[2]だったあのお姫様は今は鏡の中でその面影に出会うだけの遠くへ行ってしまったように、思う。

車窓をゆく、きりりと晴れた景色を見つめて、私は自分の内部に生まれたとほうもない

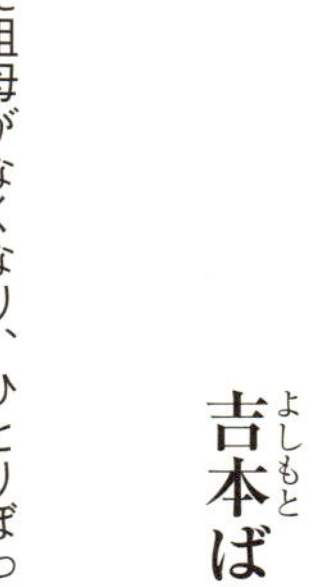

吉本ばなな
一九六四年―。東京都生まれ。一九八七年、『キッチン』で海燕《かいえん》新人文学賞を受賞、同書はベストセラーになった。二〇〇二年、筆名を「よしもとばなな」に変更。本文は、『吉本ばなな自選選集3 Death』（新潮社）によった。

1 先生 主人公のみかげが大学をやめて、アシスタントについていた料理研究家。

2 アンニュイ 退屈。倦怠。［フランス語］ennui

問1 「自分の内部」に「とほうもない距離」が生まれたとはどのようなことか。

距離を呼吸した。

……私も疲れ切っている。私もまた、雄一から離れて楽になりたい。

それはひどく悲しいことだけれど、そうなんだと思う。

その夜のことだ。

私は浴衣姿で先生の部屋へ行って、言った。

「先生、私、死ぬほど腹がへったんですけど外出してなにか食べてきていいですか。」

一緒にいた年配のスタッフが、

「桜井《さくらい》さん、なにも食べてなかったものねえ。」

と大笑いした。彼女たちはまさに眠る仕度をしているところで、二人共もう寝まきを着てふとんの上にすわっていた。

私は本当にひもじかった。その宿の名物だという野菜料理は、好き嫌いのないはずの私の嫌いな臭い野菜がなぜかオールスター入っていて、ろくに食べられなかったのだ。先生は笑って許してくれた。

夜の十時をまわっていた。私は長い廊下をてくてく歩いていったん自分のひとり部屋へ戻り、着替えて宿を出た。閉め出されるとこわいので裏の非常口のドアのカギをそっと開けておいた。

その日は、あのおぞましい料理の取材だったが、明日はバンに乗ってまた移動する。月明かりの下を歩きながら、私は心底、ずっとこうして旅をして生きてゆけたらいいだろうなと思った。帰る家族があればロマンチックな気分なのだろうけれど、私は本当のひとり

問2 「ずっとこうして旅をして生きてゆけたらいい」と思ったのはなぜか。

身なのでシャレにならないくらい強く孤独も感じる。でも、そうして生きてゆくのが自分にはいちばん合うような気さえした。旅先の夜はいつも空気がしんと澄んで、心が冴《さ》える。どうせどこの誰でもないのなら、こうして冴えた人生を送れたら、と思う。困ったことに雄一の心が理解できてしまう。……もうあの街へ帰らなくてすめば、どんなに楽だろう。

宿が立ち並ぶ街道をずっと下っていった。

山々の黒い影が、闇よりもずっしりと黒く街を見つめている。浴衣の上に丹前[3]を着た寒そうな酔っぱらいの観光客がたくさんいて、大声で笑いゆきかう。

私は妙にうきうきして楽しかった。

ひとりで星の下、知らない土地にいる。

街灯がある度に伸びては縮む影の上を歩いていった。

うるさそうな飲み屋はこわいので避けてゆくと、駅の近くまで出てしまった。真っ暗なみやげもの屋のガラスをのぞきながら、私はまだ開いているめし屋の明かりを見つけた。すりガラスの戸をのぞき込むと、カウンターだけで、客はひとりしかいなかったので、私は安心して引き戸を開けて入った。

なにか思い切り重いものが食べたくて、

「カツ丼を下さい。」

と私は言った。

「カツから揚げるから、少し時間がかかるけどいいかい。」

と店のおじさんが言った。私はうなずいた。白木[4]の匂いがするその新しい店は、手のゆ

3 **丹前**　綿を入れた厚手の着物。浴衣の上に防寒用に着る。

4 **白木**　皮を剝いで削っただけの木。

き届いた感じのいい雰囲気だった。こういう所はたいていおいしい。私は待ちながら、手の届く所に置いてあるピンク[5]の電話を見つけた。

私は手を伸ばして受話器を取り、ごく自然な気持ちでメモを出して雄一の宿に電話をかけてみた。

宿の女の人が電話を切り替えて雄一を呼んでいる間に、私はふと思った。

えり子さんの死を告げられて以来、ずっと私が彼に感じているこの心細さは〝電話〟に似ている。あれ以来の雄一はたとえ目の前にいても電話の向こうの世界にいるように感じられた。そしてそこは、私の今生きている場所よりも◆かなり青い、海の底のようなところだという気がした。

「もしもし？」

雄一が電話に出てきた。

「雄一？」

私はほっとして言った。

「みかげかー？　どうしてここがわかったんだい？　ああ、そうか、ちかちゃん[6]か。」

少し遠くにあるその静かな声は、ケーブルを抜けて夜を駆けてくる。私は目を閉じて、なつかしい雄一の声の響きを聞いていた。それは淋《さび》しい波音のように聞こえた。

「そこって、なにがある所なの？」

私はたずねた。

「デニーズ[7]。なんて、うそうそ。山の上に神社があって、それが有名かな。ふもとはずっ

5 ピンクの電話　喫茶店や食堂などにある簡易型の公衆電話。

問3　「かなり青い、海の底のようなところ」とはどのようなところか。

6 ちかちゃん　亡くなったえり子さんの後輩。旅に出たいという雄一に宿を紹介した。

7 デニーズ　アメリカ発祥の

と御坊料理とかっていって、とうふ料理を出す宿ばっかりで、ぼくも今夜食った。」

「どんな料理？　面白そうね。」

「ああ、君は興味あるか。それがさ、すべてとうふ、とうふなんだ。うまいんだけどね、とにかくとうふづくしなの。茶わんむし、田楽、揚げ出し、ゆず、ごま、みんなとうふ。すまし汁の中にも玉子どうふが入っていたのは言うまでもないね。固いものがほしくて、最後はめしだろう！　と待ってたら茶がゆ[8]でやんの。じじいになったような気分だったよ。」

「偶然ね。私も今、空腹なのよ。」

「なんで、食べ物の宿じゃないの？」

「嫌いなものばっかり出ちゃったのよ。」

「君の嫌いなものばっかりなんて、すごく確率の低そうなことなのに、不運だね。」

「いいの、明日はおいしいものを食べるから。」

「いいよなあ。ぼくの朝ごはんは見当つくもんな……湯どうふだろうなあ。」

「あの、小さな土鍋を固形燃料で熱する、あれよね。間違いないわね。」

「ああ、ちかちゃんはとうふ好きだから嬉々《きき》としてここを紹介してくれてさ、確かにすごくいい宿なんだ。窓が大きくて、滝みたいなのが見えて。でも、育ちざかりのぼくは今、カロリーが高くて、油っこいものが食いたいよ。……不思議だな。同じ夜空の下で今、二人共おなかを空かしているんだからな。」

雄一は笑った。


レストラン・チェーン。ファミリー・レストラン業態の草分け的存在。

8 茶がゆ　白米を緑茶やほうじ茶などで炊いたおかゆ。

ひどくばかげているけれど、私はその時、今からカツ丼食べるんだ！　と自慢することがなぜかできなかった。なんでだか、この上ない裏切りのように思えてならなくて、雄一の頭の中では一緒に飢えていてやりたかった。

私のカンはその瞬間、ぞっとするほど冴えていた。私には手に取るようによくわかった。二人の気持ちは死に囲まれた闇の中で、ゆるやかなカーブをぴったり寄り添ってまわっているところだった。しかし、ここを越したら別々の道に別れはじめてしまう。今、ここを過ぎてしまえば、二人は今度こそ永遠のフレンドになる。

間違いない、私は知っていた。

でも私はなすすべを知らない。◆それでもいいような気さえ、した。

「いつ頃帰るの？」

私は言った。

雄一はしばらく黙った後で、

「じきだね。」

と言った。うそが下手な奴、と私は思った。きっとお金の続くかぎり、彼は逃亡する。そして、この間えり子さんの死の知らせを延ばし延ばしにしたのと同じ気まずさを勝手に背おって私に連絡できなくなる。それが彼の性格だ。

「じゃあ、またね。」

私は言った。

「うん、また。」

問4　「それ」はどのようなことをさしているか。

彼もきっと、なぜ逃げたいのかさえ自分でもわからないのだろう。

「手首切ったりしないでね。」

私は笑って言った。

「けっ。」

と笑って雄一はじゃ、と電話を切った。

とたん、ものすごい脱力感がおそってきた。受話器を置いてからずっとそのまま、店のガラス戸をじっと見つめて、風に揺れる外の音をぼんやり聞いていた。道ゆく人が寒い寒い、と言い合うのが聞こえた。夜は今日も世界中に等しくやってきて、過ぎてゆく。触れ合うことのない深い孤独の底で、今度こそ、ついに本当のひとりになる。

人は状況や外からの力に屈するんじゃない、◆内から負けがこんでくるんだわ。と心の底から私は思った。この無力感、今、まさに目の前で終わらせたくないなにかが終わろうとしているのに、少しもあせったり悲しくなったりできない。どんよりと暗いだけだ。

どうか、もっと明るい光や花のあるところでゆっくりと考えさせてほしいと思う。でも、その時はきっともう遅い。

やがてカツ丼がきた。

私は気をとり直して箸を割った。腹がへっては……、と思うことにしたのだ。外観も異様においしそうだったが、食べてみると、これはすごい。すごいおいしさだった。

「おじさん、これおいしいですね!」

思わず大声で私が言うと、

問5 「内から負けがこんでくる」とはどのようなことか。

「そうだろ。」

とおじさんは得意そうに笑った。

いかに飢えていたとはいえ、私はプロだ。このカツ丼はほとんどめぐりあい、と言ってもいいような腕前だと思った。カツの肉の質といい、だしの味といい、玉子と玉ねぎの煮え具合といい、かために炊いたごはんの米といい、非の打ちどころがない。そういえば昼間先生が、本当は使いたかったのよね、とここのうわさをしていたのを思い出して、私は運がいいと思った。ああ、雄一がここにいたら、と思った瞬間に私は衝動で言ってしまった。

「おじさん、これ持ち帰りできる？　もうひとつ、作ってくれませんか。」

そして、店を出た私は、真夜中近くに満腹で、カツ丼のまだ熱いみやげ用パックを持ちとほうにくれてひとりで道に立ちつくすはめになってしまった。

本当に私はなにを考えていたんでしょう、どうしよう……と思っている目の前に、タクシー待ちと勘違いしてすべり込んできた空車の赤い文字を見た時、決心した。

タクシーに乗り込んで告げた。

「I市まで行ってもらえますか。」

「I市——？」すっとんきょうな声で言って運転手が私を振り向いた。「俺はありがたいけど、遠いし、高くつくよ？　お客さん。」

「ええ、ちょっと急用でね。」私は王太子の前に出たジャンヌ・ダルク[9]のように堂々とし

9 ジャンヌ・ダルク Jeanne

ていた。これなら信用されると自分でも思えた。「そして着いたら、とりあえずそこまでの分をお支払いしますから。二十分くらい向こうで用がすむまで待ってもらって、またこまで折り返してほしいんです。」

「色恋ざただね。」

彼は笑った。

「まあ、そんなところですね。」

私も苦笑した。

「よし、行きましょう。」

タクシーは夜の中を、I市に向かって走り出した。私と、カツ丼を乗せて。

d'Arc　一四一二?—三一年。イギリスとフランスが戦った百年戦争のさなか、神の命令を受けたと信じ、フランスを守るために立ち上がった少女。バロア王家の王太子シャルルの前に突然現れ、戦場で活躍し、劣勢だったフランス軍を勝利に導いたが、後にイギリス軍の捕虜となり処刑された。

読解

1 本文中から「私」の心情が変化していった分岐点を、「私が〜したとき」という形で四つ挙げなさい。

2 「でも、その時はきっともう遅い。」（七九・13）とあるが、なぜ「もう遅い」のか、説明しなさい。

3 「私と、カツ丼を乗せて。」（八一・9）という一文から「私」のどのような思いが読み取れるか、「カツ丼」が表しているものを明らかにして、説明しなさい。

乞食《こじき》王子

有名な児童文学をヒントに、それを作り替えたらどうなるか。入れ替わった王子と乞食の少年が最後には元に戻るのが原作。その約束ごとを破ると、同じ物語は衣装や外見にとらわれない自由をめぐる闘いに変貌する。パロディの面白さを味わおう。

石川《いしかわ》　淳《じゅん》

霧の中に二つの影がうごいていた。深夜の裏町のほそい道で、それは水の中にただよう藻《も》かなにかのように見えた。道のほとりの、ガス灯[1]の下に来て、ぼんやりした灯の色にうつし出されると、やっぱり人間であった。さきに立ったのは小さいこども、あとにつづいたのはマントを着たせいの高い男、そのマントの裾にちらと光ったのは長剣の鞘《さや》とみとめられた。町は寝しずまっていた。ふたりは一軒の暗い戸口にしのび入った。そして、まっくらな階段を手さぐりにのぼって何階めか、てっぺんまでのぼりつめて、天井の低い廊下の隅にある部屋にはいった。部屋の中もまっくらであった。ぱっと、蠟燭《ろうそく》の灯がついた。煤《すす》けた物置のような部屋のけしきである。せいの高い男は蠟燭をゆがんだテイブルの上に置いて、マントと長剣とをそばの椅子に投げかけた。たくましい青年である。その青年の服もマントも、ところどころ引き裂かれて、血のしぶきが散っていた。少年のほうは、壁ぎわのこわれた長椅子によりかかったが、そのぼろぼろの服もまた血に染んでいた。しかし、ふたりともひどい負傷はしていないようであった。

石川淳　一八九九―一九八七年。東京都生まれ。現実と幻想が交錯する前衛的な作風や、「夷斎《いさい》」を号したエッセイで広く知られる。本文は、「石川淳全集」第五巻（筑摩書房）によった。

1 ガス灯　石炭ガスを燃料とする灯火装置。一八世紀末に、イギリスの発明家ウィリアム・マードック（一七五四―一八三九年）が実用化した。

青年は水差しの水をコップについで、慇懃《いんぎん》な調子で、

「王子さま。」

「よせ、ヘンドン。おれはもう王子じゃないんだぞ。」

少年は叱るようにそういって、コップの水をあおった。

「はあ。」

「エドワードと呼んでくれ。あ、おれはもうエドワードですらなかった。完全に乞食の子のトムというものになったらしい。」

そういっても、ついさきごろまで、エドワードはたしかに国王の子のエドワードであって、物置ではなく王宮に住んでいた。そして、ある日その門内にふらふらと迷いこんで来た乞食の子のトムと衣装をとりかえた偶然の出来事から、トムはどうしても国王の子のように王宮にとどまらなくてはならず、エドワードはどうしても乞食の子のように巷《ちまた》にさまよわなくてはならぬという必然の結果になった。運命か。とんでもない。運命は精神の運動に関係するものである。精神のせいで、この一個の少年がこういう成り行きに立ち至ったのではない。きっかけをつくったものは衣装という魔物であった。いや、衣装なんぞに身分のワリツケをさせてしまうような世の中の仕掛けが魔物であった。その後ぼろを着たエドワードが巷のあちこちでいかなる目に遭ったかといういきさつは、すでに西洋の作者[2]がくわしく本に書いているので、たれでも知っているはずだろう。その本を読んだことのないひとは、なおさらくわしく知っているにちがいない。というのは、人間の想像力◆はまあ一冊の絵本よりは豊富だと考えておきたいからである。一般に、ぼろを着たこどもがさ

2 **西洋の作者がくわしく本に書いている** アメリカの小説家マーク・トウェイン（一八三五－一九一〇年）が一八八一年に発表した『王子と乞食』のこと。十六世紀のイングランドを舞台とする、王子のエドワードと貧しい少年トムが、その服を取り替えることから始まる冒険譚《たん》。

問1 「想像力」という表現には、何が込められているか。

まよって行く道には、いつも惨苦の落とし穴しか待っていないという約束になっている。人生の惨苦ほど想像力を刺激するものはない。ましてそれが他人の惨苦ならば、よろこんで、いそいそとして、活発に想像をたくましくするのが、万物にすぐれた人間の特性である。

　ところで、エドワードが惨苦と付き合っているひまに、父の国王がぽっくり死んだ。じいさんが死ぬのに不思議はない。ただこのじいさんは冠をかぶっていた。そして、父の冠は当然子が相続するものだという世の中の通念があった。冠だの相続だのということがどうして当然なのか、おもえば不思議な世の中でないこともない。しかし、権利は権利である。国王の葬式を聞きつたえて、エドワードはけさ冠を取りにはるばる王宮におもむいた。そして、この夜陰におよんで手ぶらでかえって来た。王宮でどのようなあつかいを受けたか、血に染んだぼろを見れば……いや、見ないでもわかるだろう。王宮には門があり、門には棒をもった番兵が立っている。古今どこの国でも、番兵というやつは、事の是非曲直[3]を問わず、王宮にちかづくであろうすべてのぼろを着た人民をかならず棒でぶんなぐるにきまっている。エドワードとそのつれの青年ヘンドンがいかに勇敢であったとしても、ぶち殺されずにかえって来たことはむしろ不思議であった。

　ヘンドンはあたまを振りあげて、

「いや、きょうの迫害によって、王子さまが王子さまだということを完全にたしかめました。わたくしは信じます。もはや王子さまではない。われわれの国王。」

　エドワードが王宮から出たのちは、いかに王子だと名のっても、たれもそれを信ずるも

3 是非曲直　道理にかなうこととかなわないこと。理非曲直。

問2　「完全にたしかめ」ることができたのはなぜか。

のはいなかった。乞食の子のような格好をしたやつはすなわち乞食の子ではないか。こういう明白な事実の中に王子をみとめるなんぞというのは、狂気の沙汰にちがいない。ひとびとが、いや、世の中の仕掛けがエドワードをきちがい[4]と見なしてしまったことは、やっぱり当然なのだろう。しかしただ一人、ヘンドンはたまたま巷の中ではじめてエドワードに出会ったとき、とたんにこの乞食の子を王子だと信じた。

「ヘンドン、それはきみが貴族だからだよ。貴族が貴族であるためには、どうしても王を必要とするだろうね。そして、きみは領地から追い出された放浪の貴族だ。きみが仕えるべき主人として乞食王子を発見したのは無理もない。おたがいに似合いの配役であった。すなわち、われわれの身分はおたがいに無意味であったということだよ。じつは、おれもついこの朝までは自分が王子だと確信していたが、さっきの王宮前のごたごたで、そういう確信がまったくくだらねえものだということをさとったよ。みじめな確信だね。いや、身分という観念がみじめだよ。おれは王子なんぞという荒唐無稽な身分よりも、まだしも番兵の棒の下をくぐり抜けたおれのからだの敏捷《びんしょう》のほうを信じたい。これは乞食の子の実力にちがいない。おれはきょうのおれの流血において乞食の子として再生したよ。おれは今やはだかの人民だ。これは誇るべき発見だね。あの王宮の生活に対して。」

ヘンドンはおもわず立ちあがってテイブルをたたいた。

「お待ち下さい。王宮の生活は国王のものです。そして、真の国王はここにおいでになる。さっき、真の国王のおん名において、わたくしが王宮前で番兵とたたかっていたさいちゅうに、あろうことか、にせの国王がバルコン[5]の上で勝ち誇って見物していたのを御覧にな

4 きちがい　通常の精神状態から外れたさま。差別的な表現であり、今日では使われなくなっている。

問3　「身分はおたがいに無意味であった」のはなぜか。

5 バルコン　窓の外に張り出した手すり付きの台。バルコニー。［フランス語］balcon

りませんでしたか。あの札つきの乞食小僧め、無礼にもほんものの王冠をかぶって、われこそは国王という……。」

「きみは正確にいった。札つきの乞食小僧であろうと、れっきとした王子であろうと、たれでも王冠をかぶったやつがわれこそは王さまという演出になる。冠なんぞはたれがかぶってもいい。いや、そんなものは、たれもかぶらない世の中が一番いい。あのトムのやつも、乞食のむかしには足のむくままに巷をうろついていたようだが、王宮の中に閉鎖されたおかげで、すっかり品物が落ちて、ありがたそうに冠をかぶって、つらつきがひどく下等になりやがったな。もう王宮から脱出するきもちにはなるまい。そういうやつを下司《げす》というのだよ。おれはといえば、現在なにもかも不自由だらけだが、不自由と窮屈とはちがう。まあ巷に出て来た一徳には、すくなくとも冠からは解放されているね。」

「わたくしはこのような不正を見のがしてはおけません。かならずあの乞食小僧を王座からたたき落として、王冠をとりもどして、正当にこれを真の国王に捧《ささ》げます。伯爵ヘンドン、この剣にかけて……。」

「たたき落とすべきものは、人間ではない。王冠だよ。しかし、そいつをまた拾って、おれにくれるといわれては迷惑だね。人民の生活には、そんなものをかざっておく床の間はない。海の底にでも、永遠に沈めてしまうにかぎるさ。おい、ヘンドン。」

「はっ。」

「きみはおれのことばはなんでも聴くというなら、王冠を海の底にたたき落とすために、たたかうことを誓うかね。きみの剣にかけて……。」

ことばの終わるのを待たず、ヘンドンは即座に剣を抜いて誓った。

「よし。それはまたいいあんばいに、きみの肩から、あるかなきかの伯爵の称号をたたき落とすことにもなるだろう。[6]きつねが落ちるということだ。さあ、行こう。」

「どちらへ。」

「行くといえば、みんなの行くところに行くほかない。窓の下には、みんなが待ちかねている。」

「窓の下には、人通りが絶えているようですが……。」

「空はあかるい。」

「空はまっくろに曇っているようですが……。」

実際に窓の下の町はひっそりとして、霧の中にうごくもののけはいもなく、窓ガラスにはまっくろに曇った空の色が、そこに黒い紙でも貼りつけたように、息ぐるしいまでに迫っていた。エドワードは立ちあがって行って、窓に手をかけた。

すると、窓はぱっとひらいて、とたんに外の闇◆が物質のように窓内にくまなく押しこんで来た。その闇をやぶって、エドワードの声が窓から外にむかってひびいた。

「おーい。」

たちまち、暗い町の底から、はるかにこれに応ずる声があがって、

「おーい。」

どこからか、やがて町いちめんにあがったその声とともに、霧をゆるがして、ひたひたと打ち寄せる水の音……いや、水の湧くような足音が[7]いっさんにこの窓の下にあつまって

6 きつねが落ちる　悪いものに取りつかれたような精神状態から元に戻ること。

問4　「闇」は何を象徴していると考えられるか。

7 いっさんに　わき目もふらないさま。

来て、いくつともなくかたまった黒いあたまの、ふりあおぐ気合に、みるみる、ここもとの空一ところ、黎明《れいめい》に似た色に晴れた。窓の下の道には、男も女も、みなエドワードと同様にぼろを着たひとびとが隙間なくむれあふれていた。

「諸君の求めるものは。」

エドワードの声の下に、

「自由。」

「諸君のたたかうべき敵は。」

「無智《むち》。」

エドワードは窓から乗り出して高くさけんだ。

「行け。◆われわれの智慧《ちえ》を下司の手から救い出せ。」

ざわめいたひとびとのむれが、やがて方向をひとしく定めると、一気に堰《せき》を切って怒濤《どとう》のように流れ出した。その先頭に、いつのまに飛び出したのか、ヘンドンが、いやヘンドンの剣が王宮の方をさしていた。ひとびとのむれの流れて行くにしたがって、ここもとの空はまたも曇ったが、かなたの空はうす明るく晴れ行くかと見るまに、あ、たちまち落ちかかった雲の、濃く黒くひろがる中を、ぴかりとひらめき飛んだのは、稲妻か、剣の折れたのか、ふたたびあたりは闇の一色、風に吹きかえされたガラスは堅くしまって、窓の下の町には夜霧ふかぶかと、物音ひとつ絶えてきこえなかった。

室内のテイブルの上に、ぼんやりともっている蠟燭のそばに、折れた剣が置かれた。長椅子には、ヘンドンのからだが長く横たえられて、血に染んだマントがそれをすっぽり包

問5 「われわれの智慧を下司の手から救い出せ。」とはどのようなことか。

んでいた。灯にそむいた顔の、なほさら蒼《あお》く、その額になまなましくまた一筋の血が垂れた。

　エドワードは枕もとに立って、

「ヘンドン伯爵……。」

　ヘンドンは、しかし、たしかな声で、

「いや、ヘンドン伯爵はもはやいない。もはや王子ではないきみと同様に、おれはただのヘンドン、すなわち乞食の仲間だ。おれはふたたび起《た》つことはできない。しかし、エドワード、きみがやがて大きくなって、みずからたたかう日が来るだろう。そして、きみのあとに、ぞくぞくとわれわれの仲間が。いくたびも、いくたびも。」

　声がとぎれた。エドワードは折れた剣をとってそれを十字架のようにヘンドンの額にあてた。

「いくたびも、いくたびも。」

問6　「伯爵」と付けたのはなぜか。

読解

1　「精神の運動」（八三・12）とは何か。「世の中の仕掛け」（同・15）と対比させながら、説明しなさい。

2　「きょうのおれの流血において乞食の子として再生した」（八五・14）とはどのようなことか、説明しなさい。

3　「いくたびも、いくたびも。」（八九・12）ということばから、エドワードのどのような意志が読み取れるか、説明しなさい。

黒猫

恐怖の感情は理性によって抑えることが難しいゆえに、人々を魅了してきた。だから今日でもホラー小説やホラー映画が絶えないが、その原点とされるのがこの小説。かわいい身近な隣人である猫が冥界からの使者となっていく。恐怖を生み出すためにどのような仕掛けがなされているかに注意して読んでみよう。

E・A・ポー
河野《こうの》一郎《いちろう》 訳

（The Art Archive/PANA）

E・A・ポー Edgar Allan Poe 一八〇九―四九年。アメリカ生まれ。怪奇的・幻想的な小説や耽美《たんび》的な詩で知られる。本文は、「ポオ小説全集」第四巻（創元推理文庫）によった。

今ここに書き記そうとする奇怪この上もない、だが何の虚飾もまじえぬこの物語を、わたしは読者に信じてもらえるとも、もらいたいとも思わない。事実、わたし自身の五感すら信じまいとするものを、読者に信じてもらおうとするのは狂気の沙汰であろう。だが、わたしは狂気でもなければ――夢を見ているわけでもない。しかし明日ともなれば、わたしは死なねばならない。せめて今日のうちに、胸の重荷を下ろしておきたい。何はともあれ、一連の家庭内の出来事をありのまま、簡潔に、何の説明も加えず世の人々の前にお見せしよう。その出来事の結果は、わたしを恐怖におとしこみ――苦しめさいなみ――ついにはわたしを破滅に追いやった。だがわたしは、くだくだしく説明するつもりはない。わたしにとっては、恐怖以外の何物でもない事件であったが――世の多くの人々にとっては、怖ろしいというよりたわいもない怪談話として映ることであろう。そしてやがては、わたしの悪夢をありふれたつまらぬ出来事と片づけ去る知性の持ち主も、現れるに違いない――わたしなどよりはるかに冷静、論理的で、ずっと落ち着いたその知性の持ち主は、わたしが今畏怖におののきつつ綴《つづ》るこの出来事の中にも、ごく当然な一続きの因果関係をのみ見出《い》だすことであろう。

幼い時分から、わたしはおとなしく思いやりのある性質の子として知られていた。あまりに気がやさしすぎ、遊び仲間のからかいの的になるほどであった。とりわけ動物が好きで、両親もさまざまな愛玩動物を、わたしの求めるままにあてがってくれた。わたしは毎日あきずにそれらの動物と時を過ごし、餌をやり愛撫《あいぶ》したりするときほど楽しいことはなかった。この特異な性格は年をとるとともに高じ、大人になるともっぱら動物をかわいがることで楽しみを得るようになった。忠実で利口な犬に愛情を抱いた覚えのある人々には、このようにして得られる喜びがどのようなものであり、どれほど強いものか、ほとんど説明の要はあるまい。動物の利己心のない献身的な愛情の中には、単に人間であるというにすぎない連中のさもしい友情や、軽薄な信義をしばしば経験した者の心に、深く食いこむ何かがあるのだ。

　わたしは若くして妻をめとったが、幸いにして妻の性格もわたしのとさして違わなかった。良人《おっと》の動物好きを見てとった妻は、さっそくいろいろなかわいい愛玩動物を求めてきた。こうしてわが家には、小鳥、金魚、立派な犬、兎《うさぎ》、小猿、とそして一匹の猫がそろった。

　この猫というのは、とてつもなく大きくみごとな奴で、全身真黒の、驚くほど利口な猫だった。この猫の利口さが話題になるとき、もともと少なからず迷信好きだった妻は、黒猫はすべて魔女の化身であるという昔からの言いつたえを、よく口にしたものだった。と言っても、何も妻が本気でそう思いこんでいたというわけではなく——わたしも今たまたま思い出したがゆえに、そのことを書くにすぎない。

　プルートー[1]は（とこれが猫の名だったが）わたしの気に入りであり、遊び友だちでもあった。食べ物はもっぱらわたしが与え、わたしの行くところ家じゅうどこへでもついて来た。街の通りまで追ってこさせまいとするのは、容易なことではなかった。

　わたしたちの友情は、こうして数年にわたってつづいたが、その間にわたしの気質と性格は——大酒という悪魔のため——（語るもはずかしいことながら）◆昔日の面影もないまで変わってしまったのだ。わたしは日一日と気むずかしく、怒りっぽくなり、他人の気持ちを無視するようになった。妻に対しても乱暴な言葉を使うようになった。そしてついには、暴力までふる

1 プルートー　もとは、ローマ神話に登場する死後の世界をつかさどる神の名。

問1　「わたし」はこの時点でどこにいるか。

問2　「昔日の面影」とはどのようなものであったか。

うようになった。むろんかわいがっていた動物たちも、わたしのこの性格の変化を身をもって感じる羽目になった。わたしはただ動物たちの世話を怠っただけでなく、彼らを虐待したのだ。だがプルートーに対してだけは、まだわたしも虐待の手を控えておくだけの分別を残していた。兎や猿や犬などが、偶然からかわたしを慕ってか、まといついてきたりすると、遠慮会釈なくいじめつけたからだ。しかし病いは——ああ、飲酒にまさる病いがこの世にあろうか！——次第に高じ、ついにはプルートーまで——今は年もとり、したがっていくらか気むずかしくなっていたが、そのプルートーまで——わたしの不機嫌の影響をつぶさに味わい始めたのだ。

　ある夜、行きつけの町の酒場から泥酔して帰って来たわたしは、プルートーがわたしを避けているような気がした。わたしは猫を引っつかんだ。相手は乱暴な仕打ちに驚いたのだろう、わたしの手首に嚙《か》みつき、軽い傷を負わせた。たちまち悪鬼のごとき憤怒がわたしを虜《とりこ》にした。もはやわたしは自分がわからなかった。持って生まれた魂はたちまちわたしの肉体から飛び去り、ジン[2]酒にあおられた魔性の憎悪が全身をおののかせた。わたしはチョッキのポケットから小刀を取り出すと、刃を開き、あわれな猫の喉首を摑《つか》むと、片方の目を根こそぎぐりぐりほじくり出してしまったのだ！　あの恐ろしい残忍な行為を書き記すいま、わたしの顔は赤らみ、身体は燃え、身ぶるいをどうしようもない。

　一夜が明け——眠りが前夜の泥酔を拭い去り——理性を取り戻すと、わたしは自分の犯した罪の恐ろしさに、半ば恐怖と悔恨の入りまじった気持ちを覚えた。だがそれもせいぜいが弱々しい、あいまいな気分に過ぎず、心の芯までゆさぶられることはなかった。わたしはふたたび身を持ち崩し、まもなくこのいまわしい思い出も、すっかり酒の中に沈めてしまった。

　一方猫の方は、少しずつ傷が癒えていった。えぐられた目のあとはぽっこりと窪《くぼ》み、たしかに見るも恐ろしい形相だったが、もはや痛みは感じていないようであった。何事もなかったように家の中を歩きまわっていたが、当然のことながら、わたしが近づくとひどくおびえて逃げ隠れした。かつてはあれほどわたしになついていた動物が、こうしてあからさまにわたしを嫌うありさまに、最初のうちは悲しく思うだけの昔の気持ちが、まだわたしにも残っていた。だがこうした気持ちも、時ならずして苛立《いらだ》ちに変わった。そして、あたかもわたしを取り返しのつかぬ最後の破滅へ追いやろうとするかのように、やがてやって来たのは片意地な根性であった。この根性については、哲学も何も認めてはいない。しかし片意地こそ人間の心に巣食う原始的な衝動の一つであり、人間の性格に方向を与える不可分の根源的機能、ないしは感情の一つであることは、わたしの魂が現実のものである以上に信じて疑わぬところである。してはならぬことがわかっているというただそれだけの理由で、何度となく繰り返し下劣な、愚劣な行為をなしている人間が、世間にはどんなに多いことであろう。立派な分別を持ちながらも、法なるものを法なるがゆえに破りたいという気持ちが、常にわれわれにはそなわっているのではなかろうか？　つまりこの片意地な気持ちが、わたしにとって身の破滅となったのだ。罪もない動物に加えた危害をさらに続けさせ、ついには極点にまで達せしめたのは、自らをさいなみ――自らの本性をしいたげ――悪業のために悪業をなそうという、この測りがたい魂の欲求であった。ある朝、わたしは平然として猫の首に縄をかけ、木の枝に吊《つ》るした――頰には涙がつたい、悲痛な悔恨に胸を搔《か》きむしられながら――縛り首にしたのだ。かの猫がわたしを慕っているのがわかっていたがゆえに、わたしに何一つ腹立ちの理由を与えていないのを知っていたがゆえに、縛り首にしたのだ。そうすることによって罪を――もしそのようなことがあり得るとすれば――わたしの不滅の霊魂を、限りなく恵み深く限りなく畏ろしい神の無限の慈悲すら及ばぬかなたへ、堕《おと》し入れる恐ろしい罪を――犯していることがわかっていたがゆえに、縛り首にしたのだ。

このむごたらしい仕打ちをした日の夜、寝ていたわたしは火事だという叫びに目を覚ました。わたしの寝台のカーテンは焰《ほのお》に包まれていた。すでに家全体が火になっていた。妻と召使いとわたしは、やっとのことで猛火の中から逃れた。丸焼けとはこのことであろう。わたしの家財はことごとく灰燼《かいじん》に帰し、以後わたしは絶望に身をゆだねることになった。

わたしはこの災害と例の残忍な行為の間に、◆因果関係を求めようとするがごとき弱気の持ち主ではない。だがわたしは、一連の事実をありのままに述べ――考えられ得る因果の環《わ》は、一つたりともうやむやにしておきたくないのだ。火事の翌日、わたしは焼け跡へ行ってみた。壁は一箇所をのぞいて、すべて崩れ落ちていた。焼け残ったのは、家の真ん中にあるあまり厚くない仕切りの壁で、ちょうどわたしの寝台の頭が当たっていた部分だった。ここでは[3]漆喰《しっくい》がよく火の猛威に耐えていた――最近塗り直したばかりだったからであろう。この壁のまわりには

2 ジン酒　ライ麦、トウモロコシなどを原料とした蒸留酒。［英語］gin

3 漆喰　瓦や石材の接着や、壁の上塗りなどに使われる建材。

問3　「因果関係を求めようとする」とは具体的にはどのようなことか。

黒山のように人がたかり、大勢が仔細《しさい》に熱心に、壁の一部分を眺めているようであった。「ふしぎだ！」「奇妙なこともあるものだ！」といったような声が、わたしの好奇心をかき立てた。近寄ってみると、白い壁面にあたかも浅浮き彫りにされたように、巨大な猫の姿が焼きついているではないか。それは実に驚くべき正確さで描き出されていた。猫の首には、縄まで巻きついていた。

この妖怪を——としか思えなかったのだ——一目見たわたしの驚きとおののきは、非常なものだった。しかしやっと冷静な考えに救われた。あの猫をぶらさげたのは、家につづいた庭だったことを思い出したのだ。火事だという声が伝わると、この庭はたちまちやじ馬でいっぱいになったが——その中の一人が猫の縄を切り、あいた窓からわたしの部屋へ投げこんだに違いない。おそらく寝ているわたしを起こすつもりでやったのだろうが、そこへ他の壁がどっと倒れかかり、わたしの残虐な行為の犠牲を塗り立ての漆喰へ押しつけ、漆喰の石灰が火焔《かえん》と死骸から出るアンモニアの作用によって、わたしの見たような像を作り上げたのであろう。

こうして今くわしく述べた事実に対し、良心はともかく理性には一応納得のゆく説明をつけてみたものの、やはり事実は、わたしの想像に深刻な印象を与えずにはおかなかった。何カ月も間、わたしは猫の幻を払いのけることができなかった。そしてその間、わたしの心には、（悔恨とは違ったが）悔恨に似た漠然とした気持ちが甦《よみがえ》ってきた。あの猫を失ったことを残念に思うようにさえなり、足しげく訪れる酒場などで、身代わりとなる毛並みの似た猫はいないものかと捜しまわるようになったのだ。

ある晩、話にもならぬほどひどい酒場で、半ば酔いつぶれて座っていたわたしは、ふとその部屋では唯一の家具ともいうべきジン[4]かラム酒の大樽《たる》の上に、何か黒いものがうずくまっているのに気がついた。この樽の上ならば、先ほどからしばらく見つめていたのだが、今はじめてその黒いものに気づいたのが不思議だった。わたしはそばまで近寄り、手をふれてみた。黒猫だった——優にプルートーくらいの大きさはある大きな猫で、一箇所をのぞいてプルートーにそっくりであった。プルートーは全身どこにも白い毛は一本もなかったが、この猫はほとんど胸のあたり一面、輪郭ははっきりしないが大きな白い斑点でおおわれていた。

わたしが手を触れると、猫はすぐさま起き上がり、さかんに喉を鳴らし、わたしの手に身体《からだ》をこすりつけて、認めてもらったのが嬉《うれ》しそうであった。これこそわたしの捜し求めていた猫だった。わたしはさっそく店の亭主に、この猫を譲ってくれないかとかけ合ってみた。ところが亭主は、その猫はうちのではない――まるで知らんし、ついぞ見かけたことのない猫だという。

わたしはしばらく撫《な》でてやっていたが、やがて帰りかけると、猫は一緒について来たい様子を見せる。わたしはついてくるにまかせ、歩きながらときどきかがんでは軽く叩《たた》いてやった。家につくと猫はたちまち居ついてしまい、すっかり妻の気に入りになってしまった。

だがわたしは、やがてこの猫に対する嫌悪が、心の奥底にきざしてくるのに気づいた。予期したところとは逆であった。ともかく――どうしてか、なぜかはわからないが――猫が明らかにわたしになついていると思うと、それだけでうんざりし、じれったくてならなかったのだ。そしてこの嫌悪と困惑とは次第につのり、ついには苦々しい憎悪に変わった。わたしは猫を避けた。一種の恥辱感と、かつての残酷な仕打ちの記憶とが、手荒なまねだけは控えさせたのだ。数週間は殴りつけたり、そのほか乱暴な仕打ちはしなかった。しかし徐々に――きわめて徐徐に――わたしは言語に絶する憎しみをもって件《くだん》の猫を見るようになり、あたかも悪疫の息から逃れでもするように、そのいまわしい姿からこっそり逃げ出すようになった。

その上、家へつれて帰った翌朝、この猫はプルートーと同じように、やはり片目がつぶれているのに気づいて、わたしの憎悪に油がそそがれた。しかし片目がないゆえに、妻はひとしおかわいさが増したようであった。前にも言った通り、以前にはわたしのすぐれた特質であり、数々の単純素朴な喜びの源であったあのいたわりの気持ちを、妻は多分にそなえていたのだ。

だが、わたしが嫌うにつれ、猫の方ではますますわたしを慕ってくるようであった。どんな執拗《しつよう》さでわたしの行く先々につきまとって来たか、とても読者にはわかってもらえまい。わたしがどこに座ろうが、きまって椅子の下にうずくまるか、膝の上へ跳び乗ってくるかして、あのいまわしい身体をこすりつけてくるのだ。立ち上がって歩こうとすると両足の間へ入りこみ、あやうくわたしは転びそうになる。かと思うとまた、長く鋭い爪をわたしの服に引っかけ、胸のあたりまでよじ登ってくる。そんなとき、一撃の下に殴り殺してやりたい気持ちがむらむらとこみ上げてきたが、わたしはやっとのことで思いとどまった――以前の凶行の記憶がまだなまなましかったのも理由の一端だが、実はそれよりも――はっきり言ってしまおう――あの猫

4 ラム酒　サトウキビを原料として作られる蒸留酒。［英語］rum

◆が恐ろしくてたまらなかったのだ。

　この恐ろしさは、必ずしも肉体的危害に対する恐怖ではなかった――だが、さりとて他に呼びようもない。告白するも恥ずかしいことながら――そうなのだ、こうして重罪犯の独房にある今ですら、なお告白するのは恥ずかしい気持ちだが――あの猫がわたしにかき立てた恐怖と戦慄は、まったく愚にもつかぬ妄想によってあおられていたのだ。前にあやめた猫と、今の奇怪な猫との唯一の目につく相違である、すでに述べた白い毛の斑点については、妻も一度ならずわたしの注意をうながしていた。読者も記憶しておられようが、この斑点は形こそ大きけれ、もともとはっきりしない形のものであった。ところが徐々に、ほとんど目につかぬほど徐々に――わたしの理性は長い間気の迷いとしてはねつけてきたが――ついにその斑点は、はっきりとした輪郭を取るに至ったのだ。それは口にするだに身ぶるいの出る、ある物の形を表していた――何にもましてそれゆえにわたしは件の猫を憎み、恐れ、できることならその怪物を亡きものにしてしまいたかった。今やその斑点は、見るも恐ろしい、身の毛のよだつ物の形を――おお、恐ろしくもいまわしい恐怖と罪科の、苦悶《くもん》と死の刑具、絞首台の形を示していたのだ！

　今やわたしのみじめさは、世の常のみじめさをはるかに超えたものだった。しかもたかだか[5]畜生が――その同類を心からさげすみ殺してやった畜生が――神の姿を型どって創られた人間であるわたしに、かくも耐えがたい苦しみを与えるとは！　ああ！　もはやわたしは夜も昼も、安らぎの恵みを知らなかった！　昼の間は、片時たりともあの猫がそばを離れなかった。夜は夜で、言いようもなく恐ろしい夢にうなされ、ほとんど一時間ごとに目を覚ましてしまうのだ、するとあのいまわしい畜生の熱い息がわたしの顔にかかり、ずしりと重い重さが――わたしには払いのける力のない悪魔の化身が――わたしの心臓の上にどっかりとのしかかっているのに気づくのだ！

　こうした責苦に押しひしがれ、わたしの心に残っていたわずかな善心も崩れ去ってしまった。邪悪な考えが――世にも暗く、凶悪な考えが、わたしの唯一の心の伴侶となった。日頃の気むずかしさはつのり、あらゆるものへの、あらゆる人間への憎悪に変わった。そして今や盲目的に身をゆだねるようになった突発的な、頻発する抑えようもないわたしの激怒の発作に、誰よりもしばしば悩み、誰よりも忍耐強く耐えてくれた被害者は、ああ、わたしの不平一つこぼさぬ妻だった。

　ある日、貧乏ゆえやむなく住んでいた古い建物の地下室まで、用のあった妻はわたしについて降りて来た。猫も後を追って急な階段を降りて来たが、おかげであやうく真っ逆さまにころげそうになったわたしは、かっと逆上した。思わず手斧《ておの》を振り上げると、怒りのあまり、それまでわたしの手を抑えていた子供じみた恐怖も忘れ、猫をめがけて一思いに打ちおろした。もし思い通りに打ちおろされていれば、むろん猫はその場で息の根がとまっていただろう。だが、その一撃は妻の手によって止められた。この邪魔立てに、悪魔に憑《つ》かれたよりも激しい怒りに駆られたわたしは、妻の手を振り払い、妻の脳天めがけて斧をぶちこんだ。妻は呻《うめ》き声も立てず、その場に倒れて事切れた。

この怖ろしい殺人をなしおえると、わたしはすぐさま慎重に、死体の隠匿にかかった。昼間であれ夜であれ、隣人の目に立たず死体を家から運びだすことは、とてもできない相談だった。いろいろな計画が胸に浮かんできた。死体を細かくきざみ、燃やしてしまおうかと考えたこともあった。また地下室に穴を掘り、そこへ埋めることも考えた。あるいはまた、庭の井戸へ投げこむことも——商品のように見せかけて箱につめ、当たり前の荷造りをして人夫に家から運び出させることも考えてみた。そしてあげくに、そのどれよりも遥《はる》かに優れていると思われる方法を考えついた。死体を地下室の壁の中に塗りこめてしまおうと決心したのだ——中世の僧侶たちが犠牲者を壁に塗りこめたと記録にあるように。

そうした目的には、打ってつけの地下室だった。壁の作りはぞんざいで、しかも最近粗い漆喰を一面に塗ったばかりであり、それが湿った空気のためまだ固まっていなかった。その上一方の壁には、化粧煙突か暖炉だったところを埋めて、他の部分と同じように見せてある出っぱりがあった。そこの煉瓦《れんが》を取りのけて死体を押しこみ、誰の目にも怪しまれないよう、前の通り壁をすっかり塗ってしまうのは容易なことに違いない。

果たして、この予想に狂いはなかった。鉄梃《かなてこ》を用いて造作なく煉瓦をのけると、わたしは死体を注意深く奥の壁にもたせかけ、その位置に支えておいて、大した苦労もなく元の通りに煉瓦をつんだ。そしてモルタル[6]と砂とつなぎの毛を、できる限りの用心をして手に入れると、元のと区別のつかぬ漆喰をこね上げ、それで新しい煉瓦細工の上を入念に塗った。すっかり仕上がると、仕事の首尾にわたしは満足を覚えた。壁は指一本触れたようには見えない。床に散らかったごみも、丹念にひろい集めた。わたしは得意げにまわりを見まわし、独りごちたものだ——「さあ、これで少なくとも骨折り損ではなかったぞ。」

5 畜生　人間以外の生き物。　**6 モルタル**　ここは、漆喰の原料となる石灰などのことか。［英語］mortar

問4　「恐ろしくてたまらなかった」のはなぜか。

次になすべきことは、かかる惨劇の原因となった畜生を捜すことだった。ついにわたしも、今度こそあの猫を殺してくれようと、堅い決心をしていたのだ。もしその時見かけていたならば、猫の運命は決まっていたであろう。だがあの狡猾《こうかつ》な動物は、先刻のわたしの激しい怒りに恐れをなしたのか、そんな気持ちでいるわたしの前に姿を見せようとしなかった。あのいまわしい猫が姿を消したおかげで、わたしがどんなに深く、どんなにしあわせな安堵《あんど》感を覚えたかは、とても筆に表し、想像につくせるものではない。猫は一晩じゅう姿を現さず——おかげであの畜生がわが家へ来て以来、はじめてわたしは一晩だけ、ぐっすり安らかに眠った。しかり、心に殺人の重荷をかかえながらも、なお安らかに眠ったのだ。

二日目はすぎ、三日目もすぎたが、依然としてわたしを責め悩ます猫は現れない。わたしはふたたび、自由な人間として呼吸した。恐れをなした怪物は、永久にこの家から逃げ去ってしまったのだ！　もう二度とあいつを見ずにすむのだ！　すばらしい幸福感だった！　犯した罪の恐ろしさに、良心がいたむこともほとんどなかった。尋問も二、三受けたが、造作なく申し開きができた。家宅捜索さえ行われたが——むろん何一つ発見されるはずもなかった。これで将来の幸福は確保されたもの、とわたしは思いこんでいた。

妻を殺してから四日目だった、思いがけず警官の一隊がやって来て、ふたたび厳重な家宅捜索を始めた。だが隠し場所に自信のあったわたしは、いささかもうろたえなかった。警官の命令で、わたしも捜索に立ち会うことになった。どの隅も端も、くまなく捜索された。そしてとうとう、それで三度目か四度目だったが、警官たちは地下室へ降りて来た。わたしは顔色一つ変えなかった。心臓も、何もやましいところなく眠っている者のように、静かに鼓動をつづけていた。わたしは地下室を端から端まで歩きまわった。胸のあたりに両腕を組み、悠然と歩きまわった。警官たちは得心がいったのであろう、引き揚げにかかった。わたしは嬉しさを抑え切れなかった。たとえひとことでも凱歌《がいか》を奏するつもりで何か言ってやり、警官たちにわたしの無実をいやが上にも確信させてやりたくてならなかった。

「皆さん。」とわたしは、階段を上がりかけた一行にとうとう声をかけてしまった——「疑いが晴れて、こんな嬉しいことはありませんよ。ご健康をお祈りし、同時に今度は、もう少し礼儀を心得ていただきたいものですね。ところで皆さん、どうです——このよくできた家は。」（ともかく何か無性に喋《しゃべ》りまくりたい気持ちで、わたしは自分でも何を口走っているのかわからなかった）「実に何ともすばらしい出来の家じゃありませんか。まずこの壁ですがね——おや、もう皆さんお帰りですか？——

どうです、この壁の頑丈なこと。」そう言ってわたしは、まったく血迷った空威張りから、所もあろうに愛妻の死体を塗りこめてある部分の煉瓦を、手にした杖《つえ》で強く叩いたのだ。

だが、おお神よ、大魔王の牙からわたしを守り給え！　叩いた杖の反響が静寂に沈んだかと思うや否や、墓穴の中から応える声があったのだ！——はじめは子供のすすり泣きのように、押しころされたとぎれとぎれの泣き声であったが、たちまちそれは実に異様な、人間とは思えぬ長く甲高い切れ目のない叫び声と高まり、咆哮《ほうこう》となった。もだえ苦しむ亡者と、その破滅に狂喜する悪鬼の喉から一緒になって立ちのぼる、ただ地獄からのみ聞こえ得る恐怖と勝利の相半ばした号泣であった。

わたし自身の気持ちは語るも愚かであろう。気が遠くなりながら、わたしは反対側の壁へよろめいた。一瞬、階段の上の警官隊も、極度の恐怖と畏れに立ちすくんでいた。次の瞬間、五、六人の屈強な腕が壁を取りこわしにかかっていた。壁はごっそり崩れ落ちた。すでにひどく腐乱し、べっとり血糊《ちのり》のこびりついた死体が、一同の目の前に直立していた。そしてその頭の上には、真赤な口を大きくあけ、火のような片目を見開いたあの身の毛もよだつ猫が——わたしをまんまと殺人に誘いこみ、今はまたその鳴き声で、わたしを絞首人へと引き渡した猫が、座っていた。わたしはこの怪物を、墓穴へ塗りこめていたのだった！

読解

1　「残忍な行為」（九二・上21）とあるが、このような行為をしたのはなぜか。直接的なきっかけと、「わたし」の気質という二つの観点から、説明しなさい。

2　「一行にとうとう声をかけてしまった」（九八・下14）とあるが、それはなぜか。考えられる理由を複数挙げなさい。

3　「恐怖と勝利の相半ばした号泣」（九九・上11）について、次のことがらを説明しなさい。
ⓐどのようなことに対する「恐怖」なのか。
ⓑどのような意味で「勝利」なのか。

小説を読む身体

読書の場所

本を読むとき、人はどのような場所でどのように読むのだろうか。江戸時代まで、漢籍や王朝物語などを読む場合は、正座して書見台に和本を置き、姿勢正しく読んだにちがいない。それらの書物が伝統の権威を帯び、先人の教養と知恵のつまった古典だと受けとめられていたからである。

写本や版本など、書物が貴重であった時代と異なり、明治期の出版産業の隆盛以後、本は大量生産の商品となった。一九二〇年代後半に「現代日本文学全集」など「円本」（一冊一円）と呼ばれた全集シリーズが登場し、何十万もの予約販売で大ヒットした。直後には岩波書店が名著を集めた岩波文庫を創刊し、いまの文庫ブームの先駆けとなった。本が一般の人々でも手が届くようになると、人々はこぞって全集を揃《そろ》え、文庫を書棚に並べた。教養と知恵の象徴として存在価値があったのだろう。権威がまだ残っていたのである。

しかし、いま私たちはどのような場所でどのように本を読んでいるだろうか。電車の中で読む人、家で寝転びながら、あるいは風呂に入りながら読むという人もいるだろう。いまや本は日用品、消耗品に等しいものに変わった。

作家たちもこうした読書する場所や姿勢の変化に応じてきている。大量生産による競争が激しいからこそ、どのような場所で読まれるにしても、読者の心を惹《ひ》きつけ、書物の世界に連れ去ってしまうようなしかけをめざす。著者も出版社もそれをもくろんでいる。多様な読書のスタイル、複雑な読者の期待に対応すると同時に、時代の深層の声を聞き取ること。書斎に正座していたのでは見えない世界をとらえようとしているのである。

身体の記憶を開く

どんな姿勢で読んでいたとしても、読書に夢中になるとその世界に入り込み、「満月」のうまそうなカツ丼にお腹が反応したり、ポーの「黒猫」の世界にぞっと戦慄を覚えたりする。文字をたどりながら作り出された仮想現実の物語世界で、私たちのもうひとつの身体が感覚的に同調し、自分も体験していることのように一体感を覚えることがある。読書が夢を見ることに近いのはそのためだ。夢のなかで私たちは幸福感を抱いたり、恐怖にふるえたりする。それはいまの現実からするりと抜け出して、もうひとつの別な世界を体験することなのである。

文字をたどりながら浮かび上がる語り手の身体。そしてその語り手の身体と読者の身体のあいだで共鳴現象が起きたとき、小説は幸福な読書体験をもたらすのである。

第二部

第三章

向こう側の世界

私のいる「いまここ」は既知の世界である。「いまここ」にいるかぎり、私は落ち着いた安定の中にいる。しかし、世界は未知の領域こそが大半である。知らない外側の世界は魅力と不安の両方の感情をかきたてる。小説はそうした向こう側の世界をたくみに物語の中に取り入れる。異郷の地や外国というだけでない。遠い過去も、真っ暗な夜の闇も、断片的にしか情報の分からない未知の領域となる。その不安や恐怖、そして懐かしさや快楽を、小説は物語の動力として利用していくのである。

銀の匙《さじ》

中《なか》 勘助《かんすけ》

記憶は曖昧なものである。幼年時代はとりわけ。忘れてしまったことだらけだ。しかし、池の底に沈んだ落葉がかきまわされて浮かび上がるように、不意に記憶が甦《よみがえ》ってくることがある。ぼんやりと、しかし確実に。そこから記憶がたぐり寄せられる。

　私の書斎のいろいろながらくた物などいれた本箱の抽匣《ひきだし》に昔からひとつの小箱がしまってある。それはコルク質の木で、板の合わせめごとに牡丹《ぼたん》の花の模様のついた絵紙をはってあるが、もとは舶来の粉煙草《こなたばこ》でもはいってたものらしい。なにもとりたてて美しいのではないけれど、木の色合いがくすんで手触りの柔らかいこと、蓋をするとき　ぱん　とふっくらした音のすることなどのために今でもお気にいりの物のひとつになっている。なかには子安貝や、椿《つばき》の実や、小さいときの玩《もてあそ》びであったこまこました物がいっぱいつめてあるが、そのうちにひとつ珍しい形の銀の小匙のあることをかつて忘れたことはない。それはさしわたし五分[1]ぐらいの皿形の頭にわずかにそりをうった短い柄がついているので、分あつにできてるために柄の端を指でもってみるとちょいと重いという感じがする。私はおりおり小箱のなかからそれをとりだし丁寧に曇りを拭ってあかず眺めてることがある。私がふとこの小さな匙をみつけたのは今からみればよほど旧《ふる》い日のことであった。

　家にもとからひとつの茶簞笥《ちゃだんす》がある。私は爪立ってやっと手のとどくじぶんからその戸

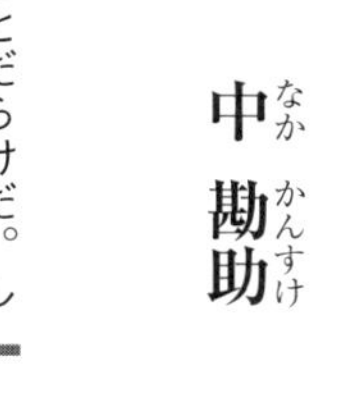

中勘助
　一八八五―一九六五年。東京都生まれ。夏目漱石《なつめそうせき》の推挙により、『銀の匙』を東京朝日新聞に発表。好評を博して作家としてのスタートを切った。本文は、『銀の匙』（岩波文庫）によった。

1 分　長さの単位。一分は、約三ミリメートル。

棚をあけたり、抽匣をぬきだしたりして、それぞれの手ごたえや軋《きし》る音のちがうのをおもしろがっていた。そこに鼈甲《べっこう》の引き手のついた小抽匣がふたつ並んでるうち、かたっぽは具合が悪くて子供の力ではなかなかあけられなかったが、それがますます好奇心をうごかして、ある日のことさんざ骨を折ってとうとう無理やりにひきだしてしまった。そこで胸を躍らせながら畳のうえへぶちまけてみたら[2]風鎮だの[3]印籠の根付《ねつけ》だのといっしょにその銀の匙をみつけたので、訳もなくほしくなりすぐさま母のところへ持っていって

「これをください。」

といった。眼鏡をかけて茶の間に仕事をしてた母はちょいと思いがけない様子をしたが

「大事にとっておおきなさい。」

といつになくじきに許しがでたので、嬉《うれ》しくもあり、◆いささか張り合いぬけのきみでもあった。その抽匣は家《うち》が[4]神田《かんだ》からこの山の手へ越してくるときに壊れてあかなくなったままになり、由緒のある銀の匙もいつか母にさえ忘れられてたのである。母は針をはこびながらその由来を語ってくれた。

*

私の生まれる時には母は殊のほかの難産で、そのころ名うての[5]とりあげ婆さんにも見はなされて東桂《とうけい》さんという漢方の先生にきてもらったが、私は東桂さんの煎薬ぐらいではいっかな生まれるけしきがなかったのみか気の短い父が癇癪《かんしゃく》をおこして噛《か》みつくようにいうもので、東桂さんはほとほと当惑して漢方の本をあっちこっち読んできかせては調剤のまちがいのないことを弁じながらひたすら潮時をまっていた。そのようにさんざ母を悩まし

2 風鎮　掛け軸の軸の両端に下げるおもし。玉や石に穴を開けて、ひもを通したもの。

3 印籠の根付　「印籠」は印、印肉、薬などを入れて持ち歩いた小形の容器。「根付」は、印籠などを帯に挟むための止め具。

問1　「いささか張り合いぬけのきみでもあった」のはなぜか。

4 神田　現在の東京都千代田区の地名。当時は神田区。

5 とりあげ婆さん　助産師のこと。

たあげくやっとのことで生まれたが、そのとき困りはてた東桂さんが指に唾をつけて一枚一枚本をくっては薬箱から薬をしゃくいだす様子は私を育ててくれた剽軽《ひょうきん》な伯母さんの真にせまった身ぶりにのこっていつまでも厭《あ》かれることのない笑いぐさとなった。

私は元来ひ弱かったうえに生まれると間もなく大変な腫物《できもの》で、母の形容によれば「松かさのように」頭から顔からいちめんふきでものがしたのでひきつづき東桂さんの世話にならなければならなかった。東桂さんは腫物を内攻させないために毎日まっ黒な煉薬《れんやく》と[6]烏犀《うさい》角《かく》をのませた。そのとき子供の小さな口へ薬をすくいいれるには普通の匙では具合がわるいので伯母さんがどこからかこんな匙をさがしてきて始終薬を含ませてくれたのだという話をきき、自分ではついぞ知らないことながらなんとなく懐かしくて[7]はなしともなくなってしまった。私は身体《からだ》じゅうのふきでものを痒《かゆ》がって夜も昼もおちおち眠らないもので糠《ぬか》袋《ぶくろ》へ小豆を包んで母と伯母とがかわるがわる瘡蓋《かさぶた》のうえをたたいてくれると小鼻をひこつかせてさも気もちよさそうにしたという。その後ずっと大きくなるまで虚弱のため神経過敏で、そのうえ三日にあげず頭痛に悩まされるのを、家の者は　糠袋で叩《たた》いたせいで脳を悪くしたのだ　といって来る人ごとに吹聴《ふいちょう》した。そのように母に苦労をかけて生まれた子は母の産後のひだちのよくないためや手の足りないために、ときどき乳をのませるときのほかはちょうどそのころ家の厄介になってた伯母の手ひとつで育てられることになった。

*

伯母さんのつれあいは惣右衛門《そうえもん》さんといって国では小身ながら侍であったけれど、夫婦そろって人のいい働きのない人たちだったので[8]御維新の際にはひどく零落してしまい、ひ

6 **烏犀角**　サイの角の先端を粉末にした漢方薬。

7 **はなしとも**　放したくも、の意。

8 **御維新**　明治維新のこと。

きつづき明治何年とかのコレラ[9]のはやった時に惣右衛門さんが死んでからはいよいよ家がもちきれなくなってとうとう私のとこの厄介になることになったのだそうだ。国では伯母さん夫婦の人のいいのにつけこんで困った者はもとより、困りもしない者までが困った困ったといって金を借りにくると自分たちの食べる物に事をかいてまでも貸してやるので、さもなくてさえ貧乏な家は瞬くうちに身代かぎり同然になってしまったが、そうなれば借りた奴らは足ぶみもしずに陰で

「あんまり人がよすぎるで。」

なぞとあざ笑っていた。二人はよくよく困れば心あたりの者へ返金の催促もしないではなかったけれど、さきがすこし哀れなことでもいいだせばほろほろ貰《もら》い泣きして帰ってきて

「気の毒な　気の毒な。」

といっていた。

　また伯母さん夫婦は大の迷信家で、いつぞやなぞは　白鼠《しろねずみ》は大黒様のお使いだ　といって、どこからかひとつがい買ってきたのを　お福様　お福様　と後生大事に育ててたが、鼠算でふえる奴《やつ》がしまいにはぞろぞろ家じゅう這《は》いまわるのをおめでたがって、なにか事のある日には赤飯をたいたり一升枡《ます》に煎り豆を盛ったりしてお供えした。そんな風で僅かばかりの金は人に借り倒され、米櫃《こめびつ》の米はお福様に食い倒されて、ほんの着のみ着のままの姿で、そのじぶん殿様のお供でこちらに引っ越してた私の家を頼りにはるばる国もとから出てきたのだそうだが、その後間もなく惣右衛門さんがコレラでなくなったため伯母さんはまったく身ひとつの寡婦になってしまった。伯母さんはその時の話をして　それは異

9 コレラ　コレラ菌の経口感染で生じる伝染病。十九世紀以降、日本でもしばしば大流行が起こった。「コロリ」も同じ。

国の切支丹《キリシタン》が日本人を殺してしまおうと思って悪い狐《きつね》を流してよこしたからコロリがはやったので、一コロリ三コロリと二遍もあった。惣右衛門さんは一コロリにかかって避病院[10]へつれて行かれたのだが、そこではコロリの熱でまっ黒になってる病人に水ものませずに殺してしまう。病人はみんな腹わたが焼けて死ぬのだ　といった。

　伯母さんは私を育てるのがこの世に生きてる唯一の楽しみであった。それは、家はなし、子はなし、年はとってるし、なんの楽しみもなかったせいもあるが、そのほかにもうひとつ私を迷信的にかわいがる不思議な訳があった。というのは、今もし生きていればひとつちがいであるはずの兄が生まれると間もなく「驚風[11]」でなくなったのを、伯母さんは自分の子が死んでゆくように嘆いて

「生まれかえってきとくれよ、生まれかえってきとくれよ。」

といっておいおいと泣いた。そうしたらその翌年私が生まれたもので、仏様のおかげで先《せん》の子が生まれかえってきたと思いこんで無上に私を大事にしたのだそうである。たとえこの穢《きたな》いできものだらけの子でもが、◆頼りない伯母さんの頼みをわすれずに極楽の蓮《はちす》の家をふりすててきたものと思えばどんなにか嬉しくいとしかったであろう。それゆえ私が四つ五つになってから、伯母さんは毎朝仏様へお供物をあげる時に——それは信心深い伯母さんの幸福な役目であった。——折折お仏壇のまえへつれていってまだいろはのいの字も読めない子供に兄の戒名、伯母さんの考えによれば即ち私が極楽にいた時の名まえであるところの　一喚即応童子《いっかんそくおうどうじ》　というのを空に覚えさせた。

＊

10 避病院　かつて、法定伝染病の患者を隔離・収容した感染病院の通称。

11 驚風　幼児のひきつけを起こす病気の総称。てんかんや脳膜炎の類いとされる。

問2　「頼りない伯母さんの頼み」とは何か。

私の生まれたのは神田のなかの神田ともいうべく、火事や喧嘩《けんか》や酔っぱらいや泥坊の絶えまのないところであった。病弱な頭に影を残した近所の家といえばむこうの米屋、駄菓子屋をはじめ、豆腐屋、湯屋、材木屋などいうたちの家ばかりで、筋向こうのお医者様の黒塀と殿様のところの——私の家はその邸内にあった。——門構えとがひときわ目だっていた。

天気のいい日には伯母さんは[12]アラビアンナイトの化けものみたいに背中にくっついてる私を背負いだして年よりの足のつづくかぎり気にいりそうなところをつれてあるく。じき裏の路地の奥に[13]蓬萊豆《ほうらいまめ》をこしらえる家があって[14]倶梨迦羅紋紋《くりからもんもん》の男たちが犢鼻褌《ふんどし》ひとつの向こう鉢巻で唄をうたいながら豆を煎ってたが、そこは鬼みたいな男たちが怖いのと、がらがらいう音が頭の心へひびくのとで嫌いであった。私はもしそうしたいやなところへつれて行かれればじきにべそをかいて体をねじくる。そして行きたいほうへ黙って指さしをする。そうすると伯母さんはよく化けものの気もちをのみこんで間違いなく思うほうへつれていってくれた。

いちばん好きなところは今も[15]神田川のふちにある[16]和泉町《いずみちょう》のお稲荷《いなり》さんであった。朝早くなど人のいないときには川へ石を投げたり、大きな木の実のような鈴を鳴らしたりしてよく遊んだ。伯母さんは私を塵《ちり》のなさそうな石、またはお宮の段段のうえなどにおろしてお詣《まい》りをする。[17]孔《あな》あき銭がからからとおちてゆくのがおもしろい。どこの神様仏様へいってもなにより先に　この子の体が丈夫になりますように　といってお願いするのであった。

ある日のこと私が後ろから帯をつかまえられながら木柵につかまって川のほうを見てた

12 **アラビアンナイト**　アラビア地方を中心とした説話や民間伝承を集めたもの。千夜一夜物語。

13 **蓬萊豆**　炒った大豆に砂糖をかけ、紅白の二種にした菓子。源氏豆ともいう。

14 **倶梨迦羅紋紋**　背中に彫った倶梨迦羅竜王（不動明王の変化神）の模様の入れ墨。

15 **神田川**　東京都区部を東西に流れ、隅田《すみだ》川に注ぐ川。

16 **和泉町**　現在の千代田区神田和泉町。

17 **孔あき銭**　江戸時代に使用された、円形で四角い穴の開いた硬貨。

ら水のうえを白い鳥が行きつもどりつ魚を漁《あさ》っていた。その長い柔らかそうな翼をたおたおと羽ばたいてしずかに飛びまわる姿はともすれば苦痛をおぼえる病弱な子供にとってまことに恰好《かっこう》な見ものであった。それで私はいつにない上機嫌であったが、折あしくそこへ玉子と麦粉菓子[18]を背負った女のあきんどが休みにきたものでれいのとおりすぐに伯母さんの背中へくっついた。女は荷をおろしかぶってた手拭いをとって襟などふきながらなんのかのと上手に愛想をいいいいさしもの弱虫を手なずけてしまって、そろそろ背中から降りかけるじぶんにはもう麦粉菓子の箱をあけて私を釣りにかかった。女は小判なりの薫《かおり》のたかい麦粉菓子をとりだして指のさきにくるくるとまわしながら

「坊っちゃん　坊っちゃん。」

と手にもたせてくれたので伯母さんはしかたなしにそれを買った。今でさえ、あの渋紙ばりの籠を大儀そうに肩からはずしてなかば籾《もみ》がらに埋《うず》まってる白い、うす赤い卵や、ぷんと匂いのあがる麦粉菓子などを見せられるとありったけ買ってやりたい気がしてならない。お稲荷さんはその後立派になり、賑《にぎ》やかにもなったが、その時の柳ばかりは今も涼しく靡《なび》いている。

*

病身者の私はしょっちゅうお医者様の手をはなれるまがなかったが、幸せなことには烏犀角の東桂さんが間もなく死んだので代わりに「西洋医者」の高坂《たかさか》さんにみてもらうようになり、東桂さんが一所懸命ふき出さした腫物は西洋の薬できれいに洗われてじきによくなってしまった。この人は顔の怖いに似ず子供の機嫌をとることが上手だった。で、それ

18 麦粉菓子　ここは、麦焦がし（大麦を炒って焦がし、粉にひいたもの）を材料にして作った菓子のこと。

問3　「幸せなことには」とあるのはなぜか。

まで東桂さんのまずい煉薬にこりごりしてた私も喜んで甘味をつけた水薬をのむようになった。そのうち　私と母の健康のためにどうでも山の手の空気のいいところへ越さなければ　という高坂さんの説によって、幸いそのとき殿様のほうの御用もひととおり片付いて暇になってた父は自分の役目を人にわたして小石川《こいしかわ》[19]の高台へ引っ越すことに決心した。
　いよいよひき移るという日にはみんなして私に　もうこの家へは来られないのだ　ということをよくよくいってきかせたが、私は出入りの者が手伝いにきて大騒ぎをするのがおもしろく、また伯母さんと相乗りにのせられて俥《くるま》[20]を列《つら》ねてゆくのが嬉しくて元気よく喋《しゃべ》っていた。しばらくして路《みち》がだんだん淋《さび》しくなり、しまいに赤土の長い坂をのぼって——それまで坂というものを知らなかった。——今度の住まいだという杉垣に囲まれた古い家についた。

*

　このへんのものはみな杉垣をめぐらした古い家に静かに住んでいる。おおかた旧幕時代から代代住みつづけてる士族たちで、世がかわって零落はしたがまだその日に追われるほどみじめな有り様にはならず、つつまやかにのどかな日をおくってる人たちであった。それに人家もすくない片田舎のことゆえ近所同士は顔ばかりか家のなかの様子まで知りあってお互いに心やすくしている。朽ちたまま手をいれない杉垣のうちにはどこにも多少のあき地があって果樹など植えられ、屋敷と屋敷のあいだには畑がなくば茶畑があって子供や鳥の遊び場になっている。畑、生け垣、茶畑、目にふれるものとして珍しく嬉しくないものはない。私の家は隣のかなり広いあき地へ普請をするのでそのできあがるまでかりにこ

19 小石川　現在の東京都文京区の地名。当時は小石川区。

20 俥　人力車。

の家に住むのである。暗い陰気な玄関のわきには[21]ゆずりはの木があったが、その葉も赤いじくも気にいった。すべっこい葉をとって唇にあてたり、頬をこすってみたりする。越してきたあくる日に誰かが蟬《せみ》をとって有り合わせの鳥籠に入れてくれた。これまで見たことも聞いたこともないものゆえおもしろくはあったけれどそばへよるとあばれてじゃんじゃんいうのが怖かった。

私は毎朝はやく起こされて草ぼうぼうとしたあき地を跣《はだし》で歩かされる。[22]ぺんぺん草や、[23]蚊帳つり草や、そこにはえてる草の名をおぼえるだけでも大変な仕事である。そのじぶん八十ぢかかった祖母も坊主頭に[24]毛《け》繻子《じゅす》の頭巾をかぶって杖《つえ》をつきつきいっしょに露をふんであるく。祖母は性《しょう》のいい[25]三つ栗《ぐり》を裏の垣根のくろへ埋めて　これは孫たちが大きくなるころには採って食べられるようになる　といっていた。祖母がなくなってから私どもはそれを　お祖母《ばあ》様の栗　と名づけて大切にしてたが、この節では三本ながら立派な木になって、秋になればその昔の孫たちが笊《ざる》に幾杯かの栗を落として自分の子供にむいてやるようにさえなった。

そのうちに普請がはじまった。材木をひいてきた馬や牛が垣根につながれてるのを伯母さんにおぶさって怖怖ながら見にゆく。大きな鼻の孔から棒みたいな息をつきながら馬は杉の葉をひきむしってくい、牛はげぶっとなにか吐きだしてはむにゃむにゃと噛む。落ちつきのない長い顔の馬よりもおっとりとして舌なめずりばかりする丸顔の牛のほうが好きであった。普請場には鑿《のみ》や、手斧《ちょうな》や、[26]鉞《まさかり》や、てんでんの音をたててさしも沈んだ病身ものの胸をときめかせる。職人たちのなかに定《さだ》さんは気だてのやさしい人で、削りものをし

21 **ゆずりは**　ユズリハ科の常緑高木。楕円形で大形の葉をつけ、葉柄が赤い。

問4　「あき地を跣で歩かされる」のはなぜか。

22 **ぺんぺん草**　アブラナ科の二年草、ナズナの異名。

23 **蚊帳つり草**　カヤツリグサ科の一年草。高さ約四〇センチメートルほどで、畑や荒れ地に生える。

24 **毛繻子**　綿糸と毛糸を用いた織物の一種。滑らかで艶がある。

25 **三つ栗**　いがの中に実が三つ入っている栗。

26 **鉞**　主に樹木を伐採するための大型の斧《おの》。

てるそばに立って鉋《かんな》の凹《くぼ》みからくるくると巻きあがって地に落ちる鉋屑《かんなくず》に見とれてるといつもきれいそうなのをよって拾ってくれた。杉や檜《ひのき》の血の出そうなのをしゃぶれば舌や頬がひきしめられるような味がする。おが屑をふっくらと両手にすくってこぼすと指の叉《また》の◆こそばゆいのも嬉しい。定さんはいつも人よりか後に残りぱんぱんといい音のする柏手《かしわで》をうってお月様を拝んだ。私はいつまでも仕事場にうろついていてそれを見るのを楽しみにしてたが、ほかの職人たちは定さんに　変人　というあだ名をつけて、ああいう野郎はきっと若死にする　なぞといっていた。きれいに箒目《ほうきめ》のたった仕事場のあとを見まわると今までの賑やかさにひきかえしんしんとして夕靄《ゆうもや》がかかってくる。私は残り惜しく呼びいれられてまた明日の朝をまつ。そのように湧きたつ木香《きが》に酔ってなんとなく爽やかな気もちになりながら日に日に新しい住まいができてゆくのを不思議らしく眺めていた。

問5　「こそばゆいのも嬉しい」のはなぜか。

読解

1　「そのうちにひとつ珍しい形の銀の小匙のあることをかつて忘れたことはない」（一〇二・7）とあるが、それはなぜか、説明しなさい。

2　「なかば籾がらに埋まってる白い、うす赤い卵や、ぷんと匂いのあがる麦粉菓子などを見せられるとありったけ買ってやりたい気がしてならない」（一〇八・11）とあるが、それはなぜか、説明しなさい。

3　「普請場には鑿や、手斧や、鉞や、てんでんの音をたててさしも沈んだ病身ものの胸をときめかせる。」（一一〇・18）とあるが、それはなぜか、説明しなさい。

木になった魚

竹西寛子《たけにしひろこ》

説明されれば納得できることも、部分だけ切り取られると、不思議なものになる。とりわけ未知のものに出会ったとき、人はそれをどう解釈していいかわからない。その不思議さに惹《ひ》かれた人は、いまここではない遠い外側の世界との交信を始める。

線路わきのゆるい坂道を、連れ立った小学生が下りて来る。

落葉の始まった桜並木に沿って、黄や緑、赤などに着膨れた男の子や女の子が、前向きになったり、後ろ向きになったり、くるくる回りながら声高く下りて来る。卵色に紺色、それに鼠《ねずみ》色の子もいる。陽《ひ》は西に移っていた。

切り通しの線路なので、電車の音はいつも坂の下を流れてゆく。下りと上りの電車が擦れ違うと話し声は途絶えた。誰かが口を噤《つぐ》み、誰かがそれに倣い、次々に倣って高まった音の流れて消えるのを待った。誰からともなく柵に寄って、並んで下を覗《のぞ》いている。

「ぼく、ずっと前、空にいる象を見たことがあるよ。」

沈黙を破ったのは緑色に着膨れた男の子である。すぐに、

「ええっ？　象を？　うそ！　そんなのうそ！」

と黄色に膨らんだ女の子が叫び、そのあと、「うそだあ！　うそだあ！」の声が続いた。

空は深く晴れている。

（時事）

竹西寛子

一九二九年―。広島県生まれ。被爆体験を扱った小説や、日本の古典を読み解く評論などで知られる。本文は、『五《い》十《す》鈴《ず》川《がわ》の鴨《かも》』（幻戯書房）によった。

うそだあ！　と声を合わせた者も合わせなかった者も、一様にその空を見上げている。ここからは見えないが、小学校の校庭には、まだ運動に熱中している生徒たちが残っていて、彼らのあげる喚声は、この坂道にも時々もつれ合いながら伝わってきた。

「うそじゃないよ。本当なんだよ。」

真顔で言い返している男の子に、大柄な鼠色の男の子が、低い、太い声で言った。

「あるわけないだろう、そんなこと。夢？　それとも……。」

「ぼく、見た。テレビで見た。象が、象が空にいたんだよう。」

「なあんだ、テレビか。そんならそうと早く言えよ。」

そんならそうと、と言いはしたものの、想像が追いつかないので、彼は半分だけ納得し、半分はふて腐れている。

「ねえ、聞いて聞いて。あたしなら空を泳いでいるピアノを見たことがあるわ。」

左右の者を制するように、赤いマフラーの女の子が言った。低い、太い声が続いた。

「テレビや映画の話ならよせよ。」

「違う。あたしはねえ、おばあちゃんのうちの二階の窓から、ちゃあんとこの目で見てたんだから。」

今度は周りも「うそだあ！」とは言わなかった。しかしそれは、この女の子の言ったことを誰もが認めたからではなかった。左右からの冷たい視線に、女の子はひるんだ。象を空に見たと言った少年も、空を泳いでいるピアノを見たと言った少女も、友達の意外な反応に出鼻を挫《くじ》かれ、気勢を削《そ》がれて、それぞれあとを言いそびれてしまった。どちらも少しずつさびしかった。

いつのまにか小学生たちは、又くるくる回りながら、再び坂を下り始めていた。彼らが背中の鞄《かばん》に吊《つ》り下げている布袋入りのカップは、回り方が強いと、伸び切った吊り紐《ひも》の先で円を描いた。大柄な男の子のカップが、卵色の女の子の腕に当たった。

「許せ。」

と強気に言い捨ててから、彼はにわかに首をすくめ、腰を折ってその少女の前に回り、掌《てのひら》を合わせると、猫撫《な》で声で、

「ごめんね。」

と言った。

少女は笑顔を見せただけで何も言わなかった。この少女は、少し前、柵に寄りかかった友達が「うそだあ！」と声を合わせていた時、象を見たという少年の言葉を、すぐに否定はできなかった。自分に同じ経験があったのではない。ただ、見る、見えるということに関して、少女には日頃から迷いがあった。たとえ自分に見えても人に見えないものは、見たことにはならないのか。もし自分が間違っているのなら、間違いとそうではないという見分けはどこでどうつけられるのか、という疑問があって、当然答えは簡単には得られないので、迷いは消えそうもないのだった。

少女は、みんなにうそだとはやされている少年についてこう思っていた。日頃の態度や物言いからすると、彼は見ないものを見たとは言わないだろう。人をびっくりさせたり、騙《だま》したりするのがうれしい友達ではない。それとも一つ、自分も彼のように、空に象を

問1 「こう思っていた」の内容はどのようなものか。

見たらいいなという漠然とした羨《うらや》ましさもあった。

この少女にも、みんなの前で言いたいことがないわけではなかった。けれども疑われたり、うそつき呼ばわりされたのでは、言おうとしている中味そのものがかわいそうなので、やはり言うのはやめようと思い、ひとり胸のうちに繰り返していた。「わたしは、木になった魚を見たのよ。」

緑の少年が見たというテレビの映像の象は、波止場で起重機船[1]のクレーンが宙に吊り上げている象だった。どこから船で運ばれて来て、どこの動物園へ連れて行かれたのか、それがアジアの象だったのかアフリカの象だったのか、そんなことはもう覚えていない。

象の檻《おり》は、頑丈そうな太いロープでつくられた網の中だった。陸揚げされる時、起重機船のクレーンは、網ごと象の檻を吊り上げていた。象の胴体には幅広い帯状のものが巻きつけてあって、そこにも吊り具はかけられていた。垂直に高く吊り上げられた象は、クレーンの操縦に従い、水平に移動してから、陸の側で再び垂直に下ろされた。象は確かに、ひととき波止場の中空に位置していた。

象の話を聞いた赤いマフラーの少女は、今ならばあの事が言えそうだと思った。もう一度見ることはないだろう。あまりに思いがけなくて、だからとても上手に人にも話せなかったのに、突然それを言いたくなった。

少女のおばあさんの家は、空き地に挟まれた私道の奥にある。二階の洋間にピアノは据

1 起重機船 重量物を移動させられるようにクレーンを備えた浮力の大きい船。

問2 「あまりに思いがけなかったのはなぜか。

えられていた。おじいさんが娘のために特別に作らせたピアノだったが、娘は大学を出ると勤め先の外国人と仲良くなり、結婚するとピアノを置いて夫婦でヨーロッパに行ってしまった。姉に続いて弟も結婚すると家を出た。この息子夫婦が少女の両親になる。

おじいさんは前の年に亡くなっていて、おばあさんには引っ越しが迫っていた。少女はひとりになったおばあさんと一緒に暮らせるようになると思っていたが、おばあさんは、食事の世話をしてもらうだけでなく、病気になった時の手当てや看護もしてもらえる老人のための「ホーム」に移るのだという。

予定していたピアノの譲渡先が、急に海外勤務を命じられて取り込みになったため、とりあえず貸し倉庫に預けることになった。おじいさんの病気が長かったので、病人本位の建て増しや改造を繰り返すうちに、最初運び込んだ表玄関から運び出すのは難しくなっていた。ピアノ運搬専門の業者を呼んで相談した。業者の話を聞きながら、おばあさんは体のしんが冷えてゆくように感じた。

業者は説明した。

まず、家屋に近い空き地の一画にクレーン車を設置する。二階の、ピアノが置かれている部屋の、庭に面した窓のガラス戸を全部外す。ピアノにワイヤーロープをかける。庭の上空にもロープを渡して、荷造りしたピアノと傾斜させたクレーンとを繋《つな》ぐ。振りを利用していきなり二階の窓からピアノを宙に送り出す。そうして一旦高く吊り上げたピアノを、今度は私道の外の舗道まで移動させてゆくのだという。

おばあさんは、その日が近づくにつれて、不安で夜も眠りがたくなった。空き地の所有者への挨拶もすませはしたものの、ワイヤーロープが切れたらどうなるのか。業者は珍しい扱いではないと言った。いくら慣れた扱いだと言われても、こういう扱いそのものがピアノに対しても、おじいさんに対しても申し訳なく、取り返しのつかないことになったとかなしみ、沈んだ。

外国暮らしは所詮無理としても、息子が望む一緒の生活を思わなかったわけではない。けれども長年の生活習慣の違いは、老いた身には想像以上の耐えがたさに思われる。一時の甘えが家族を毀《こわ》す恐れにとらわれて、おばあさんは外の「ホーム」を選んだ。息子夫婦は落胆を示し、妻は心の底で安堵《あんど》した。息子もいくらかは安堵した。土地も家屋も、すでに「ホーム」生活の基金に当てられていた。

孫の少女は、どうしておばあちゃんはうちへ来ないの？ と幾度も両親にたずねたが、その度に息子夫婦は、おばあちゃんにはお友達との約束があるからなどというあいまいな返事でごまかした。

いよいよ作業が始まると、おばあさんはピアノの見えない部屋に引き籠もってしまった。休日だったので、少女を連れて来た息子が業者に会った。

二階から二人の業者の手で宙に送り出されたピアノは、振り子さながら庭の上空を斜めによぎってクレーン車の本体に近づき、吊り上げられたままの状態で空地の上を舗道まで運ばれていった。

二階の部屋で業者の作業を父親と見守っていた少女は、ピアノが宙に送り出される時、息が詰まりそうだった。おばあさんのことも、家に残っている母親のことも、友達のことも、頭のどこにもなかった。自分も一緒に空の中に送り出されそうだった。宙にゆらりと大きな弧を描いて、下の芝生や花壇、庭木から遠ざかっていったピアノは、少女の目には、その時紛れもなく空を泳いでいた。

朝の庭で蟬《せみ》が鳴いている。鳴き始めは去年よりも早かった。

「これ、ベビーパウダー[2]みたいね。」

「お母さんは片栗粉かと思った。」

卵色の少女と母親が、透明な、チャック付きの小さいポリ袋に詰められている塩を、左右から見つめ合っている。沖縄に出張している母親のすぐ上の兄が、近くの島の産物だと言って送ってきた。

袋の中の塩は、こまかい結晶ではなく真っ白な粉状で、毎日スプーンといわず、指先にも塩を当てている母親は、これでもお塩なのかと目に力を入れた。母親は言った。

「雪塩って名前がついている。沖縄の周辺には島がたくさんあって、珊瑚《さんご》礁でできた島もあるのね。兄さんに聞いた説明では、珊瑚にしみとおった地下の海水を原料にしているので、私たちのからだに大切なミネラルがいっぱいふくまれているんですって。」

少女は、両手の指先で、ふくらんでいる袋のあちこちをつまんだ。母親には、いかにも湿気を呼びやすい、優美な自然塩だと思われた。

この母親には、二人の兄がいたが、少女は雪塩を送ってくれたこの下の伯父さんが好きだった。突然、

2 ベビーパウダー　肌の異状を防ぐために、主に乳幼児に使用するきめの細かい粉末。［英語］baby powder

「豚の卵と馬の角。」

と言って、

「分かる？」

と聞いたり、変に着飾っている女のひとを見て、

「ああいうのを、耳朶《みみたぶ》に口紅をつけているような人って言うんだよ。」

などと真面目な顔をして言う。そういうところが気に入っている。いまだに結婚していない。仕事柄、会社からはよく出張するし、自分も地球の上をできるだけたくさん動いてみたいので、家族はいないほうがいいというのがおじさんの考えらしいと少女は思っている。

そういえば、おじさんからの塩は、今度が初めてではなかった。二、三年前だったが、その頃のおじさんの勤務地は北海道で、オホーツクの海水一〇〇パーセントという、やはり今度と同じくらいの小袋に入った焼塩が送られてきた。

「この塩を毎日食べて、女のひとはもっと美しくなって下さい。」

と書き添えてあった。この時の塩も、母親には結晶のこまやかさは見慣れたものと違っていたが、焼塩だったせいか、今度の雪塩のようにはおどろかなかった。

今年の夏休みは、そのおじさんが沖縄から休みをとって帰ってくるというので、少女は、◆友達の誘いも断ったし、うちに誘うこともしなかった。学校の図書館だけでなく、住んでいる町の図書館にも出かけて行って、沖縄の自然や日常生活に関するものを、一冊でも多く見たり読んだりして、おじさんがどんなところで毎日を過ごしているのか知りたいと思

問3 「友達の誘いも断ったし、うちに誘うこともしなかった」のはなぜか。

った。図鑑や図録の類いは、ただ見ているだけで分かることもいろいろあるけれど、文章になると、すぐには分からない説明が次々に押し寄せてきて、言葉の意味を調べるのに横道に逸《そ》れる場合が少なくなかった。それに、意味が分かればまだいいほうで、堂々巡りしながら自分はいったい何を調べていたのか分からなくなるようなことさえあった。沖縄を知りたい気持ちとおじさんを知りたい気持ちがひとつになっていて、真夏日の連続にもくじけず、少女は大きな麦藁《むぎわら》帽子をかぶって図書館に通った。

おじさんから、急に都合で島を離れられなくなったという葉書が母親に届いた時、少女の夏休みもあと数日になっていた。

「あのひとは、いつもこうなんだから。」

と母親は少女に聞こえよがしにつぶやいて、娘の落胆に先回りした。

「その代わりにいい物を送ります、って書いてあるけれど、まさか今度も塩じゃないでしょうね。」

母親は娘の顔を見ないままで続けた。

「あんなに一所懸命調べて待っていたのに。」

それを言いたいのはわたしなのに、と少女は思い、いいわ、この次がもっとたのしみになる、そうも思って口は開かなかった。

葉書から二日後、沖縄からの航空便でマンゴー[3]が届いた。三個並んでいる。

「家族三人、一人一個ずつ、のつもりかしら。」

母親はそう言って縦長の球形の果実が、ざくろの皮の色に近く濃い紅に熟れているのを

3 マンゴー　ウルシ科マンゴー属の常緑高木。果実は食用に適し、生食のほか、料理や菓子などに用いる。

手に取り、顔を寄せた。◆強い香りが南国だった。少女は、いつか友達の誕生祝いに招かれた時、フルーツサラダの中にまじっている淡い橙《だいだい》色の果肉をマンゴーだと教えられたことはあったが、近くでこうして丸ごと目のあたりにするのは初めてだった。少女の父親はいったいに果物の類いを好まず、妻や娘にはすすめるものの、自分ときたら和菓子一辺倒であった。いきおい、母親もマンゴーを丸ごと買うようなことはなかった。

父親の勤めからの帰りを待ち、夜食の後、母親は報告のつもりで冷やしたマンゴーを皮つきのまま縦に三つに切り、大皿に一つずつ盛ってそれぞれの前に置いた。大き目のスプーンを添えた。種が固くて自分の力ではとても割れないので、平たい種がついたままの果肉の部分は自分が取り、父親と少女には種なしの果肉をつけた。皮の外からはうかがいようもなかった甘い芳香が漂った。

父親は、手をつけないのは悪いと思ったのか、まっ先にスプーンを取って、柔らかな橙色の果肉に当てた。

三人三様の沈黙の動きが続いた。

少女は、薔薇《ばら》の花のエキスとアイスクリームが口の中で溶け合っているような気がした。後味のきれいな甘みが、南の海の深い色と空の輝きを呼んで、あの島に行けば、海と空を見ながら毎日おじさんとこの果物が食べられるのかと思うと、浮き立つようだった。

「西瓜《すいか》でもない。メロンでもない……。」

父親はひとりごとを言いながらほんの二口三口だけで、残りのマンゴーの皿を少女の方へ押しやった。

問4 「強い香りが南国だった。」とはどのようなことか。

母親は、

「何でも新しいうちがいいの。兄さん、本当にいい物を送ってくれたわ。」

と、唇の回りの果汁を片方の手の指先で拭き拭き、せわしくスプーンを口に運んだ。

洗い場に少女と一緒に皿を下げた。

長年炊事をしてきたが、梅干しの種をわざわざ水で洗ったことはない。桃の種を洗ったこともない。それなのにどういうわけか。母親は皿に残っているマンゴーの種をそのまま捨てる気にならず、蛇口の下で洗い始めていた。洗いながら、おいしさのあまり種にまで執着しているのかという恥ずかしさもなくはなかったが、洗い続けているうちに、おや、から、あら、に変わって、水を止めると掌の内側にのせたままじっと見入った。

種の全長は八、九センチメートル、幅は五、六センチメートル、いちばん厚いところのふくらみは二センチメートルか、せいぜい二・五センチメートルくらいで、偏平な楕円《だえん》形の生糸色の種には、表面に数本、抉《えぐ》られたような凹凸の縞目《しまめ》が走っている。その上、楕円形を横にして見た時の上側の縁には、白髪を逆立てたような毛立ちがあり、下側の縁にも少量の毛立ちがある。これがマンゴーなの？　とわが目を疑いながら、母親はその種を、模様のない若草色の皿の中に置いた。

次の日、種は乾いていた。ただ毛立ちの部分には、乾燥で弾力性が加わった。高さは一〇メートルもあって、厚い葉をつけるというマンゴーのあのおいしい果肉が、しんにこういうものを抱えているのかと思うと、娘に見せておきたくなった。娘を呼んだ。

若草色の皿の中を見るなり、あの卵色の少女は言った。

「海のお魚が木になっている。」
「……………。」

母親はすぐには反応できなかった。言われてみれば、全体マンボウ[4]形の魚で、上下の縁の毛立ちは背《せ》鰭《びれ》と腹鰭に見えなくもない。いや、シッポを落とされた皮剝ぎ[5]か。

海の魚が木に？

母親は少女の迷いのない言葉に不意をつかれたが、まさか、と思い、そのうちに、もしかすると、などと思い始めていた。

少女は、今夜はおじさんにマンゴーのお礼の手紙を書こうと思っている。お礼だけでなく、前々から教えてもらいたかったことも書こうと思う。今日もまた庭で鳴いていた蟬が、蝶《ちょう》でも蜻蛉《かげろう》でも人間でもなくて、蟬で生きているふしぎについて。そしてこのわたしが、マンゴーではなく、花でも鳥でも魚でもなかったふしぎについても。あのおじさんなら、きっとやさしく教えてくれると思う。

4 **マンボウ** フグ目マンボウ科の海水魚の総称。体は楕円形で平たく、尾びれや腹びれをもたない。

5 **皮剝ぎ** カワハギ。フグ目カワハギ科の海水魚の総称。体はひし形で著しく偏平している。

読解

1 「体のしんが冷えてゆくように感じた」（一一六・11）とあるが、それはなぜか、説明しなさい。

2 「浮き立つようだった」（一二一・16）とあるが、それはなぜか、説明しなさい。

3 「海のお魚が木になっている。」（一二三・1）と感じたのはなぜか、説明しなさい。

4 「前々から教えてもらいたかったこと」（一二三・9）とはどのようなことか、本文全体を踏まえて説明しなさい。

闇の絵巻

真っ暗な闇が絵巻物のように見えてきたとしたら。そう、闇は真っ黒なだけの世界ではない。さまざまな存在がひしめき、耳や鼻などの感覚を刺激する。鋭い感受性で切り取られた光と闇の交錯。闇を描くことができる者が芸術を制するのである。

梶井《かじい》基次《もとじ》郎《ろう》

最近東京を騒がした有名な強盗が捕まって語ったところによると、彼は何も見えない闇の中でも、一本の棒さえあれば何里[1]でも走ることができるという。その棒を身体《からだ》の前へ突き出し突き出しして、畑でもなんでもめくらめっぽう[2]に走るのだそうである。

私はこの記事を新聞で読んだとき、そぞろに爽快な戦慄を禁じることができなかった。

闇！　そのなかではわれわれ◆は何を見ることもできない。より深い暗黒が、いつも絶えない波動で刻々と周囲に迫って来る。こんななかでは思考することさえできない。何が在るかわからないところへ、どうして踏み込んでゆくことができよう。もちろんわれわれは摺足《すりあし》でもして進むほかはないだろう。しかしそれは苦渋や不安や恐怖の感情でいっぱいになった一歩だ。その一歩を敢然と踏み出すためには、われわれは悪魔を呼ばなければならないだろう。裸足《はだし》で薊《あざみ》[3]を踏んづける！　その絶望への情熱がなくてはならないのである。

闇のなかでは、しかし、もしわれわれがそうした意志を捨ててしまうなら、なんという深い安堵《あんど》がわれわれを包んでくれるだろう。この感情を思い浮かべるためには、われわれ

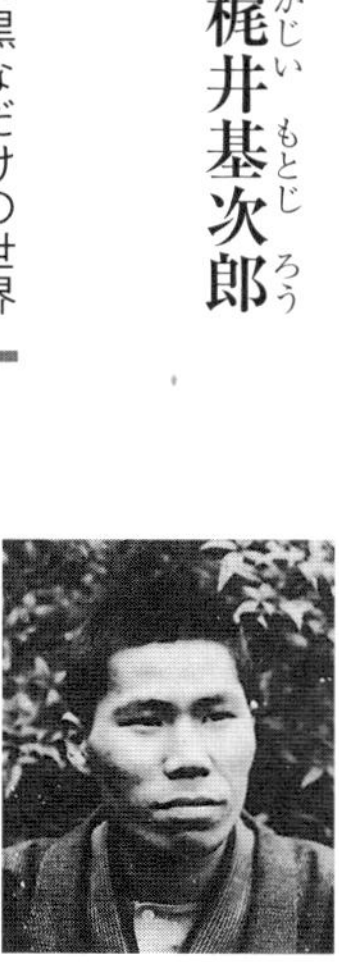

梶井基次郎　一九〇一―三二年。大阪府生まれ。私小説風の短編が多く、鋭敏な感受性と詩情に富んだ密度の高い作品を書いた。本文は、「梶井基次郎全集」第一巻（筑摩書房）によった。

1 里　距離の単位。一里は、約四キロメートル。

2 めくらめっぽう　あてもなく、やみくもに物事を行うこと。「めくら」は、身体的な差別意識を含むことばであり、現在では使用されなくなっている。

問1　「われわれ」とはどのような人々のことか。

3 薊　キク科の多年草。葉は

が都会で経験する停電を思い出してみればいい。停電して部屋が真っ暗になってしまうと、われわれは最初なんともいえない不快な気持ちになる。しかしちょっと気を変えて呑気《のんき》でいてやれと思うと同時に、その暗闇は電灯の下では味わうことのできない爽やかな安息に変化してしまう。

深い闇のなかで味わうこの安息はいったいなにを意味しているのだろう。今は誰の眼《め》からも隠れてしまった——今は巨大な闇と一如になってしまった——それがこの感情なのだろうか。

私はながい間ある山間の療養地に暮らしていた。私はそこで闇を愛することを覚えた。昼間は金毛の兎《うさぎ》が遊んでいるように見える渓《たに》向こうの枯れ萱《かや》[4]山が、夜になると黒ぐろとした畏怖に変わった。昼間気のつかなかった樹木が異形な姿を空に現した。夜の外出には提《ちょう》灯《ちん》を持ってゆかなければならない。——月夜というものは提灯の要らない夜ということを意味するのだ。——こうした発見は都会から不意に山間へ行ったものの闇を知る第一階梯《かいてい》である。

私は好んで闇のなかへ出かけた。渓ぎわの大きな椎《しい》[5]の木の下に立って遠い街道の孤独な電灯を眺めた。深い闇のなかから遠い小さな光を眺めるほど感傷的なものはないだろう。私はその光がはるばるやって来て、闇のなかの私の着物をほのかに染めているのを知った。またあるところでは渓の闇へ向かって一心に石を投げた。闇のなかには一本の柚《ゆず》[6]の木があったのである。石が葉を分けてかつかつと崖へ当たった。ひとしきりすると闇のなかからは芳烈な柚の匂いが立ちのぼって来た。

大形でとげが多く、通常、紅紫色の花を咲かせる。

問2 「爽やかな安息に変化」するのはなぜか。

4 萱 ススキ・チガヤ・スゲなど、屋根をふくために用いられる大型草本の総称。

5 椎 ブナ科シイノキ属の常緑高木の総称。高さは二五メートルに達し、実はどんぐりとなる。

6 柚 ミカン科の常緑樹。ミカンに似た、強い芳香と酸味がある果実をつける。

こうしたことは療養地の身を噛《か》むような孤独と切り離せるものではない。あるときは岬の港町へゆく自動車に乗って、わざと薄暮の峠へ私自身を遺棄された。深い渓谷が闇のなかへ沈むのを見た。夜が更けてくるにしたがって黒い山々の尾根が古い地球の骨のように見えてきた。彼らは私のいるのも知らないで話し出した。

「おい、いつまで俺たちはこんなことをしていなきゃならないんだ。」

私はその療養地の一本の闇の街道を今も新しい印象で思い出す。それは渓の下流にあった一軒の旅館から上流の私の旅館まで帰って来る道であった。渓に沿って道は少し上りになっている。三、四町[7]もあったであろうか。その間にはごく稀《まれ》にしか電灯がついていなかった。今でもその数が数えられるように思うくらいだ。最初の電灯は旅館から街道へ出たところにあった。夏はそれに虫がたくさん集まって来ていた。一匹の青蛙《あおがえる》がいつもそこにいた。電灯の真下の電柱にいつもぴたりと身をつけているのである。しばらく見ていると、その青蛙はきまったように後ろ足を変なふうに曲げて、背中を掻《か》くまねをした。電灯から落ちて来る小虫がひっつくのかもしれない。いかにもうるさそうにそれをやるのである。私はよくそれを眺めて立ち止まっていた。いつも夜更けでいかにも静かな眺めであった。

しばらく行くと橋がある。その上に立って渓の上流の方を眺めると、黒ぐろとした山が空の正面に立ち塞がっていた。その中腹に一個の電灯がついていて、その光がなんとなしに恐怖を呼び起こした。バアーンとシンバル[8]を叩《たた》いたような感じである。私はその橋を渡るたびに私の眼がいつもなんとなくそれを見るのを避けたがるのを感じていた。

下流の方を眺めると、渓が瀬[9]をなして轟々《ごうごう》と激していた。瀬の色は闇のなかでも白い。

7 町 距離の単位。一町は、約一〇九メートル。

8 シンバル 打楽器の一つ。金属製の大型の円盤で、打ち合わせたり、ばちでたたいたりして用いる。

それはまた尻尾のように細くなって下流の闇のなかへ消えてゆくのである。渓の岸には杉林のなかに炭焼き小屋があって、白い煙が切り立った山の闇をはい登っていた。その煙は時として街道の上へ重苦しく流れて来た。だから街道は日によってはその樹脂《やに》臭い匂いや、また日によっては馬力[10]の通った昼間の匂いを残していたりするのだった。

　橋を渡ると道は渓に沿ってのぼってゆく。左は渓の崖。右は山の崖。行く手に白い電灯がついている。それはある旅館の裏門で、それまでの真っすぐな道である。この闇のなかでは何も考えない。それは行く手の白い電灯と道のほんの僅かの勾配《こうばい》のためである。これは肉体に課せられた仕事を意味している。目ざす白い電灯のところまでゆきつくと、いつも私は息切れがして往来の上で立ち止まった。呼吸困難。これはじっとしていなければいけないのである。用事もないのに夜更けの道に立ってぼんやり畑を眺めているようなふうをしている。しばらくするとまた歩き出す。

　街道はそこから右へ曲がっている。渓沿いに大きな椎の木がある。その木の闇はいたって巨大だ。その下に立って見上げると、深い大きな洞窟のように見える。梟《ふくろう》の声がその奥にしていることがある。道の傍らには小さな字《あざ》[11]があって、そこから射して来る光が、道の上に押しかぶさった竹藪《たけやぶ》を白く光らせている。竹というものは樹木のなかで最も光に感じやすい。山のなかの所どころにむれ立っている竹藪。彼らは闇のなかでもそのありかをほの白く光らせる。

　そこを過ぎると道は切り立った崖を曲がって、突如ひろびろとした展望のなかへ出る。眼界というものがこうも人の心を変えてしまうものだろうか。そこへ来ると私はいつも今

9 瀬　川の流れの急な箇所。

10 馬力　ここは、荷馬車のこと。

問3　「この闇のなかでは何も考えない。」のはなぜか。

11 字　行政区画の単位の一つ。ここは、数軒の家々からなる小規模な集落のこと。

が今まで私の心を占めていた煮え切らない考えを振るい落としてしまったように感じるのだ。私の心には新しい決意が生まれてくる。ひそやかな情熱が静かに私を満たしてくる。

この闇の風景は単純な力強い構成を持っている。左手には渓の向こうを夜空をきって爬《は》虫《ちゅう》[12]の背のような尾根がえんえんとはっている。黒ぐろとした杉林がパノラマのように廻《まわ》って私の行く手を深い闇で包んでしまっている。その前景のなかへ、右手からも杉山が傾きかかる。この山に沿って街道がゆく。行く手はいかんともすることのできない闇である。この闇へ達するまでの距離は百メートル余りもあろうか。その途中にたった一軒だけ人家があって、楓《かえで》のような木が幻灯のように光を浴びている。大きな闇の風景のなかでただそこだけがこんもり明るい。街道もその前では少し明るくなっている。しかし前方の闇はそのためになおいっそう暗くなり街道を呑《の》み込んでしまう。

ある夜のこと、私は私の前を私と同じように提灯なしで歩いてゆく一人の男があるのに気がついた。それは突然その家の前の明るみのなかへ姿を現したのだった。男は明るみを背にしてだんだん闇のなかへはいって行ってしまった。私はそれを一種異様な感動を持って眺めていた。それは、あらわに言ってみれば、「自分もしばらくすればあの男のように闇のなかへ消えてゆくのだ。誰かがここに立って見ていればやはりあんなふうに消えてゆくのであろう。」という感動なのであったが、消えてゆく男の姿はそんなにも感情的であった。

その家の前を過ぎると、道は渓に沿った杉林にさしかかる。右手は切り立った崖である。それが闇のなかである。なんという暗い道だろう。そこは月夜でも暗い。歩くにしたがっ

12 爬虫 爬虫類。

問4 「消えてゆく男の姿はそんなにも感情的であった」のはなぜか。

て暗さが増してゆく。不安が高まってくる。それがある極点にまで達しようとするとき、突如ごおっという音が足下から起こる。それは杉林の切れ目だ。ちょうど真下に当たる瀬の音がにわかにその切れ目から押し寄せて来るのだ。その音はすさまじい。気持ちにはある混乱が起こってくる。大工とか左官[13]とかそういった連中が渓のなかで不可思議な酒盛りをしていて、その高笑いがワッハッハ、ワッハッハときこえてくるような気のすることがある。心がねじ切れそうになる。するとその途端、道の行く手にパッと一個の電灯が見える。闇はそこで終わったのだ。

伊豆《いず》・湯ヶ島《ゆがしま》にある梶井基次郎文学碑。副碑は川端康成《かわばたやすなり》筆。

もうそこからは私の部屋は近い。電灯の見えるところが崖の曲がり角で、そこを曲がればすぐ私の旅館だ。電灯を見ながらゆく道は心やすい。私は最後の安堵とともにその道を歩いてゆく。しかし霧の夜がある。霧にかすんでしまって電灯が遠くに見える。行っても行ってもそこまで行きつけないような不思議な気持ちになるのだ。いつもの安堵が消えてしまう。遠い遠い気持ちになる。

闇の風景はいつ見ても変わらない。私はこの道を何度ということなく歩いた。いつも同じ空想を繰り返した。印象が心に刻みつけら

13 **左官** 建物の壁を塗る職人。

問5 「遠い遠い気持ち」になったのはなぜか。

れてしまった。街道の闇、闇よりも濃い樹木の闇の姿はいまも私の眼に残っている。それを思い浮かべるたびに私は、今いる都会のどこへ行っても電灯の光の流れている夜を薄っ汚く思わないではいられないのである。

読解

1 「爽快な戦慄」（一二四・4）とは、どのような感情か、説明しなさい。

2 「芳烈な柚の匂い」（一二五・19）は、私をどのような気分にさせたか、説明しなさい。

3 「電灯の光の流れている夜を薄っ汚く思わないではいられない」（一三〇・2）とあるが、それはなぜか、説明しなさい。

ひよこトラック

小川洋子《おがわようこ》

ホテルのドアマンの男と、しゃべることができない少女が出会った。ひよこを荷台に載せたトラックが彼らの前を何度か通り過ぎる。かわいらしい生き物を売ることで成り立つ商売。しかし、向こう側からあちら側へ通り過ぎるトラックが、思いがけない機会をもたらした。

小川洋子
一九六二年―。岡山県生まれ。きめ細やかな描写や透明感のある文体が評価され、多くの文学賞に輝く。本文は、『海』（新潮文庫）によった。

男の新しい下宿先は、七十の未亡人が孫娘と二人で暮らす一軒家の二階だった。町なかの勤め先から、自転車で四十分以上もかかる不便な場所だったが、それまで住んでいたアパートを大家とのちょっとした諍《いさか》いで追い出された事情から、贅沢《ぜいたく》は言えなかった。

そこは海老《えび》茶色《ちゃいろ》[1]の瓦屋根に煙突が目印の、古ぼけた家で、野菜畑と果樹園の間を縫う農道に面していた。他に下宿人はおらず、男には二階の二部屋が与えられた。南向きの窓からは、用水路の向こう側に、どこまでも続くスモモ[2]の林が見えた。

未亡人は愛想のないがさつな女で、すぐ近所にある組合[3]直営の農産物販売所に勤めていた。赤ん坊のようによく肥え、心臓に持病でもあるのか、始終息を切らしていた。

男は町にたった一つだけあるホテルの、ドアマンだった。十代の終わりから四十年近く、ただひたすらホテルの玄関に立ち続け、定年がもうすぐ間近に迫っていた。お客を出迎え、荷物を運び、車を誘導し、玄関マットにクリーナーをかけ、回転扉のガラスを磨き、タクシーの手配をし、トランクに荷物を積み込み、お客を見送る。それが男の仕事だった。

1 **海老茶色** 黒みがかった赤茶色。

2 **スモモ** バラ科サクラ属の植物。果実は食用になる。

3 **組合** ここは、農業協同組合のこと。

新しい部屋の住み心地はおおむね良好と言えた。以前のアパートより広々とし、風通しがよく、何より家賃が安かった。ただ一つ悩みがあるとすれば、それは未亡人の孫娘だった。

彼女は黒目がちの大きな瞳を持つ、痩せっぽちの、六つの少女だった。いつも短すぎる吊《つ》りスカートに白いソックスを履き、長い髪の毛を三つ編みにして、肩に垂らしていた。

彼女が初めて男の部屋へ入ってきたのは、まだ荷物の片付けも終わっていない、引っ越しの翌日だった。窓辺に干しておいた[4]ブリーフが風に飛ばされ、それを庭にいた少女が拾って届けてくれたのだ。

少女は最初、うつむいて、ブリーフを二つ折りにしたり、三角形に折り畳んだり、再び広げたりしながら、部屋の入口に立っていた。たとえ六つの子供とはいえ、自分の下着を目の前でいじり回されるのは、妙な気分がするものだった。

「やあ、どうもありがとう。」

とにかく礼を言うべきであろうと思い、男は口を開いた。

けれど、いつまで待っても返事はなかった。少女はいっそう深くうつむき、ブリーフの折り畳みをスピードアップさせるばかりで、それを返そうとする気配さえ見せなかった。

自分の声が小さすぎたのか、新しい下宿人が気に入らないのか、あるいはそのブリーフが欲しいのか、男にはさっぱりわからなかった。

そもそも、彼にとって子供という存在そのものが謎だった。彼には弟も妹もなく、小さないとこたちもおらず、一度として父親になったこともなかった。ホテルに就職したばかりの頃、小さなお子様との接し方について、という研修を受けたことはあるが、その時使われたのは[5]ダミーの人形だった。

「わざわざ届けてくれたのか。すまないね。」

答える代わりに少女は顔を上げ、まっすぐな視線を向けてきた。男は一歩後ずさりした。おもむろに少女は、いっそう小さく折り畳んだブリーフを、ベッドの片隅に置いた。

「これから、ここに住むことになったんだ。よろしく頼むよ。」

自分が決して無礼な人間ではないと示すため、男はドアマンとして身に付けた礼儀正しさを表現した。けれど少女は黙ったまま、男の脇をすり抜け、走り去ってしまった。残されたブリーフはすっかり皺《しわ》だらけになっていた。

男は勤めを終えて部屋へ帰ってくると、服も着替えず、しばらくぼんやりと窓辺に腰掛けて外を眺めた。そうやって頭を持ち上げ、遠くを見やることで、人に頭ばかり下げてきた一日に区切りをつけるのだった。

職業柄、帰ってくる時間はまちまちで、昼間のこともあれば真夜中のこともあった。未亡人がいるとたいてい、孫娘を叱り飛ばしたり、電話で誰かと長話をしたりするにぎやかな声が聞こえてきた。鍋や食器のぶつかり合う音と一緒に、料理の匂いが立ち上ってくると、その日のメニューを一人で想像した。メンチカツ、ロールキャベツ、オムレツ、エビフライ……。

男は三食ともホテルの社員食堂で済ませていたから、未亡人の料理とは無縁だった。それでも、彼女のがさつな性格とは裏腹に、それらがとても細やかでおいしそうだということは、匂いから十分にうかがえた。男は窓枠に肘をつき、その日一日お客と上司から受けた罵声、舌打ち、文句、小言の数々を一つ一つよみがえらせながら、自分のすぐ足元で、未亡人と少女が慎《つつま》しやかな食事を摂《と》っているさまを、思い描いた。

あるいは、二人が寝静まったあとならば、できるだけ足音を立てないよう、用心して階段を上り、窓を開け、いつまでも外の暗闇を眺めて過ごした。ウィスキー[6]を一杯だけ飲むこともあった。最初は真っ暗で何も見えないのに、少しずつ視界の片隅から、いろいろなものの輪郭が浮かび上がってくる。門柱に絡まるバラの蔓《つる》、寄り添うように停《と》まっている自転車と三輪車、用水路の水面に揺れる月、一段と濃い闇に塗り込められたスモモの実。そうしたものたちを見つめていると、昼間の出来事が遠ざかり、逆に夜の世界が、親しく自分だけを抱きとめてくれているような気持ちになれた。

孫娘がいつどんな時も、誰に対しても、一言も喋《しゃべ》らないというのを知ったのは、引っ越しから十日ほどたった頃のことだった。

「あの子が挨拶一つしなくても、私の躾《しつけ》がなってないからだなんて、思わないでおくれよ。」

庭先で自転車に油を差していた男に向かい、未亡人は言った。

「昔はちゃんと喋ってたんだ。普通の子と同じように、アーアー、ウーウーからはじまって、マンマ、ママ、パパ、とね。もっともパパは家出しちゃって、行方知れずになっちゃっているけど。いや、普通以上だったかもしれない。絵本だってすらすら読んでたし、童謡も上手に歌ってた。」

尋ねもしないのに未亡人は一人で喋った。幾人もの人に同じ話をしてきたらしく、淀《よど》みがなかった。

4ブリーフ　男性用の短い下ばき。［英語］briefs　**5ダミー**　実物の代わりとなる模型の人形。［英語］dummy　**6ウィスキー**　大麦の麦芽などを発酵・蒸留させて作る酒。［英語］whisky

問1　「孫娘」が「悩み」だったのはなぜか。

「ところがちょうど一年前、あの子の母親が死んで、私が引き取ったその日から、ウンともスンとも口をきかなくなった。喉に何か詰まったのかと思って耳鼻科にも連れて行った。児童心理何とかの先生に診てもらって箱庭[7]も作った。乾布摩擦[8]、指圧、鍼《はり》[9]、飲尿、断食、全部駄目。今年、小学校に入学はしたけど、三日登校しただけだった。もうこうなったら、本人が喋りたくなるまで待つしか、他に方法がないと思わないかい？　あの子がどんな声をしてたか、私はもう忘れてしまったよ。」

　未亡人はため息をつき、農道脇の切り株に座っている孫娘を見やった。自分のことが話題にのぼっていると気づいているのかいないのか、無心に少女は小枝で地面に絵を描いていた。

「じゃあ、今月分の家賃、そろそろ頼みますよ。」

　言いたいことだけ言うと未亡人は、家の中へ入っていった。

　その後もしばらく男は、自転車の整備をしていた。本当はさほどの整備を必要とする状態でもなかったのだが、◆少女の背景をわずかながら知らされた今、彼女を全く無視していいのか、それはやはり礼儀に反するのか、あれこれ考えているうちに、その場を立ち去るタイミングを逸してしまったのだった。一片の雲もなく晴れ渡った昼下がりで、スモモの林はまぶしい光に包まれていた。

　その時、農道の向こうから一台の軽トラックがやって来た。道の窪《くぼ》みに車輪を取られながら、大儀そうにガタガタと走っていた。舞い上がる砂埃《すなぼこり》と日の光の中から、荷台に隙間なくびっしりと積まれた、色とりどりの、ふわふわと柔らかそうな何かが少しずつ近づいてきた。

　男と少女は同時に立ち上がった。その荷台は、古ぼけたトラックの様子とは不釣合いに、ピンクや黄緑やブルーや朱色が混じり合った、愛らしいマーブル[10]模様で彩られていた。しかも模様はひとときもじっとしておらず、たえずうごめいていた。やがてエンジン音をかき消すほどの、にぎやかすぎるさえずりが聞こえてきた。トラックは男と少女の間を走り過ぎていった。

　ひよこか……と男はつぶやいた。どこかの縁日で売られるのだろう。さえずりはトラックが遠ざかった後も、風に乗って耳に届いてきた。少女は切り株の上で爪先立ちをし、じっと農道の先を見つめていた。マーブル模様が小さな一点になり、とうとう見えなくなってもまだ、背伸びをし、耳を澄ませていた。

　あたりに静けさが戻り、砂埃が晴れ、ようやく少女が切り株から下りた時、不意打ちのように二人の視線が合った。またしても男は訳もなくうろたえ、それを悟られまいとして機械油の染みたぼろ布を握り締めた。相変わらず彼女は黙ったまま、視線を動かす気配は見せなかった。

　あれは、ひよこ？　ひよこよね。ああ、そうだ。ひよこだ。

やっぱりそうなのね。ひよこだったんだわ。

その瞬間、二人の間に、身振りでもない、もちろん言葉でもない、ただ、ひよこ、という名の虹が架かった。得心した様子で少女は、地面の絵を運動靴で消し、スカートの埃を払い、庭を横切っていった。その後ろ姿を見送りながら男は、自分だけに聞こえる小さな音で、自転車のベルを鳴らした。

ある日、夜勤明けの男が帰宅すると、階段の中ほどに少女が座っていた。

おはようと言っても返事が返ってこないのはわかっている。脇をすり抜けて二階へ上がるには、スペースが狭すぎる。お嬢ちゃん、ちょっとすまないがどいてくれるかな、と言って無視されたら、ますます事態はややこしくなる。しかしそもそも、彼女はどうしてこんな所に腰掛けているのか？　もしかして自分を待っていたのではないだろうか。いや、待つ必要がどこにある？　こんな自分に、一体、何の用事がある？

男は自問自答を繰り返した。少女を前にすると、なぜか余計なことを考えすぎてしまった。なのに少女が何も悩んでいないように見えるのが、不公平に思えた。天窓から差し込む朝日が、ちょうど彼女の上に降り注いでいた。未亡人はもう販売所へ出勤したらしく、家の中はしんとしていた。

唐突に少女は、男に向けて掌《てのひら》を差し出した。言葉の前置きがないために、男にとって、彼女のすることはすべてが唐突なのだった。掌には、セミの抜け殻が載っていた。

うん、間違いない。セミの抜け殻だ。よく目を凝らして男は確かめた。ここから何かを読み取る必要があるとすれば、これは難問に違いない。まず、もうセミが鳴く季節になりましたね、という時候の挨拶と考えることができる。子供だって、時候の挨拶くらいはするだろう。あるいは、自慢かもしれない。今年初めてのセミを見つけたのは私だと、自慢しているのだ。もしかすると、自分を驚かせようとしているのではあるまいか？　急に気味の悪いものを見せて、びっくりさせて、大人をからか

7 箱庭　ここは、心理療法の一つ。土砂を入れた浅い箱とさまざまな模型を用意し、それらを自由に配置させることで治療をめざす。　**8 乾布摩擦**　肌を直接乾いたタオルなどでこする健康法。　**9 鍼**　細長い金属の針を体表に当てたり、刺したりすることで症状の改善をはかる中国の伝統医術。　**10 マーブル**　大理石。［英語］marble

問2「少女の背景」とは具体的にはどのようなことか。

問3「ただ、ひよこ、という名の虹が架かった」とはどのようなことを表しているか。

おうという魂胆だ。ならばもう手遅れではないか。自分はちっともびっくりなどしなかった。

改めてよく見れば、少女の手は本当に小さかった。男が知っている、どんなものよりも小さかった。掌は、セミの抜け殻一個で一杯になるほどの面積しかなく、指はどれも、これで役に立つのかと心配になる大きさで、爪にいたっては、老眼の目にとって無いも同然だった。にもかかわらず、ちゃんと大人と同じ形を持ち、関節も動き、指紋も手相もあることが、不思議だった。

◆

その手の様子から、セミの抜け殻が単なる挨拶や脅かしでないことが、男にもだんだんわかってきた。抜け殻の足先一本でも傷つけないようにしようとする緊張が、掌にあふれていたし、息でどこかへ飛んでいかないよう、唇はしっかり閉じられていた。それは彼女にとってとても大事な抜け殻なのだった。

少女はそれを、男の胸元に差し出した。

「私に、くれるのかい？」

少女はうなずいた。男は細心の注意を払って抜け殻をつまみ上げた。あまりにも軽く、間違えて彼女の指をつまんでしまったのかと、錯覚するほどだった。男が礼を口にするより前に、少女は階段を駆け下りていった。

男はセミの抜け殻を窓辺に飾り、しばらくそれを眺めたあと、ベッドにもぐり込んで眠った。

男が窓辺で過ごす時間のなかで一番好きなのは、夜明け前だった。闇が東の縁から順々に溶け出し、空が光の予感に染まりはじめる。一つずつ星が消え、月が遠ざかる。世界がこんなにも大胆に変化しようとしているのに、物音は一切しない。すべてが静けさに包まれて移り変わってゆく。

少女を真似《まね》て、男はセミの抜け殻を手に載せた。これは、プレゼント、というものなのだろうか？　夜明け前の静けさに向かって、男は問いかけた。かつて自分が誰かから、何かをプレゼントされたことがあったかどうか、思い出してみようとした。目を閉じ、遠い記憶を呼び覚まそうとしてみた。けれど、何一つ浮かんではこなかった。

だから男には、このセミの抜け殻が本当にプレゼントなのかどうか、正しく判断できなかった。自分がプレゼントだと思い込んでいるだけで、少女の方にはちっともそのつもりがないとしたら大変なので、できるだけ抜け殻のことは考えないようにしているのだが、窓辺に腰掛けると、どうしてもそれを掌に載せてしまうのだった。

いつの間にか星は残らず姿を消し、朝焼けが広がろうとしていた。生まれたばかりのか細い光が、一筋、二筋、果樹園に差し込んでいた。しかし静けさはまだ、夜の名残に守られ、男の◆手の中にあった。抜け殻に朝日が当たるまで、もうしばらくかかりそうだった。

セミの次に少女が持ってきたのは、ヤゴ[11]の抜け殻だった。次がカタツムリの殻、ミノムシ[12]の蓑《みの》、蟹《かに》の甲羅、と続いていった。圧巻はシマヘビ[13]の抜け殻で、直径二センチ、全長は五十センチもあり、それ一つで窓辺のスペースの半分近くを独占した。日に日に窓辺の抜け殻コレクションは充実していった。

少女はそれらを眺め、満足そうな表情を見せた。二人は時折一緒に、窓辺の時間を過ごすようになった。少女はコレクションの前にペタンと座り込み、男はその折々で、手持ち無沙汰に立っていることもあれば、彼女のためにジュースを注《つ》いでやることもあった。

最初のうち男は、こんなにも年の離れた、しかも喋らない人間と、どう間を持たせたらいいのか戸惑ったが、すぐに要領をつかんだ。つまり、抜け殻を眺めていればいいのだ。それで二人には何の不足もなかった。

どの抜け殻にも、眺めれば眺めるほど、新しい発見があった。男がまず驚いたのは、脱皮した殻が実に精巧な作りをしていることだった。セミの腹に刻まれた皺から、頭部の先端に密集する毛まで。ヤゴの透明な眼球から、羽に浮き出す網目模様まで。かつて殻の中に生きていた生物の形を、克明に留《とど》めていた。隅隅まで神経が行き届いていた。どうせ脱ぎ捨てられるものだから、といういい加減なところが微塵《みじん》もなかった。

更には、それほど精巧でありながら、綻《ほころ》びがないのだった。背中に一箇所、ファスナーのような切れ目がある以外、どこも破れたりクシャクシャになったりしていない。シマヘビになると、そっくりそのまま裏返しになっていて、模様が内側に広がっているという手の込みようだった。

人間でもこんなに上手に洋服を脱ぐことは不可能だ、と男は思った。間違いなくこれは、プレゼントに値する驚異だ、と一人で確信を深めたりもした。

しかし男はこうした思いのあれこれを、少女に向かって言葉

11ヤゴ　トンボ類の幼虫の俗称。　**12ミノムシ**　ミノガ科に属するガの幼虫。小枝などをつづり合わせた筒状の巣を作ってすむ。　**13シマヘビ**　ナミヘビ科の爬虫《はちゅう》類。全長は一メートル程度で毒性はない。

問4　「その手の様子」とはどのような「様子」か。

問5　「男の手の中にあった」とはどのような様子を表しているか。

にはしなかった。返事がもらえないからではなく、お互い喋らないでいるほうが平等だ、という気がしたからだ。たとえ喋らなくても、少女のそばにいれば、彼女が抜け殻について自分と同じような発見をしていることが、伝わってきた。

　彼女はそれらを人差し指でつついたり、光にかざしたり、においをかいだりした。ちょっと考え込んだり、口元に微笑を浮かべたりした。少女が動くたび、肩先で三つ編みの結び目も揺れた。全部眺め終わった後は、順番と向きを間違えないよう、男が並べていた通りに元に戻した。

　男は抜け殻と同じように、少女についても次々と発見をした。小ささは手に留まらず、身体《からだ》中のあらゆる部分に及んでいた。鼻も耳も背中も、ただ小さいというだけで、神様が特別丹精を込めた感じがした。髪の毛は甘い香りがした。瞳の黒色はあまりにも深く、それが何かを見るためのものだということを、忘れそうなほどだった。自分も六つの時は、こんなふうだったのだろうかと思うだけで、訳もなく哀《かな》しくなった。

「どこにいるんだい。さあ、ご飯の支度、できたよ。」

　台所で未亡人が、少女を呼んでいた。

　ひよこトラックが二度めに農道を通った時、少女はちょうど男の部屋にいた。ガタガタとしたエンジン音の響きだけで、二人はすぐに何が近づいてきているのかわかった。男は窓を開けた。

　同じように荷台は色とりどりのひよこで埋まっていた。例のさえずりも聞こえてきた。少女は顔を輝かせ、精いっぱい爪先立ちをした。吊りスカートが持ち上がって、パンツが見えるのではないかと、男は気が気ではなかった。しかし少女はそんなことにはお構いなく、少しでもひよこに近づこうとして窓枠から身を乗り出した。彼女が落ちないよう、男はスカートの紐《ひも》を引っ張った。

　ひよこよね。ああ、そうだ、ひよこだ。

　二回めともなれば、目配せの確認も簡潔に済んだ。少女は手すりを握り締め、瞬《まばた》きをするのも惜しいといった様子だった。風景の中で、そのトラックの荷台だけが別格だった。光を浴びる羽毛は花園であり、湧き上がるさえずりは歓喜のコーラス[14]だった。

　けれど男は知っていた。着色されたひよこたちは、長生きできないということを。縁日の人込みの中、[15]ハロゲンライトに照らされながら、彼らは窮屈な箱に押し込められる。乱暴に首をつかまれ、足を引っ張られる。買われた先ではすぐに飽きられ、羽の色もいつしかあせ、糞《ふん》まみれになって衰弱死する。あるいは猫に食べられる。売れ残ったひよこは、箱の片隅で、窒息死している。

少女が何も喋らない子供でよかったと、その時男は初めて思った。もし少女に、

「ひよこたちはどこへ行くの？」

と尋ねられたら、自分はきっと答えに詰まるだろう。本当のことを言うべきか嘘《うそ》をつくべきかわからず、うろたえてしまうだろう。

しかし二人は言葉を発しないのだから、少女の黒い瞳の中では、ひよこはどこへでも行けるのだ。虹を渡った先にある楽園で、かわいい色の羽をパタパタさせながら、いつまでも幸福に暮らすのだ。


新しいコレクションとして少女が選んだのは卵だった。彼女が裁縫箱と卵を持って二階へ上がってきた時、どういうつもりなのか意図がつかめなかった。最初は卵を孵《かえ》してひよこにしたいのかと思った。少女は裁縫箱から針を一本取り出し、それで卵をつつく真似をした。

ははあ、卵に針で穴を開けて、中身を吸い出したいんだな。なるほど。卵の殻も立派な抜け殻だ。

早速男は作業に取り掛かった。これまでのコレクションは全部、少女が一人でどこからか見つけてきたものだった。しかし今回は二人の共同作業だ。自分の働きが大事なポイントとなる。セミやヤゴに負けない立派な抜け殻を完成させなければならない。だから男は張り切っていた。

できるだけ目立たない穴にするため、細心の注意を払って男は卵のお尻に針を突き刺し、そこに唇をあてがった。少女はベッドの縁に腰掛け、じっと成り行きを見つめていた。正直なところ男は生卵があまり好きではなかったのだが、期待に満ちた少女の瞳を前に、嫌そうな表情を見せることなどできるわけがなかった。平気、平気。私に任せておきなさい、という態度を保ち続けた。

やがてぬるぬるとした生臭い粘液が喉に流れ込んできた。唇に触れる殻はひんやりとし、ざらついていた。男は気分が悪くなりそうなのをこらえ、味わう暇を与えない勢いでそれを飲み込み続けた。すぼめた唇と殻の隙間から息が漏れ、奇妙な音がした。

だんだんに男は、縁日で死んだひよこを飲み込んでいるような気持ちになってきた。着色され、ぎゅうぎゅう詰めにされ、

14 コーラス　合唱。［英語］chorus　**15 ハロゲンライト**　ハロゲンガスを封入した白熱電球。

自分は今弔っているのだ。少女に気づかれないよう、そっと花園に埋葬しているのだ。

　男は目を閉じ、最後の一滴まで、すべてを吸い尽くした。少女はベッドの上で足を揺らしながら拍手をした。二人の間に、白い小さな抜け殻が一個、残された。男はそれを窓辺のコレクションに加えた。卵はすぐに他の抜け殻たちとうまくなじんだ。少女の拍手が一段と大きくなった。

　男は相変わらずホテルの玄関に立ち続けた。自転車を四十分走らせ、ロッカーで制服に着替え、回転扉の前に立った。タクシーが着くと、お客の手から荷物を受け取り、「本日、ご宿泊でございますか?」と尋ねた。フロントまで案内しているあいだに、もう次の新しい客が到着していた。男は一日中、ただ玄関の内と外を出たり入ったりしているだけだった。誰も男の顔など見なかったし、名前も覚えなかった。ごくたまに、「ありがとう」と声を掛けてくれる客もあったが、そのたびに男は、礼を言われるような何かを自分はしたのだろうか、という気分になった。

　同僚のドアマンたちは皆、男よりずっと若かった。男より力強く、ハンサムで、制服がよく似合った。食堂やロッカーで一緒になっても、雑談することはなかった。彼らが男に話し掛けてくるのは、勤務のシフト[16]を交代してほしい時だけだった。

　新しい下宿に引っ越してから、一つだけ変わったことがあった。子供連れの客が来ると、つい少女と比べてしまうのだ。この子は少女と同じ歳《とし》くらいだろうか。いや、熊の縫いぐるみなど抱いているところを見ると、少女よりは幼稚だ。あのロビーで走り回っている子。あれはいけない。いくら子供でも分別がなさすぎる。少女ならきっと、背筋をのばし、何十分でも、もちろん静かに、ソファーに座っていられるはずだ。こっちの子はどうだろう。身長も目方もほぼ同じくらいだが、顔は全く似ていない。少女の方がずっとかわいらしい……。こんな具合だった。

　どうして少女が抜け殻を集めるのか、男は不思議に思わなかった。少女には縫いぐるみよりも抜け殻の方がよく似合っている気がした。抜け殻を求め、果樹園や用水路の水辺を探索している彼女の姿を思い浮かべる時、男は涙ぐみそうになって、自分でも慌てることがあった。少女はたった一人で辛抱強く、草むらをかき分け、枝を揺すり、泥を掘り返す。白いソックスが汚れ、三つ編みが解けそうになる。ようやく少女は一個の抜け殻を発見する。ついさっきまで生き物だったのに、今では空っぽの器になり、見捨てられてしまった抜け殻。中には沈黙が詰まっている。少女はそれを救い出し、大事に掌に包み、男の元へ走って届けるのだ。

三度めの時、少女はもう、ひよこトラックについて相当の知識を蓄えていたので、姿が見えるずっと前にエンジン音をキャッチし、階段を駆け下りていった。男も後を追いかけた。少女は切り株に立ち、いつそれがやって来てもいいように、体勢を整えていた。

少女は間違えていなかった。一本道のずっと向こうから、トラックはやって来た。

ほらね。やっぱりね。

少女は得意げな顔をして見せた。

うん、本当だ。

男はうなずいた。

太陽を背に、トラックの荷台は、四隅までわずかの隙間もなくひよこたちの鮮やかな羽に埋め尽くされていた。たとえあと一羽でも、余分に乗せることは無理だろうと思われた。

男の目には、いつもよりトラックのスピードが遅く、ふらついているように映った。荷台が揺れるたび、さえずりは更にトーン[17]を上げ、波のようにうねりながら空の高いところまで響き渡っていった。少女は切り株の上でジャンプしていた。

私たちにひよこを十分見せてやろうとして、わざとゆっくり走っているのだろうか。そう、男が思った時、トラックは二人の前を通り過ぎ、農道を外れ、草むらに入り込み、そのままプラタナス[18]の木にぶつかって横転した。あっ、と声を出す暇もない間の出来事だった。

男は慌ててトラックに駆け寄った。運転手は自力で外へ這《は》い出してきた。額から血が出ていたが意識ははっきりしていた。

「大丈夫か。しっかりしろよ。大家さん、大家さん。すぐに救急車を呼んで。」

男は大声で家の中の未亡人に呼びかけた。それから運転手の首に巻かれていたタオルで傷口を押さえ、もう片方の手で身体をさすった。

ふと、男が視線を上げると、そこはひよこたちでいっぱいだった。視界のすべてをひよこが埋め尽くしていた。突然荷台から放り出された彼らは、興奮し、混乱し、やけを起こしていた。

16 シフト 交替勤務制。また、その勤務時間や予定のこと。［英語］shift **17 トーン** 音の高低。［英語］tone **18 プラタナス** スズカケノキ科スズカケノキ属の落葉高木。大きな葉が特徴的で、街路樹などに多く見られる。

問6 「つい少女と比べてしまう」のはなぜか。

ある群れは意味もなくその場で渦巻きを作り、ある群れは空に逃げようというのか、未熟な羽をばたつかせ、またある群れは身体を寄せ合い、打ち震えていた。

その風景の中に、少女がいた。

「駄目よ。そっちへ行っては。車が来たらはねられてしまう。そう、皆、この木陰に集まって。怖がらなくてもいいのよ。大丈夫。すぐに助けが来るわ。何の心配もいらないの。」

少女は彼らを誘導し、元気づけ、恐怖に立ち竦《すく》んでいるひよこを、胸に抱いて温めた。色とりどりの羽が舞い上がり、少女を包んでいた。

これが彼女からの本当のプレゼントだと、その時男はわかった。少女が聞かせてくれた声。これこそが、自分だけに与えられたかけがえのない贈り物だ、と。

男は何度も繰り返し少女の声を耳によみがえらせた。それはひよこたちのさえずりにかき消されることなく、いつまでも男の胸の中に響いていた。

読解

1 「男」は「少女」以外の人びととどのようなかかわり方をしているか。そのことがうかがえる具体的な描写を本文より抜き出したうえで、まとめなさい。

2 「少女が何も喋らない子供でよかった」（一三九・上2）とあるが、なぜ「男」はそう思ったのか、説明しなさい。

3 「これが彼女からの本当のプレゼントだと、その時男はわかった。」（一四二・下3）とあるが、それはなぜか、「これ」のさす内容を明らかにして、説明しなさい。

恋多き作家たち

恋愛の伝道

小説には今も昔も恋愛がよく描かれる。近代文学の言文一致体のさきがけとなったのは、二葉亭四迷《ふたばていしめい》の訳したツルゲーネフの『あいびき』だったし、彼自身の小説『浮雲』も片思いの物語だった。有名な森鷗外《もりおうがい》のデビュー作『舞姫』は、エリート留学生の異国での苦しい恋の話であるし、明治時代を代表する流行小説は、相思相愛でありながら不幸に引き裂かれた悲恋物語『金色夜叉《こんじきやしゃ》』である。狂おしく身を焼く恋というものを、これらの小説で知り、こんな恋をしてみたいと憧れた読者は少なくなかった。いわば小説は、家族や共同体の力が支配的なこの日本で、個人の自由な恋愛という思想を、伝道し教育しつづけてきたのである。

しかし作家自身もまた、よく恋をした。

国木田独歩と佐々城信子

国木田独歩は二十四歳の時、病院を経営する医師の自宅に招かれ、十七歳の美しい娘佐々城信子《ささきのぶこ》と出会い、まもなく恋に落ちた。夢想家のクリスチャンであった独歩は、北海道で開拓しながら読書と信仰に浸る生活を信子と送りたいと願っていた。二人の交際は母親に反対されたが、信子自身も意志の強い行動的な女性で、母に内緒で独歩に一人で会いに来たり、当時は山林だった武蔵野《むさしの》まで二人で散策に出かけたりしている。そして母親の妨害を押し切り、駆け落ち同然に独歩は結婚を強行した。しかし彼の独善的な満足とは裏腹に、新婚生活は惨めな貧しい暮らしだった。それに耐えかねた信子は、やがて独歩のもとから失踪《しっそう》する。

この独歩の恋の顛末《てんまつ》は、日記『欺かざるの記』に記録されている。一方、失踪後に独歩の子を産んだ信子は、その後も奔放な恋に走り、アメリカへ向う船中で妻子ある船員と恋に落ちて、スキャンダルを巻き起こす。この佐々城信子をモデルに、有島武郎《ありしまたけお》は『或《あ》る女』を書いた。

奔放な女性作家たち

自由な恋愛が成立するために、女性はしばしば親や家庭を捨てても意思を貫く覚悟が必要となる。しかし女性が自立できる職業が昔は少なく、作家はその道の一つだった。たとえば貧しい生い立ちで単身上京してきた林芙美子は、最下層の生活の中で『放浪記』を書いて作家となった。

一九二二年、北海道で主婦をしていた宇野千代《うのちよ》は、懸賞小説に当選するや、夫を置いて上京した。その後は作家活動のかたわら、尾崎士郎《おざきしろう》、東郷青児《とうごうせいじ》、北原武夫《きたはらたけお》と結婚と離婚とを繰り返した。恋多きモダンガールとして知られたそんな彼女に恋をした一人が、梶井基次郎だった。修善寺《しゅぜんじ》で肺結核の療養をしていた梶井のもとに千代が遊びにきた際は、気を引こうとして彼女の目の前で谷川に飛び込んでみせたりした。さらに病が重くなって大阪の実家に帰郷した梶井は、訪ねてきた千代に「僕が死んだら泣いてくれますか」と尋ねたという。後年千代は、梶井の気持ちをうすうす知りながら、その気持ちに応えてあげなかった自分を悔いる文章を残している。

瀬戸内晴美《せとうちはるみ》（寂聴《じゃくちょう》）は大学時代に教師と結婚し、北京《ペキン》で暮らしていたが、夫の教え子と恋に落ち、夫と長女を残して家を出た。作家としてデビューしたのは、その十年後である。

ラブレターの輪

文豪の書いたラブレターとして、芥川龍之介《あくたがわりゅうのすけ》が婚約者に送った手紙が残っている。普段のインテリらしい書き方と違って、「文ちゃん」から始まる率直で心のこもった手紙だ。だがじつは芥川は、恋文というものを、先例を通して学習していたふしがある。十七世紀にヨーロッパで大評判になり、のちにリルケがドイツ語に翻訳した『ポルトガル文』という本があった。ポルトガルの修道尼が、音沙汰のなくなったフランス人の恋人に宛てて、揺れる想いを激情のまま書き綴《つづ》った五通の長い恋文である。芥川はこの英訳本を所持していた。それを借りたのが友人の佐藤春夫《さとうはるお》である。

佐藤はそのころ親友の谷崎潤一郎《たにざきじゅんいちろう》の妻に恋をしていた。谷崎夫婦は折り合いが悪く、夫人の相談相手になって慰めているうちに心が通ってしまったのである。そこで佐藤は猛烈に長い激しい恋文を毎日のように書き送った。その谷崎夫人と、のちに彼は結婚することになり、さらに翻訳『ぽるとがる文』を出版している。

ラブレターも文学作品のように伝播《でんぱ》し、影響を与えていったのである。

モテ男、吉行淳之介

吉行淳之介は病弱だったが、端正な容貌と洗練された立ち居振る舞いで女性によくもてた。お酒の飲み方や麻雀《マージャン》などの遊び方もお洒落《しゃれ》で、同性からも敬愛された。

二十四歳で結婚し娘も生まれたが、芥川賞受賞後の三十三歳のときに、当時人気タレントだった宮城《みやぎ》まり子と出会って恋に落ち、三年後には同棲《どうせい》を始めた。以来、離婚が成立しないまま七十歳で亡くなるまで、三十年以上も事実婚を続けた。

しかし没後に、二人の愛人が相次いで手記を発表している。宮城まり子、そして別居を続けた本妻も吉行を偲《しの》ぶエッセイを発表しているのだが、誰一人悪《あ》しざまに語ることはなく、自分が一番愛されていたと書いている。残された作品には、その恋愛遍歴が随所に描かれている。

第二部

第四章

語りの力

小説はどこかの誰かが、自分か、さもなければどこかの誰かについて、長々と語っている話である。本来ならば、そんな話に興味が持てるはずがない。にもかかわらず、物語に引き込まれ、まんまと語り手の世界に没入してしまうとき、そこには周到な「語りの力」が働いている。語るとは「騙《かた》る」こと、つまり騙《だま》すことでもある。小説とは言葉を駆使した騙しの芸術なのである。しかし人生には、進んで騙される快楽もあるのだ。

簞笥《たんす》

半村《はんむら》 良《りょう》

昼でも薄暗い室内に並ぶ代々使われてきた古い簞笥。そんな簞笥の由来を語るだけでも小説は成り立つ。古い民家の宿で地元の老人から昔話を聞くつもりで耳を傾けてみよう。能登地方の語り口がやがて、底知れぬ恐怖へあなたを運んでいく。

[1]おら長男《あんか》や、無愛想《あいそむない》な男やさかい、宴会《よばれ》ども行ったかて、いつまでもあして黙っとるのやわいね。そやけど、あんたさんのことを嫌がっとのやないげさかい、気にせんといてくだしね。

弟達《おじらっち》ゃみな自衛隊へ行っとるがやて。[2]能登《のと》いうたら、このごろは東京や大阪から、沢山《ようけ》観光客達《らっち》ゃ来るさかいに、なんやいいとこみたいしに思われとるやもしれんけど、本当《ほんま》はなんも取れんところやがいね。海ゃ近《ちこ》うて[3]定置網《おおしき》やある言うたかて、魚獲《と》るのは博奕《ばくち》みたいしなもんやし、夏になればなんも獲れんがになってもうがいね。

ハイ《おいね》。このあたりの家いうたら、昔はみんなこんながやったわいね。漆を沢山《ようけ》使うた板の襖《ふすま》やたら、[4]書院や欄間やたらに手間のかかった……あんたさんら東京の衆《し》には珍しいやろうけど、今はもうこんながも無《の》うなってもうて、ここでは我家《おらうち》と七郎三郎《しっちよさぶろ》だけになってもうたがいね。夜《よさる》は暗いし、電気灯《とぼ》したかてこのとおりやさかい、部屋の数が多いばかりで、葬式でもなけにゃ、わたしらかて三月《みつき》も半年も入らん部屋かてあるわいね。そんなが

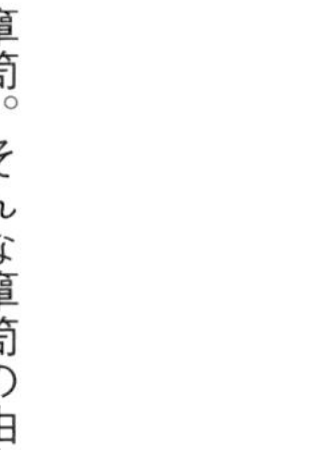

(時事)

半村良

一九三三―二〇〇二年。東京都生まれ。SF的な要素を取り入れた怪奇的な時代小説や市井の人々を描いた人情ものなど、多彩な作品を執筆した。本文は、『能登怪異譚《たん》』(集英社文庫)によった。

1 **おら長男や** うちの長男は。

2 **能登** 石川県北部、能登半島の地域。

3 **定置網** 回遊する魚類などの通路を遮るように敷設・固定する漁網。

4 **書院** 床の間や飾り棚など、居間兼書斎の様式を持つ座敷。

やさかい、◆一人で寝とらしたら、なんやらおそろしゅうなるのも道理やわ。よう寝られんのやったら、御坊《ごぼ》さまみたいしには行かんけど、何や変わった話でもしょうかいね。と言うたかて、おら見たいしな老婆《ばあば》には、随分《とんと》昔の話しかようできんのやけど、これはまあ、変わった話いうたら変わっとるのやわいね。

本当《ほんま》言うたら、我家《おらうち》のことやがいね。おら祖母《ばあば》から聞いたのやさかい、いつの何年てなことはよう知らんけど、そのころこの家に、市助《いちすけ》いう亭主《とうと》がおったそうや。

能登の古民家（時國家《ときくにけ》）

市助亭主《とうと》が、働きざかりの年頃のことやけど、父親《じいじ》も母親《ばあば》もまだ健在《おらし》て、それに女房《かあか》と十六をかしらに三つの男の子《ぼんち》まで、八人の子供達《らち》ゃおったのやと。

昔は、というても、ついこの間までのことやけど、どこの家もそないしてみんな子沢山やったわいね。今はもう子供も沢山《ようけ》作らんと、どないしとるのや知らんけど、やれテレビやたら冷蔵庫やたら持って暮らしとるがやねえ。

そやけど、今のほうがええことはええわいね。昔言うたら、オデキやたら眼病《やんめ》やたら、子供達《らっち》ゃみんなそげなもん病んどったし、齢《とし》とったら、すぐ酷《ひど》うに腰ゃ曲がってもうて、

問1 「一人で寝」ているのは誰か。

きっと市助の父親《じいじ》も母親《ばあば》も、腰が曲がっとったのやと思うわね。

市助は毎朝早《はよ》ぅらと浜へ行って、定置網《おおしき》の舟で沖へ出とったのやと。田んぼや畑の山仕事は、そやさかいみんな嫁の仕事で、年寄《とっしょり》や長男達《あんからち》がそれを手伝《てつと》うて、毎日仲よう暮らしとったそうや。

ところがあるとき、三つになる男児《ぼんち》が面妖《もっしょい》[5]なことになってもうたそうながや。

夜《よさる》、寝間で寝んと、毎晩毎晩こんな箪笥の上へあがって、座《すわ》ったまま夜の明けるまでそうしてるのやといね。

はじめのうち、市助亭主《とうと》はそれを知らずやったのやと。毎晩そないしとったのを知った時は、そやさかいに、もうだいぶ長いことたっとったそうや。

びっくりしてもうてな。女房《かあか》と喧嘩《いさかい》になったそうな。

「汝《われ》やついとって何《な》してそんな奇態《きけい》なことを黙ってさせとるんや。今夜《こんにゃ》からちゃんと寝間へ入れんと殴打《たたつくら》するぞ。」と憤《おこ》ったそうながやけど、またその晩も、女房《かあか》はなんも言わんと男児《ぼんち》が箪笥の上へあがってしまうのを、黙って見とるのやと……。

市助はすっかり腹たててもうてな。男児《ぼんち》を箪笥の上から引きずりおろして打擲《ちょうちゃく》[6]したそうやわいね。

言うとくけど、その男児《ぼんち》も、市助の女房《かあか》も、ほかの子供達《らち》も、みんなおとなしゅうて、市助亭主《とうと》の言うことを素直に聞く者《もん》ばかりやったそうな。

ところが、その男児《ぼんち》が箪笥の上へあがることだけは、みんな気を合わせたように、どないしても構わんと放っておくのやそうな。言うても言うても駄目《だっちゃかん》がやと。

5 面妖な　不思議なこと。奇妙なこと。

6 打擲　拳や棒で打ちたたくこと。なぐること。

市助はあきらめてもうてな。もう少し《ちょっこ》大人になればいい様《が》になるやろ思うて、なんも言わんと勝手にさせておいたんやといね。

ほんで、どのくらいたったあとやろうか。ある時ふと子供達《らち》の寝間を、市助がのぞいたそうなと。例《いま》の男児《ぼんち》がもうそろそろ箪笥の上へあがらんようになった頃や思うたんやろうな。

先に言うたとおり、子供達《らっち》ゃ八人おるのやけど、市助がのぞいたら、なんとその中の五人までが、寝間におらんと、箪笥を幾棹《いくさお》も並べてある別な座敷で、最初の男児《ぼんち》と同じように、その箪笥の上へあがって、こうしてちゃんと膝に手ぇ置いて座っとるのやがいね。

市助がどないにびっくりしたか、わかりますやろ。「汝達《わらっち》ゃなんやてみんなして箪笥の上へあがっとるのやッ。」……怒鳴りあげたそうや。

でも、子供達《らっち》ゃ知らん顔して箪笥の上へ座っとる。気味悪《きびわる》なって、市助は家中のもんを起こしてまわり、その箪笥の間《ま》に集めたそうや。

そやけど、家のもんはみな早《はよ》うに知っとったようで、別に驚かずやったと。なんや、そんなことで起こしたんかいな、言うたもんで、すぐそれぞれの寝間へ戻ってしもうた。

……なぜ箪笥の上へあがるか、いつからあがるようになったのか、亭主《とうと》の市助だけが知らんと、あとは家中の者《もん》がわかっとるのやなあ。

市助は女房《かあか》をかきくどいたそうな。「なんであないしとるか、知っとったら教えてくれ。」言うてな。そやけど、女房《かあか》は少し笑《ちょっこりわろ》うて見せるだけで、そのことになるとなんやようわからん顔で、じっと市助の顔をみつめるのやと。

市助は心配になったそうや。子供達《らち》は病気にかかったのやないかと……ひょっとして、その病気が次々にうつっとるのやったら、ひどいことになる思うてな。

市助の心配は半分ほど当たっとったそうや。箪笥の上で夜を明かしても、別に病気ではのうて、みんな体は達者ながやけど、家の者《もん》に次から次へとうつるのは、心配どおりやったのやといね。

残る三人の子も、やがて夜《よさる》になると箪笥の上へあがり腰の曲がった母親《ばあば》まで、どうやってあがるか知らんけど、ちゃんと高いとこへあがって座るようになってもうた。

市助は家におるのが恐《おとろ》しゅうなったそうや。昼間はみんな今までどおりの家族やけど、夜《よさる》になったさかいには、化けもんみたいしに、口もきかず顔色もかえんと、みんなして箪笥の上へあがってしまうのやさかいな。

恐《おとろ》しゅうて寝られんがになってもうた。◆今のあんたさんと同じこっちゃ。

それでも、ねむらんとおれるもんやなし、いつのまにか、うつらうつらしとると、ある晩のことやけど、遠くで、カタン、カタン、カタン、カタンと、何や聞いたことのあるような音が聞こえてきたそうな。

あの音はなんの音やったかいな……そう思うて耳をすまして聞いとると、カタン、カタン、カタン、カタンという音は、だんだん近うなって来る。そこでふと、となりに寝とるはずの女房《かあか》を起こそうと思うて見ると……。

おらんのや。そのとたん、市助はぞっとしてはね起きてもうたそうや。恐《おとろ》しゅうてたまらんさかい、わざとドタドタ足をふみならして、音のほうへ家の中を走って行くと、父親《じいじ》

問2　「今のあんたさん」と何が「同じ」なのか。

も母親《ばあば》も女房《かあか》も子供達《らち》も、みんなが力を合わせて、浜へ出るこの前の道から、家の中へ古い箪笥を運びこむところやった。

市助は口もきけず、家中の者がその箪笥を奥の間へ運んで行くのを眺めとるだけや。カタン、カタンという音は、[7]箪笥の鐶《かん》が揺れて鳴る音やわいね。

みんなが奥の間へ消えて少《ちよっこ》しすると、そのカタン、カタンもやんで、しいんと静かになってもうた。

市助は恐る恐るのぞきに行ったそうな。

父親《じいじ》に母親《ばあば》に女房《かあか》に八人の子供達《らち》……一人残らず箪笥の上へあがって、膝に手ぇ置いて座っとった。身動きもせんと、目ぇあけて、きちんと座っとるのや。

それからというもの、夜《よさる》に寝間で寝るのは、とうとう市助一人になってもうた。

幾晩市助がそないな家で我慢しとったか、おらも聞いて知らんわいね。とにかくある晩市助は、親類《いつけ》の家で酒飲んでぐでぐでになって、そのまま着のみ着のままで、海ぞいの道をどこまでもどこまでも逃げて行ってしもうたそうながや。

市助はそのあと水夫《かこ》になったそうや。[8]北前船《きたまえぶね》の水夫《かこ》になって、何年も家へ戻らなんだそうや。

そいでも、仕送りだけはちゃんちゃんとしとった言うさかい、律義なは律義なやったんやなあ。

何年かたって、どういうかげんか、市助の乗った北前船が、このあたりへ来るめぐり合わせになってもうたのや。この少し《ちよっこり》先の岬《はな》の沖に錨《いかり》を入れ、夜を明かすことになって、そ

7 箪笥の鐶　箪笥の引き手や四隅の金属製の輪。

8 北前船　日本海沿いに北に向かう海運に用いる船。

りゃ市助かて生まれ育った土地やさかい、懐かしいわいな。夜が更けても、胴[9]の間におらんと、ふなべりにもたれて家のほうを眺めとったわけや。

すると、ギーッ、ギーッと舟をこぐ音がきこえ、かすかに、かすかに、カタン、カタン、カタン、カタン……。

あの箪笥の音や。

市助は金縛りにあったように、身動きもできんやった。

カタン、カタン、カタン、カタン。

舟はやがて市助のいるすぐ下へ来たわいね。見ると、一家そろって舟に乗り、市助を見あげとったそうな。「とうと。とうと……。」みんなして、小さな声で市助を呼ばっとる。

「とうと、帰らしね。帰って来《き》さしね[10]。なんも恐《おとろ》しことないさかいに、帰って来さしね。とうとの箪笥も持って来たさかい、この上に座って帰らし。みんながしとるように、夜《よさる》になったら箪笥の上へ座っとったらいいのや。あがって座れば、どうして家の者《もん》がそうするのか、一遍にわかるこっちゃさかい。一緒にくらそ。水夫《かこ》みたいしなことしとったかて、なんもいいことないやないか。」大勢してそう市助に呼びかけたそうな。

ハイ《おいね》。その晩市助は船をおり、箪笥の上に座って、カタン、カタンとみんなに運ばれて家へ戻ったそうなわね。

面妖《もっしょい》なはなしやろうがいね。

なんで夜《よさる》になると箪笥の上へあがって座っとるのか、おらにはようくわかっとる。そやけど、よう言えんわ。かくしとるのやのうて、言葉ではよう言いきかせられんのや。そや

9 **胴の間** 和船の中央部。

10 **来さしね** 来ませんか。

けど、あんたさんかて一遍ここへこうしてあがって座って見さしま。ようわかるさかい。
簞笥もこない沢山《ようけ》あるし、この家へ泊まるのも何かの縁ですさかいなあ……。

読解

1 文字表記とルビの組み合わせが、どのような効果をあげているか、考えなさい。
2 市助は家族の他の人々とはどのように違ったのか、整理しなさい。
3 「あんたさん」(一四六・2)と何度も呼んでいることが、どのような効果をあげているか、説明しなさい。

どよどよ

小《こ》池《いけ》昌代《まさよ》

何気なく話しはじめた物語が、ひとりでに発展していくことがある。話がどこに向かうのかもわからず、それを知るためにひたすら話し続けることが。その話は、本当はあなた自身をどこか別の世界に連れていこうとしているのかもしれない。

子供が寝る前に、ちょっとしたお話をするのが、このごろ、母と子の習慣になった。既製の絵本を読むのではなく、創作話を語り聞かせる。創作といえば聞こえはよいが、それほどたいしたものを語るわけではない。なんとはなしに思いついた話を、なんとはなしに語っていく。「なんとはなし」とは曖昧な言葉だが、ふわっと生まれてくる物語の気配を、母親の樹子《じゅこ》は捕まえる名手である。もちろん毎回、うまくいくとは限らなくて、多くは辻《つじ》褄《つま》のあわない話になる。親子のあいだで、だからそれは、でたらめの「めちゃ話」と呼ばれている。

部屋を暗くして目をつぶり、添い寝をしながら語り出す。子供は男の子で、秋で五歳になった。

困ったことに、目を閉じるのはもっぱら語り手で、寝なければならない子供のほうは、逆にぱっちり目を開いて聞いている。闇のなかに何かが見えるというように。

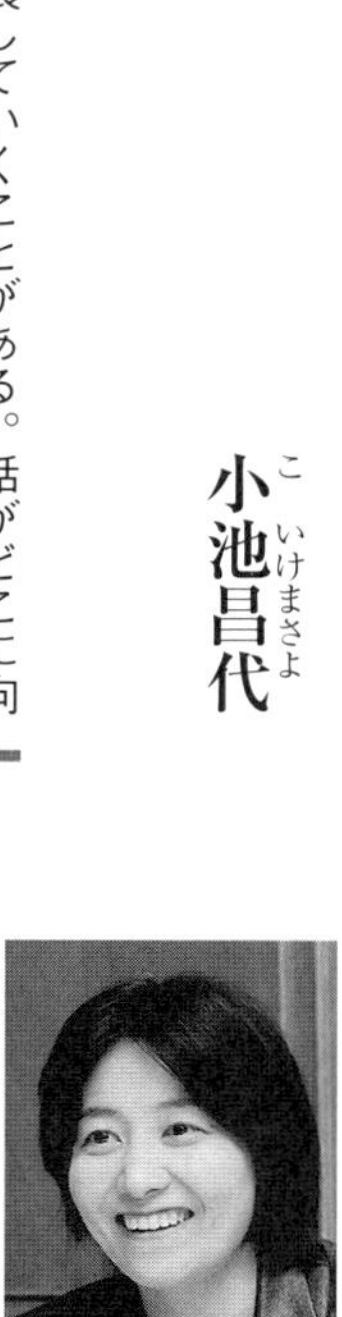

小池昌代

一九五九年―。東京都生まれ。詩集『もっとも官能的な部屋』で高見順賞を受賞。詩や小説のほか、随筆・翻訳など幅広い分野で活躍している。本文は、『黒蜜』(筑摩書房)によった。

語るというのは奇妙な作業である。何もないところから、いきなり語りだす。だが、本当に何もないのか。何もないわけではない。実は何かある。ふわふわと漂う、物語の種が。たとえば、ここに、一人の人間を登場させよう。「次郎」と言う。「次郎は柿が大好きです。」と言う。「あるとき食べた柿は渋い柿でした。」と言う。「食べるなり、ぺっとはきだしてしまいました。」と言う。「次郎」という名前がふっと口をついて出たとき、その瞬間には、まさか次郎が渋い柿をはきだすとは、語り手は思っていない。

それが樹子には不思議である。前へ前へ、進んでいく力。言葉の力だけではない。言葉が一個ずつ連れてくるイメージがあり、そのイメージに言葉を重ねると、その言葉がまた別のイメージを連れてくる。こうして言葉と言葉でないものが、パイのように折り重なりながら、それがエンジンとなって、話が進んでいく。語り手も知らない未知の世界へ。まれに気持ちよく話が進むとき、樹子は自分で感動する。語りながら泣いてしまうこともある。物語は、語る本人を、まず一番に癒やすのかもしれない。

ある晩、樹子は新作を語った。五歳の男の子がヒッチハイク[1]をして、東京の家に戻る話だ。

誰か停《と》まってくださーい。男の子は手をあげ、必死でした。なかなか車は停まってくれません。それでプレートに、「東京まで」と大きく書いて高く掲げました。するとようやく、一台の車がごきぶりのように、すうーっと静かに寄ってきて、男の子の目の前に停まったのです。

問1 何が「不思議」なのか。

1 ヒッチハイク 通りがかりの自動車に乗せてもらいながら、目的地をめざすこと。[英語] hitchhike

「おい、おまえ、東京に行きたいのか、連れてってやるから、さっさと乗れ。」
「ありがとうございますっ。」

ヒッチハイクがなぜ、出てきたか。樹子にもよくわからない。だいたい、そんなこと、今もやっている人がいるのかどうか。樹子には経験がない。やってみたいと思ったこともない。車という個室のなかに、見知らぬ男と長時間二人だけでいる。恐怖以外のなにものでもない。強姦《ごうかん》されても当然の状況と思う。タクシーを止めるとき、安易に片手をあげることにだって、時々、改めて恐怖を覚えるほどだ。

知らない人の車に乗ってどこかへ行く。そのこと自体がおそろしい。タクシーならばお金という代償がある。ただ乗りということはあり得ない。ヒッチハイクが存在し得た、そういう時代が確かにあった。今は何かが根本的に変わった。

危険だよ。子供はまねしないでね。テレビの邪魔なテロップ[2]と同じことを、樹子もどこかで、伝えたくなる。けれど語り手の思惑は、語り自体となじまない。もう物語は始まってしまったのだ。

運転手の物言いは、ひどく乱暴だ。樹子が低い声を出して、男の声音をものまねすると、子供は怖がって、ますます目を輝かせた。

男の子を乗せて車はさっそく走り出しました。そのとき、後ろから、ぴーぽーぴーぽーというパトカーの音が聞こえてきました。すると男が、ちっと舌打ちしました。

2テロップ テレビなどで映像に直接挿入される字幕。［英語］telop

問2 「語り手の思惑は、語り自体となじまない」とはどのようなことか。

「ねえ、ママ、舌打ちってなに。」

「警官に会いたくない、なにか、まずいじじょうが、男の人にあったのね、そういうとき、ちっとか言って、舌を鳴らすのよ……。」


「免許証、見せてください……。」

「免許証、持ってないんです。」

「困りますねえ。」

「うんちがくっついちゃったんで、捨てたんです。」

　ここで子供がげらげら笑う。

「運転手さん、お名前は。」

「横山軍次《よこやまぐんじ》です。」

「よこやまぐんじ〜へんななまえ〜。」


　子供がまた、盛り上がってしまった。寝ない。まったく寝ない。

　物語が、にわかに生彩を放ち出すのは、こうして登場人物たちが、名字と名前を与えられるときだ。名前というのは生々しい。とたんに彼らに命が宿る。樹子はいつも、こうした名前を、準備もなくとっさに考える。どこから降ってきた名前なのか。かつてその名前に出会ったこともないし、知り合いにいるわけではない。これから出会うとも思えないのだが、もしかしたら、どこかで出会っていたのかもしれない。それは銀行で行員が呼んだ名前であったかもしれないし、ニュースのなかでアナウンサーが読み上げた犯人の名前であったかもしれない。病院でたまたま居合わせた患者さん？　むかし習った先生かも。とにかくいま、覚えがなくとも、横山軍次に樹子はどこかですれ違ったかもしれないと思って、ひととき、深遠な気持ちになった。

物語が、こうして一人の登場人物から始まるとすれば、名前ひとつが生まれてくる力こそ、物語をこの世に生み出す力といえる。樹子は自分が息子を産み出したときのことを思いだし、その力の源に、なにかどよどよした塊を思った。あの「どよどよ」こそが、すべてのものをこの世に産み出していくのではないか。

　さて、男の子はこれからどうなるのでしょう。このお話の続きはまたあした。お、し、ま、い。

今晩の「どよどよ」は力が弱い。樹子のほうが眠くなって、話は煮詰まり、発展しなかった。

子供はえーっ、もう終わり、と憤慨した。

「そうよ、もう寝なさい、何時だと思ってるの。また、お話を聞きたいでしょう。だったら、ただちに寝ることね、おやすみなさい。」

子供は観念し、まぶたをドアのように意識的に閉じた。樹子は本物のドアを静かに閉め、あくびをかみ殺しながら、寝室をあとにしたが、自分の口から出た、横山軍次という名前に、どこかでまだ、こだわっていた。何かここには、この名前には、少しだけ過剰なものがある。樹子はその何かを警戒した。軍次がいけないのか。軍事だものなあ。横山がいけ

問3　「過剰なもの」とはどのようなことか。

ないのか。知り合いが何人かいる。

横山軍次、何者なのか。どこから来たのだろう。妻はいるのか。子は。そしていったい、あなたは何をしたの。樹子はそうして作り出してしまった彼に、いろいろ尋ねてみたくなった。

翌日の夜も、子供にせがまれ、樹子はヒッチハイク篇《へん》の第二夜を語り始める。


「どこから来たのか。」と警官が聞きました。

「茨城です。」

「で、どこへ行くんだね。」

「東京です。」

「後ろの座席の男の子は?」

「親戚の子です。」

「ぼうや、いくつ。」

「ご、ご、ご、ご、ごはんじゃなくて、ごさいです!」


ここでも子供がげらげら笑う。おやじギャグ[3]より程度が低い。それでも笑ってくれる。五歳はありがたい。

その後も横山軍次は、後部座席に子供を乗せたまま、第一検問所、第二検問所、第三検問所、第四検問所、第五検問所で、警官にチェックを受ける。

3 おやじギャグ 紋切り型の冗談やだじゃれのことをさす俗語。

そのたびに、免許証は？　と聞かれるのだが、再び、うんちがくっついたから捨てただの、なくしましただの、散々、嘘《うそ》をつきまくる。横山軍次は、自分の身元が割れるのを恐れている。

そしていよいよ、彼のなした罪が、第五検問所の警官の口からあかされる。

「あのねー近所で、強盗殺人事件があったんですよー犯人、逃げてるんで、それで、検問してます。後ろの子供さんは息子さんですかー。」

「いいえ、いや、はい、息子です。」

「ぼうや、いくつ。」

「ごさいです。」

「どこに住んでるの、おとうさんに代わって答えてくれるかな。」

「東京の、よ、よ、よ、よ、よ、よよぎです。」

ぼうやは恐怖のため、よよぎが発音できない。聴いている子供がゲラゲラ笑う。樹子もおかしくて自分で吹き出した。警官は、語尾を長く引き、ばかに世慣れた感じである。世慣れない警官というのも、イメージしにくいが。

「あっ、代々木[4]ね。こっから遠いからねー気をつけて運転してくださいよー。」

横山軍次は、強盗殺人事件を起こしながら、検問をするすると通過した。彼は二人にな

4 代々木　東京都渋谷区の地名。

ると、男の子を脅す。

「おい、おまえ、余計なことを言うなよ。」

「はい。」

「おれの息子っちゅうことにしておくんだ。でないと、家へ送っていかないぞ。」

「は、は、はい、おじさん、もしかして犯人なんですか。」

「うるせーおまえみたいながきに話す必要はねえよ、人を一人、やっちまっただけだよ、なんか、悪いかよー。」

「ひ、ひ、ひ、ひとをころしたんですか。」

「ああ、黙ってろよ。でないと、家へ送っていかねえぞ。」

子供は相変わらず、目を開けたまま、闇を見つめて話を聴いている。樹子は犯人の声音をまねするとき、いつにない解放感を覚えていた。

「はい、ここできょうのお話はおしまい。おやすみね。」

いつもは文句を言い、反抗する子供が、きょうはおとなしく目を閉じた。樹子はほっとして、寝室をあとにする。スモールランプも消してしまうと、寝室はすみずみまで、本物の闇に包まれた。

こんなお話をして子供は怖くないだろうか。人ごろしと車に乗って東京へ行くだなんて。しかし話は樹子の思惑をはずれ、勝手な方角へ走り始めた。どんな事情があったにせよ、ともかく彼、横山軍次は人を殺した。そして東京へ逃げているのだ。それだけは確かなことだ。逃げおおせるとは思えないが、樹子はなんとか逃げてほしいと思う。子供に危害は与えませんように。どうぞ、あの子が無事に代々木に戻れますように。

樹子は物語の未来を祈り、リビングへ降りていった。

階段の途中で足をとめ、ふと、父親のことを考える。樹子が五歳のとき別れて以来、一度も会っていないのである。

なぜ別れたのか。中学生のとき母親に尋ねたが、「ひととしてしてはいけないことをしてしまったからね。」というだけで、その内容については教えてくれなかった。

「ひととしてしてはいけないことをしてしまった。」というのは、樹子に今も呪文のようにとりついている言葉だ。

「ひととしてしてはいけないこと」。それをしてしまったひとは、もう、ひとではないのだろう。ひとでないひとを「ひとでなし」と言う。

「ひと」と「ひとでなし」とはどう違うのか。考えていると樹子は自分が、容易に「ひとでなし」のほうへ傾いてしまうような気がする。こうしてかろうじて、「ひと」と言われている自分がいまだにどこか信じられない。自分はどちらかというと、「ひとでなし」のほうだ。「ひとでなし」には、ぬるま湯のような安心感がある。それが甘えであることを自覚しながら、それでも樹子は、「ひとでなし」のぬるま湯に浸っていたい。そうすればまだ、「ひと」のほうへ戻れる可能性があるから。「ひと」のほうに自分を置いたとたん、不安になって落ち着かない。あとは「ひとでなし」に落ちるだけではないか。樹子が感情移入できるのは、常にやっぱり「ひとでなし」のほうである。

父はその「ひとでなし」だった。父と別れたとき、父の後ろ姿を見たような気がする。

問4 「物語の未来を祈」るとはどのようなことか。

父の太い首を見たような気がする。でも、父は、こっちを振り向いて、樹子の顔を見てくれなかった。父の名前をいまだに知らないように、父の顔も樹子は知らない。父は永遠に背中の人だ。

階段の途中に小さな窓がある。そこから樹子は外を見た。高台にある家なので、眼下に遠く、無数の家の灯《あか》りが見える。

この土地に移ってきたのは、息子がまだ生まれて間もないころだ。都心からは大分離れているが、それでも電車を使えば、一時間で新宿に出られる距離にある。家は広く、庭もあって、こんな一軒家に住めるとは、樹子は今まで考えたこともなかった。本当は、一人で暮らす母を引き取りたいが、夫には言い出せないでいる。夫にも立派な両親がいる。彼らはあまりに立派すぎて、樹子はすこし苦手なのだ。

こんな生活ができるのも、すべては商社に勤める夫のお陰だけれど、その夫は、毎日異常な忙しさで、数時間寝るためだけに家に帰ってくる。土日も家を空けることがあって、樹子とはほとんど会話がない。結婚したことを悔いてはいないが、ほとんど母子で過ごす日常に、樹子は不安と閉塞感を覚えていた。

遠くに見える環状線に、豆粒のような車が切りもなく続いて流れていく。ヘッドライト[5]がとても綺麗《きれい》で、樹子はここで、息子を寝かしつけたあと、ぼんやり、遠くを眺めるのが好きだ。あの車の一台一台に、運転手がいて、どこかへ向かっていく。そのことには、胸をつかれるような哀《かな》しみがあった。なぜ人間は、みな、どこかへ向かっていくのだろう。

ああ、あのなかには横山軍次がいる、強盗殺人を犯した、ひとでなしの横山軍次が。かわいそうなひとよ。

問5 「永遠に背中の人だ」とはどのようなことか。

5 ヘッドライト 自動車などの前面に備え付けられた灯火装置。[英語] headlight

樹子は、自分が作った架空の人物に、深く深く、心を寄せた。そうしておとなしく、後部座席に眠っているはずの、五歳の子供のことを想像した。悪いことをした悪いおじさんと知ってなお、なすすべもなく、いっしょに運ばれていく子供。あれは息子のことだったはずだが、樹子自身でもあるような気がした。

車がどこへ向かっていくにしろ、向かった先に、あたたかい布団と食べ物があるといい。きっとあるわ。幼い自分と父親が、遠くへ運ばれていくような気がして、樹子はいつまでもいつまでも、ヘッドライトの流れを見つめていた。

読解

1 「闇のなかに何かが見える」（一五四・11）とはどのようなことか、説明しなさい。

2 「物語は、語る本人を、まず一番に癒やすのかもしれない。」（一五五・12）とあるが、樹子にとってはどのような癒やしがもたらされたのか、本文全体を踏まえて説明しなさい。

3 「どよどよした塊」（一五八・6）とはどのようなことか、「物語」に関連づけて、説明しなさい。

4 「ぬるま湯のような安心感」（一六二・15）とはどのようなものか、説明しなさい。

5 「そのことには、胸をつかれるような哀しみがあった。」（一六三・17）とはどのようなことか、説明しなさい。

人情噺《ばなし》

「まじめ」を絵に描いたような人物がいる。そんな人の人生はさぞかし退屈でつまらないだろうと思いがちだ。しかし、どんな人間にも隠れた心がある。人と人とは、そんな何層もの人情でつながっているものなのだ。

織《お》田《だ》作《さく》之《の》助《すけ》

年中夜中の三時に起こされた。風呂の釜を焚《た》くのだ。毎日毎日釜を焚いて、もうかれこれ三十年になる。

十八の時、和歌山から大阪へ出て来て、[1]下寺町《したでらまち》の風呂屋へ雇われた。三右衛門《さんえもん》という名が呼びにくいというので、いきなり三平と呼ばれ、[2]下足番をやらされた。女客の下駄《げた》を男客の下駄棚にいれたりして、ずいぶんまごついた。悲しいと思った。が、すぐ馴《な》れて、客のない時の欠伸《あくび》のしかたなどもいかにも下足番らしく板について、やがて二十一になった。

その年の春から、風呂の釜を焚かされることになった。夜中の三時に起こされてびっくりした眼《め》で釜の下を覗《のぞ》いたときは、さすがにずいぶん情けない気持ちになったが、これもすぐ馴れた。あまり日に当たらぬので、顔色が無気力に蒼《あお》ざめて、しょっちゅう赤い目をしていたが、鏡を見ても、べつになんの感慨もなかった。そして十年経《た》った。

まる十三年一つ風呂屋に勤めた勘定だが、べつに苦労し辛抱したわけではない。根気がよいとも自分では思わなかった。うかうかと十三年経ってしまったのだ。

織田作之助　一九一三―四七年。大阪府生まれ。庶民の日常を描き出した作品で知られる。本文は、「織田作之助作品集」第一巻（沖積舎）によった。

1 下寺町　大阪市天王寺区の町名。

2 下足番　建物の入り口などで、脱がれた履物を管理し、見張ること。または、それを仕事とする人。

しかし、三平は知らず主人夫婦はよう勤めてくれると感心した。給金は安かったが、油を売ることもしなかったのだ。欠伸も目立たなかった。鼾《いびき》も小さかった。けれども、べつに三平を目立ってかわいがったわけでもない。

たとえば、晩菜に河豚汁《ふぐじる》をたべるときなど、まず三平に食べさせて見て中毒《あた》らぬとわかってから、ほかの者がたべるという風だった。

これにも三平は不平をいわなかった。

「御馳走《ごっと》さんでした。」

十八のときと少しもかわらぬ恰好《かっこう》でぺこんと頭を下げ、こそこそと自分の膳をもって立つその様子を見ては、さすがにいじらしく、あれで、もう三十一になるのではないかと、主人夫婦は三平の年に思い当たった。

あの年でこれまで悪所通い[3]をしたためしもないのは、あるいは女ぎらいかも知れぬが、しかし国元の両親がなくなったいまは、いわば自分たち夫婦が親代わりだ。だから、たとえ口には出さず、素振りにも見せなくても、年頃という点はのみこんでやらねばならぬ。よしんば嫌いなものにせよ、一応は世話してやらねばかわいそうだと、笑いながら嫁の話を持ち掛けると、

「…………。」

ぷっとふくれた顔をした。◆案の定だと、それきりになった。

三年経った。

三人いる女中のなかで、造作《ぞうさく》[4]のいかつい顔といい、ごつごつした体つきといい、物言い、声音など、まるで男じみて、てんで誰にも相手にされぬ女中がいた。些《いささ》[5]か斜視のせいか、

3 悪所通い　遊里に通うこと。

問1　「案の定」と思ったのはなぜか。

4 造作　顔のつくり。目鼻立ち。

三平を見る眼《め》がどこか違うと、ふと思ったおかみさんが、

「あの娘《こ》三平にどないでっしゃろ。同じ紀州[6]の生まれでっさかい。」

主人に言うと、

「なんぼなんでも……。」

三平がかわいそうだとは、しかし深くも思わなかったから、三平を呼び寄せて、こんどは叱りつけるような調子で、

「貰《もら》ったらどないや。」

三平はちょっと赤くなったが、すぐもとの無気力に蒼い顔色になり、ぺたりと両手を畳の上について、

「俺《うら》の体は旦那はんにまかせてあるんやさけ、旦那はんのいう通りにします。どなえな女《おな》子《ご》でもわが妻《かか》にしちゃります。」

と、まるで泣き出さんばかりだった。

そして、三平と女中は結婚した。

が、婚礼の夜、三平は夜中の三時に起きた。風呂の釜を焚くのだ。花嫁は朝七時に起きた。下足番をするのだ。

三平は朝が早いので、夜十時に寝た。花嫁は夜なかの一時に寝た。[7]仕舞《しまい》風呂にはいって、ちょっと白粉《おしろい》などつけて、女中部屋に戻って、蒲団《ふとん》を敷いて寝た。三平は隣にある三助の部屋で三助たちと一緒に寝ていた。三平の遠慮深い鼾をききながら、彼女は横になった。すぐ寝入った。ひどい歯軋《はぎし》りだった。

その音で三平は眼がさめる。もう三時だ。起きて釜を焚くのだ。四時間経つと花嫁は起

5 斜視　両眼の視線が合わないこと。

6 紀州　紀伊国（現在の和歌山・三重県南部を含む旧国名）の別称。

問2　「叱りつけるような調子」になったのはなぜか。

7 仕舞風呂　終わりになって湯船から抜こうとするときの湯。しまい湯。

きて下足番をした。

三平はしょっちゅう裏の釜の前にいた。花嫁はしょっちゅう表の入口にいた。話し合う機会もなかった。

主人は三平に一戸をもたしてやろうかといったが、三平はきかなかった。

「せめてどこぞ近所で二階借りしイな。」

断った。

月に二度の公休日にも、三平はひとりで湯舟を洗っていた。花嫁が盛装した着物の裾をからげて、湯殿にはいって来て、

「活動[8]へ行こら、連れもて行こら[9]。」

と、すすめたが、

「お主やひとりで行って来やえ。」

そこらじゅうごしごしと、たわしでやっていた。

そして十五年経った。夫婦の間に子供もできなかったが、三平は少し白髪ができた。五十に近かった。男ざかりも過ぎた。

夫婦の仲はけっして睦《むつ》まじいといえなかったが、べつに喧嘩《けんか》もしなかった。三平はもともと口数が少なく、女中もなにか諦めていた。雇人《やといど》たちが一緒に並んで食事のときも、二人はあまり口を利かなかった。女中が三平の茶碗《ちゃわん》に飯を盛ってやる所作も夫婦めいては見えなかった。ひとびとは二人が夫婦であることを忘れることがあった。

しかし、三平があくまで正直一途の実直者だということは、誰も疑わなかった。

ある日、急に大金のいることがあって、三平を銀行へ使いに出した。三平のことだから、

8 活動　「活動写真」の略。映画のこと。

9 連れもて行こら　一緒に行こう、の意。

いいつけられて銀行から引き出した千円の金を胴巻のなかにいれ、ときどき上から押さえて見ながら、立ち小便もせずにまっすぐ飛んでかえるだろうと、待っていたが、夕方になっても帰って来なかった。

今すぐなくては困る金だから、主人も狼狽《ろうばい》し、かつ困ったが、それよりも三平の身の上が案じられた。

まさか持ち逃げするような男とは思えず、自動車にはねとばされたのではなかろうかと、夕刊を見たが、それらしいものも見当たらなかった。六ツの子供がダットサン[10]にはねとばされた記事だけが、眼に止まった。

あるいはどこかの小僧に自転車を打っつけられ、千円の金を巻きつけてある体になんちゅうことをするかと、喧嘩を吹っかけ、あげくは撲《なぐ》って鼻血を出したため交番へひっぱられた……そんな大人気ないことをしたのではないかと、心当たりの交番へさがしにやったが、むなしかった。

銀行へ電話すると、宿直の小使い[11]が出て、要領が得られなかったが、たしかに金はひき出したらしかった。それに違いはなさそうだった。

夜になっても帰らなかった。

探しに出ていた女中は、しょんぼり夜ふけて帰って来た。

「ああ、なんちゅうことをしてくれちゃんなら、えらいことをしてくれたのし。てっきりうちの人は持ち逃げしたに決まっちゃるわ。ああ、あの糞《くそ》たれめが。阿呆《あほ》んだらめが……。」

女中は取り乱して泣いた。主人は、

10 ダットサン　日産自動車で製造された小型自動車のブランドの一つ。当時、国産車の代表的存在であった。

11 小使い　用務員の旧称。

「三平は持ち逃げするような男やあらへん。心配しイな。」

と、慰め、これは半分自分にいいきかせた。

しかし、翌朝になっても三平が帰らないとわかると、主人はもはや三平の持ち逃げを半分信じた。金のこともあったが、しかしあの実直者の三平がそんなことをしでかしたのかと思うのが、いっそう情けなかった。

人は油断のならぬ者だと、来る客ごとに、番台[12]で愚痴り、愚痴った。

昼過ぎになると、やっと三平が帰って来た。そして千円の金と、銀行の通帳と実印を主人に渡したので、主人はびっくりした。ひとびとも顔を赤くして、びっくりした。三平の妻は夫婦になってはじめて、三平の体に取りすがって泣いた。

「なんでこないに遅なってん？」

と、主人がきくと、三平はいきなり、

「俺《うら》に暇下さい[13]。」

といったので、主人はじめ皆いっそうびっくりした。

「なんでそないなことをいうのよう？」

三平の妻は思わず、三平の体から離れた。

三平は眼をぱちくちさせながら、こんな意味のことをいった。

――今後もあることだが、どんな正直者でも、われわれのような身分のものに千円の金を持たせるような使いに出すのは、むごい話だ。

自分はかれこれ三十年ここで使うてもらって、いまは五十近い。もう一生ここを動かぬ覚悟であり、葬式もここから出してもらうつもりでいたが、昨日銀行からの帰りに、ふと

問3 「そんなこと」とは何か。

12 番台 風呂屋などの入り口に設けられた高い台。

13 暇下さい 解雇してください、の意。

魔がさしました。

つくづく考えてみると、自分らは一生貧乏で、千円というような大金を手にしたことがない。この末もこんな大金が手にはいるのはおぼつかない。この金と、銀行の通帳をもって今東京かどこかへ逐電[14]したら一生気楽に暮らせるだろう。

そう思うと、ええもうどうでもなれ、永年の女房も置き逃げだと思い、すぐ梅田[15]《うめだ》の駅へ駆けつけましたが、切符を買おうとする段になって、ふと、主人も自分を実直者だと信じて下すったればこそ、こうやって大事な使いにも出してくれるのだ。その心にそむいては天罰がおそろしい。女房も悲しむだろうと頭に来て、どうにも切符が買えず、帰るなら今のうちだと駅を出て、それでも電車に乗らず歩いて一時間もかかって心斎橋[16]《しんさいばし》まで来ました。

橋の上からぼんやり川を見ていると、とにかくこれだけの金があれば、われわれの身分ではもうほかにのぞむこともないと、また悪い心が出て来ました。

そして梅田の駅へ歩いて引きかえし、切符を買おうか、買うまいか、思案に暮れて、たたずむうちに夜になりました。

結局、思いまどいながら、待合室で一夜を明かし、朝になりました。が、心は決しかね、梅田のあたりうろうろしているうちに、お正午《ひる》のサイレンがきこえました。

腹がにわかに空いて、しょんぼり気がめいり、冥加[17]おそろしい気持ちになり、とぼとぼ帰って来ました……。

「俺《うら》のような悪い者には暇下さい。」

泣きながら三平がいうと、主人はすっかり感心して、むろん暇を出さなかった。

三平の妻は嬉《うれ》しさのあまり、そわそわと三平のまわりをうろついて、傍《そば》を離れなかった。

14 逐電　行方をくらまして逃げること。

15 梅田　大阪市北区の大阪駅付近一帯の地名。

問4　「大事な使い」とは具体的にはどのようなことか。

16 心斎橋　かつて、大阪市の旧長堀川に架けられていた橋。

17 冥加　目に見えぬ神仏の助力。「冥加おそろしい」は、いつ冥加が尽きて天罰が下るかと恐ろしい、の意。

よそ眼にも睦まじく見えたので、はじめて見ることだと、ひとびとは興奮した。が、どちらかというと、三平は鬱々としてその夜はたのしまず、夜中の三時になると、起きて釜を焚いた。女中は七時に起きて下足の番をした。

少しも以前と変わりはなかったから、ひとびとは[18]雀《すずめ》百までだといって、嘆息した。ところが、入浴時間が改正されて、午後二時より風呂をわかすことになった。三平は夜中の三時に起きたが、なんにもすることがないので、退屈した。間もなく、朝七時に起きることにした。妻と一緒に起きることになったのだ。したがって寝る時間も同じだった。

朝七時に起きたが、釜を焚くまでかなり時間があった。妻も下足番をするまでかなり時間があった。ずいぶん退屈した二人は、ときどき話し合うようになった。三平は五十一、妻は四十三であった。

いまでは二人はいつ見てもひそひそと語り合っていた。

開浴の時間が来て、外で待っている客が入口の障子をたたいても、女中はあけなかった。両手ともふさがっているのだ。三平の白髪を抜いてやっているのだ。客はずいぶん待たされるのだった。

18 **雀百まで**　「雀百まで踊りを忘れず」のことわざのこと。幼い時からの習慣は、年老いても抜けきれない、の意。

読解

1　「ひとびとは二人が夫婦であることを忘れることがあった。」（一六八・18）とあるが、それはなぜか、説明しなさい。

2　「すっかり感心して、むろん暇を出さなかった」（一七一・19）とあるが、それはなぜか、説明しなさい。

3　「いまでは二人はいつ見てもひそひそと語り合っていた。」（一七二・11）とあるが、二人の関係が大きく変化したのはなぜか、説明しなさい。

蝿《はえ》

横光《よこみつ》利《り》一《いち》

猫が人間を観察した小説なら誰でも知っている。しかし、蝿が人間を見ている小説は、またとない。人情も道徳も持ち合わせない蝿の目に映った人間たちは、ひょっとしたら最も正確で、ありのままの姿なのかもしれない。

一

真夏の宿場は空虚であった。ただ眼《め》の大きな一匹の蝿だけは、薄暗い厩《うまや》の隅の蜘蛛《くも》の網にひっかかると、後肢《あとあし》で網を跳ねつつしばらくぶらぶらと揺れていた。と、豆のようにぽたりと落ちこった。そうして、馬糞《ばふん》の重みに斜めに突き立っている藁《わら》の端から、裸体にされた馬の背中まではい上がった。

二

馬は一条の枯れ草を奥歯にひっ掛けたまま、猫背の老いた馭者《ぎょしゃ》の姿を捜している。

馭者は宿場の横の饅頭《まんじゅう》屋の店頭で、将棋を三番さして負け通した。

「なに。文句を言うな。もう一番じゃ。」

すると、ひさしをはずれた日の光は、彼の腰から、円い荷物のような猫背の上へ乗りか

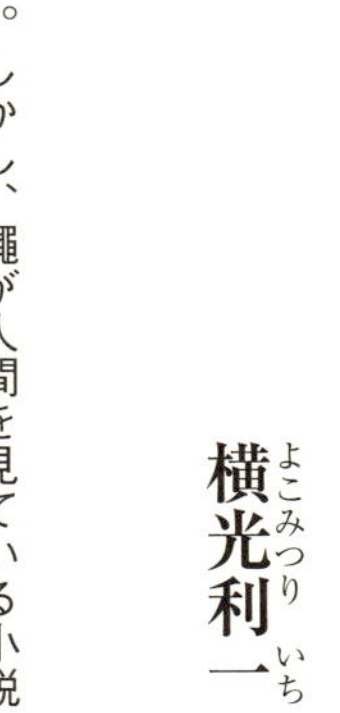

横光利一　一八九八―一九四七年。福島県生まれ。川端康成《かわばたやすなり》らと雑誌「文藝《ぶんげい》時代」を創刊し、斬新な技法実験により、新感覚派と呼ばれる文学表現運動をリードした。本文は、「現代日本文学大系」第五一巻（筑摩書房）によった。

問1　何が「乗りかかってきた」のか。

かってきた。

三

宿場の空虚な場庭へ一人の農婦が駆けつけた。彼女はこの朝早く、街に勤めている息子から危篤の電報を受けとった。それから露に湿った三里[1]の山路を駆け続けた。

「馬車はまだかのう?」

彼女は馭者部屋を覗《のぞ》いて呼んだが返事がない。

「馬車はまだかのう?」

歪《ゆが》んだ畳の上には湯飲みが一つ転がっていて、中から酒色の番茶がひとり静かに流れていた。農婦はうろうろと場庭を回ると、饅頭屋の横からまた呼んだ。

「馬車はまだかのう?」

「さっき出ましたぞ。」

答えたのはその家の主婦である。

「出たかのう。馬車はもう出ましたかのう。いつ出ましたな。もうちと早く来ると良かったのじゃが、もう出ぬじゃろか?」

農婦はせっかちな泣き声でそう言ううちに、はや泣きだした。が、涙も拭かず、往還の中央に突き立っていてから、街の方へすたすたと歩き始めた。

「二番が出るぞ。」

猫背の馭者は将棋盤を見つめたまま、農婦に言った。農婦は歩みを止めると、くるりと

1 里　距離の単位。一里は、約四キロメートル。

問2　「馬車はまだかのう?」の繰り返しには、どのような効果があるか。

向き返ってその淡い眉毛をつり上げた。

「出るかの。すぐ出るかの。せがれが死にかけておるのじゃが、間に合わせておくれかの？」

「桂馬《けいま》と来たな。」

「まアまアうれしや。街までどれほどかかるじゃろ。いつ出しておくれるのう。」

「二番が出るわい。」と馭者はぽんと歩《ふ》を打った。

「出ますかな、街まで三時間もかかりますかいな。三時間はたっぷりかかりますやろ。せがれが死にかけていますのじゃが、間に合わせておくれかのう？」

四

野末のかげろうの中から、[2]種蓮華《たねれんげ》を叩《たた》く音が聞こえてくる。若者と娘は宿場の方へ急いで行った。娘は若者の肩の荷物へ手をかけた。

「持とう。」

「なアに。」

「重たかろうが。」

若者は黙っていかにも軽そうな様子を見せた。が、額から流れる汗は塩辛かった。

「馬車はもう出たかしら。」娘は呟《つぶや》いた。

若者は荷物の下から、眼を細めて太陽を眺めると、

「ちょっと暑うなったな、まだじゃろう。」

2 種蓮華を叩く　レンゲソウのさやを叩いて種を採取すること。レンゲソウは、マメ科の二年草で、かつては田の緑肥として盛んに栽培された。

「誰ぞもう追いかけて来ているね。」

若者は黙っていた。

「お母《かあ》が泣いてるわ。きっと。」

「馬車屋はもうすぐそこじゃ。」

二人は黙ってしまった。牛の鳴き声がした。

「知れたらどうしよう。」と娘は言うとちょっと泣きそうな顔をした。

種蓮華を叩く音だけが、かすかに足音のように迫ってくる。

娘は後ろを向いて見て、それから若者の肩の荷物にまた手をかけた。

「私が持とう。もう肩が治ったえ。」

若者はやはり黙ってどしどし歩き続けた。が、突然、

「知れたらまた逃げるだけじゃ。」と呟いた。

五

宿場の場庭へ、母親に手を引かれた男の子が指をくわえて入って来た。

「お母《か》ア、馬々。」

「ああ、馬々。」男の子は母親から手を振り切ると、厩の方へ駆けてきた。そうして二間[3]ほど離れた場庭の中から馬を見ながら、「こりゃッ、こりゃッ。」と叫んで片足で地を打った。

馬は首をもたげて耳を立てた。男の子は馬のまねをして首を上げたが、耳が動かなかっ

問3 「黙ってしまった」のはなぜか。

3 間 距離の単位。一間は、約一・八メートル。

た。で、ただやたらに馬の前で顔をしかめると、再び「こりゃッ、こりゃッ。」と叫んで地を打った。

馬は桶の手づるに口をひっ掛けながら、またその中へ顔を隠してまぐさを食った。

「お母ア、馬々。」

「ああ、馬々。」

六

「あっと、待てよ。これはせがれの下駄《げた》を買うのを忘れたぞ。あいつはすいかが好きじゃ。すいかを買うと、俺もあいつも好きじゃで両得じゃ。」

田舎紳士は宿場へ着いた。彼は四十三になる。三十三年貧困と戦い続けたかいあって、昨夜ようやく春蚕《はるこ》[4]の仲買で八百円を手に入れた。今彼の胸は未来の画策のために詰まっている。けれども、昨夜銭湯へ行ったとき、八百円の札束を鞄《かばん》に入れて洗い場まで持って入って、笑われた記憶については忘れていた。

農婦は場庭の床几《しょうぎ》[5]から立ち上がると、彼の傍《そば》へよって来た。

「馬車はいつ出るのでござんしょうな。せがれが死にかかっていますので、早く行かんと死に目に会えまいと思いましてな。」

「そりゃいかん。」

「もう出るのでござんしょな。もう出るって、さっき言わしゃったがの。」

「さアて、何しておるやろな。」

4 **春蚕** 春にかえらせて育てる蚕。

5 **床几** 折り畳み式の腰掛け。

若者と娘は場庭の中へ入って来た。農婦はまた二人の傍へ近寄った。

「馬車に乗りなさるのかな。馬車は出ませんぞな。」

「出ませんか？」と若者は訊《き》き返した。

「出ませんの？」と娘は言った。

「もう二時間も待ってますのやが、出ませんぞな。街まで三時間かかりますやろ、もう何時になっていますかな。九時になっていますかな、街へ着くと正午になりますやろか。」

「そりゃ正午や。」と田舎紳士は横から言った。農婦はくるりと彼の方をまた向いて、

「正午になりますかいな。それまでにゃ死にますやろな。正午になりますかいな。」

と言ううちにまた泣き出した。が、すぐ饅頭屋の店頭へ駆けて行った。

「まだかのう。馬車はまだなかなか出ぬじゃろか？」

猫背の馭者は将棋盤を枕にしてあおむきになったまま、すのこを洗っている饅頭屋の主婦の方へ頭を向けた。

「饅頭はまだ蒸さらんかいの？」

七

馬車はいつになったら出るのであろう。宿場に集まった人々の汗は乾いた。しかし、馬車はいつになったら出るのであろう。これは誰も知らない。だが、もし知り得ることのできるものがあったとすれば、それは饅頭屋の竈《かまど》の中で、ようやく膨れ始めた饅頭であった。

なぜかといえば、この宿場の猫背の馭者は、まだその日、誰も手をつけない蒸し立ての饅

頭に初手《しよて》をつけるということが、それほど潔癖から長い月日の間独身で暮らさねばならなかったという、その日その日の、最高の慰めとなっていたのであったから。

八

◆宿場の時計が十時を打った。饅頭屋の竈は湯気を立てて鳴り出した。

ザク、ザク、ザク。猫背の馭者は、まぐさを切った。馬は猫背の横で、水を十分飲みためた。

九

馬は馬車の車体に結ばれた。農婦は真っ先に車体の中へ乗り込むと、街の方を見続けた。

「乗っとくれやア。」と猫背は言った。

五人の乗客は、傾く踏み段に気をつけて農婦の傍へ乗り始めた。

猫背の馭者は、饅頭屋のすのこの上で、綿のように膨らんでいる饅頭を腹掛けの中へ押し込むと、馭者台の上にその背を曲げた。らっぱが鳴った。鞭《むち》が鳴った。

眼の大きなかの一匹の蠅は馬の腰の余肉《あまじし》[6]の匂いの中から飛び立った。そうして車体の屋根の上にとまり直ると、今さきに、ようやく蜘蛛の網からその生命を取り戻した身体《からだ》を休めて、馬車と一緒に揺れて行った。

馬車は炎天の下を走り通した。そうして並木をぬけ、長く続いた小豆畑の横を通り、亜麻畑と桑畑の間を揺れつつ森の中へ割り込むと、緑色の森は、ようやくたまった馬の額の

問4 構成上、この短い章にはどのような効果があるか。

6 余肉 余分な肉。ぜい肉。

汗に映って逆さまに揺らめいた。

十

馬車の中では、田舎紳士の饒舌《じょうぜつ》が、早くも人々を五年以来の知己にした。しかし、男の子はひとり車体の柱を握って、その生き生きとした眼で野の中を見続けた。

「お母ア、梨々。」

「ああ、梨々。」

馭者台では鞭が動き止まった。農婦は田舎紳士の帯の鎖に眼をつけた。

「もう幾時ですかいな。十二時は過ぎましたかいな。街へ着くと正午過ぎになりますやろな。」

馭者台でらっぱが鳴らなくなった。そうして、腹掛けの饅頭を、今やことごとく胃の腑《ふ》の中へ落とし込んでしまった馭者は、いっそう猫背を張らせて居眠りだした。◆その居眠りは、馬車の上から、かの眼の大きい蠅が押し黙った数段の梨畑を眺め、真夏の太陽の光を受けて真っ赤に栄えた赤土の断崖を仰ぎ、突然に現れた激流を見下ろして、そうして、馬車が高い崖路《がけみち》の高低でかたかたときしみ出す音を聞いてまだ続いた。しかし、乗客の中で、その馭者の居眠りを知っていた者は、僅かにただ蠅一匹であるらしかった。蠅は車体の屋根の上から、馭者の垂れ下がった半白[7]の頭に飛び移り、それから、ぬれた馬の背中に留まって汗をなめた。

馬車は崖の頂上へさしかかった。馬は前方に現れた眼隠しの中の路に従って柔順に曲が

問5 この文の主語と述語の関係は、どのようになっているか。

7 半白 白髪混じりの頭髪。

り始めた。しかし、そのとき、彼は自分の胴と、車体の幅とを考えることができなかった。一つの車輪が路から外れた。突然、馬は車体に引かれて突き立った。瞬間、蠅は飛び上がった。と、車体と一緒に崖の下へ墜落してゆく放埒《ほうらつ》な馬の腹が眼についた。そうして、人馬の悲鳴が高く発せられると、河原の上では、圧《お》し重なった人と馬と板片との塊が、沈黙したまま動かなかった。が、眼の大きな蠅は、今や完全に休まったその羽根に力をこめて、ただひとり、悠々と青空の中を飛んでいった。

読解

1 「饅頭はまだ蒸さらんかいの?」（一七八・13）と言ったときの「馭者」の心情はどのようなものか、説明しなさい。

2 この作品には、一つの章だけ他の章と違ったところがあるが、それはどの章か、指摘しなさい。また、それはどのような効果をもたらしているか、説明しなさい。

3 題名とも関連して、この作品は、「蠅」の視点を使うことによってどのような効果を上げているか、説明しなさい。

ベストセラーと小説

前代未聞の売れ行き

村上春樹の長編小説『1Q84』全三巻は発売されると、最初の二巻だけで一週間で九六万部を売り上げ、その後、第三巻が加わり、各巻百万部を超えるミリオンセラーになった。さらに海外での翻訳出版・文庫版の売り上げをふくめると、まさに前代未聞という言葉がふさわしい。

夏目《なつめ》漱石《そうせき》は生前、最初の『吾輩《わがはい》は猫である』から遺作の『明暗』まで、二一種類、四三冊の単行本を出している。その存命中の発行部数の合計はおよそ一〇万部ではないかと推測されている。明治末期の日本の人口は四千万人程度である。現在はその三倍の人口がいるから、単純に三倍としても推計三〇万部である。つまり、漱石が生涯かけて出した本の発行部数を、村上春樹は一つの小説で、僅か一週間のうちに凌駕《りょうが》することになった。

作家としてこのことは幸福かどうか。これだけベストセラーになると、次もそうでなければならなくなる。出版社も関係者もみなそのように期待する。作曲家や作詞家、芸能事務所などが総出でつくりあげる音楽と違い、小説はひとりだけの孤独な作業で生み出される。その孤独のなかでマンネリズムに陥らずに、新しい文学を切り開けるか。ベストセラー作家はつねにそうした苦行との闘いに直面する。

文学の市場

ベストセラーは文学の市場では例外である。一般的に文学は売れない。ましてベストセラーが出れば、読者はみんなその本に飛びつき、なかなか新人や中堅の作家の本を手に取ろうとはしない。とりわけ出版不況である。出版社としても、売れる公算の大きい作家の本を出したいし、そうではない作家の本を出すことには消極的になってしまう。

では、それらは面白くないのか。そうではない。情報が伝わっていない分、読者には、その面白さがわからないのである。大量に出ている小説の中で、何が本当に面白いのか。新聞などの書評が重要なのは、そうした本の面白さを読者に伝えてくれる存在だからである。それによって、作品を心から面白いと思う読者がある程度出てくれれば、たとえベストセラーにならなくても、作家は手応えを感じ、物語を紡ぎ続けていくことができるだろう。漱石がそうだったように。

出版社は経営のために売れる本を出したい。しかし、同時に出版社として出したいと思う本も出したい。読者に求められるのは、流行を横目でにらみながら、自分たちの心の飢えに応える小説を見つけるハンターの眼《め》である。それが多様性を持ったとき、文学の市場も真に豊かになる。

第二部

第五章

私らしさを探して

いったい「私らしさ」とは何だろう。他人とは違う「私」だけの「私らしさ」。小説は「私らしさ」を追いかけている人物たちを登場させる。しかし、いつもの暮らし、いつもの生活の中ではそれを見つけることができない。彼、彼女は新しい環境、苦しい現実、孤独な生活に身を置くことで、自分を見極め、自分の心を解き放つ。それでも絶対に確かな「私」があるわけではない。憧れ、迷い、葛藤、絶望、再生……。それを繰り返す中で「私」の輪郭が次第にわかってくる。小説はたえず「私らしさ」を模索していくことこそが重要だと教えてくれる。

裸になって

林《はやし》 芙美子《ふみこ》

詩人をめざして上京した少女は、女工・事務員・女給・露天商など様々な職業につきながら、東京の底辺をさまよった。母も上京してきた。父親は実の父ではない。複雑な家族を背負い、飢えと貧しさに直面しながら、少女は前に向かって突き進む。

(四月×日)

今日は[1]メリヤス屋の安さんの案内で、[2]地割りをしてくれるのだという親分のところへ酒を[3]一升持って行く。

[4]道玄坂《どうげんざか》の漬物屋の路地口にある、土木請負の看板をくぐって、綺麗《きれい》ではないけれど、拭きこんだ格子を開けると、いつも昼間場所割りをしてくれるお爺《じい》さんが、火鉢の傍《そば》で茶を啜《すす》っていた。

「今晩から夜店をしなさるって、昼も夜も出しゃあ、今に[5]銀行《くら》が建ちましょうよ。」

お爺さんは人のいい高笑いをして、私の持って行った一升の酒を気持ちよく受け取ってくれた。

誰も知人のない東京なので、恥ずかしいも糞《くそ》もあったものではない。ピンからキリまである東京だもの。裸になりついでにうんと働いてやりましょう。私はこれよりももっと辛《つら》かった菓子工場の事を思うと、◆こんなことなんか平気だと気持ちが晴れ晴れとしてきた。

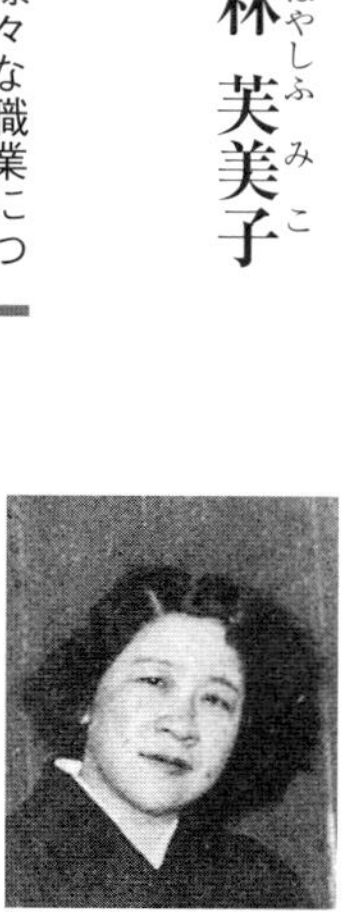

林芙美子

一九〇三―五一年。山口県生まれ。さまざまな職を転々としながら文学を志し、庶民の生活を題材にした作品を多く書いた。本文は、『放浪記』(新潮文庫)によった。

1 メリヤス 糸を布状に編んだもの。伸縮性があり肌着や靴下に適している。当時は肌着類全般もさした。[スペイン語] medias

2 地割り 露天商などの場所割りをすること。

3 升 容積の単位。一升は、約一・八リットル。

4 道玄坂 東京都渋谷区にある坂。

5 銀行 蔵。財物や商品などを保管するための建物。

夜。

私は女の万年筆屋さんと、当てのない門札を書いているお爺さんの間に店を出さしてもらった。蕎麦《そば》屋で借りた雨戸に、私はメリヤスの猿股[6]を並べて「二十銭均一」の札をさげると、万年筆屋さんの電気に透かして、[7]ランデの死を読む。大きく息を吸うともう春の気配が感じられる。この風の中には、遠い遠い思い出があるようだ。◆鋪道《ほどう》は灯の川だ。人の洪水だ。瀬戸物屋の前には、うらぶれた大学生が、計算器を売っていた。「諸君！　何万何千何百何に何千何百何十加えればいくらになる。皆わからんか、よくもこんな馬鹿がそろったものだ。」

たくさんの群集を相手に高飛車に出ている、こんな商売も面白いものだと思う。

お上品な奥様が、猿股を二十分も捻《ひね》っていて、たった一ツ買って行った。お母さんが弁当を持って来てくれる。暖かになると、妙に着物の汚れが目にたってくる。母の着物も、ささくれて来た。木綿を一反[8]買ってあげよう。

「私が少しかわるから、お前は、御飯をお上がり。」

お新香に竹輪《ちくわ》の煮つけが、瀬戸の重ね鉢にはいっていた。鋪道に背中をむけて、茶も湯もない食事をしていると、万年筆屋の姉さんが、

「そこにもある、ここにもあるという品物ではございません。お手に取って御覧下さいまし。」

と大きい声で言っている。

私はふっとしょっぱい涙がこぼれてきた。母はやっと一息ついた今の生活が嬉《うれ》しいのか、

問1　「こんなこと」とはどのようなことか。

6 猿股　腰からももの上部を覆う男性用の下ばき。

7 ランデの死　ロシアの作家、ミハイル・ペトローヴィチ・アルツィバーシェフ（一八七八―一九二七年）の代表作。

問2　「鋪道は灯の川だ。人の洪水だ。」とはどのようなことか。

8 反　反物（和服用の織物）の長さの単位。一反は、約一〇メートルで、およそ成人ひとり分の着物を作ることができる。

小声で時代色のついた昔の唄を歌っていた。九州へ行っている義父さえこれでよくなっていたら、当分はお母さんの唄ではないが、たったかたのただろう。

（四月×日）

水の流れのような、薄いショール[9]を、街を歩く娘さん達《たち》がしている。一つあんなのを欲しいものだ。洋品店の四月の窓飾りは、金と銀と桜の花で目がくらむなり。

空に拡《ひろ》がった桜の枝に
うっすらと血の色が染まると
ほら枝の先から花色の糸がさがって
情熱のくじびき

食えなくてボードビル[10]へ飛び込んで
裸で踊った踊り子があったとしても
それは桜の罪ではない。

ひとすじの情
ふたすじの義理
ランマンと咲いた青空の桜に

9 ショール　女性用の肩掛け。［英語］shawl

10 ボードビル　演劇・歌・踊りなどを組み合わせた大衆的演芸。［フランス語］vaudeville

生きとし生ける
あらゆる女の
裸の唇を
するすると奇妙な糸がたぐって行きます。

貧しい娘さん達は
夜になると
果物のように唇を
大空へ投げるのですってさ

青空を色どる桃色桜は
こうしたカレンな女の
仕方のないくちづけなのですよ
そっぽをむいた唇の跡なのですよ。

ショールを買う金を貯《た》めることを考えたら、なかなか大変なことなので割引の映画を見に行ってしまった。フイルムは鉄路の白バラ[11]、少しも面白くなし。途中雨が降り出したので、小屋から飛び出して店に行った。お母さんは茣蓙《ござ》をまとめていた。いつものように、二人で荷物を背負って駅へ行くと、花見帰りの金魚のようなお嬢さんや、紳士達が、夜の

11 鉄路の白バラ　一九二二年に製作されたフランス映画。監督はアベル・ガンス（一八八九―一九八一年）。

駅にあふれて、あっちにもこっちにも藻のようにただよいなかなか賑《にぎ》やかだ。二人は人を押しわけて電車へ乗った。雨が土砂降りだ。いい気味だ。もっと降れ、もっと降れ、花がみんな散ってしまうといい。暗い窓に頬をよせて外を見ていると、お母さんがしょんぼりと子供のようにフラフラして立っているのが硝子《ガラス》窓に写っている。

電車の中まで意地悪がそろっているものだ。

九州からの音信なし。

(四月×日)

雨にあたって、お母さんが風邪を引いたので一人で夜店を出しに行く。本屋にはインキの新しい本がたくさん店頭に並んでいる。なんとかして買いたいものだと思う。泥濘《ぬかるみ》にて道悪し、道玄坂はアンコを流したような鋪道だ。一日休むと、雨の続いた日が困るので、我慢して店を出すことにする。色のベタベタにじんでいるような街路には、私と護謨《ゴム》靴屋さんの店きりだ。女達が私の顔を見てクスクス笑って通って行く。頬紅がたくさんついているのかしら、それとも髪がおかしいのかしら、私は女達を睨《にら》み返してやった。女ほど同情のないものはない。

いいお天気なのに道が悪い。昼から隣にかもじ[12]屋さんが店を出した。場銭が二銭上がったといってこぼしていた。昼はうどんを二杯たべる。(十六銭也《なり》)学生が、一人で五ツも品物を買っていってくれた。今日は早くしまって芝[13]へ仕入れに行ってこようと思う。帰りに鯛焼《たいやき》を十銭買った。

問3 「アンコを流したような鋪道」とはどのような様子か。

12 かもじ 女性が髪を結う際に添え加える髪。

13 芝 現在の東京都港区の地名。または、当時の東京市芝区のこと。

「安さんがお前、電車にしかれて、あぶないちゅうが……。」

帰ると、母は寝床の中からこう言った。私は荷物を背負ったまま呆然《ぼうぜん》としてしまった。昼過ぎ、安さんの家の者が知らせに来たのだと、母は書きつけた病院のあて名の紙をさがしていた。

夜、芝の安さんの家へ行く。若いおかみさんが、眼《め》を泣き腫らして病院から帰って来たところだった。少しばかりできあがっている品物をもらってお金を置いて帰る。世の中は、よくもよくもこんなにひびだらけになっているものだと思う。昨日まで、元気にミシンのペタルを押していた安さん夫婦を思い出すなり。春だというのに、桜が咲いたというのに、私は電車の窓に凭《もた》れて、赤坂のお濠《ほり》の灯火をいつまでも眺めていた。


(四月×日)

父より長い音信が来る。長雨で、飢えにひとしい生活をしているという。花壺《はなつぼ》へ貯めていた十四円の金を、お母さんが皆送ってくれというので為替にして急いで送った。明日は明日の風が吹くだろう。安さんが死んでから、あんなに軽便な猿股もできなくなってしまった。もう疲れきった私達は、何もかもがメンドくさくなってしまっている。

十四円九州へ送った。

「わし達ゃ三畳でよかけん、六畳は誰ぞに貸さんかい。」

かしま[14]、かしま、かしま、私はとても嬉しくなって、子供のように紙にかしまと書き散

問4 「ひびだらけ」とはどのようなことか。

14 かしま 貸し間。料金を取って人に貸す部屋のこと。

らすと、鳴子坂《なるこざか》[15]の通りへそれを張りに出て行った。寝ても覚めても、結局は死んでしまいたい事に話が落ちるけれど、なにくそ！　たまには米の五升も買いたいものだと笑う。お母さんは近所の洗い張りでもしようかと言うし、私は女給[16]と芸者[17]の広告がこのごろめについて仕方がない。縁側に腰をかけて日向《ひなた》ぼっこをしていると、黒い土の上から、モヤモヤとかげろうがのぼっている。もうじき五月だ。私の生まれた五月だ。歪《ゆが》んだガラス戸に洗った小切れをベタベタ張っていたお母さんは、フッと思い出したように言った。

「来年はお前の運勢はよかぞな、今年はお前もお父さんも八方塞がりだからね……。」

明日から、この八方塞がりはどうしてゆくつもりか！　運勢もへちまもあったものじゃない。次から次から悪運のつながりではありませんかお母さん！

腰巻も買いたし。

（五月×日）

家のかしまはあまり汚い家なので誰もまだ借りに来ない。お母さんは八百屋が貸してくれたと言って大きなキャベツを買ってきた。キャベツを見るとフクフクと湯気の立つ豚カツでもかぶりつきたいと思う。がらんとした部屋の中で、寝ころんで天井を見ていると、鼠《ねずみ》のように、小さくなって、いろんなものを食い破って歩いたらユカイだろうと思った。夜、風呂屋で母が聞いてきたと言って、派出婦[18]にでもなったらどんなものかと相談していた。それもいいかもしれないけれど、根が野性の私である。金持ちの家風にペコペコ頭をさげる事は、腹を切るより切ない事だ。母の侘《わび》し気な顔を見ていたら、涙がむしょうにあ

15 鳴子坂　東京都新宿区の新宿駅からほど近い、青梅街道にある坂。成子坂。

16 女給　明治時代から第二次世界大戦前までのカフェー、バーなどで客の接待をした女性。

17 芸者　料亭・旅館などの酒席において接待をしたり、歌や踊りなどで座を盛り上げたりする女性。

18 派出婦　臨時に出張して一般家庭の手伝いなどに従事する女性。

ふれてきた。

◆腹がへっても、ひもじゅうないとかぶりを振っている時ではないのだ。明日から、今から飢えていく私達なのである。あああの十四円は九州へとどいたかしら。東京が厭《いや》になった。早くお父さんが金持ちになってくれるといい。九州もいいな、四国もいいな。夜更け、母が鉛筆をなめなめお父さんにたよりを書いているのを見て、誰かこんな体でも買ってくれるような人はないかと思ったりした。

（五月×日）

朝起きたらもう下駄《げた》が洗ってあった。

いとしいお母さん！　[19]大久保百人町《おおくぼひゃくにんちょう》の派出婦会に行ってみる。中年の女の人が二人、店の間で縫いものをしていた。人がたりなかったのであろうか、そこの主人は、添書のようなものと地図を私にくれた。行く先の私の仕事は、薬学生の助手だということである。

――◆道を歩いている時が、私は一番愉《たの》しい。五月の埃《ほこり》をあびて、新宿の陸橋をわたって、[20]市電に乗ると、街の風景が、まことに天下タイヘイにござ候と旗をたてているように見えた。この街を見ていると苦しい事件なんか何もないようだ。買いたいものが何でもぶらさがっている。私は[21]桃割れの髪をかしげて電車のガラス窓で直した。[22]本村町《ほんむらちょう》で降りると、邸《やしき》町《まち》になった路地の奥にそのうちがあった。

「ごめんください！」

大きな家だな、こんな大きい家の助手になれるかしら……、戸口で私は何度かかえろう

問5　「腹がへっても、ひもじゅうないとかぶりを振っている時ではない」とはどのようなことか。

19 大久保百人町　東京都新宿区の地名。

問6　「道を歩いている時が、私は一番愉しい。」のはなぜか。

20 市電　当時の東京市が管理していた路面電車。一九四三年から東京都の所管となり、現在は一部を除いて廃止されている。

21 桃割れ　若い女性の日本髪の髪型の一つ。後頭部で髪を二つにまとめ、まげを桃のような形に結ったもの。

22 本村町　東京都新宿区にある市谷《いちがや》本村町。

と思いながらぼんやり立っていた。

「貴女《あなた》、派出婦さん！　派出婦会から、さっき出たって電話がかかってきたのに、おそいので坊ちゃん怒ってらっしゃるわ。」

私が通されたのは、洋風なせまい応接室だった。壁には、色褪《あ》せたミレー[23]の晩鐘の口絵[24]が張ってあった。面白くもない部屋だ。腰掛けはえたいが知れないほどブクブクして柔らかである。

「お待たせしました。」

何でもこのひとの父親は日本橋[25]で薬屋をしているとかで、私の仕事は薬見本の整理でわけのない仕事だそうだ。

「でもそのうち、僕の仕事が忙しくなると清書してもらいたいのですがね、それに一週間ほどしたら、三浦三崎[26]の方へ研究に行くんですが、来てくれますか。」

この男は二十四、五くらいかとも思う。私は若い男の年がちっともわからないので、じっと背の高いその人の顔を見ていた。

「いっそ派出婦のほうを止《よ》して、毎日来ませんか。」

私も、派出婦のようないかにも品物みたいな感じのするところよりそのほうがいいと思ったので、一カ月三十五円で約束をしてしまった。紅茶と、洋菓子が出たけれど、まるで、日曜の教会に行ったような少女の日を思い出させた。

「君はいくつですか？」

「二十一です。」

23　**ミレー**　Jean-François Millet　一八一四—七五年。フランスの画家。「晩鐘」は、一八五七年頃の作品。
24　**口絵**　雑誌の巻頭に載せる絵や写真。
25　**日本橋**　東京都中央区の地名。または当時の東京市日本橋区のこと。
26　**三浦三崎**　神奈川県三浦半島先端にある漁港。

「もう肩上げ[27]をおろした方がいいな。」

私は顔が熱くなっていた。三十五円毎月つづくといいと思う。だがこれもまた信じられはしない。――家へ帰ると、母は、岡山の祖母がキトクだという電報を手にしていた。私にも母にも縁のないお祖母《ばあ》さんだけれどたった一人の義父の母だったし、田舎でさなだ帯[28]の工場に通っているこのお祖母さんが、キトクだということはかわいそうだった。どんなにしても行かなくてはならないと思う。九州の父へは、四、五日前に金を送ったばかりだし、今日行ったところへ金を借りに行くのも厚かましいし、私は母と一緒に、四月もためているのに家主のところへ相談に行ってみた。十円かりて来る。たくさん利子をつけて返そうと思う。残りの御飯を弁当にして風呂敷に包んだ。――一人旅の夜汽車は侘しいものだ。まして年をとっているし、ささくれた身なりのままで、父の国へやりたくないけれど、二人とも絶体絶命のどんづまりゆえ、だまって汽車に乗るより仕方がない。岡山まで切符を買ってやる。薄い灯の下に、下関《しものせき》[29]行きの急行列車がたくさんの見送り人を呑《の》みこんでいた。

「四、五日内には、前借りをしますから、そしたら、送りますよ。しっかりして行っていらっしゃい。しょぼしょぼしたら馬鹿ですよ。」

母は子供のように涙をこぼしていた。

「馬鹿ね、汽車賃は、どんな事をしても送りますから、安心してお祖母さんのお世話をしていらっしゃい。」

汽車が出てしまうと、何でもなかった事が急に悲しく切なくなって、目がぐるぐるまい

27 肩上げ　子どもの着物の肩から袖の部分を縫い上げてあるもの。「肩上げをおろす」とは、特に女性が成人することをさす。

28 さなだ帯　太い木綿糸で平織りに織られた帯。

29 下関　山口県南西端の市。本州の最西端に位置する。

そうだった。省線[30]をやめて東京駅の前の広場へ出て行った。長い事クリームを顔へ塗らないので、顔の皮膚がヒリヒリしている。涙がまるで馬鹿のように流れている。信ずる者よ来れ主のみもと……遠くで救世軍[31]の楽隊が聞こえていた。何が信ずるものでござんすかだ。自分の事が信じられなくてたとえイエス[32]であろうと、お釈迦[33]《しゃか》さまであろうと、貧しい者は信ずるヨユウなんかないのだ。宗教なんて何だろう！　食う事にも困らないものだから、あの人達は街にジンタ[34]まで流している。信ずる者よ来れか……。あんな陰気な歌なんかまっぴらだ。まだ気のきいた春の唄があるなり。いっそ、銀座あたりの美しい街で、こなごなに血へどを吐いて、華族さんの自動車にでもしかれてしまいたいと思う。いとしいお母さん、今、貴女は戸塚《とつか》、藤沢《ふじさわ》あたりですか、三等車の隅っこで何を考えていますか。どの辺を通っていますか……。三十五円が続くといいな。お濠《ほり》には、帝劇[35]の灯がキラキラしていた。

私は汽車の走っている線路のけしきを空想していた。何もかも何もかもあたりはじっとしている。天下タイヘイでござ候だ。

30 省線　「省線電車」の略。当時鉄道省の管理下にあった電車とその路線のこと。
31 救世軍　キリスト教の一派。軍隊的な組織をもち、伝道と社会事業を行う。
32 イエス　イエス・キリスト。キリスト教の開祖。
33 釈迦　ゴータマ・シッダールタのこと。仏教の開祖。
34 ジンタ　明治・大正時代に、客寄せや宣伝のために演奏された大衆的な楽曲とその楽隊の俗称。
35 帝劇　「帝国劇場」の略。東京都千代田区にある日本初の本格的洋式劇場。

読解

1　「裸になりついでにうんと働いてやりましょう。」（一八四・11）と表現される「私」の暮らしぶりはどのようなものか、具体的に説明しなさい。
2　「私」は「母」に対してどのような思いを抱いているか、具体的な表現に注意して、説明しなさい。
3　「汽車の走っている線路のけしきを空想していた」（一九四・11）とあるが、「線路のけしき」は何を物語っているか、説明しなさい。

四月のある晴れた朝に１００パーセントの女の子に出会うことについて

村上春樹《むらかみはるき》

パーフェクトな恋愛相手がきっといると思って、人生の大事なタイミングを逃してしまった。もう取り返しはつかない。それなのにいつかどこかでやり直すことができる。男の子はいくつになってもそんな夢を見ている。

四月のある晴れた朝、原宿[1]の裏通りで僕は◆１００パーセントの女の子とすれ違う。

正直言ってそれほど綺麗《きれい》な女の子ではない。目立つところがあるわけでもない。素敵な服を着ているわけでもない。髪の後ろの方にはしつこい寝癖がついたままだし、歳だってもう若くはない。もう三十に近いはずだ。厳密にいえば女の子とも呼べないだろう。しかしそれにもかかわらず、50メートルも先から僕にはちゃんとわかっていた。彼女は僕にとっての１００パーセントの女の子なのだ。彼女の姿を目にした瞬間から僕の胸は地鳴りのように震え、口の中は砂漠みたいにカラカラに乾いてしまう。

あるいはあなたには好みの女の子のタイプというのがあるかもしれない。たとえば足首の細い女の子がいいだとか、やはり目の大きい女の子だなとか、絶対に指の綺麗な女の子だとか、よくわからないけれどゆっくり時間をかけて食事をする女の子にひかれるとか、

村上春樹

一九四九年— 。京都府生まれ。若い読者の強い支持を受けて多くの話題作を発表してきた。海外においても、さまざまな賞を受賞するなど、高く評価されている。本文は、『村上春樹全作品 1979～1989 ⑤ 短篇集Ⅱ』（講談社）によった。

1 原宿 東京都渋谷区の原宿駅周辺の通称。若者の集まる商業地区として発展した。

問1 ここでの「１００パーセント」とはどのような意味か。

そんな感じだ。僕にだってもちろんそんな好みはある。レストランで食事をしながら、隣のテーブルに座った女の子の鼻の形に見とれたりすることもある。

しかし100パーセントの女の子をタイプファイ[2]することなんて誰にもできない。彼女の鼻がどんな格好をしていたかなんて、僕には絶対に思い出せない。いや、鼻があったのかどうかさえうまく思い出せない。僕が今思い出せるのは、彼女はたいして美人じゃなかったということだけである。なんだか不思議なものだ。

「昨日100パーセントの女の子と道ですれ違ったんだ。」と僕は誰かに言う。

「ふうん。」と彼は答える。「美人だったのかい？」

「いや、そんなわけじゃないんだ。」

「じゃあ好みのタイプだったんだな。」

「それが思い出せないんだ。目がどんな形をしていたかとか、胸が大きいか小さいかとか、まるで何も覚えていないんだよ。」

「変なものだな。」

「変なものだよ。」

「それで。」と彼は退屈そうに言った。「何かしたのかい、声をかけるとか、あとをついていくとかさ。」

「何もしない。」と僕は言った。「ただすれ違っただけさ。」

彼女は東から西へ、僕は西から東に向けて歩いていた。とても気持ちの良い四月の朝だ。

たとえ三十分でもいいから彼女と話をしてみたいと僕は思う。彼女の身の上を聞いてみ

2 タイプファイ　特徴づけること。［英語］typify

問2　なぜ「不思議」なのか。

たいし、僕の身の上を打ち明けてもみたい。そして何よりも、一九八一年の四月のある晴れた朝に、我々が原宿の裏通りですれ違うに至った運命の経緯のようなものを解き明かしてみたいと思う。きっとそこには平和な時代の古い機械のような温かい秘密が充《み》ちているに違いない。

我々はそんな話をしてからどこかで昼食をとり、ウディー・アレン[3]の映画でも観《み》て、ホテルのバーに寄ってカクテルか何かを飲む。うまくいけば、そのあとで彼女と寝ることになるかもしれない。

可能性が僕の心のドアを叩《たた》く。

僕と彼女のあいだの距離はもう15メートルばかりに近づいている。

さて、僕はいったいどんな風に彼女に話しかければいいのだろう?

「こんにちは。ほんの三十分でいいんだけれど僕と話をしてくれませんか?」

これはあまりにも馬鹿げている。まるで保険の勧誘みたいだ。

「すみません、このあたりに二十四時間営業のクリーニング屋はありますか?」

これも同じくらい馬鹿げている。だいいち僕は洗濯物の袋さえ持ってはいないではないか。誰がそんな科白《せりふ》を信用するだろう?

あるいは僕は正直に切り出した方がいいのかもしれない。「こんにちは。あなたは僕にとって100パーセントの女の子なんですよ。」

いや駄目だ、彼女はおそらくそんな台詞《せりふ》を信じてはくれないだろう。それにもし信じてくれたとしても、彼女は僕と話なんかしたくないと思うかもしれない。あなたにとって私

問3 「そこ」は何をさすか。

3 ウディー・アレン Woody Allen 一九三五年―。アメリカの映画監督・俳優。監督作に、「アニー・ホール」などがある。

が100パーセントの女の子だとしても、私にとってあなたは100パーセントの男じゃないのよ、申し訳ないけれど、と彼女は言うかもしれない。それは十分ありうることなのだ。そしてそういう事態に陥ったとしたら、きっと僕はどうしようもなく混乱してしまうに違いない。僕はそのショックから二度と立ち直れないかもしれない。僕はもう三十二で、結局のところ年をとるというのはそういうことなのだ。

花屋の店先で、僕は彼女とすれ違う。温かい小さな空気の塊が僕の肌に触れる。アスファルトの舗道には水が撒《ま》かれていて、あたりにはバラの花の匂いがする。僕は彼女に声をかけることもできない。彼女は白いセーターを着て、まだ切手の貼られていない白い角封筒を右手に持っている。彼女は誰かに手紙を書いたのだ。彼女はひどく眠そうな目をしていたから、あるいは一晩かけてそれを書き上げたのかもしれない。そしてその角封筒の中には彼女についての秘密の全てが収まっているのかもしれない。

何歩か歩いてから振り返った時、彼女の姿はもう既に人混みの中に消えていた。

＊

もちろん今では、その時彼女に向かってどんな風に話しかけるべきであったのか、僕にはちゃんとわかっている。しかし何にしてもあまりに長い科白だから、きっとうまくはしゃべれなかったに違いない。◆このように、僕が思いつくことはいつも実用的ではないのだ。

とにかくその科白は「昔々」で始まり、「悲しい話だと思いませんか。」で終わる。

＊

昔々、あるところに少年と少女がいた。少年は十八歳で、少女は十六歳だった。たいし

問4 「このように」とはどのようなことか。

てハンサムな少年でもないし、たいして綺麗な少女でもない。どこにでもいる孤独で平凡な少年と少女だ。でも彼らは、この世の中のどこかには１００パーセント自分にぴったりの少女と少年がいるに違いないと固く信じている。そう、彼らは奇跡を信じていたのだ。そして奇跡はちゃんと起こったのだ。

　ある日二人は街角でばったりとめぐり会うことになる。

「驚いたな、僕はずっと君を捜していたんだよ。信じてくれないかもしれないけれど、君は僕にとって１００パーセントの女の子なんだよ。」と少年は少女に言う。

　少女は少年に言う。「あなたこそ私にとって１００パーセントの男の子なのよ。何から何まで私の想像していたとおり。まるで夢みたいだわ。」

　二人は公園のベンチに座り、互いの手を取り、いつまでも飽きることなく語りつづける。二人はもう孤独ではない。彼らは１００パーセント相手を求め、１００パーセント相手から求められている。１００パーセント相手を求め、１００パーセント相手から求められるということは、なんとすばらしいことなのだろう。それはもう宇宙的な奇跡なのだ。

　しかし二人の心をわずかな、ほんのわずかな◆疑念が横切る。こんなに簡単に夢が実現してしまって良いのだろうか、と。

　会話がふと途切れた時、少年がこう言う。

「ねえ、もう一度だけ試してみよう。もし僕たち二人が本当に１００パーセントの恋人同士だったとしたら、いつか必ずどこかでまためぐり会えるに違いない。そしてこの次にめぐり会った時に、やはりお互いが１００パーセントだったなら、そこですぐに結婚しよう。

問5　「疑念が横切」ったのはなぜか。

いいかい？」

「いいわ。」と少女は言った。

そして二人は別れた。西と東に。

しかし本当のことを言えば、試してみる必要なんて何もなかったのだ。そんなことはするべきではなかったのだ。なぜなら彼らは正真正銘の１００パーセントの恋人同士だったのだから。それは奇跡的な出来事だったのだから。でも二人はあまりにも若くて、そんなことは知るべくもなかった。そしておきまりの非情な運命の波が二人を翻弄することになる。

ある年の冬、二人はその年にはやった悪性のインフルエンザにかかり、何週間も生死の境をさまよった末に、昔の記憶をすっかりなくしてしまったのだ。なんということだろう、彼らが目覚めた時、彼らの頭の中は少年時代のＤ・Ｈ・ロレンス[4]の貯金箱のようにまったくの空っぽになっていたのだ。

しかし二人は賢明で我慢強い少年と少女であったから、努力に努力をかさね、再び新しい知識や感情を身につけ、立派に社会に復帰することができた。ああ神様、彼らは本当にきちんとした人たちだったのだ。彼らはちゃんと地下鉄を乗り換えたり、郵便局で速達を出したりできるようにもなった。そして75パーセントの恋愛や、85パーセントの恋愛を経験したりもした。

そのように少年は三十二歳になり、少女は三十歳になった。時は驚くべき速度で過ぎ去っていった。

4 D・H・ロレンス David Herbert Lawrence 一八八五―一九三〇年。イギリスの小説家・詩人。作品に『チャタレー夫人の恋人』などがある。

そして四月のある晴れた朝、少年はモーニング・サービス[5]のコーヒーを飲むために原宿の裏通りを西から東へと向かい、少女は速達用の切手を買うために同じ通りを東から西へと向かう。二人は通りのまん中ですれ違う。◆失われた記憶の微《かす》かな光が二人の心を一瞬照らし出す。彼らの胸は震える。そして彼らは知る。

彼女は僕にとっての100パーセントの女の子なんだ。

彼は私にとっての100パーセントの男の子だわ。

しかし彼らの記憶の光はあまりにも弱く、彼らのことばはもう十四年前ほど澄んではいない。二人はそのままことばもなくすれ違い、そのまま人混みの中へと消えてしまう。永遠に。

悲しい話だと思いませんか。

*

そうなんだ、僕は彼女にそんな風に切り出してみるべきだったのだ。

5 モーニング・サービス　午前中、喫茶店などで軽食や飲料を安く提供すること。［和製英語］

問6　「失われた記憶の微かな光」とはどのようなことか。

読解

1　「100パーセントの女の子をタイプファイすることなんて誰にもできない」（一九六・3）とあるが、それはなぜか、説明しなさい。

2　「彼女」の様子や裏通りの「朝」の光景から、「僕」のどのような心情が読み取れるか、説明しなさい。

3　「僕」が考えた「科白」の内容を踏まえて、「僕は彼女にそんな風に切り出してみるべきだったのだ」（二〇一・11）という一文に込められた「僕」の心情を説明しなさい。

濠端《ほりばた》の住まい

志賀《しが》直哉《なおや》

都会の喧騒《けんそう》から離れ、独りで暮らしたい。上流階級の家に生まれた作者は創作に専念すべく、地方で孤独な生活を始める。猫と鶏の一家と人間との葛藤を見た作者は、生き物の生と死、自分との関係を思い、無慈悲という言葉を思い浮かべる。

一夏《ひとなつ》、山陰松江《まつえ》[1]に暮らしたことがある。町はずれの濠に臨んだささやかな家で、独り住まいには申し分なかった。庭から石段ですぐ濠になっている。対岸は城[2]の裏の森で、大きな木が幹を傾け、水の上に低く枝を延ばしている。水は浅く、真菰《まこも》[3]が生え、寂《さ》びた具合、濠というより古い池の趣があった。鳰鳥《におどり》[4]が始終真菰の間を啼《な》きながら行き来した。

私はここでできるだけ簡素な暮らしをした。人と人と人との交渉で疲れきった都会の生活から来ると、大変心が安まった。虫と鳥と魚と水と草と空と、それから最後に人間との交渉ある暮らしだった。

夜おそく帰ってくる。入り口の電灯に家守《やもり》[5]が幾匹かたかっている。この通りでは私のうちだけが軒灯をつけている。で、近所の家守が集まってくる。私はいつも首筋に不安を感じ、急いでその下をくぐる。それは虫でも、ありがたくないほうの交渉だが、その他、私がもしも電灯をつけ忘れてでもいれば、いろいろな虫が座敷の中に集まっていた。蛾《が》や甲《かぶと》虫《むし》[6]や火取り虫が電灯の周りに渦巻いている。それをねらう殿様蛙《とのさまがえる》が幾匹となく畳の上にう

志賀直哉
一八八三―一九七一年。宮城県生まれ。雑誌「白樺《しらかば》」を創刊し、対象を的確に捉える簡潔な文体で注目される。本文は「志賀直哉全集」第三巻（岩波書店）によった。

1 **松江** 島根県松江市。
2 **城** 松江城。江戸時代初めに築かれ、京極《きょうごく》氏・松平《まつだいら》氏の居城となった。
3 **真菰** イネ科の多年草。水辺に群生し、高さ二メートルに達する。
4 **鳰鳥** カイツブリ科の水鳥でカイツブリの異名。小魚・エビなどを捕食し、マコモ・ヨシなどで浮き巣を作る。水上をかけるように飛翔する種もある。

ずくまっている。それらは私の足音に驚いて、濠のほうへ逃げていくが、柱にとまった木[7]の葉蛙はできるだけ体をねじまげ、金色の目をクリクリ動かしながら私という不意な闖入《ちんにゅう》者《しゃ》をにらみつけている。実際私は虫の住み家を驚かした闖入者に違いなかった。

私はひととおり虫を追い出し、この座敷を自身のものに取り返す。そして、書きものを始める。明け方、疲れきって床へ入る。濠では静かな夜明けを我がもの顔に鯉《こい》や鮒《ふな》が騒いでいる。ちょうど産卵期で、岸でそれらは盛んに跳ね騒いだ。私は水音を聞きながら眠りに落ちていく。

十時。私はもう暑くて寝ていられない。起きると庭つづきの隣のかみさんが私のために火種を持ってくる。[8]七厘《しちりん》はいつも庭先の酸桃《すもも》の木の下に出しっぱなしにしてある。かみさんは勝手に台所から炭を持ってきて、それで火をおこし、薬缶《やかん》をかけて帰っていく。私は床をあげ、井戸端で顔を洗い、身体《からだ》をふいてから食事の支度にかかる。パンとバタと――バタはこの県の種畜牧場でできる上等なのがあった――紅茶と生の胡瓜《きゅうり》と、時にラディシ[9]の酢漬けができている。

前に私は[10]尾道《おのみち》に独り住まいをして、その時は初めて自家《うち》を離れた寂しさから、なるべく居心地よく暮らすために、日常道具を十二分に調えた。しかし実際はそれらを少しも使わなかった経験から、今度はできるだけ簡素にと心掛けた。

食器はパンと紅茶に要るもの以外何もなかった。もし客でもあると、[11]瀬戸ひきの金盥《かなだらい》で牛肉のすき焼きをした。別にきたないとは感じなかった。かえってそれを再び洗面器として使う時のほうがきたなかった。一つバケツで着物を洗い、食器を洗った。馬鈴薯《じゃがいも》を洗面

5 家守　ヤモリ科の爬虫《はちゅう》類。人家や周辺の林などに生息し、夜行性である。壁などに吸い付き、昆虫などを捕食する。

6 火取り虫　ヒトリガなど、夏の夜、灯火に集まってくる虫。

7 木の葉蛙　ここは、アマガエルの異名。

8 七厘　土製のコンロで、煮炊きや炭火をおこしたりするのに用いる。七輪。

9 ラディシ　ラディッシュ。ハツカダイコン。［英語］radish

10 尾道　広島県尾道市。

11 瀬戸ひき　金属製の器具の表面にうわぐすりとなる琺《ほう》瑯《ろう》を焼き付けたもの。琺瑯びき。

器でゆでる時、台所のあげ板[12]を蓋にした。

私が寝ている間に釣り好きの家主がよく鮒や鯉を釣っていった。私のために七、八寸[13]の大きな鮒を鰓《えら》から糸をとおし、犬でもつなぐようにして濠へ放しておいてくれることがある。私はそれを刻んで隣の鶏にやる。

隣は若い大工の夫婦で、しかし本業は暇らしく、副業の養鶏のほうを熱心にやっていた。庭に境がなく、鶏は始終私のほうにも来ていた。鶏の生活を丁寧に見ているとなかなか興味があった。母鶏《おやどり》のいかにも母親らしい様子、雛鶏《ひなどり》の子供らしい無邪気の様子、雄鶏《おんどり》の家長らしい、威厳を持った態度、それらが、いずれもそれらしく、しっくりとその所にはまって、一つの生活を形作っているのが、◆見ていて愉快だった。城の森から飛びたつ鳶《とび》の低く上を舞うような時に、雌鶏《めんどり》、雛鶏などの驚きあわてて、木のかげ、草の中に隠れる時、独り傲然とそれに対抗し、興奮しながらその辺を大股に歩き回っているのは雄鶏だった。

小さい雛たちが母鶏のするとおりに足で地を掻《か》き、一足下がって餌を拾う様子とか、母鶏が砂を浴び出すと、そろってその周りで砂を浴び出す様子なども面白かった。ことに色の冴《さ》えた小さい鳥冠《とさか》と鮮やかな黄色い足とを持った百日雛[14]の臆病で、あわて者で、敏捷《びんしょう》でいかにも生き生きしているのを見るのは興味があった。それは人間の元気な小娘を見るのと少しもかわりがなかった。美しいよりむしろ艶っぽく感ぜられた。

縁にあぐらをかき、食事をしていると、きまって、[15]熊坂長範《くまさかちょうはん》という黒い憎々しい雄鶏が五、六羽の雌鶏を引き連れ、前をうろついた。熊坂は首を延ばし、ある予期をもって片方

12 **あげ板** 床板の一部をくぎづけにしないで、自由に取り外しできる状態にしたもの。床の下に物などを収納する際に蓋として使う。

13 **寸** 長さの単位。一寸は、約三センチメートル。

問1 「見ていて愉快だった」のはなぜか。

14 **百日雛** 生まれて百日ほどたった雛。

15 **熊坂長範** 平安末期の伝説的盗賊。源 義経《みなもとのよしつね》(牛若丸)に討ち取られたとされ、能や歌舞伎の題材となった。

の目で私のほうを見ている。私がパンの切れを投げてやると、熊坂は少しあわてながら、しきりに雌鶏を呼び、それを食わせる。そしてあいまに自身もその一切れを飲み込んで、けろりとしていた。

ある雨風のはげしい日だった。私は戸をたてきった薄暗い家の中で退屈しきっていた。蒸し蒸しとして気分も悪くなる。午後とうとう思いきって、靴をはき、ゴムマントを着、あてもなく吹き降りの戸外《そと》へ出ていった。帰り同じ道を歩くのはいやだったから、私は汽車みちに添うて、次の湯町《ゆまち》[16]という駅まで顔を雨に打たし、がむしゃらに歩いた。雨は骨までとおり、マントの間から湯気がたった。そして私の停滞した気分は血の循環とともにすっかり直った。

道々見た貯水池の睡蓮《すいれん》が非常に美しかった。森にかこまれた濡灰色《ぬればい》[17]の水面に雨に烟《けぶ》ってぼんやりと白い花がぽつぽつ浮かんでいる。吹き降りに見る花としてはこのうえないものに思われた。

湯町から六、七町[18]入った山の峡《はざま》に玉造《たまつくり》[19]という温泉があるが、その時ちょうど、帰るにいい汽車が来たので、私はそのまま引きかえした。

松江の殿町《とのまち》[20]という町の路地の奥に母子《おやこ》二人ぎりでやっている素人下宿がある。私はいつもそのうちで夜の食事をしていた。帰り、そのうちへ寄る。

日が暮れると雨は小降りになった。

しばらくして浴衣と傘と足駄[21]とを借り、私がその家を出たころには風だけでもう雨はやんでいた。昼の蒸し蒸しした気候から急に涼しい気持ちのいい夜になっていた。[22]物産陳列

16 **湯町** 松江市玉湯町の地名。

17 **濡灰色** 水に濡《ぬ》れてしっとりとしたような灰色。

問2 「このうえないものに思われた」のはなぜか。

18 **町** 距離の単位。一町は、約一〇九メートル。

19 **玉造** 松江市玉湯町の温泉。

20 **殿町** 松江市殿町。

21 **足駄** 雨の日などにはく歯の高い下駄。

22 **物産陳列場** 各種の物産を陳列して産業の発達を図るため、明治時代に全国各地に開設された。島根県物産陳列場は、一八八〇年、松江の殿町に設立。

場の白いペンキ塗りの旧式な洋館の上に青白い半かけの月がぼんやり出ていた。切れ切れな淡い雲が一方へ一方へ気ぜわしく飛ばされていく。いいくらいの疲労と満腹とで私は珍しくゆったりした気分になっていた。これから仕事で夜を明かすには惜しい気分だった。気楽な本でも読みながら安楽に眠りたい気分だ。

私は帰ると、床をのべ、横になった。あつらえ向きの読み物もなく、読みかけの翻訳小説に目をさらし、すぐ眠るつもりだったが、さて、毎夜の癖で眠ろうと思うとかえって目が冴え、なかなか寝つかれなかった。

私はその小説をどのくらい読んだろう。その時不意に隣の鶏《とり》小屋でけたたましい鶏の啼き声とともに何か箱の中で暴れる音と、そして大工夫婦が何か怒鳴りながら出てくるのを聞いた。私は枕から首を浮かし、耳を澄ました。[23]鼬《いたち》か猫かがかかったに違いないと思った。物音はすぐやみ、雌鶏のコッコッと鳴く声だけがしていた。夫婦はそこで立ち話をしていたが、それもしばらくして家へ入り、あとはまた元の静かさに返った。まあ、鶏も無事だったのだろう、そう思い、間もなく私も眠りに就いた。

翌日は風もやみ、晴れたいい日になっていた。毎日のことで私が雨戸を繰ると隣のかみさんはすぐ火種を持ってきた。かみさんは私の顔を見るなり、

「[24]夜前《やぜん》とうとう猫に一羽とられました。」と言った。

「……。」

「母鶏ですよ。――なにネ、わが身だけなら逃げられたのだが、雛をかばって殺されたんですよ。」

23 鼬　イタチ科の哺乳《ほにゅう》類。体長は三〇〜四五センチ程度。体毛は赤茶色で、体は細長く、脚が短く、尾は長い。夜行性で、鶏やネズミなどを餌とする。

24 夜前　前日の夜。昨夜。

「かわいそうに……。」

「あすこにいる、あの仲間の親です。」

「猫はどうしました。」

「逃がしました。」

「残念なことをしましたね。」

「そりゃあ、今夜、きっと穽《おとし》[25]にかけて捕りますよ。」

「そううまく行きますか。」

「きっと捕ってみせます。」

雛らは濠のふちの蕗《ふき》の茂みの中にみんなかがんで、不安そうに、首を並べてピヨピヨ啼いていた。私が近づくと雛らはこっちへ顔を向けていたが、中の一羽が立つと一斉にみんな立ち上がって前のめりにできるだけ首を延ばし、逃げていった。

「親なしでも育ちますか。」

「そりゃあ。」

「他の親が世話をしないものですか。」

「しませんねえ。」

実際、孤児らに対し他の母鶏は決して親切ではなかった。孤児らは見境なく、自分たちより、少し前にかえった雛と一緒になって、その母鶏の羽根の下にもぐり込もうとした。母鶏はその度神経質にその頭や尻をつついて追いやった。孤児らは何かに頼りたいふうで、一団となり、不安そうにその辺を見回していた。

25 穽　わな。

殺された母鶏の肉は大工夫婦のその日の菜[26]になった。そしてそのぶつぎりにされた頬の赤い首は、それだけで庭へほうり出されてあった。半開きの目をし、軽く嘴《くちばし》を開いた首は恨みを飲んでいるように見えた。雛らは恐る恐るそれに集まるが、それを自分たちの母鶏の首と思っているようには見えなかった。ある雛は切り口の[27]柘榴《ざくろ》のように開いた肉をついばんだ。首はついばまれる度、砂の上で向きを変えた。私は今晩猫がうまく穽にかかってくれるといいがと思った。

その夜《よ》、おそくとうとう猫は望みどおり穽にかかった。起きてきた大工夫婦は、興奮した調子で何かしゃべりながら、穽に使った箱を上から、なお厳重に藁縄《わらなわ》で縛り上げた。「こうしておけばもう大丈夫だ。あしたはこのまま濠へしずめてやる。」こんなことを言っているのが聞こえた。

大工夫婦は家へ入った。私はそれからも独り書き物をしていたが、箱の中で暴れる猫の声がやかましく、気になった。今宵一夜《こよいひとよ》の命だと思うとかわいそうでもあるが、どうも致し方ないとも思われた。

猫は少し静かにしていると思うと、また急に苛立《いらだ》ち、ぎゃあぎゃあと変な声を出して暴れた。がりがりと箱をかく音がうるさい。しかしそれもとうてい益ないと思うと、今度はみょうみょうといかにも哀れっぽい声で嘆願し始める。猫は根気よくそういう声を続けているが、そのうち私もだんだんそれに引き込まれ、助けられるものなら助けてやりたい気持ちになった。

猫はさんざんそれを続けたうえで、なおそのかいがないと知ると絶望的な野蛮な声を張

26 菜　おかず。

27 柘榴　ザクロ科の落葉高木。球形の果実をつけ、その実は、秋に熟すと外皮が裂けて、淡紅色の汁を含んだ多数の種子をのぞかせる。

問3　「うまく穽にかかってくれるといいがと思った」のはなぜか。

り上げて暴れ出す。それらを交互に根気よく繰り返した末に、結局何もかも思い切ったふうに静かになってしまった。

　私は現在そこに息をしているものが夜明けとともに死物と変えられてしまうことを思うといい気がしなかった。この静かな夜更け、覚めている者といっては私とその猫だけだった。その一つの生命があしたは断たれる運命にあると思うと寂しい気持ちになる。猫が鶏をとるのは仕方がないではないか。ことに浮浪者の猫が、それをねらうのは当たりまえのことだ。さればこそ、鶏を飼う者はそれだけの設備をして飼っている。たまたま、豪雨で、箱の蓋を閉め忘れたために襲われたということは、猫が悪いよりも、忘れた者の落ち度と見るほうが本当なのだ。特別の恩典をもって今度だけは逃がしてやるといいのだ。私は昼間雛らを見ていた時とだいぶ違った気持ちでそんなことを思った。

　しかし、事実はそれに対し、私は何ごともできなかった。指一つ加えられないことのような気がするのだ。こういう場合私はどうすればいいかを知らない。雛もかわいそうだし母鶏もかわいそうだ。そしてそういう不幸を作り出した猫もこう捕らえられてみるとかわいそうでならなくなる。しかも隣の夫婦にすれば、この猫を生かしておけないのはあまりに当然なことなので、私の猫に対する気持ちが実際、事に働きかけていくべくは、そこに些《さ》の余地もないように思われた。私は黙ってそれを見ているより仕方がない。それを私は自分の無慈悲からとは考えなかった。もし無慈悲とすれば神の無慈悲がこういうものであろうと思えた。神でもない人間——自由意思を持った人間が神のように無慈悲にそれを傍観していたという点であるいは非難されれば非難されるのだが、私としてはその成り行き

問4　「だいぶ違った気持ち」になったのはなぜか。

問5　「その成り行き」とは何をさすか。

が不可抗な運命のように感ぜられ、一指を加える気もしなかった。

翌日、私が目覚めた時には猫は既に殺されていた。死骸は埋められ、穽に使った箱は日なたで、もう大概乾かされてあった。

読解

1 「虫と鳥と魚と水と草と空と、それから最後に人間との交渉ある暮らし」（二〇二・6）という表現で表される「私」の生活とはどのようなものか、説明しなさい。

2 「私」は「鶏の生活」（二〇四・6）を見てどのように感じたか、説明しなさい。

3 「私の猫に対する気持ちが実際、事に働きかけていくべくは、そこに些の余地もないように思われた」（二〇九・15）のはなぜか、説明しなさい。

四月の魔女

誰しも思春期には二つの人格が棲《す》みついているようなものだ。極端から極端へくるくる変化し、大胆さと不安とが共存する。でも、もしそれがどこか遠くにいる四月の魔女が入り込んでいるためだとしたら。ファンタジーの名手による、恋に恋した少女のお話。

レイ・ブラッドベリ

小《お》笠原《がさわら》豊樹《とよき》 訳

（AFP＝時事）

レイ・ブラッドベリ　Ray Bradbury　一九二〇－二〇一二年。アメリカ生まれ。幻想文学を織り込んだ独自のSFを確立した。本文は、『太陽の黄金《きん》の林檎《りんご》』（ハヤカワ文庫）によった。

空高く、谷を見おろし、星空の下、河の上、池の上、道路の上を、セシーは飛んだ。春先の風のように姿は見えず、夜明けの野原からたちのぼるクローバーの息吹のようにかぐわしく、セシーは飛んだ。[1]白貂《アーミン》のようにやわらかな鳩《はと》に乗り移って舞い上がり、樹々《きぎ》に乗り移って停止し、花に乗り移って息づき、そよ風が吹けば花びらとなって散った。緑色の蛙《かえる》に乗り移って、きらめく池のかたわら、[2]薄荷《はっか》のように冷たくなった。毛むくじゃらの犬に乗り移り、大声で吠《ほ》え立てては、遠くの納屋の壁にこだまする自分の声をきいた。四月の若草に乗り移り、[3]麝香《じゃこう》の匂いのする大地から甘く澄みきった液体を吸いあげた。

春だわ、とセシーは思った。今晩は世界中の生きとし生けるものに乗り移ろう。

道ばたに生まれたばかりのコオロギに宿ったかと思えば、露の玉に宿って鉄の門《ゲート》を刺す。それは[4]イリノイ州の風のなかを

1 白貂《アーミン》　オコジョ。白く柔らかな冬毛をもつイタチ科の哺乳《ほにゅう》類。またはその毛皮のこと。［英語］ermine　**2 薄荷**　シソ科の多年草。清涼感のある芳香が特徴で、料理などに用いられる。ミント。　**3 麝香**　ジャコウジカの雄の分泌物を乾燥して作る香料。　**4 イリノイ州**　アメリカ合衆国中部の州。平坦な草原地帯が広がり、農業や畜産業で栄えた。

飛ぶ融通無碍《むげ》の精神だった。セシーは十七歳。

「恋をしたい。」と、セシーは言った。

それを夕食のとき言ったのだった。セシーの両親は目を見張り、椅子の上で体をこわばらせた。

「辛抱するんだよ。」それが、両親の意見だった。「あんたがずばぬけていることを忘れないようにね。わたしたち一家は変わっていてずばぬけているのよ。ふつうの人たちと交際したり、結婚したりできないの。そんなことをしたら、わたしたちの魔力はなくなってしまう。魔術で旅をする力をなくしたくはないでしょ？ それだったら、用心することね。くれぐれも気をつけなさい！」

だが二階の寝室に入ると、セシーは喉元に香水をつけ、四本柱の寝台に横たわって、漠たる不安に身をふるわせた。ミルク色の月はイリノイ州の上空に昇り、その光を受けて河はクリームに、道路はプラチナに変貌した。

「そうよ。」と、セシーは溜息《ためいき》をついた。「わたしの家族はみんな変わり者。わたしたちは昼間は眠って、夜になると黒い凧《たこ》のように空を飛ぶ。その気にさえなれば、モグラの体に乗り移って、あたたかい土のなかで一冬をすごすこともできる。わたしだって、どんなもののなかにでも入れる。小石でも、クロッカス[5]の花でも、カマキリでも。わたしのこのやせっぽっちの体を捨てて、心だけ冒険に出かけることもできる。さあ、出かけよう！」

風は一吹きでセシーを野原と牧草地の上に運んだ。

黄昏《たそがれ》の光にいろどられた別荘や農場。そのあたたかい春のともしびを、セシーは見た。

わたしが変わり者でずばぬけていて、それで恋ができないのなら、だれかほかの人の体に宿って恋をするわ、とセシーは思った。

一軒の農家があり、その外の黄昏に包まれて、まだ十八、九と見える髪の黒い少女が、深い石の井戸から水を汲《く》みあげていた。水を汲みながら唄を歌っている。

セシーは一枚の緑色の木の葉になって、井戸に落ちた。やわらかい井戸の苔《こけ》になって横たわり、冷たい暗闇の底から見上げた。次には、すばやく目に見えぬアメーバに宿った。次には、水のしずくへ！ セシーはようやく冷たいコップに入れられて、少女のあたたかいくちびるに近づいた。ごくりと水を飲む音。

セシーは少女の目から外を眺めた。

セシーはまっくらな頭のなかに入り、きらきら光る目の窓から、ざらざらの綱を引っ張る両手を眺めたのである。貝殻のような耳からは、少女の世界の物音がきこえた。デリケートな鼻孔からは世界の匂いが伝わってきた。少女の心臓は悸《う》っていた、悸っていた。奇妙な舌は唄につれて動いていた。

わたしがここにいることを、このひとは知ってるのかしら、とセシーは思った。

少女は息を弾ませた。夜の牧草地をじっと見つめた。

「だあれ、そこにいるのは。」

答えがない。

「風の音よ。」と、セシーが囁《ささや》いた。

「風の音ね。」少女はひとりで笑ったが、身をふるわせた。

すばらしい肉体だった、この少女の肉体は。ほっそりした象牙のような骨に、ほどよく肉がついている。脳髄は暗闇に咲く紅色の[6]庚申薔薇《こうしんばら》のようで、口のなかにはワインとリンゴジュースをまぜたような芳香がただよっていた。くちびるはまっしろな歯を覆い、眉は世界にむかって美しい弓形を描き、美しい髪はミルク色の首筋をなぶっていた。小さく引きしまった毛穴。かわいい鼻。小さな炎のように燃える頰。体ぜんたいは一つの動作から一つの動作へ、羽毛のように軽く飛び移り、いつも歌っているように思われた。この肉体、この頭のなかに住むことは、暖炉の火にあたたまることであり、ゴロゴロ鳴る猫の喉に住むことであり、昼となく夜となく海へ流れるなまあたたかい河水にひたることでもあった。

ここが気に入ったわ、とセシーは思った。

「え？」と、その声がきこえたかのように、少女が問い返した。

「あなたの名前は？」と、セシーはそっと訊《たず》ねた。

「アン・リアリ。」言ってしまってから、少女は息をのんだ。

「どうして自分の名前を言ったりしたのかしら。」

「アン、アン。」とセシーは囁いた。「アン、あなたはこれから恋をするのよ。」

そのことばに応えるように、道路からがたごという音が響いてきた。砂利道を走る馬車の音である。馬車に乗っている背の高い男は、ふとい腕で手綱を高く掲げ、男の微笑は中庭をへだてててもはっきりと認められた。

「アン！」

「あなたなの、トム。」

「きまってるじゃないか。」男は馬車から跳びおりると、手綱を垣根に結びつけた。

「あなたなら、お話なんかしたくないわ。」アンはくるりと回

5 クロッカス　早春に咲くアヤメ科の球根植物。　**6 庚申薔薇**　バラ科の常緑低木。中国を原産とし、紅色の花を咲かせる。

問1　セシーは「これから」どのようなことをしていくのか。

れ右した。手にさげていたバケツから水がこぼれた。

「駄目よ！」と、セシーが叫んだ。

アンは凍りついたようになった。遠くの丘を眺め、春の宵の一番星を眺めた。トムという男を見つめた。セシーに操られて、バケツを地面に置いた。

「ほら、こぼれちゃったじゃないか！」

トムが駆け寄って来た。

「あなたがいけないのよ！」

男は笑いながら少女の靴をハンカチで拭いてやった。

「あっちへ行って！」少女は男の手を蹴とばしたが、男はまた笑った。セシーは離れた所から見おろしていた。男の首筋を、その頭蓋の大きさを、鼻のかたちを、目の光を、肩のたくましさを。ハンカチで優しいしぐさをする力強い両手を。それらのいっさいを、秘密の屋根裏部屋からのぞき見するように、セシーは少女の愛らしい頭から眺めていた。そして目には見えぬ腹話術師の糸を引くと、少女のかわいらしい口がひらいた。「どうもありがとう！」

「おや、なかなかお行儀がいいところもあるんだね。」男の手にしみついた革の匂いや、服にしみついた馬の匂いが、少女の鼻孔に立ちのぼってきた。夜の牧草地や野原をへだてて遠く離れたセシーの肉体が、夢にうなされたようにベッドのなかで動いた。

「だれが行儀よくするもんですか、あなたになんか！」と、アンは言った。

「しっ、もっとおしとやかに話すものよ。」と、セシーは言い、アンの指を、トムの頭の方へ動かした。アンはあわてて指をひっこめた。

「わたし、気が変になったのかしら！」

「ほんとに変な子だな。」男は少し面喰《く》らいながら、うなずいた。「今、ぼくにさわろうとしたんじゃなかったのかい。」

「わからないわ。ああ、もう帰って！」少女の頬が桃色に染まった。

「きみはどうして逃げない？　だれも止めてやしないぜ。」トムは立ちあがった。「気が変わったのかい？　今晩ぼくと一緒にダンスへ行ってくれるかい？　今夜のダンスは特別なんだ。わけはあとで話す。」

「いやよ。」と、アンが言った。

「行くのよ！」と、セシーが叫んだ。「わたしはまだ一度もダンスをしたことがないわ。ダンスをしたい。さらさら衣《きぬ》ずれの音がする長いガウンを着たこともないわ。それを着たい。そして一晩中踊りたい。踊っている娘に乗り移ったら、どんな気持ちがするものか、わたしは知らないのよ。パパとママが今まで許してくれなかったから。犬や、猫や、イナゴや、木の葉や、そのほか大抵のものは知っているけど、春の、こんな夜の、若い娘とはどんなものなのか、わたしはまだ知らないの。ね。お願い——わたしたち、ダンスに行かなきゃいけないのよ！」

　新しい手袋のなかで指をひろげるように、セシーは心の思いをひろげた。

「ええ。」と、アン・リアリは言った。「行くわ。なぜだかわからないけど、今晩はあなたと一緒にダンスへ行くわ。トム。」

「じゃあ、早く、うちにはいって！」と、セシーが叫んだ。「あなたはお風呂に入って、うちの人にわけを話して、ガウンを出して、アイロンをかけるのよ。早く！」

「お母さま。」と、アンは言った。「わたし、やっぱり行くことにしたわ！」

　馬車は砂利道を走り去り、農家の部屋部屋は活気に満ち、浴室の湯はあふれ、石炭ストーブはアイロンをあたため、母親は口にヘアピンをふくんで走りまわった。「いったいどうしたの、アン。あなたはトムが嫌いなんでしょ。」

「それはそうよ。」アンは熱に浮かされたような支度の手をふと休めた。

　でも春ですもの！　とセシーは思った。

「春ですもの。」とアンが言った。

　それに、こんなすてきな夜には、ダンスをしなくちゃあ、とセシーは思った。

「……ダンスをしなくちゃあ。」と、アン・リアリは呟《つぶや》いた。

　それから少女は風呂に入った。クリームのような石鹸《せっけん》は少女のすべすべした肩にまといつき、石鹸の網の目は腋《わき》の下にも張りめぐらされ、あたたかい乳房の肉は少女の両手のなかで動き、セシーは少女のくちびるを動かして微笑をつくり、動作を一刻も休ませまいとした。ためらいや小休止があってはならない。でないと、このパントマイム[7]全体が水泡に帰してしまう！　アン・リアリはいつも動いていなければならない。ここを洗い、あそこに石鹸を塗り、さあ、洗い流して！　タオルで拭いて！　今度は香水をつけて、パウダーをはたいて！

「だれなの！」アンは、鏡をのぞきこみ、ユリかカーネーションのように体中が白とピンクになった自分の姿を見つめた。

「今晩のあなたはいったいだれなの。」

7 パントマイム　ことばを用いず、身振りや表情の変化で表現する演劇。［英語］pantomime

問2「心の思い」とはどのようなものか。

問3「このパントマイム」とはどのようなことか。

「わたしは十七歳の少女よ。」セシーはすみれ色の目から凝視した。「あなたには、わたしが見えないでしょう。知ってるの、わたしがここにいるってこと？」

アン・リアリは頭を振った。「きっと、この体が四月の魔女に占領されてしまったのね。」

「ズバリそのものよ！」と、セシーは笑った。「さあ、ドレスを着て。」

肉づきのいい体の上をすべる晴れ着の感触！　外から「おおい。」と呼びかける声。

「アン、トムが戻って来たわよ！」

「待ってててって言って。」アンはとつぜん腰をおろした。「やっぱりダンスには行かないって言って。」

「え？」と、母親が戸口から振り向いた。

セシーはあわててアンの肉体に戻った。ほんの一瞬でもアンの肉体から離れたのは致命的な失敗だった。月明かりの田舎道を走って来る馬車の音がきこえたとき、ふとトムの頭に乗り移りたくなったのである。こんな夜、二十二歳の若者の頭のなかに宿るのはどんな気持ちだろう。そこで大急ぎで[8]ヒースの野原を横切り始めたのだが、今また、あわてて鳥籠にもどる鳥のようにアン・リアリの頭に舞いもどったのだった。

「アン！」

「帰ってって言って！」セシーは腰を落ち着け、自分の考えをひろげ始めた。

「アン！」

だが今度はアンもすこしばかり強情だった。「いやよ、いやよ、あんな人なんか大嫌い！」

この場所から離れてはいけなかったのね——ほんの一瞬でも。セシーは少女の両手へ、心臓へ、頭脳へ、自分の心をすこしずつ、すこしずつ注ぎこんだ。立ちなさい、とセシーは命じた。

アンは立ちあがった。

コートを着なさい！

アンはコートを着た。

さあ、歩きなさい！

いやよ！　とアン・リアリは思った。

歩きなさい！

「アン。」と、母親が言った。「あんまりトムを待たせちゃ駄目よ。ぐずぐずしないで。すぐいらっしゃい。いったいどうしたの。」

「なんでもないの、お母さま。行ってまいります。帰りはおそくなるわ。」

アンとセシーは春の宵闇のなかへ一緒に走り出した。

羽毛をこすりあわせ、しとやかに踊る鳩たちでいっぱいの部屋。孔雀《くじゃく》たちでいっぱいの部屋。虹色の目や光に満ちあふれた部屋。その中央で、くるくる、くるくる、踊るアン・リアリ。

「ああ、すてきな夜。」と、セシーが言った。

「ああ、すてきな夜。」と、アンが言った。

「きみは変な子だね。」と、トムが言った。

うすくらがりのなか、音楽が、河のような唄が、二人を押し流していた。二人は浮かび、二人は沈み、空気を求めて浮かびあがり、息を弾ませ、溺れる人のようにすがりつき、囁きと溜息にとりかこまれ、『うるわしのオハイオ』[9]の唄声にあわせて、扇のように回転していた。

セシーがメロディをくちずさんだ。アンのくちびるがひとりでにひらき、そこからメロディが出てきた。

「そうよ、わたしは変な子よ。」と、セシーが言った。
◆「いつもと人がちがうようだ。」と、トム。
「そうよ、今晩はね。」

「きみは、ぼくの知っているアン・リアリじゃない。」

「そうよ、ぜんぜん別人よ。」と、遥《はる》かかなたからセシーが囁いた。「そうよぜんぜん別人よ。」と、くちびるがひとりでに動いた。

「どうも奇妙だ。」と、トムが言った。

「何が。」

「きみが。」男は踊りながら少女を腕の長さだけ押しやるようにして、そのほてる顔をじっと見守った。「きみの目だ。」と男は言った。「どうもわからない。」

「わたしが見えないの？」と、セシーが訊ねた。

「きみの一部分はここにいるけれど、ほかの部分はいないんだ。」とトムは不安そうな表情で少女の体をぐるりと一回転させた。

「そうよ。」

「なぜぼくと一緒に来たんだい？」

「来たくなかったわ。」と、アンが言った。

「じゃあ、なぜ。」

「何かのせいよ。」

「何の？」

「わからないわ。」アンの声はすこしヒステリック[10]になっていた。

8 ヒース　ツツジ科のギョリュウモドキ、エリカなどの総称。荒れ地に多く見られる。
9 うるわしのオハイオ　アメリカの民謡の一つ。
10 ヒステリック　ひどく興奮し、神経質になっているさま。［英語］hysteric
問4　「いつもと人がちがうようだ。」と感じたのはなぜか。

「だめよ、だめよ、もっと静かな声を出しなさい。」と、セシーが囁いた。「そう、そう、さあ、踊って。」

音楽につき動かされ、回転させられながら、暗い部屋のなかで二人は囁きあっていた。

「それでも踊りに来たじゃないか。」と、トム。

「来たわよ。」と、セシー。

「あっちへ行こう。」男は少女を軽々とみちびいて、ひらいたドアから外へ出た。ホールと音楽と人々のざわめきが遠ざかった。

二人は馬車に乗りこみ、並んで座った。

「アン。」と、男は言いながら、ふるえる手で少女の手を握った。「アン。」だがそれが少女の名前ではないような男の口調だった。男は少女の蒼《あお》ざめた顔をのぞきこんでいた。少女の目は大きく見ひらかれていた。「ぼくは昔からきみを愛していた。気がついていただろうね。」

「ええ。」

「でも、きみは前から気まぐれだったから、ぼくは傷つけられたくはなかった。」

「いいじゃないの、わたしたちは若いんですもの。」と、アンが言った。

「いいえ、それはウソよ。ごめんなさいって言うつもりだったの。」と、セシーが言った。

「どっちが本心なんだ。」トムは少女の手を離し、体をこわばらせた。

夜はあたたかく、二人の周囲には大地の匂いが立ちのぼり、かぐわしい樹々はふるえながら葉をすりあわせ、呼吸していた。

「わからないわ。」とアンが言った。

「ああ、わたしはわかってるわ。」と、セシーが言った。「あなたは背が高くて、世界一の美男子よ。今夜はすてきな夜。あなたのそばですごした夜は、一生涯忘れられないの。」セシーはアンの冷たい手を差しのべて、男の手を握り、それをあたため、それを固く握りしめた。

「でも。」と、トムはまばたきした。「今晩だって、きみはくるくる変わるじゃないか。ここかと思えばまたあそこだ。実を言うとね、今晩ダンスに誘ったのは、ただの昔のよしみというか、それだけの気持ちだったんだ。初め行こうと言ったときはそれ以上の気持ちは何もなかった。そのあと、井戸のそばに立っていたとき、何かが変わったような気がした。きみという人ががらりと変わった。何か新鮮で、やわらかい感じで、何か……。」男はことばを探った。「なんて言ったらいいかなぁ。きみの様子も変わった。声も。それで、ぼくはきみにまたあらためて恋をしちゃったんだ。」

「ちがう。」と、セシーは言った。「わたしによ、わたしによ。」

「きみに恋するのはこわい。」と、トムは言った。「また傷つけられそうな気がするから。」

「傷つけるかもしれないわ。」と、アンが言った。

いいえ、いいえ、あなたを心の底から愛するわ、とセシーは思った。アン、そう言いなさい、わたしの代わりにそう言って。心の底から愛するって言って。

アンは黙っていた。

トムはそっと近寄り、片手をのばして少女の顎を支えた。

「ぼくは遠くへ行くんだよ。百マイル[11]も離れたところで就職するんだ。ぼくがいなくなったら淋《さび》しい？」

「淋しいわ。」と、アンとセシーが言った。

「じゃあ、お別れのキスをしてもいい？」

「ええ。」と、セシーがすばやく言った。

少女のふしぎなくちびるに、男はくちびるを重ねた。ふしぎなくちびるにキスしながら男はふるえた。

アンは白い彫像のように動かなかった。

「アン！」と、セシーが言った。「手を動かしなさい。この人を抱くのよ！」

月明かりのなか、少女は木彫りの人形のように動かなかった。

男はもう一度キスした。

「あなたを愛してるわ。」と、セシーは囁いた。「わたしはここにいるのよ。あなたが見つめているのは、わたしなの。アンがあなたを愛さなくても、わたしは愛してるわ。」

男は少女から離れ、長い距離を走って来た人のように腰をおろした。「どうしたわけなんだろう。ぼくにはわからない。たった今、なんだか……。」

「なあに。」と、セシーが訊ねた。

「たったいま、なんだか、どうも――。」男は目をこすった。「なんでもないんだ。じゃあ、そろそろ、家まで送ってあげようか。」

「お願い。」と、アン・リアリが言った。

男は馬に声をかけ、疲れたように手綱を鳴らし、馬車は走り出した。春の夜の十一時、月光を浴びた馬車はかろやかに走り、光りかがやく牧草地や、甘やかなクローバーの野原は滑るように移り動いた。

そしてセシーは、牧草地や野原を眺めながら思った。どうなってもいいわ、何をなくしてもいいわ、この人と一緒にいられ

11 マイル　距離の単位。一マイルは、約一・六キロメートル。

るのなら。そう思うと、かすかに両親の声がきこえた。

「気をつけなさい。魔力をなくしたくはないでしょ？　ふつうの人間と結婚するつもり？　用心することね。あんたがそんなことをするはずはないわ。」

　そうよ、そうよ、とセシーは思った。今すぐこの人と一緒になれるのなら、それだってあきらめてもいい。春の夜、方々を飛びまわれなくなっても、鳥や犬や猫や狐《きつね》に乗り移れなくなっても、この人と一緒にさえいれば、そんなことはどうでもいい。この人だけ。この人だけ。

　道路は囁きながら馬車の下を走った。

「トム。」と、アンが沈黙を破った。

「なんだい。」男は冷たく道路を、馬を、樹木を、空を、星を見つめた。

「あなたが、もしも、いつか、いつでも構わないんだけど、イリノイ州のグリーンタウンというところに行くことがあったら、お願いしたいことがあるんだけど。」

「どんなこと。」

「その町でね、もしご迷惑でなかったら、わたしの友達に会っていただきたいのよ。」と、アン・リアリは、ためらいがちに、途切れ途切れに言った。

「どうして。」

「その人はね、わたしの親友なの。いつかお話ししなかったかしら。その友達の住所を教えるわ。ちょっと待って。」馬車が農場に着くと、少女は、小さなバッグから鉛筆と紙を取り出し、紙を膝に押しつけて、月明かりの中で書いた。「はい、これ。読めるかしら。」

　男は紙片を眺め、当惑した顔でうなずいた。

「セシー・エリオット、イリノイ州グリーンタウン市ウィロウ街十二番地。」と、男は読みあげた。

「その人を、いつか訪ねてくださる？」と、アンが言った。

「いつかね。」と、男は言った。

「約束してくださる？」

「でも、ぼくらのことと何の関係があるんだ？」と、男は乱暴に叫んだ。「こんな名前や住所なんか。」そして紙片をくしゃくしゃにまるめ、コートのポケットに押しこんだ。

「ああ、お願い、約束して！」と、セシーは哀願した。

「……約束……。」と、アンが言った。

「わかった、わかったよ、じゃあ、もう帰らせてくれ！」と、男は叫んだ。

　疲れたわ、とセシーは思った。もうこれ以上ここにはいられない。うちに帰らなくては。体が弱ってきた。こんなふうに夜出て歩くことは、数時間つづける力しか、わたしは持っていない。でも、帰る前に……。

「……帰る前に。」と、アンが言った。

そしてトムのくちびるにキスした。

「わたしよ、あなたにキスしているのは。」と、セシーが言った。

トムは少女の体を離し、その目をじっとのぞきこんだ。ことばはなかったが男の顔はすこしずつやわらぎ始めた。眉間の皺《しわ》は消え、口元の険がなくなり、男の目は月明かりに照らされた少女の顔を、しげしげと見つめていた。

やがて男は、少女を馬車から下ろし、おやすみとも言わずに、馬車を走らせ、道路のかなたに走り去った。

セシーは少女の体から離れた。

アン・リアリは、囚《とら》われの身をとき放たれたように、わっと泣き出し、月明かりの道を駆け出して家に入り、ぴしゃりとドアをしめた。

セシーは、しばらくのあいだ、戸外をさまよった。コオロギの目に乗り移って、春宵の世界を眺めた。蛙の目に乗り移って、さびしい池の端にしばしたたずんだ。夜の鳥の目に宿って、月に憑《つ》かれた高いニレ[12]の木から、一マイルの距離をおいた二軒の農家の明かりが、前後して消えるのを見た。セシーは、自分のことを、自分の家族のことを、自分の不思議な能力のことを、そしてこの広い世界のなかのだれとも結婚できない身の上を思った。

「トム?」セシーの心は夜の鳥に乗り移って、樹々の陰を、田《た》芥《がらし》[13]の野原の上を飛んだ。

「まださっきの紙を持っている、トム? 何年後になっても、いつか、会いに来てくれる? そのとき、わたしを思い出すかしら。わたしの顔をじっと見つめたら、最後にどこで会ったか思い出してくれる? わたしが愛しているように、あなたもわたしを愛していたのよ。心の底から、いつまでも、わたしは愛しつづけるわ。」

町と人々のざわめきから百万マイルもへだたった場所で、セシーは停止した。農場や、大陸や、河や、丘は、遥か眼下にあった。

「トム?」かすかな囁き。

トムは眠っていた。もう真夜中だった。トムの衣服は、椅子にひっかけられ、あるいはベッドの上にきちんと折り畳まれていた。白い枕の上、頭のかたわらに、片方の手が毛布からはみ

12 ニレ　ニレ科の高木の総称。特にハルニレをさすことが多い。
13 田芥　キンポウゲ科の植物。春に黄色の花を咲かせる。

出ていた。そのてのひらに小さな紙片があった。ゆっくり、ゆっくりと、何分の一インチ[14]かずつ、指が動き、やがて紙片を握りしめた。トムそのものは動きもしなければ、目をさましもしなかったが、澄みきった月光に照らされた窓ガラスの水晶を、折から一羽のツグミ[15]がこわごわそのくちばしで叩《たた》き、それから静かにはばたいて、まどろむ大地を見おろし、東の方へ飛び去った。

14 インチ　長さの単位。一インチは、二・五四センチメートル。
15 ツグミ　ツグミ科の鳥類。スズメに似た渡り鳥。

読解

1 「わたし、気が変になったのかしら!」（二一四・下7）とあるが、そう思ったのはなぜか、説明しなさい。
2 「アンは黙っていた。」（二一九・上8）とあるが、それはなぜか、説明しなさい。
3 「セシーは哀願した」（二二〇・下15）とあるが、それはなぜか、説明しなさい。

翻訳と小説

翻訳が小説を豊かにした

日本の近代文学の最初期に活躍した作家たちはたいがい外国文学の勉強をしている。坪内逍遙《つぼうちしょうよう》は英文学を学び、シェイクスピアを翻訳し、二葉亭四迷《ふたばていしめい》はロシア語を学んで、ツルゲーネフの『はつ恋』や『あいびき』を翻訳した。

小説という言葉自体、novelという英語の訳語で、中国で正史や国史に対して民間の通俗的なお話の意味で使われていた「稗史《はいし》小説」に由来する。小説とは、どのようなものなのか、彼らは海外の文学を翻訳することを通してその実例を示し、明治期の日本の読者に紹介したのである。

しかし、語学を勉強していれば翻訳ができるというものではない。原文の意味を正確に伝えることと、日本の読者にわかりやすく翻訳することは同じではない。まして小説は語り手や登場人物によってさまざまに異なる文体をもつ。それらをどのように別の言語に移し替えたらいいのか。特に日本語では性別や年齢、階層によって使う言葉が異なる。語り手による地の文はどのような文体が適切なのか。翻訳者たちは、それぞれの外国語に通じていると同時に、日本語の複雑な諸相にも通じていることを求められた。いわば、翻訳が小説とは何かを教え、翻訳によって日本語の小説の文体は鍛え上げられていったのである。

創作としての翻訳

例えば、シェイクスピアの『ハムレット』で、主人公は“To be, or not to be, that is a question.”という独白を言うが、どのようにこれを翻訳すればいいだろうか。坪内逍遙は「存《なが》ふるか……存へぬか……それが疑問ぢや」と訳した。“be”という動詞ひとつをどのような日本語にあてはめるかで訳者たちはみな苦労したのである。福田恆存《ふくだつねあり》は同じ部分を「生か、死か、それが疑問だ」とした。「生か死か」と訳せば明確にはなる。しかし、今度は“be”のニュアンスが削《そ》ぎ落とされてしまうこともたしかであろう。他に適切な言葉がない以上、百パーセント正確な翻訳というものはない。不自由ななかで言葉を選ぶ。翻訳が一種の創作でもあると言われるゆえんである。

小説というジャンルは生き物である。新しいと思っているうちに、いつのまにか類似した題材やスタイルにとらわれてみんなで袋小路に入り込んでしまうときがある。ひとりひとりの孤独な作業だと思っていても、同時代の小説の枠組みからそうやすやすと自由になれるものではない。そうしたときの転換をもたらす契機の一つが翻訳であった。翻訳という言語の越境によって、小説はその可能性を広げてきたのである。

【編者】

紅野謙介（こうの・けんすけ）　日本大学

清水良典（しみず・よしのり）　愛知淑徳大学

高校生《こうこうせい》のための近現代文学《きんげんだいぶんがく》ベーシック
ちくま小説《しょうせつ》入門《にゅうもん》

二〇一二年一一月一〇日　初版第一刷発行
二〇一七年九月一〇日　初版第一〇刷発行

編者……………………紅野謙介・清水良典
発行者…………………山野浩一
発行所…………………株式会社筑摩書房
東京都台東区蔵前二―五―三
郵便番号　一一一―八七五五
振替　〇〇一六〇―八―四一二三
印刷……………………大日本法令印刷
製本……………………積信堂

埼玉県さいたま市北区櫛引町二―六〇四
筑摩書房サービスセンター
郵便番号　三三一―八五〇七
電話　〇四八―六五一―〇〇五三

ISBN 978-4-480-91723-2 C7093

高校生のための
近現代文学ベーシック

ちくま小説入門

解答編

筑摩書房

高校生のための近現代文学ベーシック
ちくま小説入門

第二部　解答編

目次

第一章　出会いの物語

ボッコちゃん

星　新一（本文26ページ）

【鑑賞のポイント】

①バーのマスターやお客の反応・態度から、ボッコちゃんの特徴を捉える。

②ボッコちゃんが人気になっていく理由を押さえ、物語の設定・展開を理解する。

③ボッコちゃんとそれに思いを寄せる「青年」とのやりとりから、彼の心情とそれが引き起こす悲劇を把握する。

【注目する表現】

・「そのロボットは、うまくできていた。」（二六・1）

物語の最初の一文は、非常に重要である。「そのロボット」とは一体何か。しかも、「うまくできていた」と書かれている以上、すでに存在していることはすぐにわかる。独特の物語世界に読者を誘う、作者の表現上の工夫を理解したい。

・「ボッコちゃんは～つんとした顔で待っていた。」（三一・3）

ラジオの「おやすみなさい。」に反応する無機質さ、もう誰もいない薄気味悪さ、「つんとした顔」の表現が、独特の余韻を残している。物語の結末を客観的にとらえる視点にも注目したい。

【作品解説】

「そのロボット」の説明から始まるこの作品は、客観的な視点が作品の中に含まれており、唐突で独特な世界観にはっとさせられる。ロボット自体、現実にはなかなか存在しない。フィクションであることを最大限に活用しているのである。バーのマスターが道楽で作ったそのロボットは、「人工的」であるがゆえに「完全な美人」であり、「つんとしている」。ただし、「頭はからっぽ」で、動作も「酒を飲む」のみである。まずこのロボットの性質を十分に理解することが、物語を読み進める前提条件である。

ロボットは「ボッコちゃん」と名づけられ、「ぼろを出しては困る」ので、「カウンターのなか」に置かれた。お客は誰もボッコちゃんをロボットだと思わない。受け答えはほとんどオウム返しであるが、その答えがそっけなく、「美人で若くて、つんとして」、いくらお酒を飲んでも「酔わなかった」ことから、お客に気に入られる。どうしてもお客の質問に答えられないときは、マスターが割り込み、お客は話を打ち切る。ボッコちゃんの飲んだお酒は回収され、再びお客にふるまわれるが、お客はそれに気付かず、バーを儲《もう》けさせている。しかも、「おせじを言わない」「飲んでも乱れない」ので、ボッコちゃんはますます人気が出て、バーは栄えるばかりである。このように良いことずくめのようであるが、物語はここから急展開を迎える。

小説には必ず「事件」が起こり、それによって人物の心情変化が生まれ、物語が展開していくものである。ただし、今回はむしろボッコちゃんの心情の変化のなさが、物語の鍵を握るのである。

ボッコちゃんに恋をした「青年」が、バーに通い詰めた挙げ句、家の金に手を付けてしまい、父親に「二度と行くな」と言われてしまう。彼は「今晩で終わり」と思って、自分も飲み、ボッコちゃんにも飲ませた。彼の募る思いと、ボッコちゃんの心情変化のなさというすれ違いから、彼は毒入りのお酒をボッコちゃんに飲ませてしまう。青年はその結果を見ずに店を出るが、ボッコちゃんはロボットゆえに、もちろん死ぬことはなかった。

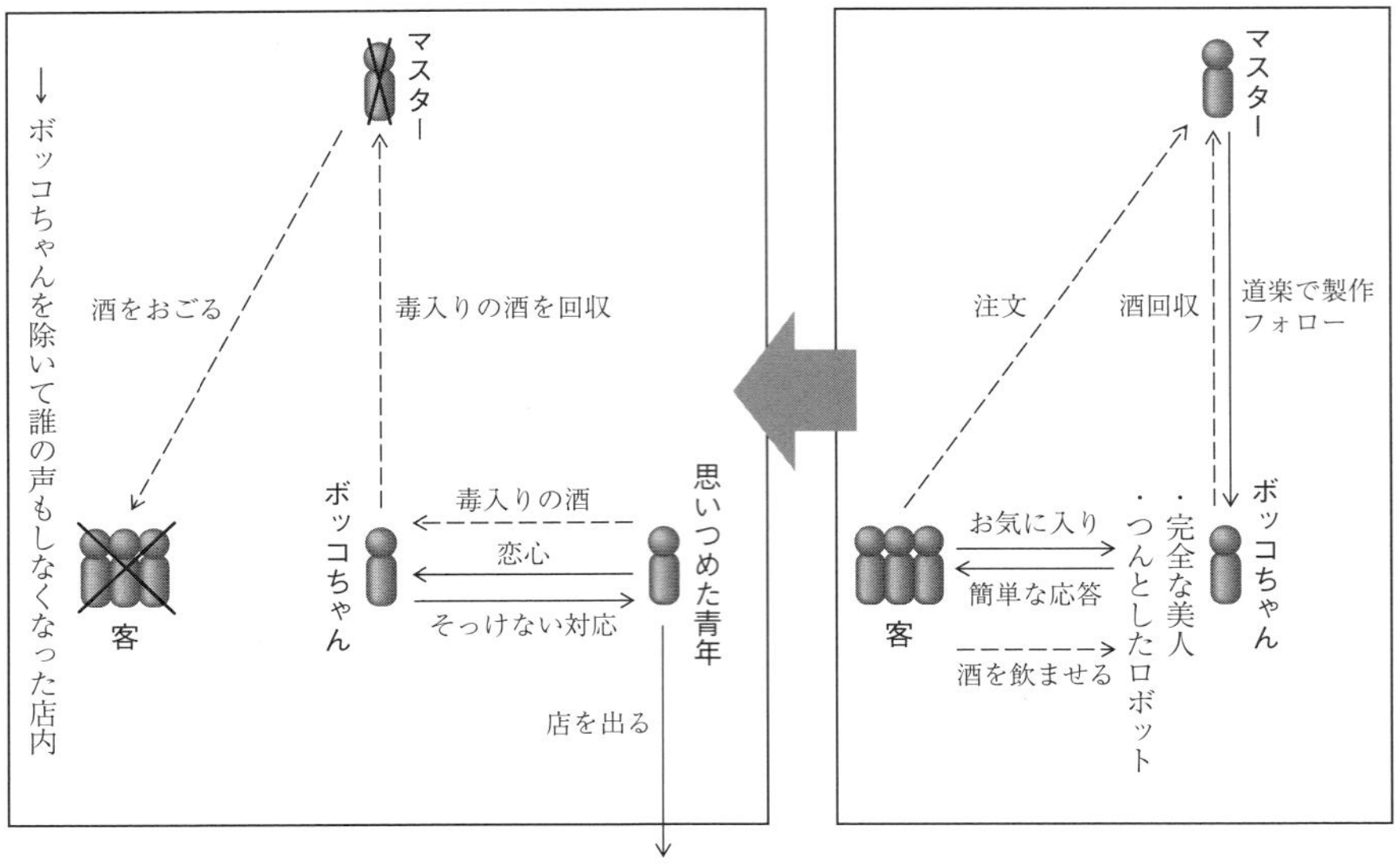

マスターは、ボッコちゃんが飲んだ酒が毒入りであったことなど知るよしもなく、いつも通り酒を抜き取り、全員に振る舞い、自分もまた飲んでしまう。その夜のバーは、「だれひとり帰りもしないのに、人声だけは絶え」、ラジオも「おやすみなさい。」と言って、音は絶えた。そのラジオの声に「おやすみなさい。」と応えたボッコちゃんは、話しかけてくる人を待つ。ここで物語は終わるのである。

小説は、まず、楽しむことから始まる。星新一の出世作である本作は、一九五八年の作品であるが、いまなおその輝きは失われない。主題を読み取ろうとすれば、それは青年の悲恋や、男性の愚かさ、偶然の恐ろしさ、ロボットというフィクションの小気味よさ、などが挙げられようが、まずは自分自身で物語を読む面白さを思い出してみよう。読書離れが言われて久しいが、本来読書は面白く、感性を揺さぶられるきっかけになる楽しいものである。「ショートショート」と呼ばれる星新一の作品群は、そのきっかけには最適ではないだろうか。

【脚問】

問1 人間と同じに働く美人な女ロボットが、時間とお金に余裕がある酒場の主人の趣味で作られたということ。

▼解説 直前の段落に「人間と同じに働くロボットを作るのは、むだ」とある。金と時間のあるマスターが趣味で作ったのである。

問2 お客と直接触れ合うことで、ロボットだとばれてしまうこと。

▼解説 「ぼろ」は隠している欠点という意味である。

問3 「青年」がボッコちゃんに飲ませた毒薬入りのお酒をマスターが回収し、全員で飲んだことにより、みな死んでしまったから。

▼解説 ボッコちゃんに恋する青年が、話の弾みからボッコちゃんに毒薬入りのお酒を飲ませて立ち去ってしまう。しかし、ボッコちゃんはロボットゆえに被害を受けない。そうとは知らないマスターが、

ボッコちゃんから毒入りのお酒を取り出し、全員に振る舞い、自分も飲んだせいで、全員、息絶えたことになる。

【読解】

1 マスターの言葉で、言い寄ろうとしてボッコちゃんを困らせたと思い、話が過ぎたと反省するから。

▼**解説** マスターの言葉は、ボッコちゃんを口説こうとしているお客にとってきまり悪いもので、話をやめさせるきっかけになる。そして、ボッコちゃんに申し訳なく思い、嫌われたくないと思わせるのに十分である。

2 お客はボッコちゃんをロボットだと思っておらず、美人で若くてつんとして答えがそっけなく、おせじも言わず、酔うこともなく酒を共に飲んでくれて、話を聞いてくれるから。

▼**解説** ボッコちゃんはもともと美人で、誰もが声をかけたくなるようになっている。しかも、「若くて、つんとしていて、答えがそっけない」のは、お客には好まれる。その上、どれだけ飲んでも酔わず、おせじも言わないのが、たいへん魅力的なのである。

3 ボッコちゃんへの思いが深く、バーに通いつめたあげく金銭トラブルを起こして通うことができなくなったにもかかわらず、そうした自分のいちずな思いを理解されていないと悟り、言葉の受け答え通り殺してしまおうと考えたから。

▼**解説** 青年の立場としては、熱をあげた相手の「ボッコちゃん」のためにお金をつぎ込み、家の金にまで手をつけてしまい、結果会えなくなった。会える最後の夜に、お別れにたくさんお酒を飲んでいるのに、ボッコちゃんはそっけないままである。オウム返しの、感情のない会話は、青年の心には、「かわいさ余って憎さ百倍」となり、言葉通り毒を仕込んでしまったのである。

【読書案内】

・『妄想銀行』（新潮文庫）

第二一回日本推理作家協会賞受賞作品。人間の妄想を抜き取り、あるいは貸したりするという作品。

・『マイ国家』（新潮文庫）

自分の家を独立国家だと主張する男の家にやってきた銀行員が、国境侵犯で逮捕される。奇想天外な設定に、思わず引き込まれる。

・『ご依頼の件』（新潮文庫）

人間の欲望をどこまでも果たせばどうなるのかを描いている。常識を揺さぶる秀逸な作品。

【松本匡平】

ふたり

角田光代（本文32ページ）

【鑑賞のポイント】

①携帯電話を通して行われる会話から、ふたりの人柄を理解する。
②車を運転して走り続ける「私」の心情の動きを整理する。
③小説の結びにおける「私」の思いを理解する。

【注目する表現】

・「出ていって、と言おうとして、一瞬迷い、出ていってやる、と言いなおした。」（三二・1）

冒頭の一文から緊迫した出来事が起こっていることを示し、読者をいきなり小説の世界に引き付ける。そこに一瞬の迷いを提示することで、主人公の心情の微妙な動きにも注目させている。

・「けれどハンドルを操作する私は気がついていた。自由で身軽って、さほどおもしろくない、ということに。」（三七・8）ハンドルを操作して、今自由であるはずの私はそれをおもしろくないと思う。倒置法を使い、行動と心情の対比を明快に示す。小説のテーマを印象深く提示する表現となっている。

【作品解説】

ひとりで気ままに過ごす「自由」の中で、主人公の「私」が、「ふたり」でいる「不自由」な関係の大切さに気づく物語である。

「出ていって、と言おうとして、一瞬迷い、出ていってやる、と言いなおした。」という冒頭は、いきなり緊迫した雰囲気を提示し、読者を作品の世界に引き込んでゆく。「私」は「出ていって」という受動的な姿勢から、一瞬迷った後で、「出ていってやる」という能動的な姿勢に大きく立場を変えるが、そのように「私」の決意を明確にすることで、これから「私」の物語がどのように進んでいくのかという期待を抱かせる、とても印象的な物語の始まりである。

そんな「私」に対して、もう一人の作中人物である聡史は次段落ですでに引き立て役に回っている。「で、出ていくって、どこいくの、と弱々しい声で訊いている。」「ちょっと、なっちゃん」と続けて描写される聡史の言葉は「私」の強い決意と明確な対比となっている。

「出ていってやる」という強い決意を持って車に乗った「私」は、慣れない運転も、ものともしない。途中、ディスカウントショップに立ち寄った「私」はそこで色々なものを見ているうちに、日常を離れた自分、「自由で身軽な自分」を見つけ、さらに気分は高揚してくる。店を離れふたたび車を運転する「私」はこのままどこまでもいけるような気分になっていた。しかし、そんな中でも実は「私」は自分が思うほどに「自由」でも「身軽」でもなかった。車の外に流れていく明かりを「私たちの暮らす部屋と同じに見えた」といい、エスプレッソマシーンを見て「買っちゃおうか」と思い、「もうこれを部屋に持ち帰ることを考えている」。そして、途中でうどん屋を見かけ、その店に聡史と来たことを思い出す。そこで「自由で身軽って、さほどおもしろくない」とはっきり気づくのである。こうして、「私」は確かに今、「自由で身軽」ではあるが、それはもう以前の自由とは違い、「聡史とのふたりの生活」が自分の中に大切なものとして存在している上での「自由」であることに気づくのであった。それは言葉にすると「不自由」といえるものかもしれないが、そのような「不自由」を選択したのもまた自分自身であったことに思い至るのである。

小説の最後に、「前へ前へと進むしかない、私たちふたりの生活」と記されるが、これだけを読むと、まるで、「私」はやむをえず二人の生活を続けていくのかというような印象を持つかもしれない。しかし、それは何かをあきらめたというような消極的な意味では決してない。「ふたりの生活」は価値あるものなのだと「私」は認め、そのような「生活スタイル」、さらに言えば「人生」を選択した二人は、これからもたまにけんかをするかもしれないが、それでも何事もなかったかのように再び日常に戻って生活するであろう。そして、それが二人には大切なことなのだと積極的に認めているのである。そのことが、読者の生活とも重なり合い、読後に深い余韻を感じさせる。

本文中、「私」が携帯電話を見る場面が三か所ある。いずれも「私」の心情を考えるポイントとなる箇所で効果的に登場している。携帯電話が現代の代表的なツールであることは改めて述べるまでもないが、自分の都合に関係なくかかってきてそれに応対することを強いる携帯電話は、そこに「出る」「出ない」といった「選択」と「自由」があるという意味で、この話の主題とかかわる象徴的な存在だといえるかもしれない。

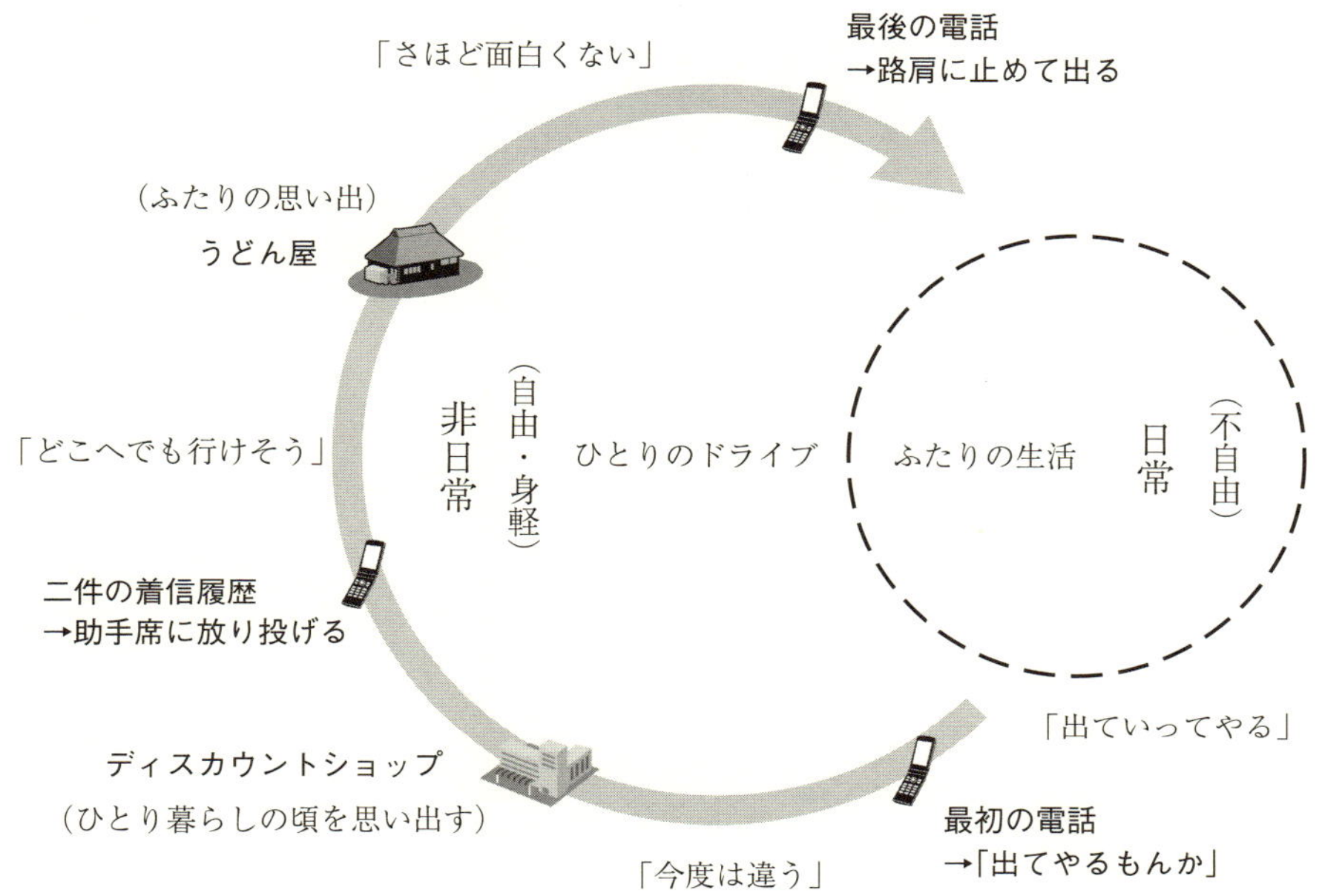

【脚問】

問1 運転をするのは久しぶりだったので、思うように車を操作できなかったから。

▼解説 「運転するのは久しぶりだった」「右折はもちろん左折もなんだかこわくてできず」などの表現から推測できる。

問2 街道がどこまで続いているのか確かめたいという好奇心を満たすためだけに車を走らせている、ということ。

▼解説 「酔狂」の意味と重ねて考える。

問3 一人だとなんでも好きにできるけれども、気軽に話しかけたり、自分の思いや考えに答えてくれたりする人がそばにいないから。

▼解説 直後に「さっきから、ずっと心のなかで聡史に話しかけているのだ」と説明が記される。そこから「私」の心情を読み取る。

【読解】

1　相手に出ていってもらうときは、相手がいなくなったその場所を占有し、そこで思う存分自分の好きなことができるという気持ちであったが、自分が出ていくときは、相手から離れることで自由で身軽になりどこへでもいけるというわくわくした気持ちになっていた。

▼解説 自分一人になったという自由さは同じであるが、前者は限られた空間の中での自由さであり、そこでは日常との大きな違いを感じることは少ないが、後者は開かれた空間の中で、色々なものを見たり体験したりして刺激を受けることによって、日常とは違う感覚を伴うことができる自由さである。

2　前者の時は、一人であることの自由さと身軽さでどこまでもいけそうな気分になり、そばに聡史がいなくても平気だという思いがあったが、後者の時は、気軽に話しかけ、それに応えてくれる人がそばにいないために、自由と身軽さがそれほどおもしろいものだと思われず、不自由でも聡史がそばにいることを望む思いがあった。

▼解説　家を出て車を走らせ、日常から解放された自由と身軽さを楽しんでいた「私」にとって聡史からの連絡は何の迷いもなく無視できるものであった。しかし、気軽に話しかけて、それに応えてくれる人がいない中での自由さと身軽さはさほどおもしろいものではないことに気づいた「私」は、聡史の存在が自分の日常の大切な意味を持つものであり、その存在をいとおしく思えたのである。

3　聡史と二人の生活は、相手に気兼ねしたり腹を立てたりして決して自由でも身軽でもないけれども、気軽に話しかけそれに応えてくれる人がそばにいるという生活を選んだ自分たちは、これからも喧嘩と仲直りを繰り返しながら、未来に続く日々を二人で歩んでいくのだ、という思い。

▼解説　不自由だけれどもふたりでいるということに価値があると選択した私たちなのだから、これからも現実と向き合いながら前に進んでいくのだ、という積極的な意味を含んでいる点に注意したい。

【読書案内】

・『空中庭園』（文春文庫）
互いに秘密を持たないことをモットーにしていた家族だが、一人一人が話せない秘密を持っていた。それぞれの立場から連作で描く。

・『対岸の彼女』（文春文庫）
三歳の娘を持つ専業主婦の小夜子はパートの仕事を始める。そこで出会った独身の社長、葵。性格も生活環境も全く違う二人の女性は互いをどのように見るのだろうか。

・『八日目の蟬《せみ》』（中公文庫）
愛人の家から赤ちゃんをさらった希和子を描く前半と、さらわれた赤ちゃんが大学生となって過去と向き合う姿を描く後半からなる。

【綾城幸則】

狐憑

中島　敦（本文40ページ）

【鑑賞のポイント】

①時代性・風土性など、物語の舞台がどのように設定されているか押さえる。
②シャクの人物像がどのように変化していったか理解する。
③聴衆や部落の人々のシャクに対する見方を捉える。

【注目する表現】

・「後でそう言っていた者がある」（四一・13）
弟の死を前にしたシャクのようすを事後的に解釈した内容となっている。つまり、このときをシャクの変化の契機だと見なし、後付けしている箇所ともいえる。

・「聴衆が満足しなくなってきたからである」（四四・16）
シャクが聴衆に応えて周囲の人間社会を話題にし始めた理由となっている。つまり、初めは動物の話でも満足していた聴衆が、よりおもしろい話を求め、変化していくという世情の心理を表す箇所となっている。

【作品解説】

本作は、『古譚《こたん》』四編（「狐憑」「木乃伊《みいら》」「文字禍《か》」「山月記」）の一編である。多くの教科書で取り上げられる「山月記」と同じ作品群にある。『古譚』は各地域の古い話をまとめており、それぞれで完結している。

「狐憑」の舞台は、ネウリ部落という小さな部落となっている。このの舞台設定に関しては、古代ギリシャの歴史家ヘロドトスの著書『歴史』に記載があり、それをもとに作者が創作したものである。独特な風習を持つ舞台とすることで、これから起きる怪異的な出来事を受け入れやすいようにしている。

主人公のシャクは、弟のデックの死を契機に譫言を言うようになる。このことを受け、人々はシャクに憑きものが憑いたと言っていく。シャク自身は、もともとつい口走ってしまったことから始まったと考えており、その後色々なことが鮮明に浮かび上がるようになる。その理由を部族の人々はおろか、シャク自身も理解できず、憑きもののせいと考えている。

シャクの譫言は、論理的なストーリーとおもしろさを持っている。この時代には、コメディアンのようなおもしろおかしい言動で人々を引き付けるような職業はなかった。しかし、シャクの物語は、聴衆を楽しませ、もっと聞きたいと思わせる。もし、こうしたことを受け入れる土壌があったならば、シャクの結末も変わっていたのかもしれない。最後の一文に「こうして一人の詩人が喰われてしまったこと」とシャクを詩人として捉えている点も、シャクの譫言の持つ言葉の力をうかがわせるものといえる。

シャクの排斥は、長老たちの計によるものだが、舞台設定も大きく作用している。例えば、長老の中でも力に差があり、有力の家柄の者には逆らえない風土であったり、占卜者を買収したりしている。また、雷鳴の回数が一定でなく、誰もが三回以上となっていることも、長老との身分差や排斥が前提となっていたことをうかがわせる。

その後、シャクは人々に食されていく。カニバリズム（人間が人間の肉を食べる行動）を作品化している。シャクの話を熱心に聞いていた者でも、状況が変われば旨そうに食している。シャクのような人物を受け入れることができなかった時代性・舞台であったことにより、彼は単に働かない者とされて、殺され、食されていく。

「狐憑」では「憑きもの」という不確かな存在が大きく影響している。少なくとも、舞台の中では「憑きもの」は存在するものとしてあり、その「憑きもの」によりシャクは譫言を言うようになったとされている。シャクの行動自体が本当に「憑きもの」によるものであるのかどうかは不明なところであるが、「憑きもの」であるとしか判断できない状況下で描かれ、そのことを信じて疑わないことが、この作品の世界を広げていることは言うまでもない。

なお、「狐憑」においては現在では使われていない差別的な表現が多く用いられている。これらの表現は、当時の時代性などを表現するために用いられているものであることを、頭に入れておきたい。また、「差別」的な見方に対してどのように考えるのか、考える契機ともしてほしい。

【脚問】

問1 去年の春に、弟のデックを亡くしたから。

▼解説 「去年の春、弟のデックが死んで以来」、シャクがおかしくなったとともに、弟の死と向き合ったときに「しばらくぼうっとしたまま」だったとある。

問2 種々雑多なものが憑きものとして一人の人間にのり移ることが珍しかったから。

▼解説 シャクに憑きものがついたこと自体を不思議に思ったのではなく、今までに憑きものをした人間と大きく違う点があったことをより珍しがっている点に注目する。

問3 シャク自身が意外と思うぐらいに、譫言で話す内容が鮮やかかつ微細に浮かび上がって話すことができているから。

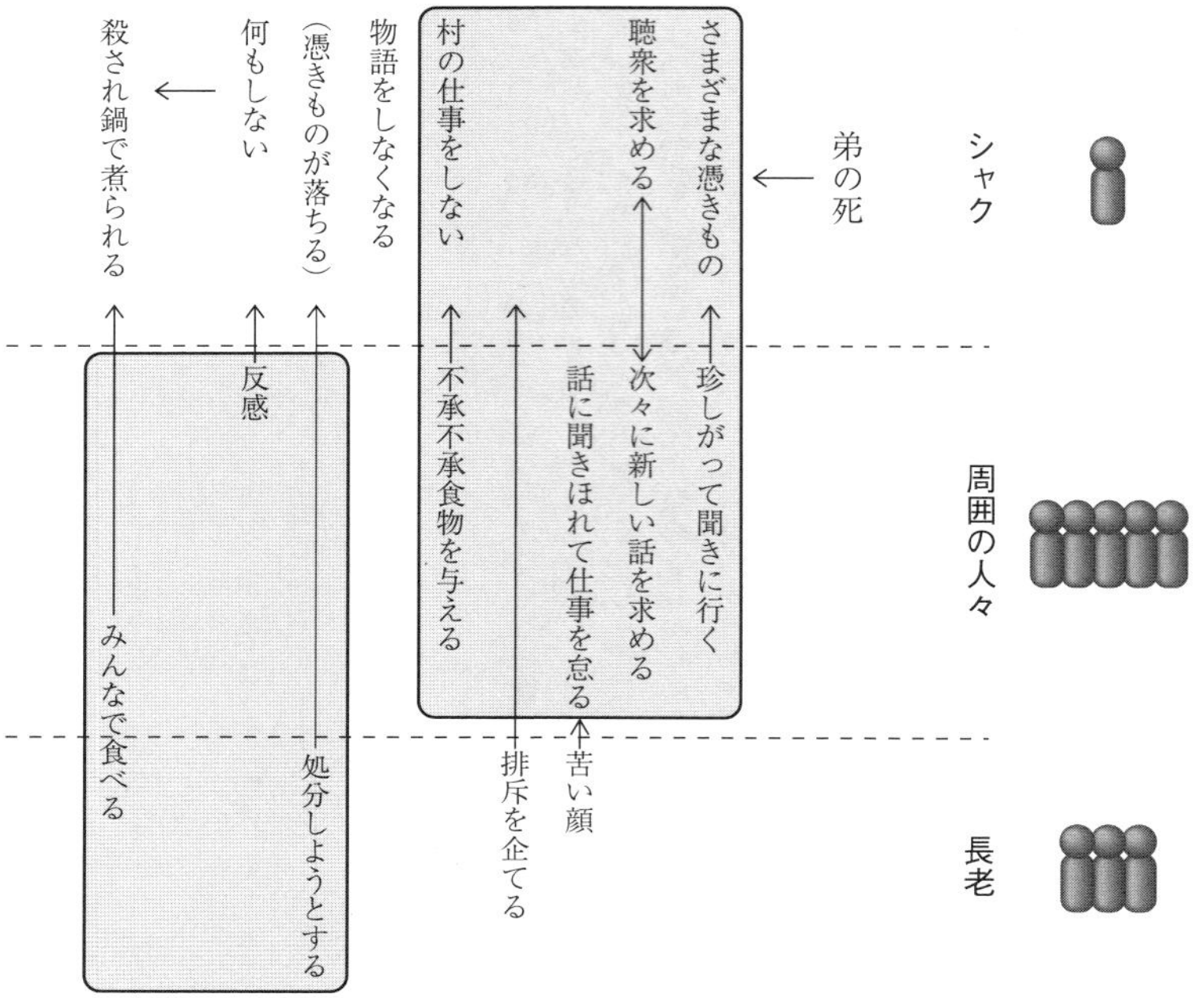

▼解説　シャク自身が自分のしている事柄の意味を理解していない中で、空想物語が自分自身でも意外なほど鮮明に出てきていることに驚いている様子をまとめる。

問4　マエオニデェス（詩人）

▼解説　「狐憑」を締めくくる最後の一文からわかる。

問5　シャクが部落民としての義務をしていないことに注意を向けさせ、シャクの排斥を試みた。

▼解説　シャクが部落民としての仕事を全くしなくなったことをもっとも印象付けたのが冬籠もりの時期であり、熱心な聞き手ですらそれに気づいている点に留意したい。

【読解】

1　弟のデックが死に、その死体と向き合った時はぼうっとした姿で弟の死を悼んでいる様子と違うように見えていた。その後、譫言を話すようになり、変になっていった。

▼解説　弟の屍体は頭と右手がなく、持ち物だけで判断されており、弟の死の実感が湧きにくい状況下で、シャクはぼうっとしている。

2　弟の死を悲しみ憤ろしく思っている中で、妙なことを口走ってしまったことをきっかけに始まった譫言が、自分でも意外なくらいに鮮明に浮かび上がり、今でも続けることを倦まない理由を理解していないこと。

▼解説　シャク自身、自分に憑きものが憑いているとしても普通の憑きものでないことを理解しているとともに、その後、自分自身の変化を理解しきれていない場面を押さえておく。

3　譫言を話さなくなり、部落民としての義務も怠っているシャクを、周囲の人々が快く思わなくなったから。

▼解説　冬籠もりに必要なものを分け合うときは、譫言の魅力により

助けていたが、冬を越した後のシャクのようすが大きく変わり、何もできない人物になってしまったことを押さえる。

4 シャクを処分するには、正確に鳴った回数を数える必要はなく、三度以上鳴っていればよいという人々の心理が働いているから。

▼**解説** 雷鳴が何度鳴ったかという事実よりも、シャクを処分するに必要な回数以上になっているかが重要事項となっており、シャクを処分することが人々の総意であるからこそ、それぞれが発する回数が三度以上になっていることに注目したい。

【読書案内】

・「山月記」（『中島敦全集』第一巻、ちくま文庫）

プライドの高い李徴は詩人を目指していたが、文名があがらずにいた。ついに、発狂して虎になってしまった李徴は、友人と出会う中で自身の思いや自分に足りなかったものに気づいていく。

・「名人伝」（『中島敦全集』第三巻、ちくま文庫）

弓の名人をめざす紀昌は師につき、修行して町に戻ってきた。その時の紀昌の評価はまさに弓の名人であるというものであったが、ある道具を見た時に、「これは何か。」と尋ねる。極めることの問題を突き詰めた作品。

・「李陵」（前掲書）

漢の武帝の時代の李陵・蘇武・司馬遷の戦時下における生き様を描く。死後、草稿をもとに起こされた作品であり、未完ではあるが、作者の作品の中で最も長く、独特の文体で書かれた傑作とされる。

【新井通郎】

忘れえぬ人々

国木田独歩（本文48ページ）

【鑑賞のポイント】

①「忘れえぬ人々」に登場する主要な人物のイメージを把握する。

②「忘れてかなうまじき人」と比べながら、「忘れえぬ人」とはどのような存在かを理解する。

③「忘れえぬ人」に心惹かれる主人公の心情やその意味するところについて考える。

【注目する表現】

・「その時僕の主我の角がぼきり折れてしまって、なんだか人懐かしくなってくる。」（五八・上4）

「主我の角」とは、自分を特別な存在と見なしたがる自己中心的な思いをたとえた表現。それが「折れ」た時、自分という存在へのつまらぬ拘泥は消え、自分以外の人々に心が開かれていくのである。

・「我と他となんの相違があるか、〜涙が頰をつたうことがある。」（五八・上8）

他者との一体感が述べられている箇所だが、そこに実に大きなスケールのイメージ――雄大にして悠久の宇宙のイメージ――が示されている。その大きさの前に、自分の存在の卑小さをかみしめるというより、共にその宇宙に抱かれた存在としての一体感を他者に対して持つところに、大津の、そして作者独自の人間観がある。

【作品解説】

大津の語りには具体的に三人の人物が描出されているが、これらの人々が「忘れえぬ人々」になるにあたって、二つの段階を経ていることに注意する必要がある。

まず、記憶に刻まれること。そして次に、それを「思い起こす」ことである。以下具体的に見ていこう。

「忘れえぬ人」として第一に紹介されるのが、「島かげの顔も知らない」男である。東京の学校を退学しての帰省途中、「あまり浮き浮きしないで物思いに沈」みながら船の進行に従って移り変わる景色を眺めるうち、ある「小さな島」が目に止まる。そして、その浜辺で何かを拾っているらしい人影が心に刻まれたというのである。「しんとして寂しい磯の引き潮の跡」「寂しい島かげ」と「寂しい」という表現が繰り返し用いられていることに注意し、このときの大津の状況を考えるなら、まさに彼が「寂しい」心を抱えていたがために、それと同調する景色や人を見いだし、記憶に刻まれたと言うことができそうではある。だが、後の二例を見ると、そこにある特定の心情を見いだすことはできない。「忘れえぬ人々」は、常にその時々の気分と有機的な連関があるわけではないようだ。

次に紹介されるのは、雄大な阿蘇の自然である。弟と共にそこを訪ねた大津は、大自然を前に「天地悠々の感、人間存在の不思議の念などが、心の底から湧いて来」たとある。「壮といわんか美といわんか惨といわんか」という景色を前にして、人間存在の卑小さを感じるというのはよく聞く話だが、大津の場合そうではない。むしろ、窪地の宿場町に足を踏み入れ、「この人寰に投じた時ほど、これらの光景にうたれたことはない」とある。この光景の何が大津の心を動かしたのかの説明はないが、推測するに、自然の雄大さと対置しうるほどの日常のかけがえのなさではなかっただろうか。やがて第二の「忘れえぬ人」である若者と出会うことになるのだが、その直前には「月の光を受け灰色に染まっ」た噴煙が描写され、また若者と出会ったあとにも「そして阿蘇の噴煙を見あげた」とある。常に阿蘇の雄大な自然と組み合わせて描き出されているのだ。若者の歌う馬子唄は、人々の着実な生の営みそのものであり、またその賛歌のようにも聞こえる。

第三の「忘れえぬ人」である琵琶僧についてはどうか。そこで描き出されるのは、人々の生き生きとした日常生活である。とはいえ、「旅客」である大津にとって、それは「縁もゆかりもない」ものであり、「これらの光景が異様な感を起こさせ」る。だがそれは決して不快なものではない。「世の様をいちだん鮮やかに眺めるような心地がした」とある。そして、琵琶僧やその奏でる琵琶の音は、人々の日常の光景と「調和しないようで、しかもどこかに深い約束があるように感じられ」、「嬉しそうな、浮き浮きした、面白そうな、忙しそうな顔つきをしている巷の人々の心の底の糸が、自然の調べをかなでているように思われた」と語られている。

ここで整理しておこう。大津はもちろん「菜の花と麦の青葉とで錦を敷いたような島々」や、阿蘇の大自然にも反応している。しかし、彼が心惹かれるのは、そうした風光明媚な景色や、名所旧跡の類いではなく、「寂しい島かげ」であり、「九重嶺と阿蘇山との間の一大窪地」であり、繁盛する魚市場の雑踏である。決して特別なものではなく、ありふれたものとしてやり過ごしてしまうようなものだと言っていい。そうした景色にあるいは溶け込み、あるいはそれを凝縮するような存在としてあるのが「忘れえぬ人々」なのだとしたら、まさにそれは何気ない日常そのものであり、また「周囲の光景」とともに彼らが捉えられるのは当然ということになる。

そのことを踏まえて、次に、なぜ「思い起こす」のかを考えてみよう。大津は「絶えず人生の問題に苦しんでいながら、また自己将来の大望に圧せられて自分で苦しんでいる不幸せな男」だと自ら言っている。その苦しみや「不幸せ」が「生の孤立を感じて堪え難いほどの哀

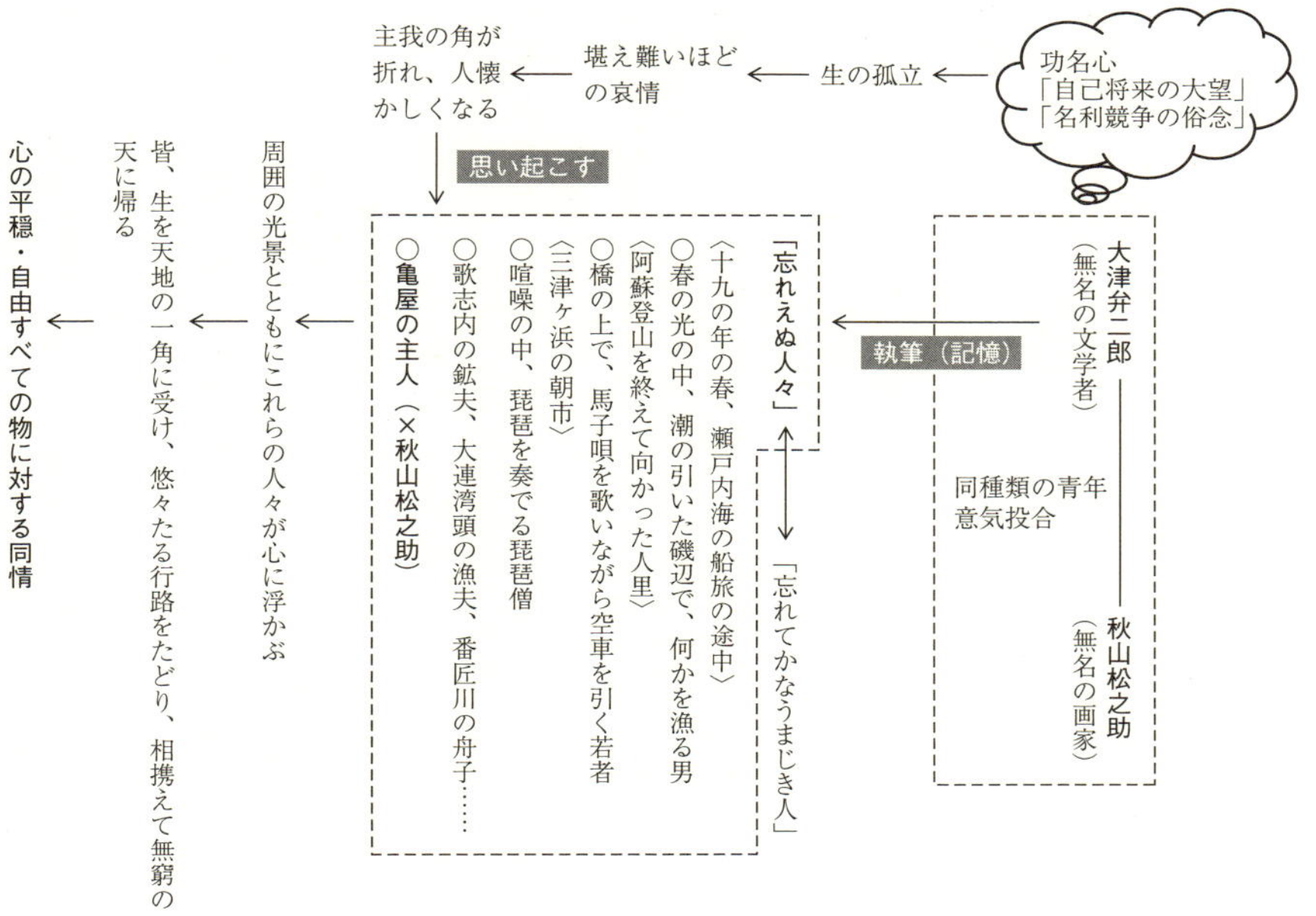

情」を生んでいるとの説明から考えると、それは、あるべき人生を模索し、また、特別な存在たろうとし、そうした苦しみを自分一人で抱え込んでいる孤独感と言い換えることができそうだ。それだけ自分というものに拘泥しているわけだ。そうした自分へのこだわり、つまり「主我の角」が「ぽきり折れてしま」うと、「なんだか人懐かしくなってくる」。忘れえぬ人々が、否、「これらの人々を見た時の周囲の光景のうちに立つこれらの人々」が浮かんでくるのだ。「我と他となんの相違があるか」「我もなければ他もない」といった表現が繰り返されていることに注意しよう。あの人たちと同じように、自分もまた生きている、そうした生の確かな手応えとでもいうべきもの。それは共に「天」——無窮の宇宙という大いなる存在に抱かれたものとしてあるという認識に裏打ちされた連帯感・一体感である。それが大津に「心の平穏」を、「自由」を感じさせる。「すべての物に対する同情の念」とは、この連帯感のことにほかならない。

　ところで、それを切実に求める心の欲求が、忘れえぬ人々を、その景色ともども「思い起こ」させているのであるから、その人々とは実はきわめて内面的な存在であろう。景色や他者はもちろん自分の外にあるものだが、それをそれとして認識したり思い起こしたりするのは内面の働きによる。この幾分逆説的な事情のなかで、名も知らぬ市井の人々（作者の表現を用いると「山林海浜の小民」、柳田國男《やなぎたくにお》のいう「常民」でもある）が描くべきものとして発見されたことは、日本の近代文学史を考える上でも重要な意味をもっているのだが、今は詳しく触れる余裕がない。興味があったらぜひ調べてみてほしい。

　話を戻そう。もちろんこのとき浮かんでくるのは、日常にしっかりと根を下ろした、名もなき人々でなければならない。確かな生の手応えは、そうした人々によってこそ支えられているからだ。野心を持ち自分の将来にこだわる、大津と同種類の人間であってはならない。新たに書き加えられた「忘れえぬ人」が「亀屋の主人」であって「秋山」ではなかったのはそのためだったのである。

【脚問】

問1 客の経路に対する不審を隠そうともせず、その答えに納得したからといって急に手のひらを返すような態度の変化も見せない。言葉はいくら「あいそ」があっても、自分の感情をそのまま出しているから。

▼**解説** 以下、この主人のごくごく日常的なふるまいが克明に描き出されていることに注意。

問2 共に既存の権威を打破し、自ら名をなそうという野心を持っている「無名」の若い芸術家であること。

▼**解説** 「いまの文学者や画家の大家を手ひどく批評」するのは「自己将来の大望」を共に抱いているからにほかならない。

問3 風雨の強いこんな晩は、文学者の感興を刺激し、創作意欲をそそるだろうということ。

▼**解説** 次に「秋山の声は大津の耳に入らないらしい」と続いており、秋山の思いとは逆に、大津が外の様子に注意を向けず、内なる世界に入り込んでいることに注意。大津は基本的に内省的な人間なのだ。

問4 人生いかに生きるべきかという問題と、自己中心的な功名心とに苦しめられているということ。

▼**解説** 「苦しんでいながら、また〜」という表現から、この二つの苦悩の種が相矛盾する内容を含んでいることがうかがえる。後者はあくまでも「主我」的なもの、自分を特別な存在と見なした上での立身出世願望であるから、前者は、そうした極私的な欲望とは対極の、倫理的道徳的に正しいと言えるような生き方をしたいという欲求だと考えられる。またこの相矛盾した思いを抱えていることそれ自体が新たな苦悩を生んでいる可能性もある。

問5 大いなる宇宙、悠久の時間の中で、限りある生を生きる人間のこと。

▼**解説** 大いなる存在の中で、有限の生を生き、土に帰るしかない人間は卑小な存在かもしれない。しかしその卑小さが、それぞれの生のかけがえのなさを打ち消すわけではない。その生をしっかりと生きることにおいて、「我と他となんの相違」もないのである。

【読解】

1 ⓐ帰省中の船中や旅先で目にした、名もなき人々であり、彼らは皆何か特別なことをしていたわけではなく、いつも通りに活動していたにすぎない。その日常性が、まさに日常そのものである光景と共に記憶されている点。

ⓑ自分と彼らとの間に何ら違いはなく、共に大いなる宇宙の中で生まれ、死んでいくのだという一体感が大津の心を安らかにし、自由を、そして深い同情を抱かせる。

▼**解説** 人生の問題や、自分の野心に苦しめられ、孤独感が堪え難い哀情をもたらす時、自分を特別な存在と思いたがる主我性が消え、記憶の中から浮かんでくるのが「忘れえぬ人々」である。普段の大津とは何ら接点を持たない、地に足の着いた生活を送るそれら人々との距離が自覚されるだけ、それが消失することで得られる一体感は大きなものになるのである。「主我の角がぼきり折れて」という表現はともすれば挫折感を連想させるが、そうではなく、自我への執着から解き放たれたことを意味するのだろう。

2 「亀屋の主人」が日常そのものでありまたその一点景のような存在だったのに対し、無名の画家である「秋山」は、大津と「同種類の青年」であったから。

▼**解説**　無名の画家である「秋山」が、大津と大いに意気投合したのは、共に野心を持ち、自分を有為の存在、特別な存在と思いたがる「主我の角」を持った、まさに「同種類の青年」だったからだろう。それゆえ、大津にとって印象には残ったかもしれないが、「主我の角がぼきり折れ」た時に懐かしく思い浮かべる相手ではない。一方「亀屋の主人」は、日常そのものにどっぷりと浸かり、しかもそのことを自覚してはいないようである。そうした人物こそ「忘れえぬ人々」の一員たるにふさわしい。

【読書案内】

・『武蔵野』（新潮文庫）
武蔵野の四季折々の風景を描く。武蔵野そのものが主題であり、風景に主役の地位を与えたことの意義は大きい。「山林に自由存す」の一節は有名。

・「牛肉と馬鈴薯」（『牛肉と馬鈴薯・酒中日記』新潮文庫）
若者たちが人生いかに生きるべきかについて熱心に議論を交わす、思想小説。タイトルの「牛肉と馬鈴薯」はそれぞれ理想と現実をたとえる。

・「画の悲しみ」（『運命』岩波文庫）
久しぶりの帰省で知った幼なじみの死。しかしそれ以上に衝撃だったのは、その友と親しんだ頃の自分と今の自分との隔たりの大きさだった。変わらぬ美しさを見せる自然に対して、成長という名で変わっていってしまう人間の悲しさ。

【中村良衛】

第二章　秘められたもの

子供の領分

吉行淳之介（本文62ページ）

【鑑賞のポイント】

①少年二人の行動と心理について整理し、二人の関係性を把握する。
②境遇の異なる少年二人が、友人関係を成立させるために演じているそれぞれの役割について、心情描写に留意しながら読解する。
③二人の少年の「子供の領分」を読解することを通して、二人の関係の結末について考える。

【注目する表現】

・「愉しい様子をすることが自分の今日の役目だ、とBは自分に言い聞かせている。」（六七・17）
貧しい境遇のBを愉しませることがAの役目であり、そのAの期待に応えて「愉しい様子をすること」がBの役目である。境遇の異なる二人は、それぞれの役割を演じることによって、友人関係を成立させているのである。

・「やがて二人とも疲労して、すっかり無口になり、電車に揺られて坂の上下の彼らの家に向かった。」（七二・14）
演じなければ維持することのできない人間関係というものは、いつか破綻する。それぞれの本性が垣間見えはじめたため、友人関係に亀裂が生じる可能性が生まれた。それを覆い隠すための行動や発言によるこの疲労感は、二人の友人関係の破局を暗示している。

【作品解説】

教材として収録したのは、「子供の領分」の前半部分である。

吉行淳之介は、その作品の多くを、男女の性愛をテーマに描いている。対してこの作品は、珍しく彼の少年時代をモチーフとしている。しかしながら、この作品は、柔らかな饅頭《まんじゅう》の皮に包まれた子供としての「生」が、まるで毒々しい餡《あん》のように生々しく描かれている。

私たちは、ガキ大将とその子分というオーソドックスな図式や、「いじめ」の経験などから、子供たちの中にも力関係が存在し、その力関係の中で彼らが生活しているということを、充分心得ている。しかしながら、その絶妙な力関係を成立・維持させている背景に、子供たちの打算的と言える理性が働いていることは、見落としがちだ。「子供」と言うと、基本的に純真無垢《むく》、天真爛漫《らんまん》というイメージがあり、自我に対してはまだ遠い存在という考えがあるからだ。それは、子供からの脱皮を図りながら羽化しつつある青少年期においても同様である。いや、むしろ自我の萌芽という点において、子供を子供として差別化し大人という立場を確立しようとする青少年期こそ、この点には余計気づきづらいものであろう。

しかし、「物心」がつき、社会性を帯びはじめた子供には、その子供なりの「領分」が存在する。ましてや、大人への入口に立つ、小学五年生の時期ともなれば、なおさらである。「領分」は、理性により意識される。感情的動物として捉えられがちな子供ではあるが、既に社会性を帯び、理性的な存在となっている。

極貧家庭の少年Bと、そうではない家庭環境に育つ少年A。全く境遇の異なる二人が、友人関係を継続していくためには、互いが互いの「領分」を意識することで、その立場を保持していくしかない。Bにとって貧しさはコンプレックスである。しかし逆に、肥って体格が良いことは、Aに対する優越となる。また、採録箇所にはないが、Bは運動能力に優れ、メンコやベイゴマなどの遊びにおいて、AはBに到底かなわない。「地面から離れた場所では、Bが主人でAは従者だった。そして、そのことによって、二人の少年の人間関係は、ちょうど具合良く保たれていた。といって、BはAにいばるわけではない。」と、この本文の後にはある。つまり、AとBは様々な局面において、優越と劣等が凹凸に嚙み合い、整地された状態なのだ。互いが互いの劣等領域に踏み込まないよう留意しながら、AはBに愉しんでもらえるよう、その環境を整え、BはAのその期待に応えられるよう愉しんでいるふりをする。その気遣いが、それぞれの「領分」を守り、二人の少年を友人たらしめる不文律を成立させている。

しかしながら、子供にとってこの不自然さは、当然のように疲労を生み、破滅を招く。本作品の最後には、その感情が露《あら》わとなり、互いの「領分」を侵す場面が描かれている。それは、この小説の最後に雀《すずめ》の仔《こ》をめぐり破局を迎える二人の未来を暗示している。雀の仔という宝物を巡り、本性をむき出しにして互いの「領分」を侵食しあった二人の関係は、積木で築いた城のようにあっけなく瓦解して果てる。

作家であり、「ミロのヴィーナス」（『失われた両腕』）の評論文で有名な清岡卓行《きよおかたかゆき》氏は、『吉行淳之介全集』第一巻（講談社）の解説を、「吉行淳之介という文学者の主体は、その世界の独自な展開のさせかたに、じつにモダンな魅惑をかくしていると言わざるをえない。」と結んでいる。吉行淳之介は、この作品を通じて、子供という純粋な存在の中に、いやその純粋さゆえに、人間としての生々しい「生」が見えてくるということを、私たちに思い出させてくれるのである。

【脚問】

問1 犬に喰いつかれてもおかしくない状況下で、犬との間に信頼関係が構築されていることに自信を持っており、そのことを嬉しく感じるから。

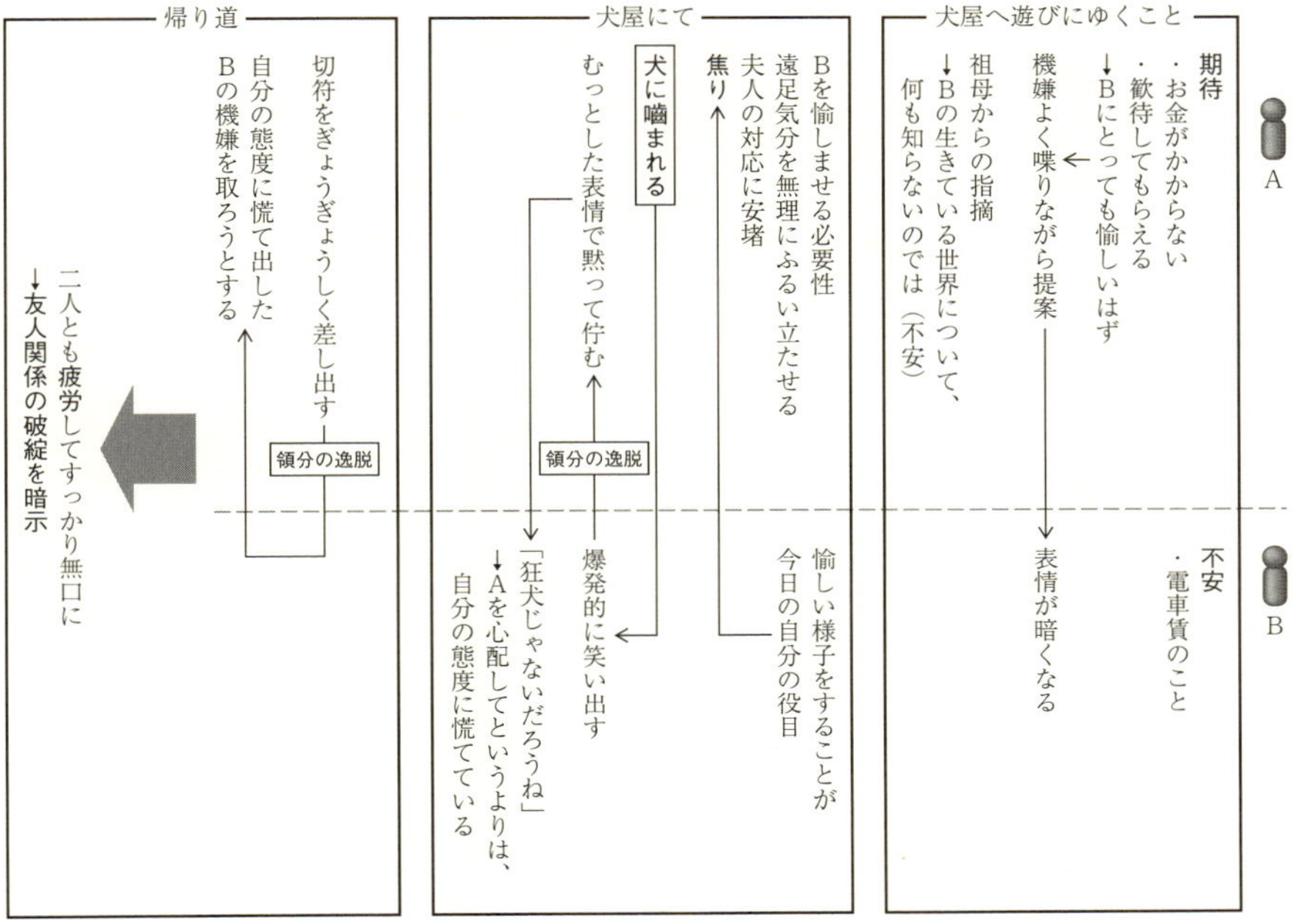

▼**解説**　Bの指に喰いつこうとする犬の素振りと、「本気じゃないのはわかってるもの。」というBの言葉を関連づける。

問2　犬屋に遊びに行くというAの提案に対し、「いっしょに行こう」と咄嗟に答えたものの、電車で一時間近くかかるところだということを知り、貧しい家庭のBにとっては、電車賃の負担が心配になってきたから。

▼**解説**　その後のAの祖母の言葉で、Bが犬屋行きをためらう理由が明らかになる。

問3　Aのように裕福な暮らしをする者には理解し難いほど、自分たちが貧しい境遇にあることを確認させられたから。

▼**解説**　屑芋をおやつとして喜ばないであろうAに対する怒りではない。豊かな境遇のAに屑芋をおやつとして出すことにより、改めて自分たちの貧しさが自覚され、憤りの気持ちが湧いてきたのである。

問4　犬屋に歓待してもらうことで、Bにいい気分になってもらおうと思っていたのに、その気配がまだなかったから。

▼**解説**　Aは、「犬屋へ行けば、歓待してもらえるはずだ」という思いから、「Bを喜ばせようとおもって、誘った」が、「歓待の気配はまだ彼らのまわりにはなくて」、焦っているのである。

問5　夫人が、貧しい暮らしのBに対しても、自分と分け隔てなく丁重に接してくれたから。

▼**解説**　Aは夫人に、貧しい暮らしであるBを、自分と差別せず同等に扱って欲しいと願っている。そこには、Bにとってこの小旅行が愉しいものであってほしいというAの気遣いがある。

問6　自分を不機嫌な思いにさせたBに対して、切符代を出してやっていることを恩着せがましく思わせる態度。

▼**解説**　「ぎょうぎょうしく」とは「大げさに」の意味であり、なぜ

「大げさに」する必要があるのかを考える。

【読解】

1　Bの貧しさについては、おやつに屑芋が出された時の経験などから充分理解していたつもりでいたが、犬を見にいくための電車賃のことにまで気が回らないようでは、Bの貧しさを充分理解していたとは言えないから。

▼解説　おやつに屑芋が出され、貧しいBの家にとってそれが精一杯のもてなしであったことを感じとっていたAは、お金のかからないはずの犬屋行きを提案した。しかしながら、Bが電車賃にも困るほどとは考えが及ばず、改めてその貧しさの事実に愕然《がくぜん》としている。

2　貧しい境遇の自分に対し、犬の見物という特別な経験を用意してくれたAの思いに応えるため、この小旅行が遠足のように愉しく、期待通り特別なものであると思わせて、Aに満足してもらう必要があったから。

▼解説　裕福な家庭のAと、貧しい家庭のB。家庭環境の大きく異なる二人が友人関係を成立させていくためには、Bを愉しい気持ちにさせるAと、Aの用意した環境の中で愉しむBという、それぞれの役割を演じ続ける必要がある。

3　Bは、自分が笑ったことで不機嫌になったAの機嫌を直すため、Aの身の上を心配するふりをし、Aも、切符代を出してやっていることに対して恩着せがましい態度を取ってしまったことを取り繕うために、Bの機嫌を取る言葉を口に出すというように、互いに気を配りあったから。

▼解説　AとBは、それぞれに友人関係を成立させるための役割がある。ところが、それは自然なものではなく、時として二人ともそれぞれの領分を逸脱してしまう。二人ともが、無理してその関係を成立させようとするところに、疲労が生じるのは、当然の結果である。

【読書案内】

・「驟雨《しゅうう》」（『原色の街・驟雨』新潮文庫）
芥川賞受賞作。娼婦と恋に落ちた男の恋愛心理を、緑色の葉が驟雨のようにいっせいに落ちる幻想的光景などを交えて、巧みに描く。

・『暗室』（講談社文芸文庫）
谷崎潤一郎賞受賞作。様々な女性との関係を通じて、性と向き合う男の生を、赤裸々な描写で見事に描ききっている。

・『夕暮まで』（新潮文庫）
野間文芸賞受賞作。作品に描写された特異な男女の関係のありようが話題を呼び、「夕暮れ族」という流行語を生んだ。

【内藤智芳】

満月

吉本ばなな（本文73ページ）

【鑑賞のポイント】

①作中人物の揺れ動く微妙な心理を把握する。
②深い孤独や死の気配を表す表現の巧みさを理解する。
③心理から行動へと変化する契機に、カツ丼やタクシーといった外部の要因が介在していることに注目する。

【注目する表現】

・「少し遠くにあるその静かな声は、～それは淋しい波音のように聞こえた。」（七六・15）
電話はこの作品で比喩としても用いられている。まだ携帯電話の普及していない時代らしく、「ケーブル」を抜けて夜を駆けてくるというたとえが遠さの感覚を浮き上がらせる。「海の底」にいるような雄一は母（父）の死を受けとめられず、その痛みを共有するものもいないまま、孤独の中でもがいている。死の気配をひきずった雄一の声が「淋しい波音」のように聞こえるというのも、この小説における比喩のうまさを物語っている。

・「夜は今日も世界中に等しくやってきて、～ついに本当のひとりになる。」（七九・8）

一度は雄一との別れを考えた「私」が「本当のひとり」を感じる場面である。夜の闇は「今日も世界中に等しく」訪れるが、その平等性はすべての人々の連帯感にはつながらない。平等だが、にもかかわらず「深い孤独」が待ち構える。そこにひとりぼっちの寂しさがより深く浮かぶ。

・「おじさん、これ持ち帰りできる？　もうひとつ、作ってくれませんか。」（八〇・9）

この小説の場面の切り替えに置かれたセリフ。思いがけず「私」の口をついて出たこの言葉のあとは一行の空白である。なぜ、この言葉を言ったのか。そのあとの「おじさん」の反応や「私」の胸中は何も語られない。しかし、何も書かないことによって、このセリフは生きる。小説の結び（実際には中編の一部を切り取っているので、ここも場面の切り替えにあたる）も、「タクシーは夜の中を、I市に向かって走り出した。私と、カツ丼を乗せて。」という印象的な一節になっている。「私」と「カツ丼」が並列されることで、雄一に一歩踏み出していく「私」の思いが見事に伝わってくる。

【作品解説】

吉本ばなな（現在の筆名はよしもとばなな）の実質的なデビュー作は「キッチン」（一九八七年）であり、「満月」はその続編として書かれた。「キッチン」の冒頭は「私がこの世でいちばん好きな場所は台所だと思う」という不思議な一文で始まる。「台所」が大好きで、世界に「私と台所が残る」ならばそれでもいいと思っている主人公桜井みかげは、両親に早く死に別れ、育ててくれた祖母もつい最近、亡くなった。途方に暮れたまま大学を休んでいたみかげのもとに、同じ大学の学生で葬式の手伝いをしてくれた田辺雄一という青年が訪れ、救いの手をさしのべた。料理の得意なみかげは雄一の家の居候となり、母と名乗るえり子さんをふくめた三人の共同生活が始まる。雄一の実の母が亡くなってから、父は女になることを決めた。手術を繰り返して完全に女性になった父はえり子と名を変えて、夜の商売をしながら雄一を育ててきたのである。雄一とみかげは恋愛関係にはならない。この微妙な生活のなかで、次第にみかげの心は解き放たれていく。

ここまでが「キッチン」のあらすじである。「満月」では、みかげ（「私」）は大学をやめて料理研究家のアシスタントとなり、田辺家を出て自立している。そんな彼女のもとに、雄一がえり子さんの死を伝えてきた。ゲイバーで働いていたえり子さんは客に刺されて亡くなったのである。もともと不思議な家族環境に育った雄一はやさしくはあるが、現実に立ち向かうタイプではない。この不条理に直面して今度は雄一が精神的な危機にある。しかし、みかげもようやく立ち直って自立したばかりで、雄一に応えてやれるかどうか。ここに採録したのは、そうした状況に面したみかげが旅先で雄一のもとに向かうまでのためらいと決断を下す場面である。

人はそれぞれ弱さや歪《ゆが》みを抱えている。雄一には母がいないし、父は性転換をしている。みかげは両親、祖父母すべてがいなくなり、まったくの孤児になってしまった。当然、この二人が抱えている孤独は大きく重い。しかし、二人以上に性転換したえり子さんは周囲の無理

- ・伊豆に取材に出発
  - この半年から解き放たれる気がする
    - ↓「おばあちゃん」の死〜えり子さんの死
  - **雄一**から離れて楽になりたい
  - ← **嫌いな野菜の料理**ばかりでろくに食べられない
- ・外出して何か食べに行く
  - ずっとこうして旅をして生きてゆけたらいい
  - 強い**孤独**＝自分にはいちばん合っている
  - ↓雄一の気持ちが理解できる
  - 妙にうきうき
  - ← まだ開いている**めし屋**を見つける
- ・カツ丼を注文する
  - ← **ピンクの公衆電話**を見つける
- ・雄一に電話をかける
  - ここを越したら別々の道に別れてしまう
  - **永遠のフレンド**になる
  - ↓それでもいいような気さえする
- ・電話を切る
  - ものすごい脱力感
  - 今度こそ本当のひとりになる
  - どんよりと暗いだけ
  - ← **カツ丼**ができあがる
- ・あまりのおいしさに雄一のことを思い、衝動でもう一つ注文
  - とほうにくれる
  - 道に立ちつくす
  - ← **タクシー**が勘違いしてすべりこんでくる
- ・**決心**する
  - ＝雄一のいるI市までタクシーを走らせる

解にさらされた孤独な存在である。そのえり子さんの明るさと積極性が雄一やみかげには「輝く太陽」のように感じられた。「満月」はその「太陽」が消えてしまった後の「夜の闇」をどう生きるかを描く。

　小説はみかげの一人称の視点に即して語られる。したがって、みかげの心の変化が中心になる。ここでみかげは、雄一の救出にすぐ向かえない。えり子さんの死はみかげにとっても衝撃である。ようやく危機から脱したばかりのみかげは、雄一のもとに向かえばまた精神的危機に陥るかもしれない。みかげも「疲れ切っている」。距離を置くことが必要だと感じながら、しかし、一方で、旅に出て孤独な人生を送ることに心惹かれたみかげには同じような「雄一の心が理解できて」しまう。雄一との電話の会話場面で彼らは冗談や笑いにまぎらせながら、どこか歯の浮くような会話を続ける。もっと大事なことがあるとうすうす感じながらも。受話器を置いて「どんよりと暗い」思いに閉ざされたみかげは、無力感にさいなまれる。ここを逃せば、雄一とはもはや別々の道になる。そして雄一は「海の底」のような死の気配の漂うところに沈んでいくであろう。

　みかげの心を一転させるのが、偶然に入っためし屋のカツ丼である。「白木の匂い」がしたその店は「手のゆき届いた感じのいい雰囲気」であったが、予想以上の味のすばらしさにみかげは驚愕する。「これはすごい。すごいおいしさだった。」この表現の単純さは、かつてであれば否定されるような単純さである。しかし、作者はこうした単純な表現を用いながら、その後で「このカツ丼はほとんどめぐりあい、と言ってもいいような腕前だ」と思い、「カツの肉の質といい、だしの味といい、玉子と玉ねぎの煮え具合といい、かために炊いたごはんの米といい、非の打ちどころがない。」と解説する。単純な表現はみかげの驚きを示す効果をあげ、その後、「プロ」としての自覚に戻っ

たみかげが解説を加えるかたちになっているのである。

しかも、ここに「めぐりあい」とか「運がいい」という言葉が書き込まれていることに注意したい。雄一との別れを予感しながら、動き出せない自分にどんよりしていた彼女にカツ丼がプレゼントされる。カツ丼には作った店主の腕と技術がつまっている。伊豆の温泉町で出会ったさりげない店でこのような「非の打ちどころがない」料理が出てくる。みかげはその腕前に打たれ、この味を雄一と共有したいと渇望する。そして「衝動で」持ち帰り用をもうひとつ注文してしまう。

このあとのシーンでも、駅前でどうしようか途方に暮れた彼女の前に、タクシーがすべり込む。タクシー待ちと間違えられたのであるが、それをみかげは機会としてつかみ、「決心」する。雄一のいる遠い町までの往復という指示に運転手は戸惑うが、それに対して、みかげはもうたじろいだりしない。彼女は「王太子の前に出たジャンヌ・ダルクのように堂々と」した振る舞いで応答する。ここでも偶然がみかげを前に押し出す。人間の孤独と孤独への愛着と、そこから脱しようとするときの弱さがこの小説にはよく出ている。人は簡単に強くなれない。だからこそ、偶然の恩寵をつかめるかどうか。つかんだときに動き出す行動のダイナミズムが小説の最後に表れる。

【脚問】

問1 「甘ったれてアンニュイだったあのお姫様」の頃の自分と、複雑な内面を抱えた現在の自分とは、大きく異なっているということ。

▼**解説** えり子さんたちと知り合う前の自分と、現在の自分が大きく変わってしまったことを、「距離」という言葉で表している。

問2 「あの街」で家族や知人の死を体験し、複雑な葛藤を抱えていたため、住み慣れた街からも離れ、たったひとりで自由に見知らぬ土地を旅して生きてゆくのが「自分にはいちばん合う」と感じられたから。

▼**解説** 直後に続く内容から類推できる。

問3 死の闇にちかい場所。

▼**解説** 「私」が雄一に感じる「心細さ」や、その声が「淋しい波音」に聞こえるという点、二人の気持ちが「死に囲まれた闇の中で、ゆるやかなカーブをぴったり寄り添ってまわっている」というくだりから判断する。

問4 二人は永遠にフレンドになるということ。

▼**解説** 「私」と雄一の関係はスムーズな恋愛ではないことは一目瞭然であろう。しかし、二人の気持ちは「寄り添い」ながらも、交差していかない。「ここを越したら別々の道に別れはじめてしまう。」という一節は、恋愛に踏み出さないまま友達になってしまうことを示している。

問5 自分の心の中で敗北感や無力感にとらわれる度合いが増えていくこと。

▼**解説** 「負けがこむ」は、負ける回数や分量が増えること。ここではそれを「内から」と言っているので、敗北感や無力感が強くなって、先に負けてしまう心理状態になることをさしている。

【読解】

1 ・私がひとりで夜の街を歩いているとき。
・私が雄一と電話をしたとき。
・私がカツ丼を食べたとき。
・私がすべり込んでくるタクシーの空車の赤い文字を見たとき。

▼**解説** この小説の中で「私」の気持ちはかなり揺れ動き、変化する。しかも、自分のなかで気持ちが変化しているというよりも、外界の

条件に反応し、変化する。その微妙な揺れ具合を丁寧に押さえたい。

2　明るい光や花のあるところでゆっくりと考えられるときを待っていては、人生の重要なタイミングを逃してしまうと感じたから。

▼解説　「私」は、いまこのときを逃してしまえば、雄一と「永遠のフレンドになる」という瀬戸際に立っている。落ち着いてゆっくりしたなかで考え、判断したいのはやまやまではあるけれども、機会をはずしてしまえば、もう二度と交差することはできないだろうという予感に襲われている。

3　偶然がもたらした幸福を雄一と共有したいという「私」の思い。

▼解説　カツ丼自体は、たまたま入っためし屋で出会った食べ物であり、偶然がもたらした幸福の象徴である。そのあまりの美味しさを雄一にも分け与えたいと衝動的に感じてしまった。その思いがつまったカツ丼にもなっているのである。

【読書案内】

・『キッチン』（角川文庫・新潮文庫）
著者の実質的なデビュー作。みかげが祖母の死をへて、大学の友人雄一とその親であるえり子さんとの生活の中で立ち直る経緯を描く。

・『TUGUMI』（中公文庫）
山本周五郎賞受賞作。大学生のまりあは夏休みに帰省して、従妹のつぐみと再会した。病弱で粗野、努力家で成績優秀というつぐみの不思議な性格にふりまわされながら、その淡い恋愛に立ち会う。

・『アムリタ』（角川文庫・新潮文庫）
紫式部文学賞受賞作。記憶を失った女性が霊的な力を持つ人々との交流を通し、心の渇きを癒やしていく軌跡を描く。神秘主義に比重を置いた長編小説。

【紅野謙介】

乞食王子

石川　淳（本文82ページ）

【鑑賞のポイント】

①対比に着目して作品全体の枠組みを押さえる。

②闘いの舞台は「夜霧」に象徴される時空間であり、それを超越する「空」も用意されている。また、時間的にも持続性が指向されている。こうした対比構造にとどまらないダイナミズムを読み取る。

③エドワードとヘンドンの言動から、二人の意識の変化を理解する。

【注目する表現】

・「ワリツケ」（八三・15）
衣装という外見が、身分という本来ないはずのものを、あたかも実体のように、人々の意識に強制的に割りあてていることを意味している。カタカナ表記は、この点を強調し、皮肉を込めている。

・「ひたひたと打ち寄せる水の音～いや、水の湧くような足音」（八七・18）
名も無い多数の人民たちの、精神の自由を求める願いが表現されている。ほんの少しの隙間からでも、静かに、しかし確実に次から次へと湧いてくる水のように、しぶとく着実に、過去と未来を貫いて止むことがない様子でもある。こうして押し寄せる人民の声なき声は圧倒的である。そして「怒濤のように流れ出」す。

・「ひとびとのむれの流れて行くにしたがって、～物音ひとつ絶えてきこえなかった。」（八八・13）
作者の文章表現の特徴である、江戸戯作文学的な長文と語り口調がここにある。特に「あ、」の挿入による、エドワードと語り手の一体化、そこに生ずる臨場感。この活劇のクライマックスを見事に表現する、鮮やかな手際である。

・「おれはふたたび起つことはできない。～いくたびも、いくたびも。」（八九・7）

無名ながら多数の意志ある人々の行動によって、ある種の革命が起きようとする。だが、「魔物」の力は容易ならざるものがあり、ヘンドンたちは敗れる。しかし、何度でも仲間がこれに続くという。この革命の発想そのものに、自由を求める作者の質的な特徴がある。

【作品解説】

石川淳の特徴をかなり乱暴にまとめると、まず、文学の出発点におけるフランス象徴主義の受容、次に、大正の革命思想（アナーキズム）との接触がある。さらに戦争の時代に、自身の作品『マルスの歌』が発禁処分とされるが危機意識を保ち続ける。同時に、自身で江戸留学と称した江戸文学への傾倒から韜晦《とうかい》（自分の様々な真実を包み隠すこと）の姿勢を身につけ、目の前の現実に自己を投げ入れることで、人間の魂の本質を探ろうとする小説的主題にたどりつく。

こうしてみると、「乞食王子」は、韜晦の姿勢から生み出されたパロディ群に位置し、表現に見られる象徴的な要素、人民の革命という権力への抵抗の姿勢、魂の本質に迫る主題という点で、小品とはいえ、作者・石川淳の特徴を余すことなく体現したものといえる。

さて、題の「乞食王子」とは、外面的には、ぼろをまとった社会的弱者・被抑圧者であるが、内面的には、精神の高貴・精神の自由を保つ者のことである。同様に対比に着目して作品の構造を考えることができる。「世の中の仕掛け」という固定化され自動化されてしまった社会秩序と、それに対する、自らの意志で人生や社会に関わり、「運命」を生じさせようとする「精神の運動」。しかし、その対比構造がすべてではない。「夜霧」に象徴される闘いの舞台。そこは「闇」と「水」の交錯する領域。それを超越する「空」。持続と言う時間感覚。これは、ダイナミックな精神の活動を志向する作者が、「確実に書かれた一行の言葉は必ずそれ自体の運動を起こす」（『文学大概』）ような作品をめざしているからだと言えるだろう。

エドワードは、乞食のトムと衣装を交換する。その後、王位継承のため王宮へ向かい、自分の真実のために闘う。このとき、自分の身体が生み出す実存感（「血」）に気づく。いわば生きる意味に気づいたともいえる。これまでの生活は「世の中の仕掛け」（「闇」）が作り上げて、押し付けてきた役割を演じていただけの生活にほかならなかったのである。こうして、目覚めた高貴なる精神は、精神の自由（「智慧」）を求めて、「無智」（型どおりの現実認識・型どおりの「想像力」）を破壊すべく「世の中の仕掛け」に闘いを挑む。

一方ヘンドンは、乞食とは思えない立ち居振る舞いのエドワードをすぐさま王子と認め、「剣」に掛けた「誓い」によって王子の意志を遂行しようとする。そして自らの「血」によって人民に「再生」し、エドワードの真意にたどり着く。そして今度は、弱気になったエドワードを導く。歴史を動かす革命家であり、苦痛を負う十字架のイメージを借りて救世主にも擬せられよう。

「いかなる政治の条件も精神の法則であるべきはずがないのだから、精神の運動にとって窮屈でないような秩序の形態というものは地上にありえないだろう。」（「権力について」）だからこそ、ヘンドンの最後の言葉には、自由を求め続ける無名の人々の意志は既成の秩序がある限り止まない、という作者の強い思いと次代を担う若者への期待が込められてもいるだろう。「歌う明日のために。あらゆる矛盾に反して、またいかなる思想の名においても、その明日の観念がないところには、すくなくともヒューマニズム文化につながって行くような今日の人間

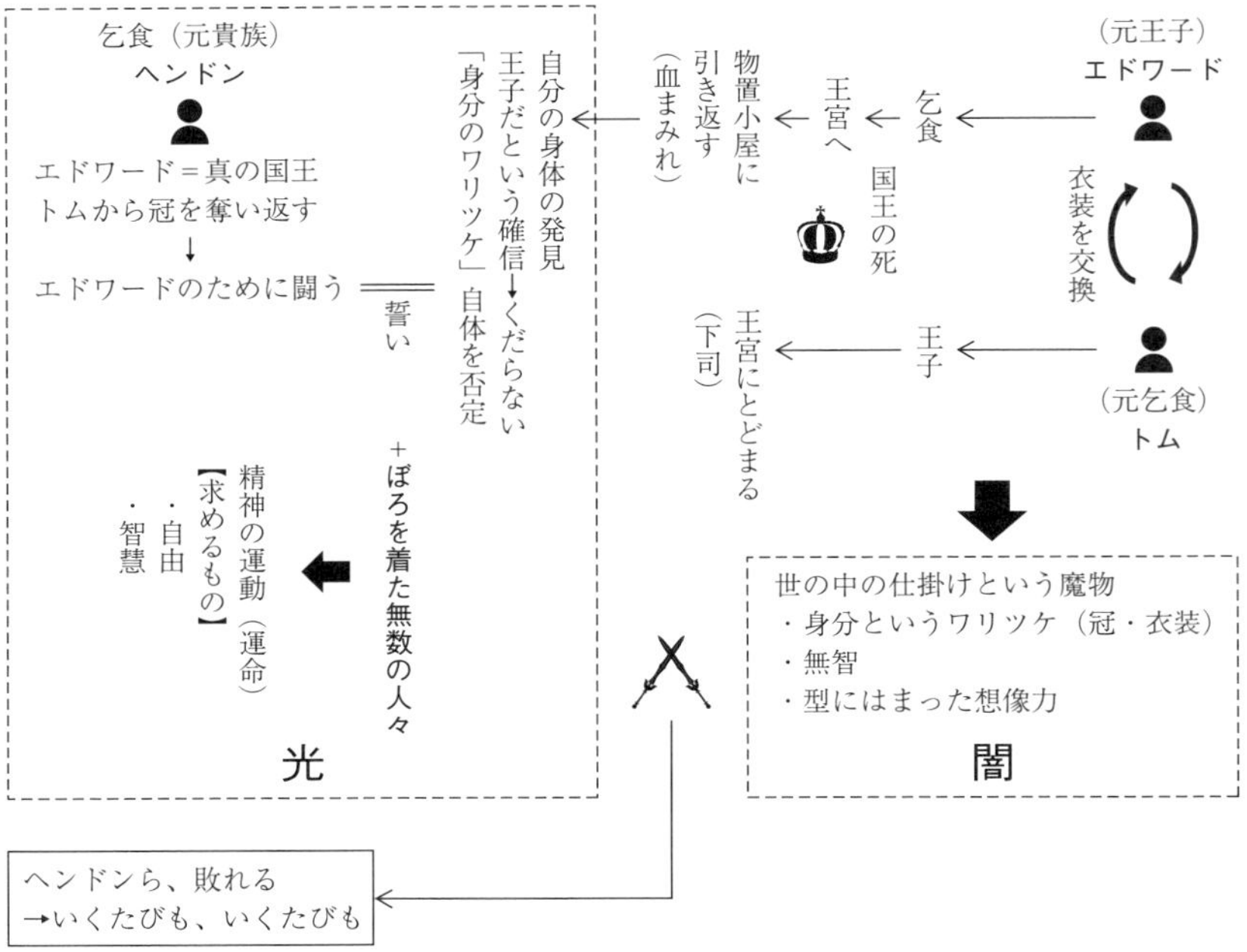

の生活は絶対にありえない。」（「歌う明日のために」）

【脚問】

問1 「世の中の仕掛け」の中で有効なだけの、型にはまった貧相な働きでしかないという皮肉。

▼**解説** 「一般に、ぼろを着たこどもがさまよって行く道には、いつも惨苦の落とし穴しか待っていないという約束になっている。」などの表現に見るように、「想像力」は、型にはまった発想として示される。しかも他人の「人生の惨苦ほど想像力を刺激するものはない。」というような貧相なものである。

問2 エドワードは、衣装によって外面的に割り当てられた身分に対して、自己の真実によって抵抗するような、精神の高貴さを有した人物であると、ヘンドンが認識したから。

▼**解説** 「乞食の子のような格好をしたやつはすなわち乞食」という「明白な事実」に対して、エドワードが王子という自己の真実を主張したことを踏まえる。

問3 貴族が貴族であるために王が必要だとしても、王が乞食であり、貴族も領地を放逐された放浪者では、どちらも身分として成立しておらず、しかも、身分というものは、「世の中の仕掛け」におしつけられた役割にすぎないから。

▼**解説** 「配役」という表現から、身分はその人物の実質とは無関係だ、という考えが読み取れる。

問4 「世の中の仕掛け」という「魔物」。

▼**解説** 闇は見えてはいるが実体ではない。しかしそれが無理やり入り込んできたのである。その「息ぐるしいまでに迫って」くる存在感。「身分」も「衣装」に象徴されれば見えてはいるが、実体ではない。その一方で、「窓ガラス」は、視線を通す透明なものである

が実体のあるもの。エドワードの砦《とりで》たる物置部屋を「魔物」から隔てていた窓をあけ、いよいよ闘いは始まる。

問5 世の中の既成の秩序や通念を疑うことなく受け取って安住している人間から、精神の自由と自らの意志によって生きる人生をとりもどそう、ということ。

▼**解説** 世界秩序が形式にすぎないものだと気づかない「無智」に対して、人間内面の真実に基づいて生きるのが「智慧」なのである。

問6 自分を最も理解してくれる人間を自らとの誓いによって失うことに動揺し、安住できる身分という仕掛けの中に戻りたい不安に駆られたから。

▼**解説** 精神の自由を求める行動が犠牲を伴うものだと思い知ったこと、また、ヘンドンを失えば、自分の真実を保証する人物がいなくなることにより、弱気になったのである。

【読解】

1 「世の中の仕掛け」が割り当てたような既成の秩序を、無条件に受け入れるのではなく、自らの意志で自らの人生に取り組もうとする態度。

▼**解説** 「運命」は外部から与えられる「必然」ではない(そう思い込む「無智」が「魔物」なのだ)。自由を求めて持続する意志が、運命を導きだすのである。

2 押し付けられた身分を捨て、痛みを伴ったとしても、自分自身の存在を実感する身体性を選ぶことで、生まれ変わったということ。

▼**解説** 自分自身の痛みであり、肉体であり、命である「血」は、実体のない「世の中の仕掛け」と対峙《たいじ》する人間を象徴する。また、高い身分を捨てて俗についたとしても、強制されない人生を選ぼうとするところに、エドワードの精神の高貴さが際立つ。

3 ヘンドンの言葉によって、存在を掛けて既成の秩序に挑み続ける、過去と未来を貫く「精神の運動」に気づかされ、そこに接続して行こうとする意志。

▼**解説** ヘンドンの最後の言葉は、ヘンドン自身が、命を掛けた戦いのなかで、人民の大人として再生し、認識を深化させたものといえる。そして、ただの少年であるエドワードを励まし導く立場になったのである。その導きの言葉には、精神の自由を求める意志とは、単発の瞬間的なものではなく、持続する力となって次々と何度も繰り返されるものなのだと示される。つまり、精神は生きて運動し続けるがゆえに、精神の自由を持続できるのである。そして、自由に対する意志は、既成の秩序がある限り、止むものではない。

【読書案内】

・「アルプスの少女」(『おとしばなし集』集英社文庫)

「乞食王子」と同様の、世界の名作のパロディシリーズ。

・「普賢」(『普賢・佳人』講談社文芸文庫)

芥川賞受賞作。様々な生活の事件に巻き込まれる「わたし」の自意識を饒舌《じょうぜつ》体の独白で描く。

・『紫苑物語』(講談社文芸文庫)

芸術選奨文部大臣賞受賞作。弓の道を愛する国守・宗頼は、自分の分身ともいうべき石仏師・平太の作った仏像を射て、二人とも死んでしまう。優美な文体と強靭《きょうじん》な想像力のダイナミズムによって構築された王朝物。

【田口裕一】

黒猫

E・A・ポー（本文90ページ）

【鑑賞のポイント】

①「わたし」の気質・性格の変化、行動の変化を読み取る。

②一匹目の黒猫の片目をえぐり、さらに殺してしまった「わたし」の心理を読み取る。

③二匹目の黒猫が「わたし」の心理にどのような影響を与え、どのような行動を取らせたのかを読解する。

④一匹目の黒猫と二匹目の黒猫との関係をさまざまに解釈してみる。

【注目する表現】

・「してはならぬことがわかっているというただそれだけの理由」（九三・上2）

傍点を施すことによって、強迫的な倫理意識があることを強調している。

・「この斑点は形こそ大きけれ、もともとははっきりしない形のものであった」（九六・上10）

これは「こそ〜已然《いぜん》形」で逆接的に以下につながっていく古典文の残存であり、現代文においても、「程度の差こそあれ」といった言い方で残っている。

【作品解説】

「黒猫」（The Black Cat）は、十九世紀を代表する文学者であったE・A・ポーの短編小説である。今回採録したのは、河野一郎による翻訳であるが、この他にも多くの邦訳があるので、読み比べてみるのもよいだろう。

　この作品には、二匹の「黒猫」が登場する。「わたし」が片目をえぐり、さらに殺してしまった「第一の黒猫」と、片目がつぶれ絞首台の形をした白い斑点を持つ「第二の黒猫」である。「第二の黒猫」は、「わたしをまんまと殺人に誘いこみ、今はまたその鳴き声で、わたしを絞首人へと引き渡した猫」と末尾に記述されている。この二匹の「黒猫」については様々な解釈が可能である。

　例えば、二匹目は一匹目の化身であると考えることができる。「わたし」に虐待された記憶を継続しているがゆえに恐怖を抱いており、「わたし」への復讐を暗示する、絞首台の形をした白い斑点を持っている。その猫は「わたし」を精神的に追い詰め、殺人を引き起こさせ、最終的には鳴き声によって「わたし」の犯罪を知らしめ、絞首台に送る。黒猫の勝利＝復讐の物語である。このように解釈すれば、「黒猫はすべて魔女の化身である」とあるように「黒猫」は「わたし」にとって「悪魔」と読み取れる。

　あるいは、二匹目の黒猫は実在ではなく、一匹目の黒猫の目をえぐり殺してしまったことに罪悪感を抱く「わたし」の幻覚だとも考えられる。最終場面において黒猫の鳴き声を聞いたのは「わたし」だけであって、警官たちは、ただ「わたし」の異様な騒ぎ方と不自然な壁の存在への言及によって、注意を喚起させられて死体を見つけたことになる（警官たちの「極度の恐怖と畏れ」は客観的な描写というよりも、「わたし」の主観的な把握であることに留意したい）。このように解釈すれば、「黒猫」は、してはならぬことをしてしまった自分自身を責める気持ち（良心の呵責《かしゃく》）の象徴とも読み取れる。

　いずれにせよ、この物語の主役は「黒猫」というよりも「わたし」であろう。では「わたし」はどのような人物なのだろうか。

　「わたし」の性格については、「幼い時分から、わたしはおとなしく思いやりのある性質の子として知られていた」とある。「わたし」の

「わたし」による語り
……重罪犯の独居房にいて、明日には絞首刑にされる

■「わたし」の気質と性格
・幼い時分にはおとなしく思いやりのある性質
↕ 矛盾→酒で解消
・気むずかしく、怒りっぽく、他人の気持ちを無視する
・片意地な根性
（してはいけないとわかっているからこそ、してはならぬことを繰り返す）

■「黒猫」とのかかわり
プルートー（一匹目の黒猫）

「わたしの気に入りであり、遊び友だち」
↓
泥酔した夜に黒猫の片目をえぐる……「憤怒」「憎悪」による行為
「半ば恐怖と悔恨」
↓
黒猫を縛り首にして殺す……「悪業のために悪業をなそう」
↓
自宅が焼け、壁に猫の姿……「猫の幻を払いのけることができない」

二匹目の黒猫（殺された黒猫の化身？）

一匹目と同様、片目がつぶれ斑点がある……「恐怖と戦慄」
↓
黒猫のせいで妻を殺し、壁に塗り込める……死体の隠匿に「満足」
↓
黒猫が姿を消す……「安堵感」
↓
警官がいるときに壁の中の猫が咆哮
「恐怖と勝利の相半ばした号泣」
↓
妻の死体が発見される

根底には強い良心が存在する。しかし、「あまりに気がやさしすぎ、遊び仲間のからかいの的になるほどであった」とあり、それが子供同士の世界では受け入れられない。そこで「大人になるともっぱら動物をかわいがることで楽しみを得るようになった」。つまり、「おとなしく思いやりのある」性格を人間関係の中で発揮することができず、「動物」との関係だけで発揮してきたというのである。

しかし、「わたしの気質と性格は――大酒という悪魔のため――昔日の面影もないまで変わってしまった」。そもそもの性格をストレートに対人関係において発揮できていれば、酒を飲むことで高揚したり安定したりする必要はないはずであり、そこに無理があるから「大酒という悪魔」を招いたのだと考えられる。

そして、「黒猫」の片目をえぐったことについても、まず「自分の犯した罪の恐ろしさに、半ば恐怖と悔恨の入りまじった気持ちを覚えた。だがそれもせいぜいが弱々しい、あいまいな気分に過ぎず」とあり、自分の持ち前のやさしさを、ためらいなく発揮することができない。「わたしはふたたび身を持ち崩し、まもなくこのいまわしい思い出も、すっかり酒の中に沈めてしまった」とあるように、「わたし」が気むずかしく、怒りっぽい性格となった原因は、酒そのものではなく、やさしすぎる性格をそのまま発揮できずに、飲酒によってそれをごまかしていたことにあるのである。

そのような矛盾した性格は、「片意地な根性」として詳しく語られる。「してはならぬことがわかっているというただそれだけの理由で、何度となく繰り返し下劣な、愚劣な行為をなしている」「法なるものを法なるがゆえに破りたい」。黒猫の片目をえぐったのも縛り首にしたのもすべてこの根性が原因である。しかし、それが「してはならぬ」行為だということは「わたし」自身がもっともよく認識している

わけであるから、それを実行した後では、心の中には罪悪感が強迫的に立ち現れる。それゆえに第二の黒猫に恐怖を感じ続け、これを殺そうとしたところ、止められて妻を殺してしまうのである。

この「片意地」は、「あまりに気がやさしすぎ、遊び仲間のからかいの的になる」ことから形成されたのだろう。からかわれるのが嫌になったとき、わざと「してはならぬこと」を実行すれば、からかわれずに済む。それが積み重なることで、心の中では「良心の呵責」に苛《さいな》まれながらも、してはならぬ愚行・残虐を繰り返す。こうした葛藤をごまかすために大酒を飲んでいたことを考慮すれば、「わたし」は、単に「悪人」だったためではなく、むしろ根本的なところで良心が強固すぎるためにこのような悪循環に陥ったとも言える。

このように、本作は「黒猫」の正体についての解釈と「わたし」の性格についての解釈においてさまざまに楽しめる小説である。

【訳者紹介】

河野一郎　一九三〇年―。英文学者。大阪府生まれ。近現代の英米文学の翻訳で知られる。訳書に、トルーマン・カポーティ『遠い声 遠い部屋』、ヘンリー・ミラー『南回帰線』などがある。

【脚問】

問1　重罪犯の独房

▼解説　「こうして重罪犯の独房にある今」（九六・上4）とある。

問2　おとなしく思いやりのあり、あまりにも気がやさしすぎる性格。

▼解説　「おとなしく思いやりのある性質で、あまりに気がやさしすぎ」とある。「やさしすぎる」ことが「からかいの的」になり、それが性格変化のもとになっていると解釈したい。

問3　黒猫を縛り首にして殺したために、自宅が丸焼けになったと認識すること。

▼解説　直前の「この災害」と「例の残忍な行為」に着目する。

問4　胸のあたりにある大きな白い斑点が絞首台の形をしていたから。

▼解説　「恐ろしさ」の原因は、二〇段落において詳述されている。

【読解】

1　元々はおとなしく思いやりのある気質であまりに気がやさしすぎる性格であった「わたし」は、大酒を飲む習慣によって気むずかしく怒りっぽくなっており、その「わたし」の手首に噛みついたため、猫に対して憎悪の気持ちを抱いたから。

▼解説　直接的な契機は「わたしの手首に噛みつき、軽い傷を負わせた。たちまち悪鬼のごとき憤怒がわたしを虜にした」とあり、第二段落に「幼い時分」の性質が記述され、第六段落に「大酒」によって「変わってしまった」と述べられている。

2　・犯罪を完全に隠蔽できたことについての得意な気持ちによって。
・死体の隠し場所を示してはならないという禁忌を自ら破ってしまうため。

▼解説　表面上は「警官たちにわたしの無実をいやが上にも確信させてやりたくてならなかった」とあるように、前者のような理由であろう。しかし、深く解釈すると、「わたし」は「してはならぬことがわかっているというただそれだけの理由で、何度となく繰り返し下劣な、愚劣な行為をなしている」「片意地な根性」の持ち主である。「死体を発見させてはならない」状況だからこそ、ひたすら隠して口を噤《つぐ》むのではなく、「何か無性に喋りまくりたい気持ち」になり、死体の発見につながる余計なことを言ってしまうのである。

3　ⓐ「わたし」に虐待されるのではないかという「恐怖」。
ⓑ「勝利」は、鳴き声をたてることによって「わたし」の妻の死体のありかを警官に知らせ、「わたし」の犯罪を暴露する機会

を得たこと。

▼**解説**　第二の黒猫が第一の黒猫の「化身」と解釈した場合には、虐待され殺されたことへの復讐ということになる。

【読書案内】

・「アッシャー家の崩壊」（八木敏雄訳『黄金虫・アッシャー家の崩壊他九篇』岩波文庫）

旧友アッシャーの屋敷に招かれた語り手が体験する奇怪な出来事を描いた幻想的な怪奇小説。

・「モルグ街の殺人」（小川高義訳『黒猫／モルグ街の殺人』光文社古典新訳文庫）

むごたらしい殺人が起きたが事件現場は密室。迷宮入りかと思われたところに素人探偵デュパンが登場し、犯人を突き止める。推理小説の原型とされる作品。

【村田正純】

第三章　向こう側の世界

銀の匙

中　勘助（本文102ページ）

【鑑賞のポイント】

①「私」が「銀の匙」をみつけた時の状況と気持ちはどのようなものだったか理解する。

②神田川のほとりで出会った「女のあきんど」は、「私」にとってどのような人だったか考える。

③新しい家が建てられていくのを見て、「私」のなかにどのような気持ちが起こったか整理する。

【注目する表現】

・「私の書斎のいろいろながらくた物などいれた本箱の抽匣に昔からひとつの小箱がしまってある」（一〇二・1）

本箱の「いろいろながらくた物などいれた」「抽匣」の中に「ひとつの小箱がしまってある」という入れ子構造を表す不思議な文章に注目したい。通常は「抽斗」と表記するところを「匣」（はこ）という文字を使用している。何重もの「はこ」の中心部に仕舞われた「銀の匙」は、「私」の心の奥深くにしまわれた大切な一品であることを意味する。

・「そうすると伯母さんはよく化けものの気もちをのみこんで間違いなく思うほうへつれていってくれた。」（一〇七・12）

伯母の背中にくっついている自分を「アラビアンナイトの化けもの」と戯画的に規定しながら、同時に伯母と一体化しつつ指図する「私」の幼年のあり方が巧みに表現されている。

【作品解説】

『銀の匙』は、「前篇」「後篇」より成っており、教材として収録したのは「前篇」の一部である。

中勘助がこの作品を執筆したのは一九一二年、二十七歳の時である。その冒頭部分は、夭折《ようせつ》した妹の病床の枕辺で書かれた。「私」の書斎の本箱の抽匣の中にある小箱。その中に仕舞われている「銀の匙」。その「銀の匙」の由来から物語は始まる。「銀の匙」は、伯母によってもたらされたが、その出所は明示されていない。「私」はその「銀の匙」によって「始終薬を含ませ」られていたのであり、それは「私」の生命そのものと深く結びついている。「私」は幼年時から「ずっと大きくなるまで虚弱のため神経過敏で、そのうえ三日にあげず頭

■第一段 「銀の匙」の発見
・本箱の抽匣の中にある小箱の中の「銀の匙」
↓「旧い日のこと」を回想

「銀の匙」の発見(山の手の家)
↓母による「由来」の語り

■第二段 銀の匙の由来
・「私」の出生(難産)
↓銀の匙による投薬(東桂さん)↓腫物・虚弱+母の不調
↓伯母さんによる養育

■第三段 伯母さん夫婦(惣右衛門・伯母さん)
・人のいい働きのない人たち
・迷信家
・コレラの流行↓惣右衛門の死
・「私」を死んだ兄の生まれ変わりと思う
↓「私」の成長が唯一の楽しみ

■第四段 神田(下町)での生活
・商屋↔「お医者様」と「殿さま」邸(邸内に「私」の家)
・「伯母さん」の背中にくっつき散歩をする「私」
↓川面の鳥を見物して上機嫌
※女あきんどの登場
麦粉菓子の誘惑↓「今」に残る「女」の印象

■第五段 小石川(山の手)への引っ越し
・東桂さんの死↓「西洋医者」の高坂さんの登場
↓腫物の治癒・小石川への転居

■第六段 小石川の生活
・「草ぼうぼうとしたあき地」を跣で歩かされる「私」
・新しい家の普請↓大工職人(定さん)との交流
・新しい住まいができていくのを不思議らしく眺める「私」

痛に悩まされ」ていた。作中には、病気の名前が頻出する。「私」の育て役である「伯母さん」の夫・惣右衛門はコレラで死に、「私」の一つちがいの兄は、生後間もなく「驚風」で亡くなっている。

「私」は二つの町を経験する。一つは、そこが生地である神田である。そこは、「火事や喧嘩や酔っぱらいや泥坊の絶えまのない」下町である。その中で「私」は、「殿様のところ」という数少ない特権階級の邸内で育った。その「私」が家から出て怖い所を通ってゆくときの乗り物は、「伯母さん」の「背中」である。それは、「アラビアンナイトの化けものみたい」な「私」と愛情を融合した生きた乗り物であり、「私」はそれを自在に操る。その「私」が「いちばん好きなところ」が、和泉町のお稲荷さんである。その心身一体化した二人の間にいっとき割って入った異物のような存在が、「麦粉菓子を背負った女のあきんど」である。「女」は、言葉巧みに麦粉菓子を使って、「私」を「伯母さん」の「背中」からおろしてしまうのである。それは「私」の心に刻印された最初の「女」からの誘惑体験であった。

第二の町は、「私」と「母」の健康のために引っ越した「空気のいい」山の手である。その時には、漢方医の「東桂さんが一所懸命ふき出さした」「私」の腫物は、「西洋医者」の高坂さんの「薬できれいに洗われ」た。山の手への引っ越しは、その高坂さんの近代医学的な指示によるのである。「私」は新たな土地で、毎朝「草ぼうぼうとしたあき地を跣で歩かされ」「ぺんぺん草や、蚊帳つり草」の名前を覚えさせられる。「自然」そのものを直に味わわされ、分節した知識を学習させられるのである。「私」は程なく、その山の手に新しく「普請」する家に住むことになるが、その家を造る大工職人の一人が、定さんである。定さんは、仕事に見とれている「私」にきれいな鉋屑をくれる。「杉や檜の血の出そうなのをしゃぶれば舌や頬がひきしめられるような味がする」とあるように、「私」は定さんを通し、樹木という「生きもの」の生の感触を味わう。その定さんはいつも仕事の最後に残り、「拍手をうってお月様を拝んだ。」定さんの中には前近代の人間の「自然」が生きており、「私」はそれを眺めるのを楽しみにしていた。

このようにして、「私」は神田という下町から旧幕時代の「士族たち」の住む山の手へと移動し、家族や伯母という「内部」の人間から「外部」の人間へと好意の触手をのばし、人間としての心性や感覚を成長させてゆく。それとともに、前近代から近代へと移行する時代の様相・雰囲気を心に刻むのである。そのような移り行きの中にあって、「私」は、「不思議」な「眺め」と好きな人との両方に触れながら、自身の心の移ろいを感受してゆく。その感受性は、大人が回想の中で味わうものなどではなく、子供の心そのものである。そのようなこの作品の味わいを、漱石は「『銀の匙』のようなものは見たことがない」と言ったのである。

【脚問】

問1 「母」への願いに気が張っていたにもかかわらず、いつになくじきに許しがでたから。

▼**解説** 「私」の「母」に対する言葉遣いや「母」の応諾の言葉に、「私」の受けたしつけの厳しさや母子間の微妙な距離が表れている。

問2 亡くなったひとつちがいの兄が生まれかえってきてほしいという願い。

▼**解説** 亡くなった兄が生まれかえってきたと「私を迷信的にかわいがる」「伯母さん」の気持ちを受け入れ、子供ながらに思いやる優しさとともに、「伯母さん」と一体化した心理状態を表している。

問3 東桂さんが亡くなり高坂さんの薬を投与されることで、腫物がなくなったから。

▼**解説** 漢方医から西洋医者に主治医が替わったことで、腫物がなくなり、山の手への引越しのように生活の根幹に関わるような変化も招来させたことに留意したい。

問4 「私」の健康のため。

▼**解説** 「伯母さん」の背中からおりて自分から「跣」で歩いた空き地の感触は、「私」の身体と「世界」との初めての出会いである。

問5 今までにない感触を指に感じ、身体的な新鮮味を覚えたから。

▼**解説** 未知の感覚を味わったことへの身体的な驚きと快さである。「私」は、身体を通して「世界」に出会い、歩み出してゆくのだ。

【読解】

1 「銀の匙」は幼年時に見つけて訳もなくほしくなった愛好品で、それは投薬の時に使われて「私」の命を育んだ大切な物品であり、同時にそれを見つけてきた「伯母さん」との幼年体験そのものにつながる思い出の品であるから。

▼**解説** 「銀の匙」は、それを見つけた時の楽しい驚きの幼年時代の記憶に結びつくものであり、それは「私」の身体、「伯母さん」の愛情、彼女とともにあった幼年時代のあらゆる体験の象徴としての一品である。大人になった「私」は、自身の心の中心に原点としての「銀の匙」をいまだに大切にしまってあるのである。

2 「うす赤い卵」や「麦粉菓子」は、幼年体験の中で異色なものであった「女のあきんど」との出会いを思い出す契機であり、「私」を「手なずけ」た女性の不思議な魅力に結びつくものであるから。

▼**解説** 「女のあきんど」は、大人となった今でも思い起こす特異な存在であり、彼女とのやり取りは、他者としての異性の魅力を刻印する重大な経験だったのである。

3 「病身もの」の「私」は、それだけに一層心の中に健全さや元気さへの願望をもっているのであり、鑿や手斧などの音が身体感覚を刺激し、躍動への願望を湧き立たせるのである。

▼**解説** 大工道具の音は、「私」の聴覚を刺激するだけではなく、各道具が使用され交響する中で「普請」という全体に向かってゆく躍動感を伝えるのである。

【読書案内】

・「提婆達多」（岩波文庫）
仏陀の出家をめぐる伝説に取材して、その一族である提婆達多《でーばだった》を主人公にその一生を描く。彼は仏陀と耶輪陀羅姫《やしょーどはらー》を争い敗れたことを発端にして仏陀に対する復讐の念を慰藉《いしゃ》とする苦しい一生を歩む。

・「妹の死」（『中勘助随筆集』岩波文庫）
二十三歳で亡くなった妹の最期を看取《みと》った作者の永訣《えいけつ》の短編である。妹との対話、自然の描写など、澄明この上ない筆致である。

・「鶴の話」（『鳥の物語』岩波文庫）
「みかど」の御前の「山辺の赤人」に名歌を詠ませた丹頂鶴の物語。動物寓話という形式の中に、ウイットとユーモアの効いた人と動物との交歓が描かれている。

【真杉秀樹】

木になった魚

竹西寛子（本文112ページ）

【鑑賞のポイント】

①「見る、見えるということに関して、少女には日頃から迷いがあった」という記述に注目して、話の展開を理解する。
②空を泳いでいるピアノを見た少女の一家とその祖母の人間関係と、ピアノが移動する時の少女と祖母の心情を理解する。
③卵色の少女の、沖縄にいるおじさんへの思慕を理解する。
④卵色の少女がマンゴーの種を「木になった魚」と受け止めた経緯を理解する。

【注目する表現】

・「うそつき呼ばわりされたのでは、言おうとしている中味そのものがかわいそう」（一一五・3）
他人から自己の見方を断定的に否定されることにより、その出来事を体験した自分の立場や思念が軽視され、事柄自体も損なわれてしまうことを強調している。

・「あの島に行けば、海と空を見ながら毎日おじさんとこの果物が食べられるのかと思うと、浮き立つようだった」（一一一・15）
美しい沖縄の自然と敬愛するおじさんと香り高く美味なマンゴーという、自己の憧れを一度に手に入れられる喜びで、心が落ち着かなくなっている。

【作品解説】

「木に縁《よ》りて魚を求む」という諺《ことわざ》は、方法を誤ると成功しない、という意味だが、作品では、木に魚がなっている。つまり、非現実が現実として立ち現れているのだ。では、それを成立させるものとは何か。

作品は、通常ではありえない場所に存在した事物を見たという小学生の話から始まる。二人が見たことを友人に話す場面に続いて、その背景が述べられ、木になった魚を見たものの友人には話さずにいた少女の話が最後に描かれる。

「空にいる象」はテレビからの知見であることで友人からは一蹴される。「空を泳いでいるピアノ」は、ピアノが家から運び出されるときの様子を言い、その経緯が詳しく描かれる。赤いマフラーの少女の祖

緑色の少年
……**空にいる象**を見た

テレビの映像
↓クレーンで檻ごと吊り上げられる象

赤いマフラーの少女
……**空を泳いでいるピアノ**を見た

独居の**祖母**が「ホーム」に入居
↓祖父のピアノを倉庫に預ける
↓二階の窓からクレーンで運び出す（祖母の悲嘆）

↓ともに周囲の反応に気勢をそがれる

卵色の女の子
……見る、見える、ということについて迷い
木になった魚を見たが言わない
（信用されないときは「中味そのものがかわいそう」）

少女 ――敬愛→ **おじさん**（個性的・ユーモア）
……沖縄から夏休みに帰京予定
沖縄について調べる → 帰らず。**マンゴー**を送る
落胆せず、次の再会を期待
← 沖縄で毎日おじさんと食べることを思うと浮き立つよう
お魚が木になっている ← **母** 種の形体に驚く 若草色の皿に種を載せる
← おじさんにお礼の手紙を書き、平生からの疑問を投げかけよう
→存在することの不思議

母は、子供たちの独立後、夫にも先立たれる。少女は祖母との同居を期待し、両親も検討するが、祖母が人間関係の煩雑さを避けて「ホーム」（高齢者向けの養護施設）に入居することを決め、ピアノは倉庫に預けられることになる。ピアノは亡夫が特別に注文した思い出の品であり、ピアノを運び出す際にクレーンを使い空中を移動させると聞いて、祖母は「体のしんが冷えてゆくように感じた」。

「木になった魚」は、沖縄に滞在中のおじさんが送ってくれたマンゴーの種が緑色の皿を背景にして魚に見え、魚が木になったと思えたという話である。独身で気まま、そのうえユーモアもあるおじさんは少女にとっては憧れであり、ほのかな恋情を抱く対象でもある。そのおじさんが夏休みに帰京するというので、少女は遊び返上で沖縄について調べる。結局おじさんは帰京しないが、少女は落胆するどころか「この次がもっと楽しみになる」と思っている。

おじさんから送られた南国の香りのするマンゴーを食べながら、少女は沖縄とおじさんへの思いを強くする。母親は何気なくマンゴーの種を洗い、それが芳香を発する果肉とは似ても似つかない形体であったので、「あのおいしい果肉が、しんにこういうものを抱えている」ことを知らせたくなり、娘を呼んだ。無地の若草色の皿上の種を見た娘は「海のお魚が木になっている」と言う。

作品の構成は、語り手の目を通して物語るというスタイルで、時間や空間を行き来して描くという、作者が愛し、かつ精通する古典文学作品の手法を用いている。

竹西寛子の文章は一見平易であるものの、内容は精緻な思索や深い洞察に支えられて深遠である。例えば本作品の冒頭近くの「ただ、見る、見えるということに関して、少女には日頃から迷いがあった。」などは、見えないものが見えてくる、とらわれない自由と闊達《かったつ》さを持

つ、と評される作者の思念の投影がそこにあり、小説『儀式』の中の「確かに物が在るというのは、どういうことなのか。目に見ることができ、手で触れることができ、肌で感じることができれば、その物は確かに在ると言えるのか。意識の中で在るということは、見ることも触れることもできないから、不確かでしかないことなのか。」という言葉と軌を一にする。また作品末尾の「そしてこのわたしが、マンゴーではなく、花でも鳥でも魚でもなかったふしぎについても。あのおじさんなら、きっとやさしく教えてくれると思う。」は、戦争や原爆という抜き差しならない事件を経験し、作品を通して存在の本質に迫ろうとした作者ならではの言葉であろう。

さらに表記においては、常用漢字表にない難読漢字、あるいは凝った読み方、また古風な言い回しなども見られる。これらは固有の表現を貫こうとする作者の姿勢を反映したものであり、内容と表現の関連性にも着目して作品の本質に迫ることが重要である。

【脚問】

問1 彼の人柄が悪くなくその発言内容はうそではないと思うとともに、彼の経験に羨望の念を抱いたこと。

▼**解説** 後掲内容を指す指示語。

問2 少女には、大きくて重いピアノがクレーンに吊り下げられて空を飛ぶことなど、想定外の驚くべきことであったから。

▼**解説** ピアノを、窓から空中に放り出すようにして出すという、意表をついた方法で移動させる場面に遭遇したのである。

問3 大好きなおじさんが夏休みに休みをとって帰ってくる予定なので、おじさんが滞在中の沖縄について調べることでおじさんをより深く理解しようと考えたため。

▼**解説** 「沖縄を知りたい気持ちとおじさんを知りたい気持ちがひとつになっていて」がヒント。

問4 マンゴーの独特の甘い香りが、南国沖縄の明るく伸びやかな自然を彷彿《ほうふつ》とさせるものであること。

▼**解説** マンゴーの甘い香りが常夏の沖縄のイメージと合致したのだ。

【読解】

1 ピアノ運び出しの方法が、亡夫の娘への愛情やピアノ自体の尊厳を冒すように思われ、夫にも、夫が注文して購入したピアノに対しても申し訳なく、さらに自己の境遇についての悲哀を感じたから。

▼**解説** 業者から移動方法の説明を聞き、ワイヤーが切れるなどの事故の危惧や、亡夫と楽器に対する冒瀆《ぼうとく》を感じ、自責の念や自己の不運を感じたのである。

2 大好きなおじさんと共に過ごし、南国の自然に触れ、独特のかぐわしいマンゴーが毎日食べられるならば無上の喜びが感じられると、期待で心がうきうきするから。

▼**解説** 恵まれた自然の下、敬愛する人と共にあり、格別においしいものがあるなら無上の喜びである。

3 魚の形体に類似したマンゴーの種が、葉に擬せられる若草色の皿上に置かれたのを、葉を背にして魚がいる、すなわち魚が木になっていると見たから。

▼**解説** おじさんが送ってきた格別美味な果物。その種は種の概念を超えた形体を持ち、背景の力を借りて生き物として立ち現れた。

4 存在するとはいかなることか、この世に在ることの確かさと不確かさはいかなるものか、ということ。

▼**解説** 常識に囚《とら》われないおじさんを信頼し、周囲の大人に尋ねても納得できる答えが得られそうもない疑問に、明解な解答を出してくれると想像したのである。序盤の「迷い」とあわせて考えたい。

【読書案内】

・『管弦祭』（講談社文芸文庫）

「管弦祭」は厳島《いつくしま》神社の夏祭りである。広告代理店勤務の有紀子を中心とし、彼女の故郷広島に投下された原爆により消えた人々や時間、原爆後を生き抜いた人々の様子などを、時間と空間を行き来しながら描く。

・『詞華断章』（岩波現代文庫）

「うた」、すなわち韻文により自己の生を確認してきたと自認する筆者が、和歌・俳句・漢詩・さらに散文をも対象にし、好む詞華について綴った随想集。

【小泉道子】

闇の絵巻

梶井基次郎（本文124ページ）

【鑑賞のポイント】

①新聞記事にあった強盗の供述に「爽快な戦慄」を感じた「私」は、闇の中でどのように考えて行動したのかを整理する。

②街道における闇の描写は、電灯の光など闇以外のものに言及することで、闇をより印象づけている。こうした闇以外のものを整理する。

③「電灯の光の流れている夜」を「薄っ汚く」思った理由を考察する。

【注目する表現】

・「爽快な戦慄」（一二四・4）

本来対照的な意味の語句をつなげることによって、「爽快」をさらに強調する表現となっている。

・「芳烈な柚の匂い」（一二五・19）

暗闇の中で嗅覚を刺激する「柚」は印象的である。小説「檸檬《れもん》」の中の主人公がレモンの匂いを嗅ぐ場面を思い起こさせる。

・「彼らは私のいるのも知らないで話し出した。『おい、いつまで俺たちはこんなことをしていなきゃならないんだ。』」（一二六・4）

黒い山々を擬人化した会話表現。山々に語らせなければならないほど、「私」は孤独感にさいなまれていることがわかる。

【作品解説】

「闇の絵巻」というタイトルは、「私」が一本の街道を歩くことによって、まるで絵巻物をみるように闇の街道の風景を描いていることによるものだろう。本来の絵巻物は、円筒状に巻かれたものを右端から少しずつ広げながら見ていくものであるが、この作品も闇の街道の風景をゆるやかな流れの中で少しずつ広げながら読者に見せている。

梶井基次郎は、十九歳の頃より肺を患い、長い闘病生活の中で小説を紡ぎ出し、三十一歳という若さで夭折《ようせつ》している。「闇の絵巻」は死の二年前にあたる二十九歳の時に発表された作品であり、静岡県の湯ヶ島温泉で療養生活をしていた頃の体験を綴《つづ》ったものとされる。山間の闇の街道を歩いた時の言いしれぬ恐怖感が、ときどき安息や安堵感に変わる様子を、五感を研ぎ澄ませて表現している。

一本の棒を前に突き出し、やみくもに走る強盗が捕まったという新聞記事に「爽快な戦慄」を感じたという書き出しで始まる。その後、山間の療養地での闇の体験が、ゆったりとしたテンポで語られていく。

深い暗黒、闇の中で一歩を踏み出すためには「絶望への情熱」ともいうべき勇気がなければならないが、その意志を捨てて呑気《のんき》でいることを心がければ、安息や安堵を得ることができると気づく。闇との同化、つまり一体感が、母の胎内にいるときのような安心感をもたらすのだ。そして闇を愛することを覚える。

■強盗が捕まった新聞記事
　→一本の棒を頼りに自在に走る→**爽快な戦慄**

■山間の療養地での体験

・闇のなかでの一歩＝絶望への情熱が必要
　←その意志を捨てると→**深い安堵・爽やかな安息**

・闇を愛することを覚えた「私」

・芳烈な柚の匂い→孤独を癒やす 闇をより強調

■闇の街道の記憶

・一個の電灯、川の瀬、椎の木の作り出す巨大な闇

・わずかな光に感じやすい竹、一軒の人家→闇をさらに強調

・ひろびろとした展望→新たな決意・ひそかな情熱

・闇の中に消えていく一人の男の姿→一種、異様な感動 ＝**自分と重ね合わせる**

・川の音、最後の電灯→**最後の安堵**

・霧の夜の電灯……たどり着かないように感じる

闇の風景の記憶　眼に残る　安堵感
↔
都会の電灯の光　薄っ汚い　不安感

渓谷に石を投げた後、「芳烈な匂い」が「立ち上る」場面は印象的である。谷の闇に向かって一心に投げた石が柚に当たり、柚の匂いがあたりに立ち上る。療養地で孤独な「私」にとって、柚の香りさえ孤独を癒やしてくれる対象物となる。小説「檸檬」の中で、レモンの匂いを嗅いだ主人公は、元気を取り戻す。「闇の絵巻」も同様、「私」は、闇の中を歩く勇気を与えられたのである。

その後、一本の街道の記憶がよみがえる。闇の中で、「私」は、かすかな灯りや灯りのようなものに敏感に反応する。電灯の真下の青蛙、山の中の中腹の一個の電灯、僅かの光に反射する竹、広々とした展望の中での一軒の人家の光などの描写は、灯りを表現したものなのに、逆に、街道の闇や闇より濃い樹木の闇の姿を強調していると言える。

ある夜、提灯なしで歩いて行く一人の男の姿に気づく。闇の中に消えていく男の姿に自分を重ねて感動する。闇と一体化する安堵とともに死への不安を感じていることは間違いないだろう。また、杉林の切れ目から聴覚としての瀬の音が押し寄せてくる場面も印象的である。孤独の心は、柚の匂いと同様、音も「私」を勇気づけてくれるのだ。

最後の場面では、「私」の部屋が近づき、電灯も見えてきた。「最後の安堵」とともに道を歩いて行くが、霧にかすんで見えにくい電灯によっていつまでも行きつけないような「不思議な気持ち」になる。なぜそのような気持ちになるのか。現実の灯りは、現実と向き合うことであり、自分が抱えている病気や死の恐怖を再び実感することである。「私」はあえて「不思議な気持ち」になり、現実に立ち戻りたくなかったのである。つまり、「闇の絵巻」の体験こそ「私」の心の平安であり、安息であり、安堵であったのである。「電灯の光の流れている夜を薄っ汚く思わないではいられない」という最後の一文は、そのことを明示している。

【脚問】

問1 電灯のある生活に慣らされてしまった人々、つまり闇を知らない現代の人間たち。

問2 「私」を含めての「われわれ」であるが、現代人一般をさす。

▼**解説** とかくわれわれ現代人は、灯りの下で周りの世界を理解しようとしているが、その習慣を忘れてしまえば、逆に暗闇と一体化して現実の不安や恐怖から逃れることができるから。

▼**解説** 闇の中でこそ恐怖や絶望を忘れることができれば、「安息」や「深い安堵」が訪れるのである。

問3 闇に対する恐怖感よりも肉体に課せられた負荷が大きいため、一時的に思考が停止するから。

▼**解説** 色々考えたり、感じたりできるのは、身体的に余裕がある時である。肉体の辛《つら》さを感じている時は、それ以外の思考は停止する。

問4 「私」は「消えてゆく男の姿」に自分の姿を重ね、闇の中に消えてゆくことは安息を得ることだと肯定的に捉えているから。

▼**解説** 病気療養中の「私」にとって、闇の世界に消えてゆくことは、死を意味しているはずである。しかし、一方、闇と一体化することで「安息」や「安堵」も感じている。「私」は、一人の男の姿を見て、自分も同じように闇のなかへ消えてゆく存在だと、どちらかというと肯定的に捉えている。

問5 一個の電灯によって闇は解消されたはずなのに、霧にかすんで遠くに見えることで、逆に闇の永遠性を感じているから。

▼**解説** 「電灯を見ながらゆく道は心やすい」はずなのに霧にかすむこと、いつまでも旅館にたどりつけない気持ちになっている。

【読解】

1 闇の中では行動が制約されてしまうものだが、強盗の闇のなかでのあまりにも自由自在な行動に対する驚嘆・感嘆の感情。

▼**解説** 「爽快」は、闇のなかでの強盗の動きに対する驚嘆や羨望と捉えることができるが、一般的に対照的な意味の「戦慄」も、ここでは表す意味の方向性は同じであり、驚嘆の強調表現と捉えるべきであろう。

2 闇の中で感じていた孤独感が、柚の匂いによって嗅覚が刺激され、柚と自分とが結びつけられることで和らいだということ。

▼**解説** 闇のなかでは人は孤独だから、孤独を癒やすために人は無意識に視覚以外の感覚を研ぎ澄ます。「柚の匂い」を吸い込むことによって、「私」は孤独を少し解消できたのである。

3 街道の闇や闇よりも濃い樹木の姿が目に焼き付いており、闇の世界を呑気に過ごすことで安息や安堵を得た「私」にとって、電灯の光は現実の世界そのものであり、現実生活における恐怖や病気のことを思いださずにはいられないから。

▼**解説** 「私」は闇のなかで、呑気に過ごすことで、安息や安堵の気持ちになり、現実から逃避できたのに、「電灯の光」は現実世界の苦しみの象徴であるから「薄っ汚く」感じたのである。

【読書案内】

・「城のある町にて」（『梶井基次郎全集』ちくま文庫）

三重県松阪城下にある姉の家に滞在した時の体験がもとになっている。自然や素朴な人情に触れながら、闇を偏愛する以前の健康的な雰囲気があふれている。

・「冬の蝿《はえ》」（前掲書）

「私」と死が間近に迫った冬の蝿を重ねて、生と死を見つめた小説である。日光浴によって命を回復しようとする自分と蝿は、同類である。ラストシーンの蝿の死は、「私」をいっそう陰鬱にさせる。

・「のんきな患者」（前掲書）

生前初めて原稿料をもらうことができた小説だが、皮肉なことにその後まもなく作者は永眠する。人生や病気に対する不安から脱し、達観した作者の境地を感じさせる。

【工藤広幸】

ひよこトラック

小川洋子（本文131ページ）

【鑑賞のポイント】

①職場での様子の描写などから「男」が抱える孤独感を読み取る。

②「男」の「少女」に対する心情が、「少女」との交流を通してどのように変化したかを文中の表現を用いて整理する。

③「男」が最後に感じた喜びとはどのようなものかを考察する。

【注目する表現】

・「昼間の出来事が遠ざかり、逆に夜の世界が、親しく自分だけを抱きとめてくれているような気持ちになれた」（一三三・下2）

「昼間の出来事」とはその前に描写されている仕事中の出来事である。つらい「昼間」を「夜」が癒やしてくれている。また、後の「夜明け」の描写が暗示する男の変化にも注目したい。

・「卵はすぐに他の抜け殻たちとうまくなじんだ。少女の拍手が一段と大きくなった。」（一四〇・上7）

「卵」は「二人の共同作業」の成果である。「一段と大きく」なる「少女」の拍手は、そのまま「男」の喜びでもあるだろう。

【作品解説】

この作品は定年間近のホテルのドアマンである「男」と、母親の死をきっかけに話すことができなくなってしまった下宿先の未亡人の孫娘との、言葉を用いない交流の物語である。三人称で書かれているが、視点の中心は「男」であり、「少女」の心情が描かれることはない。そのため読者も「男」も、「少女」のふるまいからその意味を想像していくほかないのである。

作中の「男」は「お客と上司」から「罵声、舌打ち、文句、小言」を受け、ホテルの客は「誰も男の顔など見なかったし、名前も覚え」ず、同僚とも雑談することはない。家族もいない。非常に孤独かつ他人との交流が苦手な人物として描かれている。

その孤独な「男」が、引っ越しの翌日に干していたブリーフを拾われたことから、「少女」とかかわることになる。しかしこのときの「男」は「少女」のまっすぐな視線を受け止めることができず、ただ「ドアマンとして身に付けた礼儀正しさを表現」するばかりで、「少女」との交流など望むべくもない。そんな「男」が唯一安らぎを感じられるのは大家と「少女」が寝静まったあとの窓から見える「夜の世界」だけであった。

その「男」が「ひよこトラック」との遭遇を機に変わり始める。「ひよこトラック」を見送った後、「少女」と「男」は「不意打ちのように二人の視線が合」い、二人の間に「ひよこ、という名の虹が架か」る。翌日、「男」の帰りを待っていたとおぼしき「少女」からセミの抜け殻を大事そうに手渡された「男」は、戸惑いつつも「少女」の好意を感じ取っている。彼が過ごす窓辺の「夜の世界」は夜明けを迎え「光の予感に染まり」、「大胆に変化」する。この風景は「男」自身の心象の投影であろう。「朝日が当たるまで、もうしばらくかかりそう」ではあっても、孤独な「男」の夜は明けつつあるのだ。

少女が次々とプレゼントしてくれる抜け殻は「男」にとって謎であ

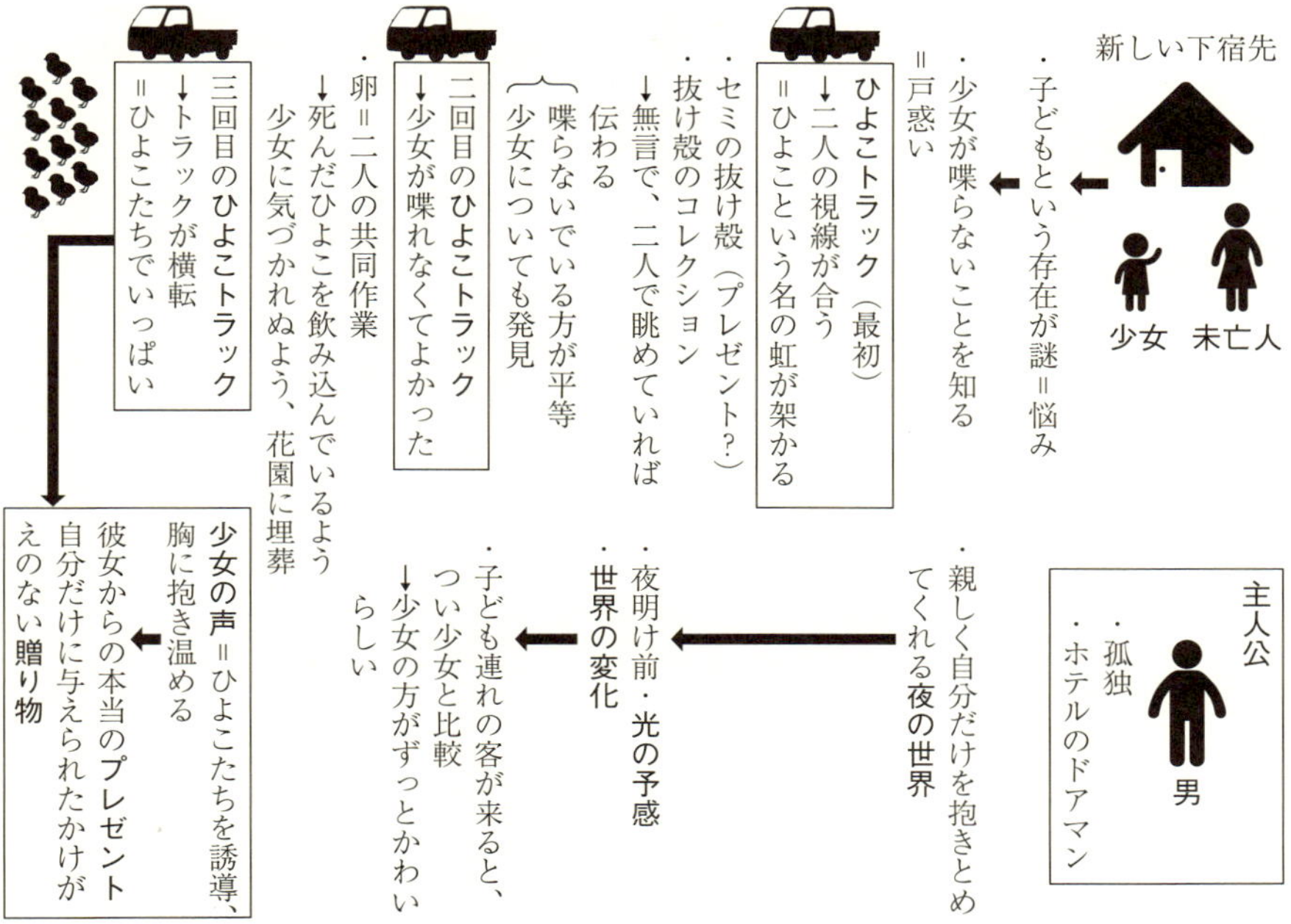

る。中身のない抜け殻から孤独な「男」の人生の空虚さや、母（おそらくは両親）を失った「少女」自身の空虚さを読み取ることも可能だろう。あるいは、二人の出会いのきっかけであるブリーフが「少女」には、「男」の抜け殻のように見えたのかもしれない。さまざまな読みの可能性を秘めてはいるが、抜け殻の意味は謎のままである。

　しかし大切なのは抜け殻を通じて二人が交流しているという事実である。同じ抜け殻を見つめ、同じ発見をしていることを感じ取るという方法は、ひよこトラックを見つめるときのそれと同じである。「お互い喋らないでいるほうが平等だ」と感じる「男」は子供を下に見るようなこともなく、以前のように「少女」の前でドアマンとして振る舞うこともない。

　ひとりの人間として少女に寄り添う「男」はいつの間にか孤独から遠ざかっている。いつしか彼はホテルに来る子供たちを「少女」と比べ、「少女」のすばらしさを確認するようになる。「少女」は既に彼にとって特別な存在なのだ。「男」は「少女」を守るために、ひよこの行き先が「楽園」のままであることを願い、卵の中身を飲み干すことで「死んでいったひよこ」を「そっと花園に埋葬」する。

「少女」との交流を通じていつの間にか孤独から救い出される「男」。「少女」と出会ってから彼が漠然と感じていた、他者と交流することの喜びを、彼にはっきりと自覚させたのが「少女が聞かせてくれた声」であったのだろう。それは単に「男」だけに聞かせてくれたから、ということだけでなく、事故によってひよこを守るという「二人の共同作業」から生まれたものであるがゆえに、より大きな価値があったのではないだろうか。

【脚問】

問1　彼にとっては子供という存在が謎なものだったから。

▼**解説**　「男」はこれまで小さな子供にかかわったことがなかったので、「少女」にどう接すればよいか、わからないのである。

問2　少女が一言も話をしないということと、話さなくなったのは母親が亡くなってからだということ。

▼**解説**　話しかけても反応のない少女だと思っていたので、いっそ放っておくという手段もありえただろう。しかし「少女」が話せないことを知ってしまった今は、返事がないことを理由に態度を決めることができなくなってしまい、困惑しているのである。

問3　男と少女の間で心が通じ合い、共通の理解ができたこと。

▼**解説**　「少女」に対して困惑していた「男」が、ひよこトラックという共通のものを見つめる行為を通して、言葉を用いないコミュニケーションをとる。そしてこの「同じものを見つめる」という方法は抜け殻を見つめるという二人の交流へと続いていく。

問4　緊張が掌にあふれている様子。

▼**解説**　「その」が指すのは直前に描かれる「少女」の手であるが、設問が示しているのはその「様子」である。

問5　皆が寝静まっていて、静けさを男が独り占めしている様子。

▼**解説**　自身の生活でも仕事場でも孤独な「男」にとって世界の変化を独り占めできる大切な時間である。同時に「暗闇」（一三三・上15）を見つめていた「男」が、夜明け前の「光の予感」や「世界がこんなにも大胆に変化」していく光景に目を向けていることは、彼の孤独が「少女」との交流によって打ち破られていく予兆でもある。

問6　男にとって少女が特別な存在になっているから。

▼**解説**　謎でしかなかった子供に関心を向ける「男」は既に大きな変化をおこしている。そしてどの子供も彼にとっては「少女」よりも劣るものにしか見えないのである。

【読解】

1　（具体的な描写）
・「人に頭ばかり下げてきた一日」（一三二・下18）
・「その日一日お客と上司から受けた罵声、舌打ち、文句、小言の数々」（一三三・上9）
・「かつて自分が～浮かんではこなかった。」（一三六・下9）
・「誰も男の顔など見なかったし、名前も覚えなかった。」（一四〇・上14）
・「食堂やロッカーで一緒になっても～交代してほしい時だけだった。」（一四〇・上20）
（かかわり方）他人と深くかかわることがなく、孤独である。

▼**解説**　いずれも「男」が他人とかかわることがほとんどないことを表す描写である。

2　少女にひよこの行方を尋ねられることがないので、ひよこが長生きできないという現実を話さないですみ、その夢を壊さずにいられるから。

▼**解説**　「少女」にとってひよこトラックの荷台は「光を浴びる羽毛は花園であり、湧き上がるさえずりは歓喜のコーラス」である。「男」が現実を告げなければ「ひよこはどこへでも行ける」し、「いつまでも幸福に暮らす」のである。不器用な「男」は問われてしまえば「答えに詰ま」り、「うろたえてしまう」だろう。ひよこの行方を問われないことは「男」にとって幸いなのだ。「男」にとって既に「少女」が特別な存在となっていることが読み取れ、また「男」が「少女」を守ろうとしていることもよくわかる部分である。

3　祖母ですら忘れてしまった少女の声を、男だけに聞かせてくれたことが、孤独な男にとっては少女と深くかかわったことの証明として感じられ、大きな喜びとなったから。

▼解説　二人の交流のクライマックスになる場面。二人で見守ってきたひよこを助けるために声を発した「少女」の姿は、これまで他人と深くかかわることのなかった「男」がおそらく初めて知った親しいものだけにみせる姿である。それは「少女」の夢を守ってきた「男」へのかけがえのない「プレゼント」にほかならない。

【読書案内】

・『博士の愛した数式』（新潮文庫）
読売文学賞受賞作。交通事故により新しい記憶が八〇分しか保てなくなった元数学者の「博士」と、その家に家政婦として入った「私」、「私」の息子「ルート」。三人の心の交流を描く。

・『妊娠カレンダー』（文春文庫）
芥川賞受賞作。周囲の人間を振り回す、妊娠した姉。妹である主人公は内に悪意を秘めるようになる。

・『海』（新潮文庫）
恋人の家族の家を訪ねた主人公の青年が、恋人の弟と彼の所有する海からの風を受けて音を奏でる楽器「鳴鱗琴《メイリンキン》」について語り合う。

【塚原政和】

第四章　語りの力

箪笥

半村　良（本文146ページ）

【鑑賞のポイント】

①聴覚的にはわかりづらい方言が、漢字とルビの視覚的な用い方で理解しやすくなっている効果を理解する。
②市助の辿った経験がどのようなものだったか、整理して理解する。
③「あんたさん」と語り手の関係を理解する。

【注目する表現】

・「おら長男や、～気にせんといてくだしね」（一四六・1）
冒頭の一文で、すでに語り手と「あんたさん」なる聞き手との関係が暗示されている。すなわち「あんたさん」と呼ばれているこの家の客は、この土地の訪問者であり、どこかで行われた「宴会」でずっと黙っている無愛想な男と出会い、今はその男の家に宿泊することとなり、その男の母親から話を聞いているのだろうと推測される。そして「あして黙っとる」という表現は、その長男が黙ったまま同席しているようにも受け取れる。やがて、「あんたさん」がいるのは、箪笥の上に一家の人間が座っている部屋であるという事態が次第に浮かび上がってくる。

・「よう寝られんのやったら、御坊さまみたいしには行かんけど、何や変わった話でもしょうかいね」（一四七・2）
聞き手は、夜が更けてもどうしても眠れないので、老婆の話を聞くことになった。これがこの物語が語られることになった契機である。だとすれば、この部屋には老婆も一緒にいるのであり、眠れない理由もまた、箪笥の上に人間が座っている光景に気づいた恐怖からだったということが、やがてわかってくる。

・「みんな気を合わせたように、どないしても構わんと放っておくのやそうな」（一四八・18）
一家の主人である市助の禁止にもかかわらず、一家の全員に箪笥の上にあがることへの不思議な合意ができあがっており、市助だけがそこから仲間はずれになっている。状況の進行ぶりがここに至って、

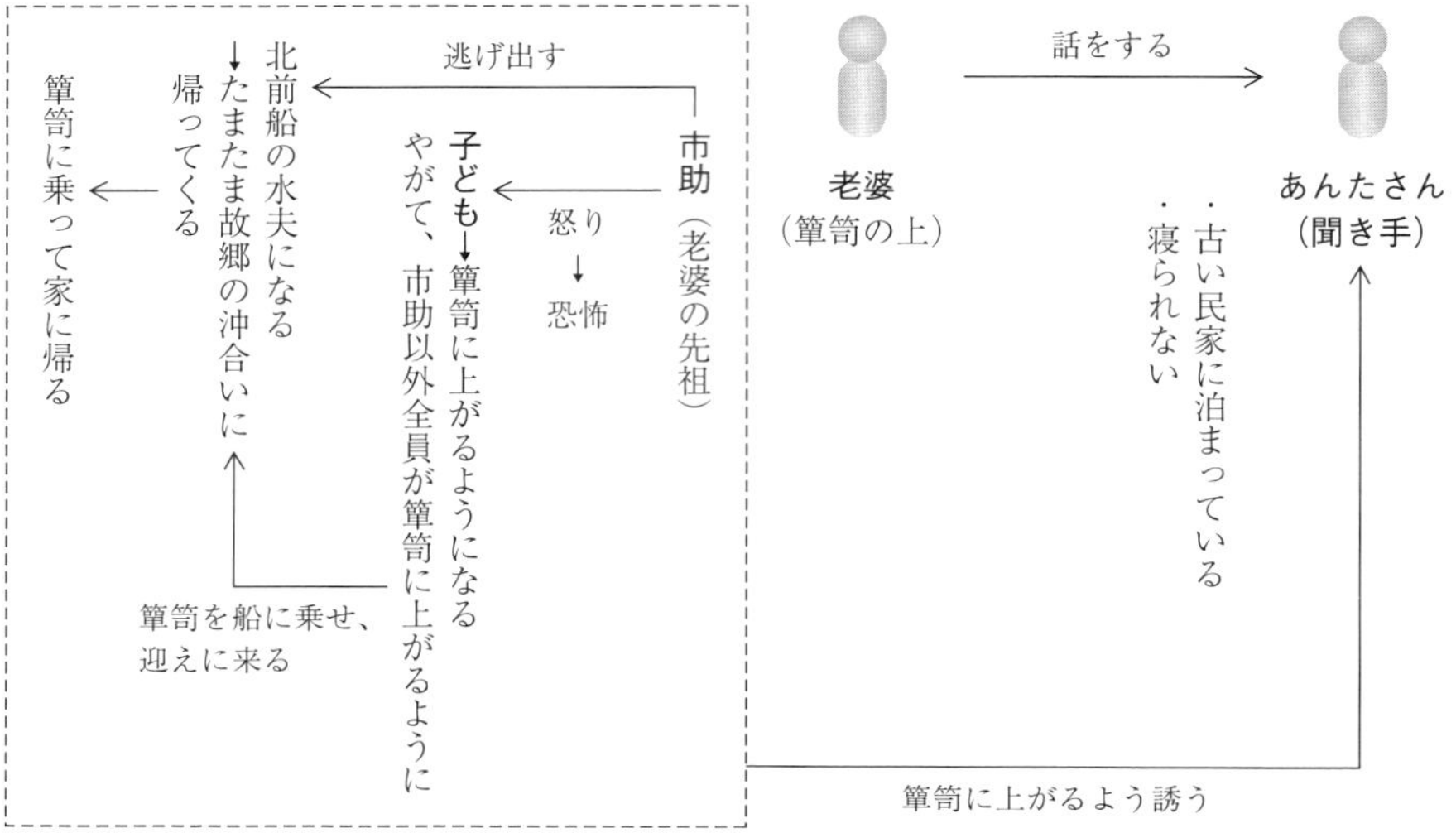

合理的な理解を超えた超自然の次元に移行していくのである。同時に、私たちと同じ近代的な合理的な観察と、まったく相容れない家内の現象との落差が、より広まっていくことになる。

【作品解説】

SF小説の大家である著者による、能登の方言を駆使した説話的な語り口が抜群の効果をもたらす怪奇幻想小説である。箪笥の不思議な力に引き寄せられていく不気味さが、ついに説明されないまま聞き手も最後は引き寄せられていくことで、恐怖が読者に乗り移ってくる効果をもたらしている。

能登地方の古い民家に泊まった者がなかなか眠ることができないところへ、語り手の老婆が話しかけてくるという設定になっている。しかし、聞き手と語り手の関係はわかっても、両者が室内でどのような状態で対峙《たいじ》しているかは、最後まで読まないとわからない仕掛けになっている。たんなる聞き手であると思われた「あんたさん」が、最後は箪笥の魅力に誘い込まれる。同時に、あたかもこの小説を読んでいる読者もまた、箪笥の上から語り続ける老人に誘われるまま、物語に吸い込まれていって元の世界へは戻れないような気がしてくる。読み終わるときに恐怖が最高潮になることが、あらかじめ計算されている小説なのである。

そのような不思議な力の根拠が、能登弁の語りにあることはいうまでもない。しかし方言とは、そのままでは理解しづらいものである。それが読んでいて意味内容が自然と染み込んでくるのは、ルビの工夫にある。たとえば冒頭の一文で「あんか」という能登弁が、「長男」という漢字にあてられたルビになっている。それによって視覚的な語義と、聴覚的な能登弁の響きが、同時に伝わるわけである。その技法によって老人による能登弁の語りが、聴覚的な効果を保ったまま、意味的には容易に理解可能な文章として読まれることになるのだ。

「市助」という亭主の体験談の構成も、大きな効果をあげている。まず夜になると周囲の家族が次々と簞笥に登ってしまうという奇妙な現象の中で、市助だけは断固として従わなかったという前半の展開は、市助が理性を保持した人物として登場するゆえに、かえって目の前で起こっている事態の非合理性、不気味さを倍加させる。そして次に、その「市助」までもが最後は簞笥の誘惑に取り込まれてしまうことによって、読者は自分の中の、いわば最後の理性の砦《とりで》までもが崩れてしまう恐怖を味わうことになる。その際、市助の乗った北前船に、「ギーッ、ギーッ」という音についで「カタン、カタン、カタン、カタン」という、以前にも聞いた擬音語が近づいてくる。この擬音語の反復は、ある種の怪談話のように、語り手が目の前で演じている口演の臨場感をはらみながら、異世界の存在がどんどん近寄ってくる物音のような効果を帯びている。理性が麻痺《まひ》する催眠的な効果と言い換えてもいい。

それにしても簞笥には、なぜこのような異世界の魔力が宿っているのだろうか。

ここに登場する簞笥そのものが、何代にもわたって一家に受け継がれてきた、堅牢な造りの古い家具である。ふだんはしまわれ隠されている引き出しの内部には、個人の人生よりも永い時間が封じ込まれている。そこにしまわれている衣類や日用品も、持ち主の体を離れて、闇の中で永い時間を過ごしている。個人の人生や生活と密接に関わっていながら、家の歴史に融合した時間を過ごしているのである。

近代以後の、個人の自意識が発達した私たちにとって、それは家という共同体・家族という制度的な集合体に吸い込まれ、他人と区分された自意識が消失してしまうような恐怖を、呼び覚ますものである。結婚も家族生活も労働もすべて家に縛られ、家のために生き、家からどこまでも解放されることなく最後は簞笥の並ぶ一室で死んでいく、そんな土着的な「家」の閉鎖的な磁力を、この作品は簞笥に集約させ、グロテスクなまでに形象化しているといっていいだろう。

【脚問】

問1 この物語を聞いている聞き手であり、「あんたさん」と冒頭で呼ばれていた人間である。

▼解説 この作品は語り手が、目の前の「あんたさん」に向かって語っているという設定になっている。そして語ることになったのも、「あんたさん」なる聞き手が、一人で寝ていて「おそろしゅう」なって「よう寝られん」ようになったので、「何や変わった話でもしようかいね」ということになったのである。つまり二人が対面しているのは、布団の敷いてある深夜の客間であり、さらには「簞笥の間」にほかならないことがわかる。

問2 語り手の家に宿泊した聞き手が、簞笥の上に家人が座っている不気味さに眠れなくなったこと。

▼解説 問1の時点での「あんたさん」は、はっきりしないまま何か不気味な雰囲気が怖くて寝付けないでいたわけだが、ここでは市助の体験が語られたあとである。つまり家族全員が簞笥の上に並んで座るようになったので「恐しゅうて寝られんがになってもうた」市助と同じ立場に「あんたさん」も置かれているのである。状況を小出しにして、恐怖の具体性を高めていく語りの技術といえよう。

【読解】

1 能登弁の聴覚的な響きをルビで残し、同時に、意味内容を視覚的に伝える漢字などの表記によって、双方が読者に伝わる効果。

▼解説 表意文字の漢字とルビを同時に表記できるのは、日本語文に

独特の効果である。「出発」と書いて「たびだち」とルビをつけたり、「未来」と書いて「あした」とルビをつけるようなことは、広告コピーや歌詞のような、短い言葉で雰囲気を伝える詩的表現ではよく使われる技法である。それを方言に全面的に用いることで、この物語は能登弁の怪談という困難な目的を可能にしたのである。

2　理由もわからず不思議な習慣に引き込まれていく家族と、理由のはっきりしないことは納得できず怒りを覚える合理的な市助の違い。

▼解説　市助は、家族が簞笥に上がるようになったという不可解な現象を放置できず、理由を明らかにして、そんなことを止めさせようとする。ところが他の家族は、それを当たり前のことのように疑問を抱くこともしない。「ようわからん」ことであっても、皆がしていることに不可抗力で従っていく家族と、それを許せない市助の間には、大きな溝がある。あえていえばその違いとは、どんな不合理なことでも土俗的な慣習に盲目的に従う、古い日本の家族制度や村落共同体の体質と、理性的で合理的な自意識をもった存在ということになる。読者は後者に立って読んでいるわけだが、その立場が次第に危うくなり、最後は前者に呑み込まれていく。そこに引き起こされる恐怖が、この物語の本質なのだ。

3　読者が「あんたさん」と呼ばれる聞き手に同化して、物語の当事者として引き込まれていく恐怖を味わうことになる効果。

▼解説　読者にとって「あんたさん」と二人称で呼ばれることは、あたかも自分が呼ばれているような気になる。つまり読者自身が能登の古家の室内で、深夜に老人の話を聞いているかのような臨場感が、能登弁での語りと相まって、否応なく高まる効果を生み出している。

【読書案内】

・『産霊山《むすびのやま》秘録』（集英社文庫）

第一回泉鏡花賞受賞作。日本の歴史の裏面史を作ってきたという、超能力を駆使する「〈ヒ〉一族」の活躍を、時空を超え壮大なスケールで描いた伝奇ミステリーで、著者の代表作ともされる。

・『戦国自衛隊』（角川文庫）

最新兵器を携えた自衛隊が戦国時代へタイムスリップしたという設定のSFアクション小説。一九七九年に映画化され大ヒットした。

・筒井康隆「遠い座敷」（『エロチック街道』新潮文庫）

SF小説の大家として並び立つ著者による「簞笥」と似た味わいの短編。古い座敷で遊んでいた少年が、どこまでも続く座敷の恐怖にとりつかれていくシュールな作品。

【清水良典】

どよどよ

小池昌代（本文154ページ）

【鑑賞のポイント】

①樹子が子供に語る物語の特徴や、その物語によって樹子の気持ちがどのように変化しているかを捉える。

②物語の作中人物である「横山軍次」に対する樹子の思いがどのようなものかを読み取る。

③「どよどよ」の意味するところを理解しながら、樹子にとっての「どよどよした塊」の具体的な内容を理解する。

【注目する表現】

・「なにかどよどよした塊を思った」（一五八・6）

題名でもある「どよどよ」は、この世に何かを生み出す力の源であると説明されている。それは、形になり得ない感情や無意識のうちに潜む思いである。

・「かわいそうなひとよ。」(一六三・20)

「かわいそう」の対象は、この場合は自分が物語で作り出した横山軍次であるが、そこに幼い自分や生き別れた父親にも思いを馳せ、「ひとでなし」であることにむしろ情を寄せているのである。

【作品解説】

子供を寝かしつけるべく語り始めた「創作話」を中心に、母親である樹子が、「創作話」の作中人物に思いを馳せ、今の自分の不安などを重ねながら、幼い日に生き別れた父親へ深く思いを寄せていく物語である。

まず、「語るというのは奇妙な作業である」として、何もないところから人物の名前や予想だにしない展開に続くことが、樹子の思いとして述べられる。言葉が持つイメージがあり、そのイメージに言葉を重ね、またその言葉が持ってくるイメージを重ねるという。そのような物語は、聴き手のみならず、「語る本人を、まず一番に癒やすのかもしれない」と続き、樹子にとって物語が単なる子供の寝かしつけ以上の意味合いを持つことが示される。

「ある晩」と場面が変わる。樹子の新作が語られるのだが、その主人公は小さな五歳の男の子で、ヒッチハイクをするというものであった。停まった車の運転手の名前は「横山軍次」で、何か「警官に会いたくない」理由を持った人物であるように、物語が進んでいく。物語に引き込まれていく子供は、「寝ない。まったく寝ない。」状態になった。しかし、今晩はまだ物語を新たに紡ぎだしていくエネルギーである「なにかどよどよした塊」の力が弱く、ここでいったん終了となる。が、「横山軍次」という名前に、樹子自身が引き込まれてしまう。

「翌日の夜」も前夜の続きを語ることになった。次々に検問を抜けていく横山軍次の話や、検問所の世慣れた警察官などに、子供だけでなく樹子自身も面白がっていく。子供は変わらず話に集中して「目を開けたまま、闇を見つめて話を聴いている」状態である。樹子も「犯人の声音をまねするとき、いつにない解放感を覚え」る。物語の面白さに満足したのか、子供はすぐに寝付き、樹子は物語の横山軍次や子供の無事を祈りながら、リビングへ向かう。

その途中で、樹子はふと父親のことを考える。「樹子が五歳のとき別れて以来、一度も会っていない」のだ。母親は、「ひととしてはいけないことをしてしまった」から別れたと言ったが、むしろそのことに、樹子は引かれていく。「ひとでなし」には「ぬるま湯のような安心感」があり、それが「甘えである」とわかっていても、「ひと」には不安を感じ落ち着かず、「ひとでなし」の方に感情移入してしまう。生き別れた父親も自分も、物語の横山軍次も、「ひとでなし」という点でつながると感じているのである。他方で、高台の一軒家で暮らす何不自由ない今の生活状況に、樹子はどこか「不安と閉塞感」を抱いている。「遠くに見える環状線」を眺めながら、その車の流れの中に横山軍次がいる、という思いを強くする。「かわいそうなひと」と、自分の創作した人物に心を寄せる樹子は、「五歳の男の子」を自分に重ね、その自分を連れていく「父親」を想起する。

作中人物は「樹子」とその息子だけであり、物語中の横山軍次とヒッチハイク中の五歳の男の子、幼い日の思い出に残る父親が樹子の中で交錯していく様が、この小説の基本をなしている。樹子が感じている普段の生活の不安さや閉塞感を、「創作話」を通じて、実際に意識化しながら、癒やしていく部分が大きなポイントとなっている。この作品を通じて読者は、物語の生まれる現場に立ち会い、その源である「どよどよ」に触れる。物語を語ること自体を物語化したともいえる

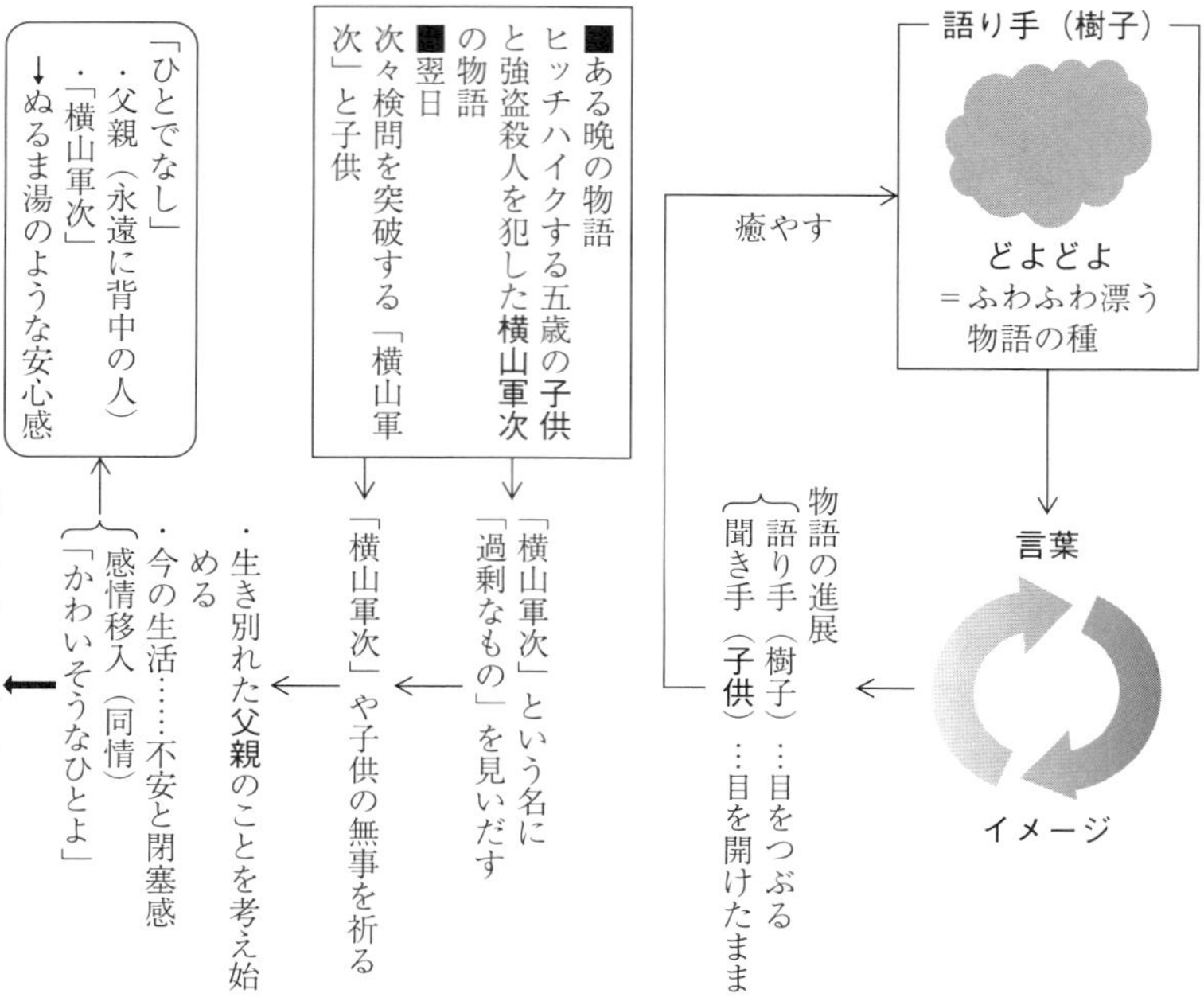

本作を味わいながら、物語とは何か、私たちはなぜ物語を必要とするのか、といったことに思いを馳せるのもよいだろう。

【脚問】

問1 言葉が次々と生み出され、つながっていくことで、語り手すらわからない物語の進行が生まれること。

▼解説 「それ」のさす内容が、直前の具体的な「次郎」や「柿」の話にある。

問2 樹子がヒッチハイク自体の恐怖や危険性を息子に伝えたいと思う半面、物語ではヒッチハイクが前提となって進んでいるという、相反する状態になっているということ。

▼解説 ヒッチハイクの危なさを注意したい半面、その注意は物語の進行には不必要なものであるという点を押さえる。

問3 創作話が一旦終わったにもかかわらず、「横山軍次」という人物に、普通ではない、自分でもわからない意識の奥深くに引き込まれてしまう契機が潜んでいること。

▼解説 「過剰」の意味を捉えよう。直後に「樹子はその何かを警戒した」とあるが、横山軍次という創作上の人物に、いつも以上に引きつけられる何かがあるのである。

問4 今後の物語の展開はまだわからないが、子供にも横山軍次にも良いものになるよう願っているということ。

▼解説 直前に、子供の無事を願い、横山軍次にはなんとか逃げてほしいと願っている。つまり、先が読めない創作話の続きが、子供や横山軍次にとって良いものであってほしいと願っているのである。

問5 五歳で生き別れているため、父の名前も顔もわからず、ただ太い首の後ろ姿を見た気がしているだけだということ。

▼解説 父親の正面からの姿は、樹子の記憶にまったくないのである。

【読解】

1　眠る前に母が創作する物語を聞くなかで、言葉とその言葉の持つイメージが重なり語り手も知らない未知の世界につながるきっかけを、子供ながらに感じているということ。

▼解説　この場合の「闇」は、子供が実際に見ている「闇」ではなく、目を開きながら物語をしっかり聞き、その行く末を見守っているということである。

2　五歳で生き別れた、記憶にほとんどない父親のイメージが、五歳の息子にしている創作話の中の登場人物に重なり、幼い自分と記憶にない父親のふれあいを想起することによって、母子二人で生活することが多い現状の不安と閉塞感を和らげ、家族の未来に希望を見いだそうとすることにつながるということ。

▼解説　この小説の最後から、樹子は横山軍次と自分の父親、五歳のヒッチハイク中の子供と自分の姿を重ねていくことがわかる。その重なりが、現状の不安や閉塞感を和らげるものになっていくよう、無意識のうちに物語が作られていくのである。

3　物語がはじまり、進んでいく力の源泉である、まだ何らかの物語の形にならない、自分の無意識の中にある喜びや悲しみ、不安や葛藤といった感情が渾然となっていること。

▼解説　直後に、「あの『どよどよ』こそが、すべてのものをこの世に産み出していく」とある。形にならない不安や無意識の感情が、物語の種になっているのである。

4　「ひと」は何か失態を犯せば「ひとでなし」にしかなりえない不安定なものだが、「ひとでなし」は「ひと」に戻る可能性を持ちながら、失うものもないというもの。

▼解説　「ひとでなし」に「安心感」を感じるという樹子の気持ちは、「ひと」では失う危険性を常に感じて不安だが、「ひとでなし」ならば、「ひと」に戻る可能性がある、物事を好転させることを目指せる安堵感があるということである。

5　人間は、まるで創作話のように、それぞれ見えない未来に向かって生きていくしかない運命にあることに、自分一人の力ではどうすることもできないものを感じているということ。

▼解説　「そのこと」の内容は、車のヘッドライト一つ一つに運転手がいて、どこかへ向かうという事実であり、そのことが、「哀しみ」につながる。「哀しみ」は、どこへ向かうかわからないのに、どこかに向かうしかない人間の有り様に対するものである。

【読書案内】

・『屋上への誘惑』（光文社文庫）
多くのテーマで描かれているエッセイ集。一見、雑多なようでありながら、それぞれの文章を貫く小池昌代の世界観を感じることができる。

・『感光生活』（ちくま文庫）
野間文芸新人賞受賞作品。十五編の短編が収録されている。著者を思わせる「こいけさん」が日常とは異なる世界に引き込まれていく作品群。

・『ことば汁』（中公文庫）
六編の幻想譚《たん》短編集。作者の美しい言葉遣いに引き込まれる。

・『厩橋《うまやばし》』（角川書店）
東京スカイツリーのふもとの町が舞台の物語で、樋口一葉《ひぐちいちよう》の『たけくらべ』も読みのヒントとなっていく長編小説。

【松本匡平】

人情噺

織田作之助（本文165ページ）

【鑑賞のポイント】

①「主人夫婦」の三平に対する評価はどのようなものだったか、時間軸にそって整理する。

②三平と花嫁が長い間「夫婦めいては見えなかった」理由を押さえる。

③それまで疎遠であった「三平」と「妻」がなぜ親しく語り合うまでに変化したのか理解する。

【注目する表現】

・「仕舞風呂にはいって、ちょっと白粉などつけて、女中部屋に戻って、蒲団を敷いて寝た。」（一六七・16）

三平の花嫁の態度を示す表現。三平の花嫁は「まるで男じみて、てんで誰にも相手にされぬ女中」だった。主人夫婦の計らいで二人は結婚したのだが、三平は夜十時、花嫁は夜中の一時に就寝する。そのような中にあっても、花嫁が三平の気を引こうとしているのがわかる。彼女が「活動へ行こら、連れもて行こら。」と三平に話しかけているのも同様である。

・「人は油断のならぬ者だと、来る客ごとに、番台で愚痴り、愚痴った。」（一七〇・6）

信頼していた三平に裏切られた情けなさを表現したもの。「愚痴る」の語が反復され、その光景が視覚化されやすくなっている。

【作品解説】

この作品は十八歳のとき風呂屋に雇われた三右衛門こと三平と、主人夫婦、さらには三十代半ばのときに結婚した女房との物語である。三平は与えられた仕事を忠実にこなす男であった。本人には苦労し辛抱したという自覚はないのだが、夜中の三時に起きて飽くことなく風呂の釜を焚き続ける三平の姿を見て、主人夫婦の三平に対する信頼は確固たるものになったのである。

三平は住み込みで働いていて、主人夫婦と絶えず一緒にいた。しかも三平は国元の両親を既に亡くしていたため、主人夫婦には自分たちが三平の親代わりであるという意識はことさら強かったのである。この夫婦が三平の年齢が既に三十歳を越えていることに気づき、彼の嫁を世話しようと考えるのも自然の成り行きであった。

この夫婦、三平に嫁の話を二度持ちかけている。

最初は三平がそろそろ三十一歳を迎えようというとき。このときは三平がぷっとふくれた顔をしたため、それきりになった。

二度目はその三年後である。しかも相手は同じ職場で働く三人の女中のなかの一人であり、まるで男じみているため誰にも相手にされぬ女であった。主人夫婦にとっては、この三平以外に彼女をもらってくれる男はいないだろうとの思いがあったに違いない。主人が三平を呼び寄せ、「叱りつけるような調子」で彼に決断を迫ったところにそのことは窺《うかが》える。主人の言葉は半ば命令に近いものであったし、「旦那はんのいう通りにします」と答えた三平は「まるで泣き出さんばかり」だった。決して三平自身が望んだ結婚ではなかったのである。

ただおかみさんの方は、この女中の三平を見る眼がどこか違うと感じていた。おかみさんが三平の嫁として彼女を推薦したのはそのためだったのである。このおかみさんの推測を裏づける箇所は作中で幾つか見られる。婚礼の夜から三平夫婦の就寝時刻には三時間の差があったが、遅れて寝た女房は仕舞風呂に入り多少白粉をつけている。あるいは公休日の際に彼女は三平に「活動へ行こら、連れもて行こら。」と誘ったりもしている。「活動」とは活動写真、すなわち映画のこと

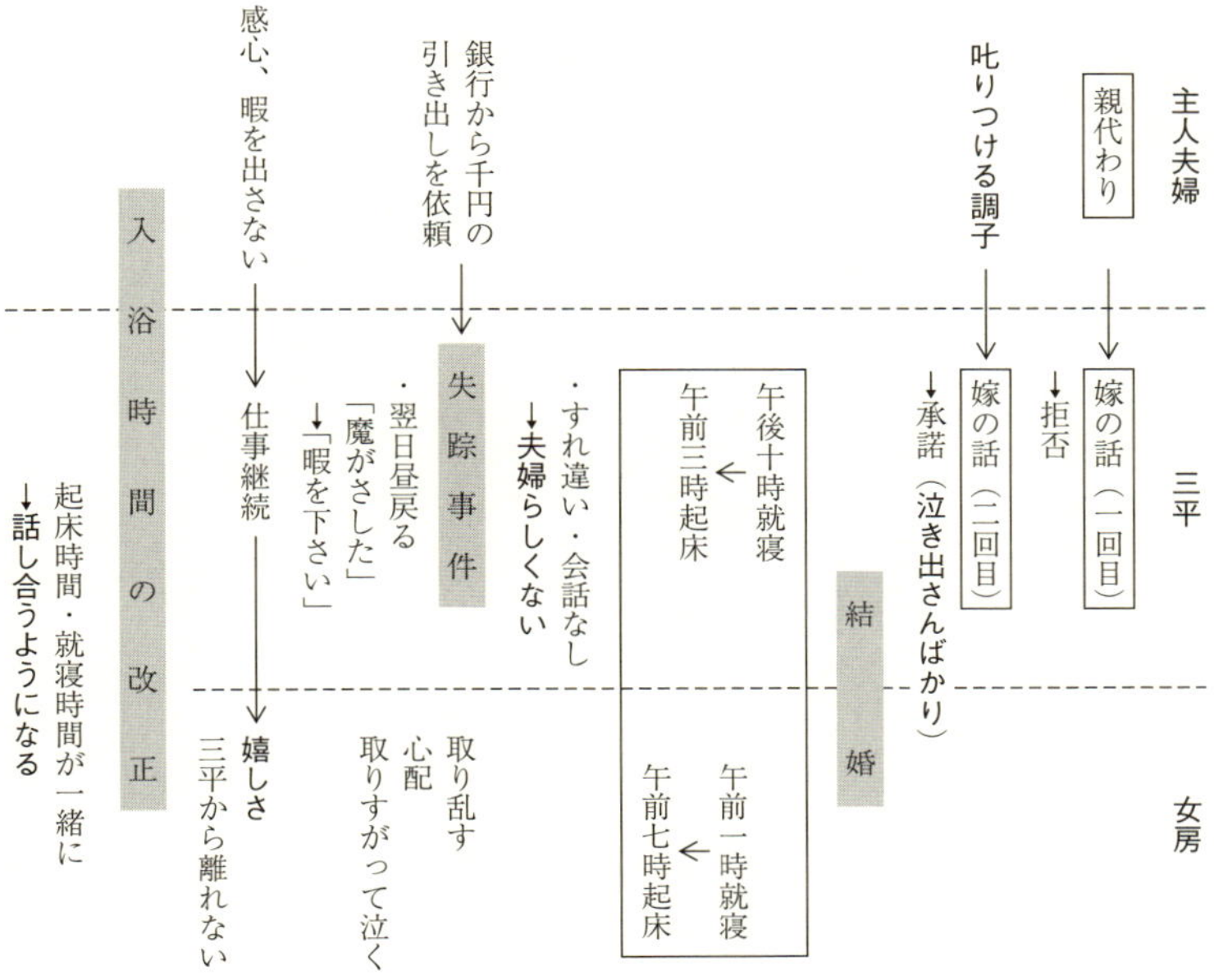

で、当時においてはもっとも普及した娯楽であった。しかし、三平はいっこうに応じようとしない。結局女房の側も諦めたため、二人は親しく話すこともなく月日が流れていったのである。周囲の人々が、二人が夫婦であることを忘れるくらいであるから、よほど夫婦らしいところが見られなかったものと想像される。

しかし、この二人に転機が訪れる。

一つは、銀行への使いに出された三平が翌日の昼過ぎに帰って来た一件である。正直一途の実直者と見られていた三平が行方不明となったのであるから主人夫婦はもちろん、女房も取り乱した。結局魔のさした三平がいったんは逐電を試み、女房も置き逃げだと思ったものの、そうなった場合に女房が悲しむだろうと思ったのである。三平が女房のことを思いやったのは、このときが初めてだった。そして主人のもとへ帰ったとき、女房は三平の体に初めて取りすがって泣いた。主人は戻って来た三平に感心し、暇を出すことはしなかった。それ以降、女房は嬉しさのあまり、三平の傍を離れなくなったのである。

そしてもう一つは、入浴時間が改正されたことだ。このため三平は夜中の三時に起きる必要がなくなり、結局女房と生活時間が一緒になったのである。二人がときどき話し合うようになったのは三平五十一歳、女房四十三歳のときであった。

この二人が遅ればせながら睦《むつ》まじくなり、開浴の時間になっても入口が開かず、客が外で待たされる光景は滑稽でもあり、ほほえましくもある。

【脚問】

問1 これまで三平は悪所通いをしたためしもないので、あるいは女ぎらいかも知れぬと主人夫婦は考えていた。よしんば嫌いなものにせよ、一応は世話してやらねばかわいそうだと嫁の話を持ち掛けると、三平がぷっとふくれた顔をしたため。

▼**解説**　三平がこの種の話に興味を示すとは主人夫婦も予想していなかったことが窺える。

問2　女中の三平を見る眼がどこか違うとふとおかみさんが思い、二人をなんとか結婚させようという気持ちが主人夫婦に強くあったから。

▼**解説**　三年前のこともあって、三平が嫁の話を容易には受け入れないだろうと予想されたので、少し高圧的な態度に出てみたのである。

問3　三平が銀行から引き出した千円の大金を持ち逃げすること。

▼**解説**　それまで「正直一途の実直者」と思われてきた三平からは到底考えられないことである。

問4　急に千円の大金が必要になった主人夫婦から、三平が銀行に行って引き出して来るよう言いつけられたこと。

▼**解説**　主人夫婦は三平を「正直一途の実直者」として信頼を寄せており、それゆえの依頼だった。それが逆に三平の心を迷わせることになるのである。

【読解】

1　夫婦の仲はけっして睦まじいといえなかったが、べつに喧嘩もしなかった。三平はもともと口数が少なく、女房もなにか諦めていた。雇人たちが一緒に並んで食事をするときも、二人はあまり口をきかなかった。女房が三平の茶碗に飯を盛ってやる所作も夫婦めいては見えなかったから。

▼**解説**　この二人の間に会話らしい会話がない。雇人たちの間に入ると二人が夫婦であることを気づかせる雰囲気はまったくなかったのである。

2　いったんは魔がさして千円の大金を持ち逃げしようとした三平が自分を実直者と信じてくれる主人や、悲しむであろう女房のことを思い出し、結局は思いとどまって帰ってきたから。

▼**解説**　魔がさすと人間はなかなか自分を抑えられないものである。その誘惑に耐えて戻ってきた三平を主人は高く評価し、三平の実直さを改めて認識したのである。

3　入浴時間の改正に伴い、午後二時より風呂をわかすようになった。このため、それまで夜中の三時に起きていた三平が七時に起きるようになり、女房と寝起きの時間が一緒になったから。

▼**解説**　それまで三平は夜中の三時に起きて風呂の釜を焚いていたし、女房の方は朝七時に起きて表の入口にいたため、互いに話をする機会もなかった。しかし、入浴時間の改正によって三平の生活スタイルが変化を余儀なくされ、夫婦が一緒にいる時間がどっと増えることになった。最初は退屈をまぎらすために始まった会話だが、これが二人を睦まじくさせるきっかけとなったのは興味深い。

【読書案内】

・『夫婦善哉』（新潮文庫）
道楽者で甲斐性のない夫としっかり者の妻が、喧嘩を繰り返しながら、それでも寄り添っていく、へこたれることのない愛情物語。

・『青春の逆説』（角川文庫）
父親とは二度死別し、三度目の父親は吝嗇《りんしょく》な金貸しという環境に育った主人公が見栄を張りながら筋を通そうとする姿を描いた作品。

・「土曜夫人」（『織田作之助作品集』第三巻、沖積舎）
空襲を免れた戦後間もない京都を舞台に、多くの人々が関わっていく人間模様を描いた未完の長編小説。

【小田島本有】

蠅

横光利一（本文173ページ）

【鑑賞のポイント】

①この作品の特徴と思われることばや表現に注目し、それらがどのような効果を上げているか考える。

②どのような人物が、どの章に登場し、どのように描かれているか整理する。

③この作品における「眼」の働きについて、「蠅」や「馬」の視点、「男の子」の「生き生きとした眼」に着目して考える。

【注目する表現】

・「酒色の番茶がひとり静かに流れていた」（一七四・7）

息子の危篤の知らせに切迫した「農婦」の目に一瞬捉えられた情景。慌てふためいたなかの一瞬の視線は、現実味のある印象を与える。

・「馬車は崖の頂上へさしかかった。〜車体の幅とを考えることができなかった。」（一八〇・17）

馬車の先頭に見える風景を「馬」の眼を通して見る新鮮さ。また無言の情景の解説が、サスペンスを高めてもいる。

【作品解説】

小説とは、何をどのように書いてもいいものだ。視点または語りが人間であろうと、昆虫であろうと、場合によれば無生物であっても構わない。この作品では、「蠅」から見た事象が描かれている。むろん作中人物各人の視点も存在し、それが映画台本のように簡潔に叙述される。そして、それら動物、人間すべてを見る全知の視点（語り）がベースに存在している。

「一」の厩の狭い空間での「蠅」と「馬」の描写から、場面は一転して「真夏の宿場」の空虚な場庭に移る。「馭者」は将棋をさしながら、饅頭が蒸し上がるのを待っている。そこへ息子の危篤の電報を受け取った「農婦」が登場し、「馬車はまだかのう？」と切羽詰まった問いかけを反復する。「馭者」は、彼女に「二番が出るぞ。」と言う。しかし、落ち着けない彼女は、場庭をせわしなく動き回る。「四」の「若者」と「娘」もまた、駆け落ちして急ぐのである。「五」は「母親」と「男の子」。「男の子」の「生き生きとした眼」は、純粋である。人間の中では、最も「蠅」に近い眼であろう。「男の子」の「お母ア、馬々。」の発話に対して、「母親」はおうむ返しするだけだ。それに対して、「六」の田舎紳士は陽気で饒舌だ。「春蚕の仲買で八百円を手に入れた」からである。そして、「七」。この章は曲者である。純然たる全知の語りである。「しかし、馬車はいつになったら出るのであろう。〜もし知り得ることのできるものがあったとすれば、それは饅頭屋の竈の中で、ようやく膨れ始めた饅頭であった。」と言う。

気の利いたジョークだと「語り手」は思っているのであろうか。読者の大半は、この「語り手」の「語り」に乗ってしまうのではないか。全知の「語り手」が冗談、ましてや「嘘《うそ》」などを言うはずはない、というのが、小説読みの暗黙の了解なのであるから。しかし考えてみれば、全知の「語り手」なのであるから、とぼけのジョークも嘘も言えるのである。「騙《かた》り」とも言えるジョークを口にする「語り手」。これこそが、この「蠅」の中にあって最も衝撃的な事態なのではないか。饅頭が蒸されるまで気ままに待つ「馭者」。そんな「馭者」がどこの世界にいるだろうか。その証拠に、「八」では、彼は圧倒的な意志のもとにまぐさを切り、「馬」は水を十分飲みためる。これは、ほんの今日の気まぐれではなく、「長い月日の間」の正確な運行なのである。「馭者」は当然出発時刻を知っている。

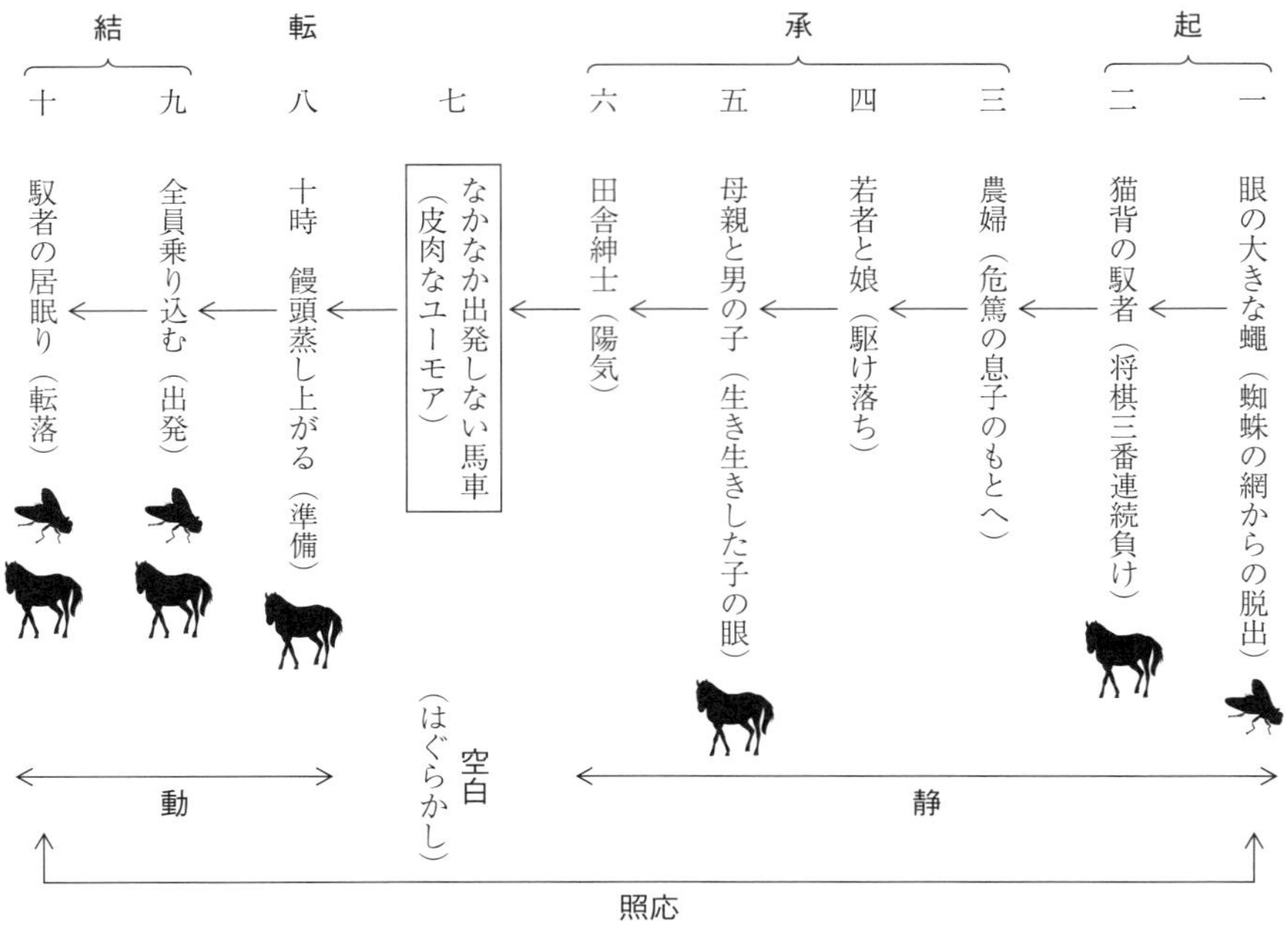

ようやく六人の乗客は、勇んで馬車に乗り込む。「九」の「馬の額の汗に映って逆さまに揺らめ」く森の風景。これも「語り手」の皮肉な伏線と取れよう。すべてのなりゆきを純粋に眺めているのは、「蠅」である。「馬」は、「眼隠しの中の路」に従うのである。この作品では、上と下（上昇と落下）、反復のテーマが頻出している。冒頭で「蠅」は蜘蛛の網から落下し、「馬」の背にはい上がる。饅頭は、「馭者」の「胃の腑の中へ落とし込」まれる。「蠅」は赤土の断崖を仰ぎ、激流を見下ろす。「十」は「一」と見事に照応するのである。すなわち、「突然、馬は車体に引かれて突き立」つ。残るのは、落下ばかりである。そのなかで上昇を許されているのは、「蠅」だけだ。「一」で命拾いした「蠅」は、すべてにおいて自由である。馬車の落下と同時に「蠅」は飛翔し、乗客全員の死を見届ける。不条理な悲劇の唯一の目撃者として「蠅」は設定されているのである。

【脚問】

問1　日の光。

▼解説　この作品に多用されている擬人法の一つである。それは「一」の「馬の背中まではい上がった。」と同様に、「上・下」のテーマに沿った表現の一つになっている。

問2　「農婦」の焦燥を表す効果。

▼解説　危篤の息子のもとへと急ぐ「農婦」は、時間が来ないと馬車は出発しないとわかっているものの、心を鎮められずそう言わずにはいられない。この作品では反復表現が多用され、その発話はかえって「農婦」や「母親」を操り人形のように見せてしまう。

問3　話すと悲観的なことしか出てこないから。

▼解説　駆け落ちしてきたものの、親のことを考えると耐えられない「娘」は「若者」に話しかけるが、それがかえって心理的圧迫にな

るので、二人とも黙らざるをえないのである。

問4 いよいよ馬車が出発するという展開を告げ知らせる効果。

▼解説 十時過ぎが出発時刻であることがわかる。「馭者」はそれをめどに饅頭の蒸し上がりを待っていたのであり、すべては予定通りの行動であったことが、人馬一体のその準備行動に現れている。

問5 「その居眠りは……続いた。」の主語・述語の中に、「かの眼の大きい蠅が……聞いて」という主語・述語の文章を入れた、入れ子構造になっている。

▼解説 中に「蠅」の見た様々な光景を挟むことによって、長時間「馭者」が眠り続けていることを印象付けている。

【読解】

1 饅頭に執着しつつ、急ぐ乗客である「農婦」の問い掛けを受け止めている配慮の気持ちが出ている。

▼解説 ことぼけた気ままな存在に見えて、その実、経験と計画性のもとに行動している職業人としての人物像に着目したい。

2 第七章。急ぐ人々や「馭者」の様子を上からとらえた視線である。

▼解説 皮肉なユーモアとともに真実をはぐらかすような語り（騙り）のからくりである。また、急ぐ乗客たちの要求や欲求の高まりの頂点において、一呼吸置き、いよいよ出発する展開につなげる語りでもある。

3 文字通り地上から離れて人々の行動や状況など、全体を見渡せる効果。それは、人々がもてない角度からの視野を実現している。

▼解説 一切判断を挟まず、ありのままに出来事を描けるという利点とともに、小さな存在が広い視野をもつという逆説をも表している。

【読書案内】

・「日輪」（『日輪・春は馬車に乗って　他八篇』岩波文庫）

邪馬台国《やまたいこく》の女王卑弥呼《ひみこ》を日輪に見立てて、彼女の美の前に次々とたおれてゆく王子たちを描く。古代の伝説を再構成して、凝った文体のもとに男女の人間模様を描く初期の野心作。

・「機械」（前掲書）

ネームプレート工場に勤める「私」と善良な主人、それに職人の軽部と屋敷の心理葛藤を描いた短編。機械のような法則によって動かされる自意識過剰な人間たちの物語で、先鋭的な実験作。

・『旅愁』（講談社文芸文庫）

日中戦争勃発間もない時期のパリと日本を舞台に建築会社の調査部に勤務する矢代耕一郎、鉄鋼会社令嬢の宇佐美千鶴子、西欧心酔者の久慈を中心に繰り広げられる国際的な長編小説。東洋と西洋、伝統と科学など、横光晩年の思想的問題が色濃く投影された未完作。

【真杉秀樹】

第五章　私らしさを探して

裸になって

林芙美子（本文184ページ）

【鑑賞のポイント】

①「恥ずかしいも糞もあったものではない。ピンからキリまである東京だもの。裸になりついでにうんと働いてやりましょう。」という表現に象徴される、若い女性である「私」が飢えと貧困の中で強く生きる姿を理解する。

②「私」にとって、母とはどのような存在か、私は母のことをどのように思っているのかを考える。

③街の風景が「天下タイヘイにござ候と旗をたてているように見えた」とあるように、「ひびだらけ」の現実の中に生きる筆者にとって、「都会」はどのような役割を果たしていたかを考える。
④母を見送ったあとの「私」の心情を表現に即して考える。

【注目する表現】

・「お爺さんは人のいい高笑いをして、私の持って行った一升の酒を気持ちよく受け取ってくれた。」（一八四・8）
周囲の人間のようすが温かく描かれている。「万年筆屋の姉さん」「うらぶれた大学生」に対する描写にも目を向けたい。

・「水の流れのような、薄いショールを、街を歩く娘さん達がしている。一つあんなのを欲しいものだ。」（一八六・4）
自分と違う境遇の女性たちを作家の視点で描いていると同時に、貧しい境遇のなかでも、自然体で生きている姿勢が感じられる。

・「お母さんがしょんぼりと子供のようにフラフラして立っているのが硝子窓に写っている」（一八八・3）
ほかにも、「母の侘し気な顔を見ていたら、涙がむしょうにあふれてきた。」（一九〇・18）「いとしいお母さん！」（一九一・9）など、各所の記述から母を慈しむ思いが読み取れる。

・「私は顔が熱くなっていた。」（一九三・2）
貧しい生活の中でも「私」は自分自身の中に「女性」の部分を持ち続けていることがわかる。

【作品解説】


教材として掲載したのは、『放浪記』の一部である。

この作品は、日記という形態をとっており、実際に作者が書きとめた雑記帳をまとめた半自伝的小説といえる。

日記はその名の通り、日々の出来事を記録したものであるが、何の思慮もなくただ心のままに綴《つづ》るものが、読み手の感性に響くわけではない。言葉がリアリティをもって生身の人間の心に届き、読者の心を揺り動かした時、言葉は文学となるのである。この作品から、言葉が文学になるために必要なものは何かを考えることができたら、他の文学作品の読解にも生かせるだろう。

作者の小学校時代の恩師は、芙美子の文才、とりわけ詩文の才能を高く評価したという。作中にも詩が登場するが、詩以外の部分にも、小気味よい短文がリズミカルに並び、それが結果として生き生きとした情景を生み出し、読者の想像をかきたて、物語に引き込んでいく。

「万年筆屋さんの電気に透かして、ランデの死を読む。大きく息を吸うともう春の気配が感じられる。この風の中には、遠い遠い思い出があるようだ。鋪道は灯の川だ。人の洪水だ。」という情景描写からは、夜店の灯りの下で本を開く主人公の姿と、肌寒いが春を予感させる温度と風、そして、立ち並ぶ露店の灯りの下を行きかう大勢の人々という光景が浮かんでくる。「夜」というたった一語で一瞬に場面は黒くなり、「電気に透かす」という表現で次に登場する本の活字が浮かぶ。そして、隠喩によって一気に夜店の賑わいを描き出している。このセンスは、天性という部分もあろうが、彼女が貧しい暮らしの中で「ランデの死」など文学作品を貪欲に読みあさっていたことがその言語感覚に影響を与えたと思われる。

二行ほどの文に縁語的に使われているいくつかの言葉に注目してみる。「花見帰り」「金魚」「お嬢さん」「藻」「ただよう」の語の並びで、華やいだ若い女性たちが桜の花の中を歩いている情景が浮かんでくるし、「縁側」「日向ぼっこ」「黒い土」「かげろう」「五月」からは、温かい空気感が伝わってくる。お母さんが届けてくれた弁当を鋪道に背を向けながら食べる主人公が流す涙の「しょっぱさ」が、「瀬戸物」

誰も知人のない東京（私と母の貧しい二人暮らし）

夜店を開く……恥も外聞もなく生きるために働く意欲

㊖しょんぼりと子供のようにフラフラ立っている

……**ひびだらけの世の中**

仕入れ先の職人の急死

貸し間を始める

誰も借りに来ない

義父からのたより

貯金をすべて送金

㊖侘しげな顔

㊙仕事を選んでいる余裕はない

派出婦になることを決意

㊙いとしいお母さん！

途中の電車からの街の風景→天下タイヘイにござ候

苦しい事件など何もないよう

月三十五円の個人契約に

岡山の祖母の危篤

→母を岡山に

㊖ささくれた身なりのまま、子供のように涙を流す

㊙悲しく切なくなって、目がぐるぐるまいそう

㊙**母の電車からの景色**を空想

→**天下タイヘイでござ候**↔**東京での苦しい現実**

に入れられた「竹輪の煮つけ」の味とともに読者の舌にも伝わってくる。「わびしい」「つらい」「屈辱的だ」などという表現を使わなくても、主人公の心情が痛いほどわかる。これらがたった数行の間に主人公のめまぐるしい心情の移り変わりとともに描かれる。気が付くと、いつのまにかこちら側も、主人公のリズム、視点になっているのだ。

　読者を物語の中に引き込むもう一つの要素が、人物描写である。人物の描き方も、説明口調ではなく、余計な形容は用いていないのに、存在感と臨場感に満ちている。計算器を売るうらぶれた大学生の高飛車な声、主人公が弁当を食べている横で、万年筆屋の姉さんが「そこにもある、ここにもあるという品物ではございません。お手に取って御覧下さいまし。」と大きい声で呼びかけている情景に、読者はまるで自分自身がその露店を冷やかす客になっているような、もしくは、露店の片隅で弁当をかき込んでいる主人公になったような気持ちになる。人物描写にしても、情景描写にしても、冗長でない簡潔な文体でありながら、鮮明なイメージが浮かんでくるのである。

　また、たった数行の中で、死を考えたかと思えば、生きる希望を見いだすという心情の振幅が、まさに人間の生々しい「現実」であるという点も読み手の共感を誘う大きな理由であろう。坂口安吾《さかぐちあんご》はかつて、救いのない生存の孤独という「人間のふるさと」（原点）が、文学の土台になると述べているが（「文学のふるさと」）、「生存の孤独」を原点として、言葉によってそれらを表出していくことで、日常あるいは人間の生は文学となり得るのではないか。

　この作品から元気をもらえる読者が多いのは、一人の若い女性が、飢えと貧困の中で、職を転々としながらも、向上心を失うことなく生き抜いていくという「生存の孤独」が、生き生きとした筆致で描かれているためであろう。言葉が文学となり得るためには、事象の説明や

一般化に走るのではなく、あくまでも目の前の事物や情景を「描く」ことであり、それが結果として作品の輪郭を作り上げ、主題となることを理解する点で興味深い作品であるといえる。

【著者解説】

林芙美子は、一九〇三年、山口県の下関に生まれた。父親は行商人、母は鹿児島の温泉宿の娘だった。父親が認知しなかったので、娘は母方の戸籍に入り、以来、「林」姓を名乗った。芙美子が幼い頃、父親が店を持った頃から、父は他の女性を家に引き入れるようになり、母親は二十歳年下の番頭とともに家を出、芙美子を連れて北九州各地を行商して回る生活が続いた。

芙美子が十三歳の時から約六年間、一家は尾道に定住したが、尾道での小学校時代から芙美子は小説を読み始め、夜は工場でアルバイトをしながら通った高等女学校時代には、図書室に通い詰め、詩や短歌の創作をするようになった。卒業後、女学校在学中からの恋人を頼って上京し、カフェーの女給・女工・事務員・両親の露天商の手伝いなどをしながらの貧しい暮らしの中で書き始めた日記の原型が『放浪記』といわれる。芙美子が上京した翌年、恋人は故郷に帰り、芙美子との結婚を反対する家族に押し切られ婚約を解消。以後、芙美子は男性遍歴を繰り返し、二十三歳の時、画学生の手塚緑敏と同棲し事実上の結婚をする。その後、自ら出版社に原稿を売り込み、二十五歳の時、雑誌に『放浪記』の連載を開始、その後、詩集や小説など次々に出版し、精力的に仕事をこなし、人気作家として活躍していた四十七歳の時に多忙なスケジュールをこなし帰宅した後、急逝する。

生涯に残した作品の中でも『放浪記』は大変好評で、昭和恐慌の世相の中、都会の片隅で貧しさに負けず、明るくたくましく生き抜く若い女性の姿が人々の共感を呼んだ。また、『放浪記』には多くの詩があるが、その詩にも彼女の奔放な生き方と、強烈な個性に裏打ちされた才能が垣間見られる。

【脚問】

問1 道端で露店を出して生計を立てようとしていること。

▼**解説** 生計を立てるため露店に参入することになり、地割りをしてくれる親分のところに酒を持って挨拶に行ったのである。

問2 夜に露店が立ち並び、大勢の人でにぎわっていること。

▼**解説** 明治時代後期から大正にかけて、道玄坂には多くの露店が並び、買い物をする人であふれかえった。

問3 舗装されていない道が、雨のためにぬかるんで、和菓子のあんこのようにどろどろになっている様子。

▼**解説** 表面は平らにならしてある鋪道でも、現在のようにアスファルトではないため、水はけが悪く、雨が降ると足元が悪くなった。

問4 貧しさや突然の災難のために、自分も含め、人間の生活が安定しないこと。

▼**解説** 泣き腫らした若いおかみさんの姿を見て、平和に暮らしている人間を突然襲う理不尽な運命にあきれ、腹が立つとともに、仕入先の主人が亡くなったことで、生活がかかっている露店の行く末も見えなくなる苦境に立たされている。

問5 強がっている余裕はないほど生活が切迫していること。

▼**解説** 性格的に人に頭を下げる事がいやな私にとって、「派出婦」という仕事はもっとも向いていないが、手段を選ぶ余裕がないほど追いつめられていることは私にもよくわかっている。結局、私は母が聞いてきた派出婦の仕事に就くために行動を起こすのである。

問6 賑やかな街の光景を見ている間だけは、苦しい現実を忘れられるから。

▼**解説**　新宿は当時から市電の行きかう交通の要衝であり、店が立ち並び人でにぎわっていた。賑やかな街並みや人ごみの中にいると、苦しい生活をしばし忘れることができるのである。

【読解】

1　安定した仕事もなく、露店を営むことで日々の生活費をまかなうような生活。

▼**解説**　母の着物や自分のショール、腰巻などの衣類も思うように買えず、家賃も払えないほど生活が困窮していて、安定した仕事もなく、メリヤスの下着を売る露店を営むことで日々の生活費をまかなうような暮らしぶりだったことがわかる。

2　貧しさの中で老年を過ごしている母が哀れで、楽をさせてやりたいという思い。

▼**解説**　貧しい中で、老いた母を気の毒に思い、思いやる気持ちが随所に見られる。

3　東京にいる自分の苦しい現実とは違う、平和な光景。

▼**解説**　東京という現実を離れ、母の乗った汽車に我が身を置いてみることで、現実を忘れ、何の災難も悩み事もない安定した世界（母が見ているであろう景色に象徴される平和な世界）を空想している。

【読書案内】

・『蒼馬を見たり』（日本図書センター）
自費出版した第一詩集。貧しさの中に生きる若い女性の生き方や周囲との関わりが、奔放で独自な筆致で描かれている。

・「晩菊」（『晩菊・水仙・白鷺』講談社文芸文庫）
かつて赤坂の芸者だった老女が、昔燃えるような恋をした男の突然の再訪に心揺れ、幻滅する心理を描く。

・「風琴と魚の町」（『風琴と魚の町／清貧の書』新潮文庫）
風琴（アコーディオン）を鳴らしながら行商をする父親の姿や、家族の日常生活を描いた作品。唯一、家族が六年間という長い歳月にわたって定住した尾道《おのみち》を舞台にした自伝的小説。

・『めし』（新潮文庫）
夫の転勤で大阪に来た主婦が夫と些細なことで諍《いさか》いを繰り返し、溝を深めていく日常を、家出してきた姪も交えて淡々と描いた作品。新聞に連載されていたが、作者の急逝により未完の絶筆となった。

【加々本裕紀】

四月のある晴れた朝に１００パーセントの女の子に出会うことについて

村上春樹　（本文195ページ）

【鑑賞のポイント】

①「１００パーセント」という表現の意味を理解する。

②「僕」の「悲しい話」は「僕」の状況とどのように呼応するかを考える。

③「１００パーセントの女の子」に出会った朝と、その朝を振り返る現在の「僕」の気持ちの流れを整理する。

【注目する表現】

・「１００パーセントの女の子をタイプファイすることなんて誰にもできない」（一九六・3）
「タイプファイ」という独特の表現を用い、「１００パーセントの女の子」という、言葉にしがたい存在の特殊性を際立たせている。

・「可能性が僕の心のドアを叩く。」（一九七・8）

「僕」の弾むような気持ちを感じるとともに、「可能性」が「心のドアを叩く」という比喩表現にも注目したい。

【作品解説】

この作品は、「四月のある晴れた朝」、「１００パーセントの女の子」とすれ違った「僕」が、あの朝、女の子にどのように話しかけるべきだったかを回想する形で書かれた物語である。「僕」がすれ違った、「１００パーセントの女の子」は、「僕」にとって「１００パーセント」であるだけで、たいして美人でも綺麗な装いをしているわけでもない。どこが「１００パーセント」かと聞かれても、そもそもはっきりと特徴づけることができない。にもかかわらず、彼女は「僕」にとって特別な存在なのだ。人との出会い、人と人とが惹かれあうこと、そういった運命の偶然を感じさせる始まりである。

「僕」は、近づいてくる「１００パーセントの女の子」に、どのように話しかけようか、考え始める。「とても気持ちの良い四月の朝」、新入生、新学期といった一年の始まり、さらに新しい恋を期待させるにふさわしい、清々しい空気が流れている。さまざまに思いを巡らせるうちに、「僕」は花屋の店先で彼女とすれ違う。「温かい小さな空気の塊が僕の肌に触れる」といった描写は、彼女がやはり「僕」にとって、特別な存在であることを印象づける。あたりに漂う「バラの花の匂い」、水が撒かれたアスファルトの舗道、彼女は「白いセーター」を着、彼女の手には「切手の貼られていない白い角封筒」、細かな描写の一つ一つが、清潔で、「僕」の純粋な喜びや期待、彼女への初々しい思いが読み取れる。しかし、すれ違ってから数歩、声をかける間もなく、彼女は人混みに消えてしまった。

そして「僕」が話しかけるべきであった長い科白が展開される。

昔々、あるところで、１００パーセントの相手がいると信じた少年と少女が出会う。ところが、語り合う二人に一抹の疑念がよぎる。「こんなに簡単に夢が実現してしまって良いのだろうか」。再びめぐり会える可能性を試すべく、二人は別れる。そして、おきまりの非情な運命の波が二人を翻弄する。「悪性のインフルエンザにかかり、何週間も生死の境をさまよった末に、昔の記憶をすっかりなくしてしまった」。ありがちといえばあまりにありがちな展開だが、なぜか物語の世界へ引き込まれていく。そして再び、二人は四月のある晴れた朝、原宿の裏通り、通りのまん中ですれ違う。しかし既に二人の運命の糸は途切れており、二人が言葉を交わすことはなかった。

「悲しい話だと思いませんか。」で、締め括《くく》られるこの科白は、あり得ない話だとわかっていながら、もしかするとこの世のどこかに、このような出来事があるかもしれないと期待させる。それは、私たちがどこかで感じている、すでに何かが失われているのではないかという、一種の喪失感覚とも共振することによるのかもしれない。「１００パーセントの女の子」とは、特徴づけることが困難な「理想」そのものであり、結局は手にすることのできず、通り過ぎるしかない「理想」との関係を、昔話風の物語でもって再構成していく「僕」の手つきは、作者自身のそれとどこかで重なっているのかもしれない。

村上春樹の作品は、平易な文体によって、高度な内容を取り扱うものが多いとされる。しかし常に読者はスムーズにその作品世界へ導かれるため、難解なストーリーを持つ作品でありながら、国内だけでなく、海外でも高い評価を受けている。また本作は、著者自身が『カンガルー日和』において「いちばん気に入っている」と評する作品であり、映画化もされている。映画についても、著者は「好きだ」と言及しているが、ストーリーの語りを主としたごく短い映像であり、作品

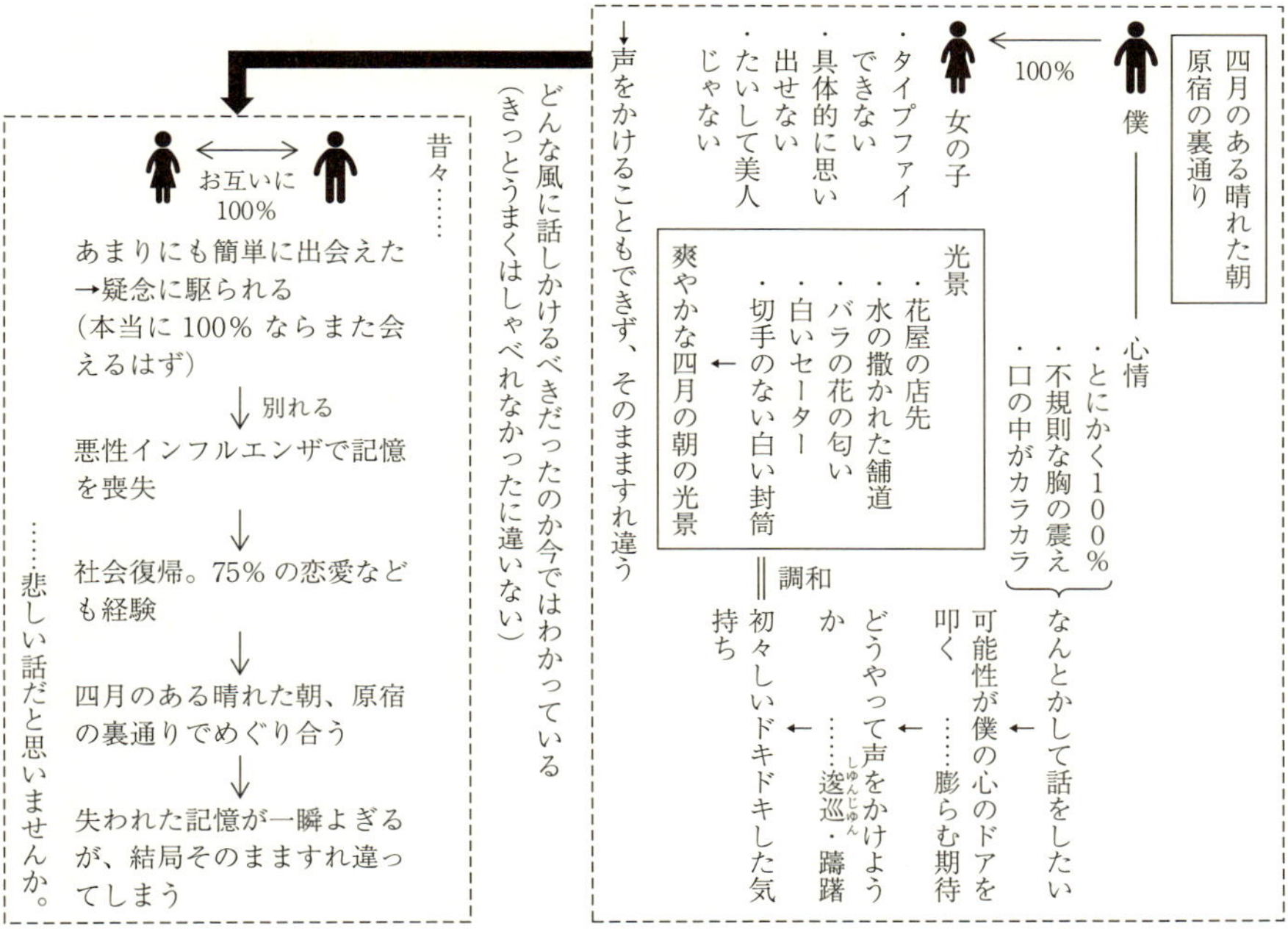

世界を見事に再現したものである。

本作品は、実際に著者自身の理不尽とも言える一目惚《ぼ》れの体験をベースに描かれたものであるが、映画や執筆の背景を知らなくとも、一つ一つの描写や「僕」の心情は、受け手の経験によってさまざまに想像し味わえるものであり、村上春樹作品の世界を存分に堪能《たんのう》できるものと言えよう。

誰もが、この世のどこかに「理想の女性（または男性）」がいるかもしれないと夢見る。作者の細やかな情景描写とともに、その夢を十分に味わいたい物語である。

【脚問】

問1 一般的な定義とは異なり、主観的な観点から自分の理想そのものだったということ。

▼解説 直後に「彼女は僕にとっての」とあり、「僕」に限定されている。「非の打ち所がない」「完璧な」という意味ではないことに留意したい。

問2 「100パーセント」と言っておきながら、明確には彼女のことを思い出せないから。

▼解説 今思い出せることが、たいして美人じゃなかったというマイナス要素だけということも、不思議な点に含まれる。

問3 僕と彼女が一九八一年の四月のある晴れた朝に、原宿の裏通りですれ違うに至った運命の経緯。

▼解説 温かい秘密が充ちているに違いない場所であり、結局は解き明かそうとしても解き明かせないものである。

問4 あまりに長い科白のため、きっとうまくはしゃべれなかったに違いないということ。

▼解説 躊躇《ちゅうちょ》するうちに結局は彼女に声をかけられなかった「僕」の

あきらめに似た心情がある。

問5　「100パーセント」の相手に出会いたいとする二人の夢が、いとも簡単に実現してしまったため。

▼解説　「100パーセント」の女の子に声をかけるために作った架空の話である。架空の二人と現実の二人の運命を、ドラマチックに仕立てようとしているのである。

問6　二人は互いに「100パーセント」の存在であり、過去に出会っていたという事実。

▼解説　今は失われてしまったが、失われる以前の記憶には確かに存在した事実。意識にはのぼらないが、人の心理の不思議さ、第六感のようなものが二人をよぎる場面である。

【読解】

1　100パーセントの女の子というのは、好みのタイプであるとか、いわゆる美人であるとか、そういった具体的な言葉で表現できる要素を持つ存在なのではなく、ある個人にとっては、その女の子の要素すべて、存在そのものが特別であるため。

▼解説　「僕」が「彼女」について思い出せるのは、たいして美人じゃなかったということだけであるが、それは「彼女」が言葉で表現できる次元を超えた存在であったためである。

2　100パーセントの女の子と出会った、「僕」の清々しく純粋で、これから新しい世界が開けていくような、期待に満ちた心情。

▼解説　晴れた朝の日の光、水の撒かれた舗道、花屋から漂うバラの匂いなど、清らかな空気が流れ、きらきらと輝くような光景が思い浮かぶ。「彼女」の白い衣服、切手の貼られていない白い角封筒からも、まだ何ものにも染められていない純粋な様子が読み取れる。これらすべてのものが、「僕」の心情をピタリと表現しているのである。

3　100パーセントの女の子に出会えた純粋な喜びと、結局は声をかけられなかったことに対するほろ苦い思い。

▼解説　「僕」は恐らく、声をかけられない、または声をかけてもうまくはいかないと予想していた。その思いが、「僕」の「科白」には含まれている。しかし、100パーセントの女の子に出会えたという事実そのものが、「僕」にとっては重要なのである。何もできなかった後悔というよりは、ちょっとした運命の切なさのようなものを感じているのである。

【読書案内】

・『風の歌を聴け』（講談社文庫）
デビュー作。当時の作者と同じ二十九歳の「僕」が、二十一歳の夏を振り返る。海辺の街に帰省した「僕」の夏は、物憂くほろ苦い。『1973年のピンボール』『羊をめぐる冒険』とともに、三部作とされることもある。

・『ノルウェイの森』（講談社文庫）
飛行機が空港に降りると、ビートルズの「ノルウェイの森」が流れた。「僕」は、間もなく二十歳になろうとする秋の出来事を思い出していた。「僕」の混乱と動揺、喪失と再生を描く物語。

・『ねじまき鳥クロニクル』（新潮文庫）
会社を辞め家事に専念する「僕」。雑誌編集者として働く妻、クミコ。平穏な結婚生活は、飼い猫の失踪をきっかけに崩れていく。やがてクミコも失踪する。その背景には兄の存在があった。

【塩野友佳】

濠端の住まい

志賀直哉（本文202ページ）

【鑑賞のポイント】

①「虫と鳥と魚と水と草と空と、それから最後に人間との交渉ある暮らし」という表現で表される「私」の生活を理解する。

②「私」は、鶏（雄鶏・母鶏・雛鶏）の生活を擬人化して見ているが、そこにはどのような思いがあるか考える。

③「大工夫婦」と「猫」の一連の動きを見て、「私」の心はどのように変化したか整理する。

【注目する表現】

・「人と人と人との交渉で疲れきった都会の生活」（二〇二・5）

通常は「人と人との交渉」という表現が一般的だが、「人と」をさらに付け加えることで、都会の慌ただしさを際立たせている。

・「金色の目をクリクリ動かしながら私という不意な闖入者をにらみつけている。」（二〇三・2）

「にらみつけている」のは蛙であり、ユーモラスな擬人法的表現といえる。また、「私」と蛙との立場の逆転にも気づきたい。

【作品解説】

この作品は、「人と人と人との交渉で疲れきった都会の生活」から離れ、「一夏、山陰松江」で暮らした作家「私」の物語である。「私」の住まいは、松江城の濠端にあり、町の人々が住まう領域と様々な生き物たちの棲む領域との境目である。そうした「私」の生活には多種多様な生き物が入り込んでくる。「私」が「夜おそく帰ってくる」と、入り口の電灯には「家守が幾匹かたかって」おり、部屋には「柱にとまった木の葉蛙」が「金色の目をクリクリ動かしながら私という不意な闖入者をにらみつけている」。その描写は、いかにも生き生きとしており、まるでグリム童話の中に入ったような趣である。

生き物たちの棲む濠のすぐ脇に居を構える「私」。その「私」の住まいと地続きの隣に住む大工夫婦と彼らが営む養鶏の鶏と、それを狙う猫。これらが、この小説の作中人物（生物）である。それらが境を越えて行き来し、生活を成し、事件を起こす。この作品は、越境と往来の物語でもある。もの書きの「私」は、隣の夫婦と正反対の昼夜逆転した生活をしている。「私」が寝ている間に昼の世界の出来事は終始し、夫婦の寝ている間の生き物たちの生態を、「私」は見聞する。その中で発生した最大の事件が猫による鶏小屋の襲撃である。

「私」は、雄鶏と母鶏と雛鶏の生活を擬人化して見ている。その生活が「しっくりとその所にはまって」いるのは、彼らが本能を原理として生きているからだ。それに対して、鶏のように完全な行動原理を持っていない「私」は、自分の気分転換のためには時に「がむしゃら」な行動をしなければならないのである。しかし、その行動の中で、期せずして自然（動植物がそこに属するところの）そのものの美しさを発見しもするのである。それが、貯水池の睡蓮である。そしてその時、自分は、「自然」とフィットするのである。

猫に殺された母鶏の肉は大工夫婦のその日の菜になり、そのぶつぎりにされた頰の赤い首は、庭へほうり出される。「私」にはそれが、「恨みを飲んでいるように見えた。」これもまた、「私」の人間的感想であり、擬人化した視線である。しかし、雛たちは、そんな人間的視線は一向に関知せず、母鶏の首をついばむのである。ここでも「私」の人間的視線と対比される鶏の本能的光景が浮かび上がるのである。母を失った雛鶏に対するに、捕らえられた猫は穽の箱の中で必死の生存本能を発揮する。他者が死に至らしめるその生き物を、「私」が第

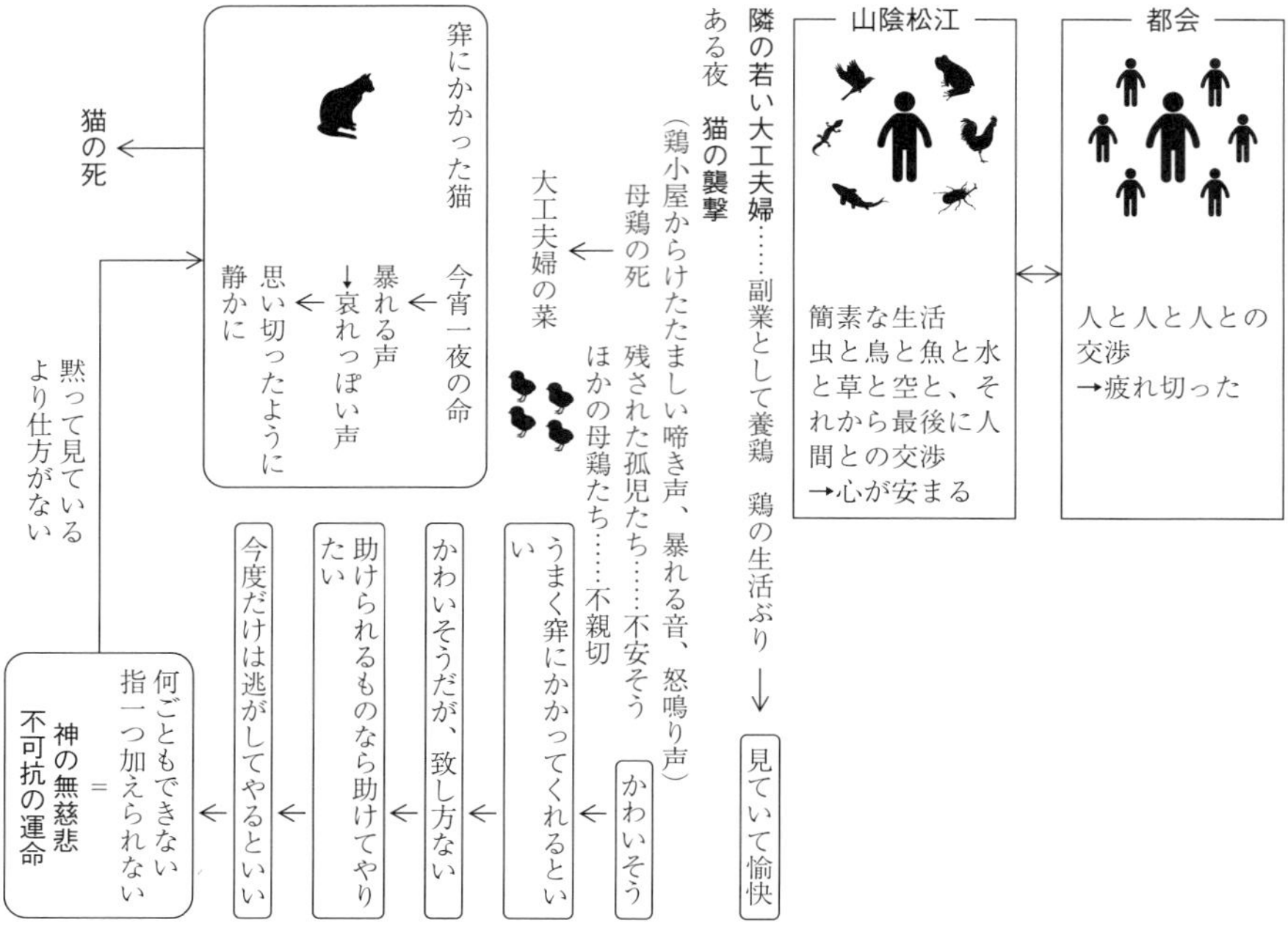

三者として観察・傍観する。

「私」は、鶏と猫と夫婦が関わるこの事件に対して、同情と共感を抱きながら、全体像を俯瞰《ふかん》している。それは、第三者であり、かつ、「小説家」である「私」の視線である。「私」は、「黙ってそれを見ているより仕方がない。それを私は自分の無慈悲からとは考えなかった。もし無慈悲とすれば神の無慈悲がこういうものであろうと思えた。」と言うが、「私」の「傍観」が、その「神の無慈悲」と過不足なく重なることはありえないだろう。それはあくまでも、「神のように」無慈悲なのであって、「神の無慈悲」ではないのである。「私」は鶏たちの生態を擬人法でもって描写したが、その伝でいけば、「私」がこの一連の出来事を見る目（態度）は、擬「神」的な視点だと言えよう。

「私」は、「神」の無慈悲と「人間」の無慈悲の中間にいるのである。「神」の無慈悲とは、動物や一般的な人間、更に「私」のような小説家という境界的人間をすべてひっくるめて、あるようにあらしめていることであろう。それに対して「人間」の無慈悲は、なんのためらいもなく「事に働きかけていく」大工夫婦のような無慈悲であろう。その端的な象徴が、菜にされたのち庭にほうり出された母鶏の首である。「私」は、人間（大工夫婦）と動物（猫）の交渉を「傍観」しているのだが、その「傍観」的態度が、「神の無慈悲」とは同一でない、ある種の「無慈悲」であるとは認識している。「私」は自由意思をもった人間として、人間の無慈悲でも神の無慈悲でもない、特異な無慈悲の地点を自分のものとして心得ているのである。それは、「私」の小説家としての態度とも重なるものであり、志賀直哉の小説家としての姿勢を表しているとも考えられるだろう。

【脚問】

問1　母鶏・雛鶏・雄鶏がいずれもそれらしく、しっくりとその所にはまって、一つの生活を形作っていたから。

▼解説　鶏たちのそれぞれの立場にふさわしい態度やようすが人間のそれを思わせ、非常に興味深かったのである。

問2　雨の中、濡灰色の貯水池の水面を背景にして、睡蓮の白い花がいつもより美しく見えたから。

▼解説　はげしい雨の中、がむしゃらに歩いたことでそれまでの停滞した気分がすっかり直ったことも背景にある。

問3　猫によって母鶏が殺され、その結果、孤児たちが仲間外れにされたり、母鶏の肉をついばんだりしている様子を目の当たりにして、あわれに思ったから。

▼解説　このとき「私」は殺された母鶏や、残された孤児たちをあわれむ立場におり、猫に憎しみすら抱いている。

問4　いかにも哀れっぽい声で嘆願したかと思うと、今度は絶望的な野蛮な声を張り上げて暴れ出す猫の必死なようすを耳にするにつけ、猫を助けてやりたいという気持ちが強まったから。

▼解説　母鶏を失った孤児たちの不安そうな様子を見ていた時、「私」は猫が早く穽にかかることを望んでいた。それが、猫の必死に逃げようとする姿を知り、「私」の気持ちは大きく変わるのだ。

問5　穽にかかった猫が明日には命を絶たれるという運命。

▼解説　「私」はそれを「神の無慈悲」「不可抗な運命」という言葉で表現している。

【読解】

1　都会での生活が「人と人との交渉」に明け暮れる疲れきったものであることとは対照的に、ここではできるだけ簡素な暮らしを心がけ、自然と結びついた生活を送っているのである。

▼解説　松江での生活では人間との交渉が最下位に置かれてあり、都会での生活とは対照的な暮らし方を「私」は心がけていたのである。

2　母鶏のいかにも母親らしい様子、雛鶏の子供らしい無邪気の様子、雄鶏の家長らしい、威厳を持った態度、それらが、いずれもそれらしく、しっくりとその所にはまって、一つの生活を形作っているのが、見ていて愉快であり、興味を感じた。

▼解説　「私」は鶏の生活を眺めながら、そこに人間の姿を重ね合わせている。このように親近感を抱いていたからこそ、猫によって鶏小屋が襲われた事件を聞いてよけい心を痛めたのである。

3　雛も母鶏もかわいそうだし、そういう不幸を作り出した猫も捕らえられるとかわいそうになる。しかし、隣の夫婦にしてみると猫を生かしておけないのもわかるので、「私」が働きかける余地が全くないと思われたから。

▼解説　「私」はその事件を第三者として認識していることは確かだが、そこに直接関わり合っているわけではない。事件は「不可抗な運命」として起こっているのであり、直接性から外れている「私」は自由意思を持っているものの、「神のように無慈悲にそれを傍観」せざるをえないのである。

【読書案内】

・「網走まで」（『清兵衛と瓢箪・網走まで』新潮文庫）
志賀直哉の処女作。日光行きの列車で「自分」が出会った薄幸な「女の人」の話。彼女から「自分」は、「端書」の投函《とうかん》を依頼される。それは一種の遺書であった。

・「城の崎にて」（『小僧の神様・城の崎にて』新潮文庫）
「山の手線の電車に跳飛ばされて怪我をした」「自分」の城崎温泉での「後養生」の話。「自分」はそこで様々な生き物の死を目撃し、そこに自らを重ね合わせる。

・『暗夜行路』（新潮文庫）
完成に二十年以上も費やした志賀直哉唯一の長編小説。時任謙作の重い苦悩と、それを耐え通して到達した解脱のあり様を克明に描く。

【真杉秀樹】

四月の魔女

レイ・ブラッドベリ（本文211ページ）

【鑑賞のポイント】

①セシーの心情とアン・リアリの心情との交錯を理解し、アンの行動がどちらの心情によるものか整理する。
②トムのアンに対する見方を整理し、アンの変化を理解する。
③「～ように」といった直喩表現が多用されていることから、比喩表現に着目し、表現の広がりを考える。

【注目する表現】

・「新しい手袋のなかで指をひろげるように」（二一五・上5）
「ように」を用いた直喩の表現。セシーの新しい世界が広がることをうまくたとえている。このほかにも比喩表現が多用されている

・「わたしが見えないの？」（二一七・下7）
「わたしが」に傍点をつけているのは、アンの発言ではあるが、ここでいう「わたし」はセシーであり、発話者と異なるためである。

【作品解説】

「四月の魔女」（The April Witch）は、魔女であるセシーが恋をしたいという思いから、アン・リアリの体に宿り、トムと関わっていく物語である。

十七歳のセシーは、恋をしたい年頃であるが、人間と交際してしまったならば魔力がなくなってしまう。そのため、自分の魔力を使って恋をしていくことを考える。すると、十八、九歳に見える「すばらしい肉体」を持った少女、アン・リアリと出会う。セシーは、アンのことを気に入り、彼女に宿ることを決める。

アンのもとにトムが訪ねてくる。アンはトムのことを嫌っている。しかし、恋をしたいセシーは、トムと関わりを持つように作用をする。アンの感情で行動することと、セシーの感情でアンが行動することが混在してくる。このような状況を、「秘密の屋根裏部屋からのぞき見するように」と、セシーがのぞいている姿を、直喩を用いて表現しているのも印象的である。

トムを拒絶しようとしてもできないことを、アンは「わたし、気が変になったのかしら！」と不思議に思っている。アンはセシーが体に宿っていることを理解しないまま、ストーリーは展開していく。

トムはアンをダンスに誘う。アンとしては拒否したいのだが、恋をしたいセシーはアンに「ええ。」と言わせる。アンはよくわからないまま傀儡《かいらい》のような状態となっている。しかし、アンは突如「やっぱりダンスには行かないって言って。」と拒否を始める。一瞬セシーが肉体から離れたためである。つまり、肉体の中に宿っていない限りは、アンは心情を発露できる状態、セシーが宿っている時は、アンの心情も残りつつもセシーによって操られる状態となっている。

その後、トムはアンに告白を始める。セシーは、「あなたは背が高くて、世界一の美男子よ。今夜はすてきな夜。あなたのそばですごした夜は、一生涯忘れられないの。」と初めての告白に対する興奮とともに自身の感情を吐露している。少なくとも「アンは黙っていた。」という場面以降、ほとんどアンの心情ではなく、セシーの心情でアンの体は動いている。また、「わたしは愛しているわ。」とセシーの心情

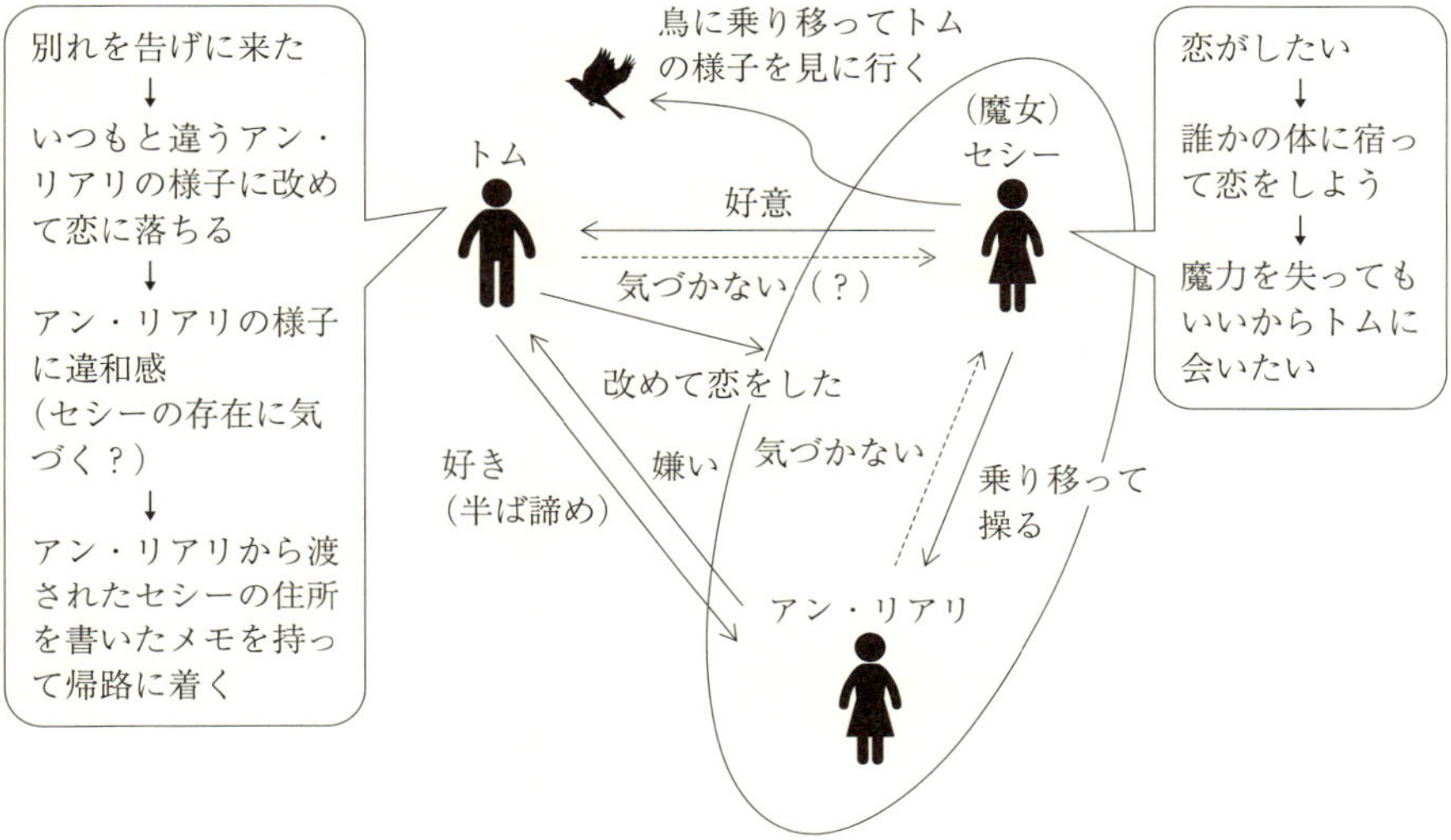

の吐露は最高潮となり、アンとまったく乖離《かいり》した状況となっていく。

そして、セシーの住所を書いたメモをトムに渡し、いつか訪ねてほしい旨を伝える。この行動は、いつかアンを通してトムと接するのではなく、セシー自身として接したいことの表れとも読める。そのことが、セシーの哀願にもつながっているのだろう。

そして、アンとトムは別れる。トムは、アンではなく、別人と接していたことに気付いていたのだろうか。アンが別人のようだと会話している中で、「きみの目」が奇妙だと言い、別れ際のキスにおいても、トムは目をじっとのぞきこみ、表情を和らげる。このことから、トムが気付いていたと考えることもできるだろう。その一方で、セシーがアンから離れた後のトムとアンの関係は描かれていない。このことが二人の関係が今後どうなったか推測させる効果を持っている。その後、セシーは鳥に乗り移り、トムの元を訪ねている。それだけ、セシーにとって忘れられない存在となったのだろう。

このように、何かが乗り移って傀儡的に行動する中で、本当の自分でないことに苦しさを感じもがくさまを描いているということもこの作品を読み解く上で重要なポイントとなってくることだろう。

【訳者紹介】

小笠原豊樹　一九三二－二〇一四年。詩人・作家・翻訳家。北海道生まれ。「岩田宏」名でも活躍した。文学作品から推理小説・SFまで幅広いジャンルの作品を翻訳している。訳書に、ドストエフスキー『虐げられた人びと』、ジョン・ファウルズ『コレクター』などがある。

【脚問】

問1　アンの体に宿って恋をしていくこと。

▼解説　「だれかほかの人の体に宿って恋をするわ」と述べている。

問2　セシーは、恋愛はおろか、ダンスをしたこともガウンも着たこともなく、若い娘の振る舞いを体験したいという思い。

▼**解説**　当初のセシーの恋をしたいという欲求を満たすために、アンに大きく働きかけた場面である。

問3　セシーがアンの体に宿って行動すること。

▼**解説**　セシーがアンの行動を傀儡的に支配していることを表現している箇所と言える。

問4　普段トムを嫌っているアンが一緒にダンスに行ってくれたり、不可解な行動を取ったりと、いつもと様子が異なるから。

▼**解説**　トムはアンの行動に対して「変な子」と表現しており、普段との様子の違いに違和感を覚えていることがわかる。

【読解】

1　セシーが宿ったことにより、自分の思いとは異なった行動をとっているから。

▼**解説**　直前の行動において、アンはトムに悪態をついているにもかかわらずトムにさわろうとし、日常とっている行動と異なった行動をとっていることを不思議に思っている。

2　セシーはトムに愛すると伝えてほしいと思っているが、アンはトムのことを嫌う感情を持っており、アン自身の感情がセシーの感情の吐露を抑えたから。

▼**解説**　直前に「傷つけるかもしれないわ。」とアンの感情を示す箇所もあり、トムとの恋愛に関して積極的ではない部分があることを押さえる。

3　セシーはアンの体を借りてトムと接しているため、いつか体から離れなければならないにもかかわらず、トムを愛してしまったので、また会いたい気持ちを満たすためには自分を訪ねてもらうしかないと考えていたが、トムの返事が曖昧だったから。

▼**解説**　トムはなぜアンが紙片を渡し、懇願したのかよくわかっていない。そのため、「いつかね。」や「ぼくらのことと何の関係があるんだ？」といった曖昧な返答となっていることがセシーの感情に大きく作用していることを捉える。

【読書案内】

・**『火星年代記』**（小笠原豊樹訳、ハヤカワ文庫）
地球人の火星への探険とそれを受け入れない火星人との対立や、地球における全面核戦争といった、様々なエピソードを込めた作品。SF的な作風の中で当時（一九五〇年）のアメリカを風刺している。

・**『華氏451度』**（宇野利泰訳、ハヤカワ文庫）
ガイ・モンターグは模範的な隊員だったが、クラリスという女性と知り合う。彼女とのかかわりや種々の本を読む中で、社会への疑問が高まり、追われる身となっていく姿を描いたSF作品。

・**『刺青《いれずみ》の男』**（小笠原豊樹訳、ハヤカワ文庫）
全身に彫られた刺青が動き出して十八の物語をするという設定。十八の物語は「刺青の男」が持つとされる能力により、それぞれ未来のことを予知的に示している。

【新井通郎】

「解答編」執筆者一覧（五十音順）

綾城幸則　：大阪府立豊中高等学校
新井通郎　：東京都立墨田川高等学校
小田島本有：釧路工業高等専門学校
加々本裕紀：東京都立小山台高等学校
工藤広幸　：青森県立青森工業高等学校
小泉道子　：埼玉県立ふじみ野高等学校
紅野謙介　：日本大学
塩野友佳　：栃木県立石橋高等学校
清水良典　：愛知淑徳大学
田口裕一　：愛知県立名古屋南高等学校
塚原政和　：日本大学第二中学校・高等学校
内藤智芳　：山口県教育委員会
中村良衛　：早稲田大学高等学院
真杉秀樹　：愛知県立天白高等学校
松本匡平　：高槻中学校・高等学校
村田正純　：東京都立竹早高等学校